# Jutta Noak

petitio

ROMAN

Aus dem Litauischen von
Christian Fedeler

Bibliografische Information der Deutschen Nationalbibliothek:
Die Deutsche Nationalbibliothek verzeichnet diese Publikation
In der Deutschen Nationalbibliografie; detaillierte bibliografisch-
Daten sind im Internet über http://dnb.de abrufbar.

Die Originalausgabe erschien 2012 unter dem Titel „Petitio"
im Verlag des Litauischen Schriftstellerverbandes, Vilnius
Umschlaggestaltung: Deimante Rybakoviene

© Copyright der Originalausgabe:
Verlag des Litauischen Schriftstellerverbandes
www.rsleidykla.lt

© 2017 Jutta Noak, Petitio
© 2017
Herstellung und Verlag: BoD – Books on Demand, Norderstedt.
ISBN: 9783743133549

*Für Aurelija und Kamile*

# ERSTER TEIL

Von allem Geschriebenen
liebe ich nur das,
was einer mit seinem Blute schreibt.

*Friedrich Nietzsche*

ERSTER TEIL

# Das Leben ist ein Experiment

„Die historischen Ereignisse sind in Fakten, Daten und Fotos erstarrt, in Chroniken festgehalten, und die sie begleitenden Schatten haben keine Form, Umrisse, sind namenlos und tot..."

Ganz zufällig (oder vielleicht auch nicht) las ich den Artikel einer mir unbekannten Autorin und konnte mich nur über die Ähnlichkeit unserer Gedankengänge wundern.

Jedes Wort, das aus dem perforierten Gehirn hervortrat, schwebte lange über meinem haarigen Schädel, zwang mich dazu, immer wieder zum Anfang zurückzukehren und ließ mich nicht um eine einzige Zeile vorankommen. Wie verzaubert hielt ich an demselben von der Autorin zitierten Ausspruch des deutschen Philosophen F. Nietzsche inne: „...jener Gedanke, dass das Leben ein Experiment des Erkennenden sein dürfe – und nicht eine Pflicht, nicht ein Verhängnis, nicht eine Betrügerei!"

Die Gedanken drehten sich fortwährend um die logische Schlussfolgerung des Philosophen und der Autorin des Artikels, die, während sie das Innere zerplatzen ließ, nur einen einzigen Laut hervorbrachte: „Ha" – danach folgte eine kurze Pause, quasi um Luft zu schnappen, und wieder hagelte es Worte voller Zweifel:

„Unglaublich! Nein, nein, das ist unglaublich!"

„Es ist unglaublich, dass das Leben des Menschen nur ein Experiment des Erkennenden sein soll?!"

Mit steigender Intonation wiederholte ich immer wieder: „Das Leben ist ein Experiment, das Leben ist ein Experiment, das Leben ist ein Experiment, das Leeeeben ist ein Experiment..."

Mit zitternder Hand schrieb ich auf ein weißes Blatt Papier: „Das Leben ist ein Experiment, Das Leben ist ein Experiment, Das Leben ist ein Experiment..."

Ich teilte die Wörter in Silben auf: „Leben – Experiment, Leben – Experiment", als hegte ich den Wunsch, dass sich mir das Wesen dieser These schnellstmöglich erschließen möge – zwischen Fragezeichen und Ausrufezeichen, Verwunderung und Zweifel.

Ein mir unkontrolliert entgleitendes „cha, cha, cha..." und „Ha! Ha! Ha!" verstärkte die Emotionen und unvermeidbare Zweifel:

„Nein, das kann nicht sein! Es ist unglaublich, dass das Leben nur ein Experiment sein soll!"

„Das Leben ist ein Experiment?!"

„Nein, nein, das kann nicht sein!"

„Das ist unglaublich!"

Das in Silben zerfallene „unglaublich" begleitete stets ein stimmloses „ha! ha! ha!" und „cha, cha, cha, cha". Und auch die Verneinung „Nein, das kann nicht sein" und „unglaublich!" bedeuten ganz und gar nicht, dass man es nicht glauben kann, oder dass ich es wagen würde, die Wahrheiten eines anerkannten Philosophen anzuzweifeln.

Zu meiner Rechtfertigung erklärte ich verhalten, dass das Wort „unglaublich" mehrere Bedeutungen hat: etwas Großartiges, Märchenhaftes und auch Fantastisches. Leider hat dies die innere Unruhe nicht besänftigt, im Gegenteil – ein noch heftigerer Schwall von Fragen drang hervor, gemischt mit Zweifeln. Der programmierte Gedanke der Autorin und des Philosophen erhielt jedoch allmählich eine Dynamik und eine Richtung, und ich versuchte, Antworten auf die Fragen zu finden, die aus dem ersten Teil der These erwachsen:

„Was möchte der Mensch denn erkennen?"

„Natürlich das Leben!"

„Ha, ha..." – diese Antwort stellt mich also nicht zufrieden. Vom spannenden Teil der These „Das Leben ist ein Experiment" habe ich mehr Klarheit und Sinn erwartet, was auch das verhaltene ohne erhobenen Pathos an der Zungenwurzel steckengebliebene „ha" und „cha" hervorrief. Darin verbargen sich Emotionen, die sich vielleicht auch nicht durch andere Worte ausdrücken lassen. Warum aber hat das entglittene Wörtchen „ha" so gar keine Ähnlichkeit mit dem „cha", und welche Bedeutung erfahren dadurch die wiederholten Aussagen – das verstand ich selbst nicht.

War „cha, cha, cha" die Entsprechung für litauische Empfindungswörter, die einem Lachen gleichkommen, und bedeutete „ha, ha, ha" eher einen deutschen Ausruf, der Zweifel vermuten lässt, oder ist es Ausdruck der Zufriedenheit, nachdem man etwas Erstaunliches im Leben entdeckt hat?

Vielleicht ja.

Der Gedanke, dass ich dem Ursprung dieser Empfindungsworte unbedingt auf den Grund gehen muss, ließ mir keine Ruhe. Die Erkenntnis, dass am Anfang das Wort war, half nicht viel, denn um die Wahrheit zu sagen, wusste ich nicht, welches dieses erste Wort war...

Vielleicht „ha"?

Das sarkastische „chi, chi, hiiiiiiiiii", das meine Gedankengänge begleitete, füllte den Raum quasi mit Schatten. Als ich einen Blick in den Spiegel warf und die hinter dem Tisch sitzende krumme Silhouette erblickte, erschrak ich, denn ich fürchtete, dass dieses „chi, chi..." auch meine Gedanken verzerren würde. Ich lehnte mich zurück und saß lange vor dem Artikel, als hätte ich Angst mich zu erheben und mit krummen Beinen auf den schiefen Reflexionen der Gedanken über das neben mir liegende Blatt Papier zu wandeln – es war bereits in alle Richtungen mit

Sätzen aus dem Artikel und meinen eigenen Schlussfolgerungen bekritzelt. Der Lesestoff nahm mich manchmal so in Besitz, dass aus der Tiefe immer wieder ein stimmloses, ironisches „ha, ha" aufstieg, und als die Emotionen überhandnahmen, traten allmählich die Bedeutungen hervor: Ein deutsches „ha" bedeutete Erstaunen und Zustimmung, ein litauisches „cha" – Spott, ein dreifaches „cha, cha, cha" – Gelächter.

Dieser Artikel reizte und trübte die Wasser des Anfangs schonungslos, warf mich umher zwischen deutschen und litauischen Empfindungswörtern, die ich nun nicht mehr abschütteln konnte.

Ich habe es auch nicht versucht. Ich glaubte daran, dass sie beim Finden der Bedeutungen und Konnotationen helfen werden, und ihre häufige Verwendung wird nicht nur meine Emotionspalette beleuchten, sondern vielleicht auch mein Denken anregen und auf die richtige Bahn lenken.

Aber je weiter ich kam, desto tiefer geriet ich hinein, und die Wahrheiten schwarz auf weiß begannen mich zu ersticken, denn das sarkastische Lachen chi, chi, chiiiiiiiiiiiiiiiiiiiii... nahm kein Ende. Bei aller Verwirrung gesellten sich auch die Worte hinzu, die mir die Sprache verschlugen:

„Du – das heißt ich – bist also kein Experiment des Le-bens, sondern... der Ge-schich-te."

Ich war verblüfft von dem unverhofften Gedanken und schaute mich sogar um, woher die Laute kamen. Ich dachte, ich hätte von der Geschichte Abschied genommen, deshalb reagierte ich so impulsiv:

„Das stimmt nicht! Ich bin das Experiment meines eigenen Lebens, nicht das der Geschichte... Nein, nein, auf keinen Fall, ich bin das Experiment meines Lebens, nicht das der Geschichte!" – ich wiederholte es immer und immer wieder, aber die Worte wurden von derselben Schlussfolgerung überschattet:

„Du bist ein Experiment der Geschichte."

Ich hielt es nicht mehr aus und lachte laut:

„Cha... Cha... Ha... Ha... Sehr witzig!"

Nachdem ich die Zeitschrift auf den Boden geworfen hatte, versuchte ich mich von den darin niedergeschriebenen Wahrheiten abzugrenzen, aber die Aktion brachte nur einen einsilbigen Laut hervor – „ha".

Das einsame Solo und die zweifelnde Intonation überzeugten nicht, also fragte ich mich leise, mit der Angst, dass meine ausgesprochenen Worte mit realem Sinn gefüllt werden könnten:

„Bin ich wirklich ein Experiment der Geschichte?"

„Ich... Ich... Bin ich ein Experiment der Geschichte?!"

Durch bewusste Verschränkung des „cha, cha, chaaaaaaaaaaaaaaa" mit dem deutschen ironischen „ha, ha, haaaaaaaaaaaaaaaa", wehrte ich die Antwort ab. Doch die Vorahnung, die mit verschiedenen Lauten in der Luft schwebte, bestätigte geradezu meinen verwirrten Geist, und ich kam fast ins Stottern:

„I... ich... b... bin e.. ein Ex... peeerrrriiiimennnt d... der Gesch-sch-sch-i-ch-ch-ch-t-te...!"

Der berühmte deutsche Philosoph hatte wahrscheinlich derartige Reaktionen seiner Leserschaft vorhergesehen, deshalb gab er auch den Rat, das Leben wie ein Experiment zu betrachten, und er wies im Voraus darauf hin, dass ein Übermaß an Geschichte dem Leben schaden kann.

Der Autorin des Artikels würde eine solche Paraphrase ihrer Thesen wohl nicht gefallen, aber es fällt mir nicht mehr leicht, mich von deren Interpretationen zurückzuhalten und die Invasion zu stoppen, denn der Ausspruch „das Leben ist ein

Experiment" hatte sich so in meinem Gehirn festgesetzt, dass ich einen klugen Schluss zog und ihn rasch notierte:

„Ich bin jener, der seine Geschichte selbst bewältigen muss."

Ich war etwas erleichtert, aber meine erste Schlussfolgerung erinnerte mich an die Worte von jemandem:

„Die Geschichte ist nichts weiter als die ständigen leeren Bemühungen des Menschen, seiner unwiderruflichen Natur zu entgehen."

Worte, die wie für mich bestimmt waren, ließen die zweite Schlussfolgerung in einem völlig anderen Licht erscheinen:

„Ein Übermaß an Geschichte schadet dem Leben!"

Die provokativen Gedanken erhitzten das Gemüt, und die Beständigkeit der Schlussfolgerungen versetzte mich an den Beginn der tragikomischen Geschichte – die Realität der damaligen Zeit, die wie ein Glasschneider eine Skizze meines Lebens ritzte. Obwohl die Epoche voller freiwilliger Doubles und Statisten war, die sich an der Schaffung einer Zukunft beteiligten, die überhaupt nicht der Skizze aus der Fantasie entsprach, interessierte mich die Geschichte nur soweit, wie sie mich am Aufbau eines eigenen Lebens hinderte.

Dieser mit Metaphern verwobenen Realität wurde ich selbst langsam überdrüssig, und das entglittene „cha, cha, cha" versetzte mich an den Anfang eines tragikomischen Experiments des Lebens, das mit chemischen Entwicklern und am Punkt des Zusammentreffens verschiedener Umstände nach und nach die Hauptfiguren zum Vorschein kommen ließ.

ERSTER TEIL

# Das Kunstwerk

Der Beginn eines Kunstwerks ist ebenfalls das Empfindungswort „cha", das irgendwann einmal ein Künstler beim Malen des reifsten Gemäldes seiner Genialität mit Zufriedenheit entgegnete.

Mit großen Augen untersuchte er die Kopien des Gemäldes eines berühmten russischen Malers in der Größe von Schokoladenpapier. Die verknitterten Papiere waren sorgsam geglättet und an eine Vase auf dem Tisch gelehnt. Öffnete man die Tür, wirbelte ein Windzug sie auf und ließ sie nach einem kurzen Rundflug auf den grauen Boden sinken. Die Braunbären auf dem Gemälde „Morgen im Kiefernwald" kamen in Bewegung und wären fast von den umgestürzten Bäumen herabgefallen, und der Eisbär auf dem Gemälde „Bär im Norden" rutschte aus und erstarrte in seinem weißen Umfeld, als fürchtete er, zwischen den Eisschollen einzubrechen. Das „chm, chm" des Malers, mit seitlich ausgestreckten Händen, wurde mit einem „ha, ha" zu offenkundiger Zufriedenheit.

Das durch meine zusammengepressten Lippen entweichende „chi, chi, chi..." wurde sogleich von Muttinnngs Ausbrüchen der Bewunderung erstickt, die dazu anregen sollten, das große Meisterwerk so schnell wie möglich zu vollenden.

Das Gemälde sollte in einem ziemlich großen Raum mit einem Ofen, der nur an besonders kalten Wintertagen befeuert wurde, aufgehängt werden. Der ehemalige Hausherr wärmte sich an diesem Ofen nicht nur, sondern räucherte im Schornstein auch Würste und Speck. Die Mischung aus Ruß und Fett, das der Decke und den Wänden einen natürlichen biologischen Farbton verlieh, hielt jeder Art von Chemikalien stand.

Die Decke ließ sich noch mit weißen Papierbögen bekleben, und mit der passenden Beleuchtung konnte man die Aufmerksamkeit der Gäste von ihr ablenken, aber die Fettflecken, die die Wand mit ihrem grauen Muster besprenkelt hatten, ließen sich nicht verbergen. Deshalb war dieses Zimmer weder Küche oder Esszimmer noch Wohnzimmer.

Muttinnngs rege Fantasie sah an der Wand das Gemälde „Morgen im Kiefernwald", das alles ins Lot bringen sollte. Nur seine Größe war unklar.

Mehrmals wurden leere Rahmen verschiedener Größen an der Wand aufgehängt, um alle dunklen Flecken zu verbergen; darum wuchs das Format des Gemäldes auf 2 x 1 m.

Als das Gemälde schließlich vollendet war, saß meine vor Freude strahlende Mutter vor dem Meisterwerk, hielt ehrfürchtig die rechte Hand des berühmten Meisters und hob sie gelegentlich, als hätte sie den Wunsch, jeden seiner goldenen Finger der Reihe nach zu küssen.

Mit grenzenloser Dankbarkeit in den Augen seufzte sie von den besonderen Talenten des Menschen und von der großen Kunst...

Mein Muttinnng vergaß völlig, dass es sich bei diesem Gemälde um das Meisterwerk des berühmten russischen Künstlers Iwan Schischkin handelte, und an der Wand hing nur die wenig gelungene Kopie von Stepukas. Für sie war er, Stepukas, der berühmteste, und wie ein wahrer Maler bedeckte er seine spärlich behaarte Glatze mit einem Barett.

Ha ha, vielleicht auch beim Schlafen?

Muttinnng kannte den Namen des Malers nicht, aber zuzugeben, dass sie ihn nicht kennt – nein, das passte nicht zu ihr. Die Manöver der Allwissenden hatte ich längst durchschaut. Mit

Augenblinzeln und kurzen Ausrufen des Entzückens – „Oh! Wie wunderbar! Ein großer Künstler! Das ist wirklich herrlich!" – vermochte sie ihr Unwissen zu verbergen. Mit anmutig geneigtem Kopf berührte sie mit dem Zeigefinger ihre Schläfe und versuchte mit vorsichtiger Aussprache der ersten Buchstaben den Nachnamen des Malers zu erraten, wobei sie dem Ergebnis ihrer Suche mit Seufzern Ausdruck verlieh. Erwähnte jemand den Namen des Malers, sagte sie ohne Pause neckisch:

„Oh ja, ja, wie konnte ich das vergessen", und als wolle sie sich den Namen für die Ewigkeit einprägen, wiederholte sie ihn dann mehrmals.

Auf diese Weise saugte mein Muttinnng fast alles auf, was Kunst genannt wurde. Sie las wenig, zog jedoch künstlerisch veranlagte Menschen leicht an; indem sie ihren Unterhaltungen lauschte, erweiterte sie ihr Wissen. Mit weinerlicher Stimme erwähnte sie oft, dass der Krieg und das Rad der Geschichte ihr Leben verändert haben.

In ihrer Jugend malte und sang sie, spielte Gitarre, kopierte gern Gemälde, Porträts und stellte so ihr Talent unter Beweis. Mehrfach habe ich die missglückte Geschichte von ihr als Sängerin gehört.

Der von ihrer Stimme entzückte und noch recht junge Chorleiter wollte sich besser mit den solistischen Möglichkeiten ihrer Stimme vertraut machen. Bei einem Vorsingen sagte die Konzertmeisterin, die Frau des Chorleiters, das Wort „Bass". Mein Muttinnng, die dies auf sich bezog, war zutiefst gekränkt und rannte aus dem Saal, wobei sie schrie:

– Ich bin kein Bass, ich bin ein erster Sopran!

Das war wirklich ein lustiges Missverständnis, doch meine naive Mama hat es nicht geglaubt. Mit schluchzender Stimme erinnerte sie mich und andere oft daran, dass man sich über ihre Stimme lustig gemacht hätte und dass ihre Karriere als Solistin von der eifersüchtigen Frau des Chorleiters zerstört wurde.

Trotz alldem blieb sie den Menschen der Kunst treu und lobte ihre Werke auf jede erdenkliche Weise.

## Der Konflikt

Mein Konflikt mit der Kunst begann bereits in früher Kindheit.

Es ist eine Geschichte mit einer Fortsetzung, die zu einer Konfrontation völlig anderer Art auswuchs. Der Grund dafür waren Süßigkeiten, die damals nicht so leicht zu beschaffen waren. Aber bei der Geschichte geht es nicht darum, sondern um die Reproduktionen auf den Verpackungen von Süßigkeiten, die einem die Werke russischer Maler näher brachten.

Ich würde nicht sagen, dass mir das Gemälde des berühmten russischen Malers nicht gefallen hat, aber als die Kopie des Malers mit Barett endlich fertiggestellt war und die Braunbären stets vor meinen Augen auftauchten, begann ich eine schwer zu zügelnde Abneigung gegen die große Kunst zu verspüren, und die alltägliche Bewunderung meiner Muttinnng für das Meisterwerk von Stepukas verstärkte diese Abneigung noch: „Ach, wie diese Braunbären das Gemüt erheitern..."

Cha, cha... Ich konnte mir kaum den Spott verkneifen, den nicht die Kunst heraufbeschworen hatte, sondern zwei Künstler, die in unserem Hause große Kunst geschaffen hatten, gefördert durch die Seufzer von Muttinnng.

Der Maler mit „einzigartigem Talent", Autor des Gemäldes „Morgen im Kiefernwald" an der fettbesprenkelten Wand, ersetzte Muttinnngs früheren Freund, einen Maler, der in unserem Haus ebenfalls Spuren seiner Kunst hinterlassen hat.

Nachdem er Blumen, Trauben und andere Schnittmuster angefertigt hatte, besprühte er die Wände eines Zimmers mit Farbe, und ich war gezwungen, ohne einen einzigen Flecken Erholung für die Augen zu leben.

Von Muttinnngs „Wie schön, wie schön!" schwoll dem lieben Herrn Maler die Brust; er hielt sich absichtlich länger bei uns zu Hause auf und wartete auf Inspiration für die Gestaltung der anderen Zimmer.

Glücklicherweise kam es nicht dazu.

Melpomene ließ mein Muttinnng nicht lange in seinen Armen verweilen. Herr Maler fand eine andere Muse und Muttinnng wurde von der Kunst von Stepukas und seinem Barett geblendet.

Auf diese Weise fügte sich meine Geschichte wie eine Bienenwabe zusammen. Und diese großen Künstler, in deren Zeit und Raum ich mich aufhielt, prägten meinen Geschmack: In einem Zimmer Braunbären auf umgestürzten Bäumen, im anderen das Erbe von Herrn Maler – Blumen aufgehängt in verschiedenfarbigen Rahmen.

Ich erinnere mich daran, wie ich unermüdlich nach einer Lösung suchte. Einer künstlerischen natürlich! Ich konnte schließlich nicht wie ein unreifes Mädchen meinem Ärger Ausdruck verleihen oder wie einige Künstler, die von magischem Himmelsgeflüster beeinflusst worden sind, Farbe auf die Wand schütten.

Meine Reifung, die aus dem inneren Widerstand erwuchs, fand allmählich statt und nahm lange Zeit keine Form an. Die Form wurde von der Natur selbst vorgegeben.

Wenn meine Augen an den toten Blumen an der Wand hängenbleiben, schüttle auch ich den Kopf wie unser Hund Regas.

PETITIO

Die Vorfreude auf Essen war stets so stark, dass er seine Gefühle immer stärker zeigte. Mit lächelnden und zwinkernden Äugelein wackelte er mit dem Schwanz und bellte dumpf „hu, hu". Und einmal erblickte ich die Männlichkeit von Regas, ähnlich einem Staubblatt – dem männlichen Geschlechtsorgan der Blüte.

Kein Empfindungswort hätte die wie ein Hitzeschwall hereinbrechende Bewunderung für meine Entdeckung besser zum Ausdruck gebracht – eben genau „chi, chi" mit Verachtung für das Werk von Herrn Maler.

Vor Zufriedenheit grunzend und ohne auch nur eine Sekunde zu zögern habe ich den Blüten mit roten Wasserfarben Staubblätter angemalt. Sie sahen dem „chi, chi" von Regas sehr ähnlich, und gemeinsam mit dem innewohnenden „cha, cha" rechtfertigten sie meine künstlerische Leistung.

Das Zimmer veränderte sich sofort, und die ständig auftauchenden Empfindungsworte trugen sogar zur Verschönerung meiner tragikomischen Lebensgeschichte bei, die in keinen traditionellen autobiografischen Rahmen gepasst hätte.

Irgendjemand hat einmal gesagt, Kunst sei nur die Nachahmung der Natur. Völlig richtig! Ich bin das lebendige Beispiel für ein solches Phänomen.

## Vernissage

Cha, der erste Versuch mit den Staubblättern war ein Erfolg! Ich glaubte fest daran, dass immer neu auftauchende Wahrheiten des Lebens auch in der Zukunft meinen kreativen Raum erweitern werden, dass bei einer Änderung der Umstände die Möglichkeit zur Selbsterschaffung und andere Möglichkeiten entstehen werden und dass meine im Entstehen begriffene Individualität neue Farben erhält.

Cha, vielleicht finde ich ja ein charakteristisches, eigenes Empfindungswort mit Ausrufezeichen, das meine Persönlichkeit noch besser hervorhebt?

Vielleicht, vielleicht?

Das Meisterwerk, das die fettigen, dunklen Flecken des Lebens versteckte, war der große Anstifter, und deshalb wurde der zweite Schritt tatsächlich zum Gipfel der Errungenschaften – ein doppeltes Fest für Geist und Bauch.

Cha, das Fest für den Bauch begann noch vor der „Vernissage", nach der mit meinem Körper auch mein Verstand dahinfloss. Der Beginn des Vorgangs war leider ein eher gewöhnliches, fast schon alltägliches Ereignis dieser Zeit: eine dicht gedrängte und lange Schlange wartender Menschen vor einem Tresen, auf dem eine mit dünnen Brettern verstärkte und zugenagelte Kiste aus Furnierholz stand. Lediglich das Brecheisen in der Hand der jungen Verkäuferin verlieh dem Inhalt der Kiste besonderen Wert.

Die Ungeduld der Menschen am Ende der Schlange war offensichtlich. Zwischen den Köpfen der anderen hindurch beobachteten alle die flinken Bewegungen der Verkäuferin in Erwartung der magischen Öffnung, denn nicht alle hier Wartenden wussten, worauf sie warten. Der erste in der Schlange und vielleicht auch einige hinter ihm konnten es ahnen, aber das große Wunder war noch nicht geschehen: Den jungen und sanften Händen der Verkäuferin widersetzten sich bis zur vollständigen Öffnung der Kiste noch einige verbogene Nägel, die dem Brecheisen nur schwer gehorchen wollten.

Die unerwartete Frage „Bleiben Sie hier stehen?" ließ mich zusammenzucken. Eine vor mir stehende junge hübsche Frau begann mir, einer Jugendlichen, zu erklären, dass sie gerade von der Arbeit zurückgekommen und der Kühlschrank leer sei; der kleine brauche doch Brot, Milch und Graupen, und sie habe es sehr eilig, weil sie noch rechtzeitig irgendwohin müsse, und sie würde gern einen Platz in noch einer Reihe einnehmen. Ich habe nicht verstanden, wohin sie so eilig unterwegs war, denn sie erinnerte sich an etwas, seufzte kurz und entschwand eiligen Flügelschlages.

Mit den Augen folgte ich der Frau, die mit Absatzschuhen anmutig von Tresen zu Tresen schritt. Ich sah, wie sie sich in eine Schlange stellte, wo sie zuvor einen Platz unter mehreren Frauen und einzelnen Männern eingenommen hatte. Irgendein Unbekannter, der über ihre Manöver lächelte, ging ihr nach und stellte sich neben sie. Als sie sich umdrehte und ihn ansprach, wurde sein Grinsen immer breiter, aber bald wurde seine Miene wieder ernst, und mit Enttäuschung schaute er zu, wie sie in eine andere Schlange eilte. Dort gab es mehr Vertreter des männlichen Geschlechts, und diese wählen bekanntlich schneller und rationaler, und sie ergaben sich der Magie der jungen Verkäuferinnen; sie bemerken nicht einmal, dass das schwere Papier, in das die Ware eingewickelt wurde, mehr als die Ware selbst wiegt.

Die Warteschlange bewegte sich im Schneckentempo voran, also beobachtete ich die Menschen. Die anmutige Frau, die ihre letzten Kräfte zusammennahm, stand immer noch gerade. Die Trageriemen ihrer vollen Tasche dehnten sich wie bei einem Beutel. Sie hätte sie auf dem Boden abstellen können, wollte aber so lange wie möglich die Eleganz wahren: mit einer Tasche, einem Zellophanbeutel mit gerissenen Riemen, den sie an die Brust drückte und den man immer wieder mit dem Knie nach oben drücken musste, damit er nicht abrutscht.

## ERSTER TEIL

Ungeduldig schaute sie auf unsere Schlange, der klare Blick verblasste, die Beine knickten ein, als würde sie in dickflüssigem Öl waten. Die Vergleiche brachten mich zum Schmunzeln. Ich lächelte und stellte mir vor, wie die schöne Frau nach dem erfolgreichen Hindernislauf zu ihrem Treffen eilt und dort aufmerksam einem Vortrag lauscht, wie man ewige Mangelware ergattern kann.

Ich stand geduldig in der sich langsam bewegenden Schlange und zählte in Gedanken mein Geld. Mit jedem bewussten Gramm zeigte sich die Bedeutung dieses defizitären Prozesses. Mit einer schwer zu beschreibenden, fast schon übersinnlichen Empfindung begriff ich – das ist meine Chance, und ich muss sie nutzen, denn mit einem solchen, wenn auch banalen, alltäglichen Zufall konnte ich nur einmal im Jahr rechnen. Und hier gab es auf einmal unerwartet, zum großen Erstaunen meinerseits, das Konfekt „Bär im Norden" mit besonderem Inhalt.

Als ich dann eine Tüte mit Konfekt in den Händen hielt, schaltete sich ein unterbewusster Mechanismus ein, und es kam zur spontanen Auflösung dieses bedeutsamen Ereignisses.

„Cha, cha... Cha, cha, cha...", lachte ich gehässig – so lange, dass ich selbst vor dieser spontanen Reaktion erschrak.

Ich war die glückliche, die die letzten 999 Gramm bekam. „Cha, cha, cha, cha...", lachte ich noch einmal und zog damit den Ärger der umstehenden Menschen auf mich. Vielleicht hätte ich mich bei denen, die mein Lachen verletzt hat, entschuldigen sollen, aber ich habe mich nicht entschuldigt. Damals habe ich die Funktionsweise meines paranormalen Gehirns und die Kraft, die mich dazu verleitet, mich so und nicht anders zu verhalten, nur schwer verstanden: Jeder Bissen wurde von Handlungen begleitet, die im Alltag unangemessen waren. Ich habe das Schokoladenpapier nicht auf den Boden oder in den Mülleimer geworfen, sondern die Kanten sorgfältig geglättet und das Papier einzeln nacheinander in ein Buch gelegt, das ich zur Hand hatte, als hätte ich geahnt, dass eine solche Verkettung von Zufällen einer ausführlichen Analyse bedarf.

Auf dem Weg nach Hause fühlte ich mich die ganze Zeit so, als hätte ich mit dem Verfassen meiner Memoiren begonnen. Ich hielt Pegasus am Schweif, weil ich fürchtete, er würde gleich davonfliegen, noch bevor ich das Geschenk dieser kreativen Inspiration festhalten konnte – die Gemälde der großen Maler, zu denen auch das von Stepukas gehörte.

Die Interpretation aller Zufälle endete mit dem letzten Bissen, und die Übelkeit von 999 Gramm Glukose stimmten mit dem deutlichen Fantasiegebilde überein, als das Bewusstsein es blitzschnell mit allen Realien verband und einen Plan zur Umsetzung schmiedete.

Obwohl der Selbsterhaltungstrieb damit drohte, den gesamten bedeutenden Inhalt zu erbrechen, bemühte ich mich mit aller Kraft, die spasmische Antwort meines brennenden Magens zu zügeln. Glücklicherweise wurden die physiologischen Reaktionen, die der berühmte russische Wissenschaftler Pavlov untersucht und in seinen Traktaten über bedingte Reflexe beschrieben hat, von einer Idee blockiert, die von meinem Bewusstsein Besitz ergriffen hatte. Um sie erfolgreich realisieren zu können, bemühte ich mich mit aller Kraft, schnellstmöglich alle Assoziationen herzustellen. Dazu mussten alle Mittel mit klarem Kopf gewählt und freier Platz organisiert werden.

Ziemlich leicht stieg ich auf zwei übereinander gestellte Stühle und beklebte die Wände mit Reproduktionen im Kleinformat – mit dem Schokoladenpapier. Ich stimmte sie dabei sorgfältig auf das im Mittelpunkt hängende, von Stepukas gemalte Original ab, wobei ich der Komposition besondere Aufmerksamkeit widmete; schließlich wollte ich nicht, dass das große Meisterwerk Schaden erleidet.

Ich war wie verzaubert: Mir schien, ich erschaffe eine andere Welt, fast schon eine neue Richtung in der Kunst. Ich genoss die Glückseligkeit der Ekstase und wurde von diesen künstlerischen Entladungen ganz benommen. Der kreative Aufschwung ist nur von kurzer Dauer, und es ist nicht einfach, das Ergebnis vorherzusehen. Mit den Empfindungsworten „cha, cha" bestätigte ich die Identität meines Werkes.

„Die grundlegende Eigenschaft der Kunst ist die vieldimensionale Exposition des Betrachters", pflegte Stepukas zu sagen.

Die enge Beziehung zur Kunst rückte meine Gedanken über den Eindruck meines Werkes und die Prognose der Reaktion, die es hervorrufen wird, in weite Ferne. Der grundlegende Anreiz für mein Handeln war der Wunsch, diese zwei Menschen, die mich geistig quälen, zu schockieren, und ich hatte mein Ziel schon fast erreicht.

Als ich leicht ins Schwanken geriet, dachte ich, dass ein Sturz aus der Höhe, auch wenn diese nur künstlich durch zwei Stühle erreicht wird, der unangenehmste gewesen wäre.

In Ekstase überdeckte ich alle Flecken, die durch das vom heißen Rauch spritzende Fett entstanden waren, und das Panneau – der große Aspirator, der fast alles aus meinem Körper herausgesogen hatte, war vollendet; der aus den Lungen drängende Luftstrom begann durch Berührung der bereits befreiten Stimmbänder Töne zu erzeugen, die den angehauchten Konsonanten, die in der phonetischen Transkription mit dem Buchstaben „h" angegeben werden, ähnlich sind. Ich fühlte mich etwas erschöpft, die Müdigkeit äußerte sich lediglich in den Lauten „ph", „th", „kh", die meinem erhabenen „ha" und „cha" den Weg versperrten.

Unverhofft erlangte die Physiologie die Oberhand: Die Schwäche, die mich nach dem Erbrechen befiel, zwang mich auf der Stelle in die Hocke, auf dem Stuhl vor Stepukas' Meisterwerk, das durch den Ausbruch meiner kreativen Kräfte perfektioniert wurde. Diese erzwungene Sitzhaltung, quasi eine bewusst gewählte Aussichtsplattform, förderte den Dialog mit meinem Werk, aber ein entweichendes undeutliches „ha" schien zu sagen, dass es nicht leicht ist, die eigene Existenz mit den banalsten Mitteln zu beweisen.

## Provokation

Die Haustür fiel ins Schloss. Schritte kamen näher. Ich begriff, dass die Beziehungen des Trios sogleich geklärt werden.

Der Schock war offensichtlich. Offene und halb geöffnete Münder, leicht mit der Hand bedeckt, als seien sie den Gemälden von Bosch entsprungen, verhinderten das Hervortreten aller Laute.

Ihre Reaktion machte mir keinen Kummer. Mit einem beiläufigen „na?" provozierte ich völlig andere Bewegungsabläufe im neugestalteten Zimmer. Die Zurückhaltungs- und Nichtangriffstaktik änderte die Stimmung ein wenig, und Muttinnng schwafelte davon, dass Eisbären sehr gut zu Braunbären passen und sogar für mehr Helligkeit im Zimmer sorgen.

Die weiblich zaghaften und zurückhaltenden Ergänzungen: „na,… ist vielleicht… gar nicht so übel", unter Beipflichtung der schwachen männlichen Stimme „nicht übel, nicht übel…", bedeuteten in Wirklichkeit, dass es „nichtig" war.

ERSTER TEIL

Muttinnngs zaghafte Würdigung der Eisbären änderte nichts. Ich erwartete auch keine positive Bewertung, denn das Gefühl, das mich befallen hatte, war viel tiefer, aber es wäre zu dumm gewesen, den Sinn meiner Handlungen zu offenbaren. Ich spürte, dass eine magische Metamorphose im Gange war: Aus einer Puppe entwickelte sich unter dem Einfluss von Temperatur, Druck und chemischen inneren und äußeren Reizen eine völlig andere Persönlichkeit, die bereits in zwei Meisterwerken ihren Ausdruck fand – einem Panneau mit Staubblättern und einer großen Collage. Und ein Abstreiten ohne Empfindungsworte ist der größte Anreiz zur Bestätigung.

Ich konnte mich des Gedankens nicht erwehren, dass meine Bildung wahrscheinlich bereits im embryonalen und postembryonalen Stadium begann. Hätte Muttinnng meine Gedanken lesen können, wäre es sicher zu einer ernsthaften Diskussion über die Heterogenese gekommen, die sie mit hohen, prosaischen Tönen beendet hätte:

„Und wo bist du denn so herausgekommen?"

„Auch von dort, auch von dort!", hätte ich ohne zu zweifeln gesagt, denn die Zoologie hatte mich mit einigen Geheimnissen und Theorien der Entstehung des Lebens auf dieser Erde vertraut gemacht, und die Ähnlichkeit zwischen Mensch und Tier war mir bekannt.

Eine dieser Theorien, die meiner Geburt sehr nahe steht, spricht von einem „Wunder" – einem spontanen Prozess, der nicht von den äußeren Bedingungen abhängig ist, wenn man sich offensichtlich von den Formen der Landsleute entfernt. Je näher ich meiner noch im Entstehen begriffenen Individualität kam, umso mehr zweifelte ich an dem spontanen Prozess und vermutete, dass in meinem Fall eine Provokation stattfand.

27

Je weiter, desto mehr reifte diese Vorstellung. Ich vermutete, dass der große Provokateur – der geheime Agent, ein Vertreter männlichen Geschlechts sein musste – mein Vater, den ich nicht kennengelernt habe, den ich aber aus Muttinnngs Erzählungen kannte und durch den sie in gefährliche Situationen geriet.

Nachdem er in ihren noch nicht vollständig bereiten Organismus eingedrungen war, legte er den Samen, der sehr plötzlich keimte; nur sein Wachstum bis zur Entstehung des Lebens erstreckte sich über Monate.

An dieser Stelle würden vielleicht meine Empfindungsworte passen, aber mir entrann nur ein kurzes, stimmloses „ha" anstelle von „cha, cha, cha", denn meine Entstehung war kein großer Segen, und die Zoologie erklärte nicht alles. Sie erklärte eher die Bildung meiner späteren Individualität als Ganzes, abhängig von den äußeren Umständen. Und die präembryonale, embryonale und postembryonale Entwicklung, stärker beeinflusst vom Innern als von der Außenwelt, ist weniger erkenntnisreich.

Eine kurze Vorgeschichte würde einiges erklären, aber die Zeit zurückzudrehen und dieselben Bedingungen und Umstände wiederherzustellen, die meine embryonale und postembryonale Entwicklung beeinflusst haben, ist nicht leicht, und die kontinuierliche Beschreibung des Vorgangs bis zur Entstehung einer neuen Art umso mehr. Wäre ich auf dem Tisch eines Experimentators gelandet und hätte er zu dieser Zeit und unter diesen Bedingungen ein solches Phänomen beobachten können, dann wäre die Embryologie nicht nur um neue Entdeckungen reicher, vielleicht wäre ich sogar ein interessantes Ausstellungsstück geworden, das in einem mit Formaldehyd gefüllten Glasgefäß im Anatomiemuseum schwimmt.

Ich lachte und hielt mit der Hand die zitternden Lippen, als wäre der Vorgang, den ich mir in meiner Fantasie ausmalte, real.

ERSTER TEIL

# Tragikomödie

Die Kapitulation meiner Mutter – des Kükens, wie sie ihr Bruder, ihr größter Verteidiger und Gegner der Freundschaft zum großen Provokateur, nannte – lässt sich nur damit erklären, dass mein zukünftiger Vater damals große Macht besaß. Wegen wiederholter Störung ließ er meinen Onkel sogar einsperren.

Muttinnngs Erzeuger wagten es nicht zu widersprechen, und auch alle anderen Familienmitglieder schwiegen. Sie wurden an unterschiedlichen Orten des Landes geboren und verdienten sich mit schwerer Arbeit ihr Brot, das nicht immer für die große Familie ausreichte. Und der russischstämmige Provokateur, sechzehn Jahre älter als das Mädchen, das sein Haus in Ordnung hielt (meine zukünftige Muttinnng), war damals Eigentümer eines Fleischgeschäftes, und seine Stärke lag nicht nur in Kapital oder Macht, sondern auch in rotem Fleisch; er nutzte die ungünstige Situation der in diesem fremden Land lebenden Flüchtlinge aus, und ich wurde zum Produkt einer solchen heterogeschlechtlichen Hybridisierung, zu einer Nachfahrin – einer Hybridin zweier feindlich gesinnter Völker – einem wahrhaftigen „hi".

„Hi…hi…hi, hi…hi…hi, hi…hi…hi, hi…hi…hi…", platzte es aus mir heraus, aber es war überhaupt nicht witzig. In meinem Bildungsprozess war die Hybridkraft so mächtig, dass ich mit meiner Lebendigkeit und Produktivität tatsächlich die Urformen des Vaters hinter mir ließ, nur die weitere Hybridisierung zwischen den Arten und zwischen den Stämmen war etwas gestört, denn der Provokateur (Vater) verschwand hinter dem Horizont, und nachdem sich das Paar getrennt hatte, wurde eine noch unreife Vertreterin des weiblichen Geschlechts – mein Muttinnng, eine reinblütige Deutsche – zu meiner erblichen Grundlage.

Als sich auf dem mit einem weißen Laken abgedeckten Tisch das zurückgelassene junge und zerbrechliche Wesen quälte, das freiwillig, oder vielleicht unter Zwang den Apfel der Sünde angebissen hatte und aus dem Paradies vertrieben wurde, linderte die Natur ihre Geburtsschmerzen nicht.

Ihre Sünde, also auch ihre Qualen!

Die ungünstige Zeit, die den Keim reifen ließ, schwächte auch meinen Ausbruch in die Welt, aber die Geburt zögerte sich nicht durch meine Schuld hinaus und unterschied sich nicht von der Entstehung anderen Lebens. Ich habe alle Stadien durchlaufen: die Kreuzung, Hybridisierung und den etwas kürzeren (8 ½ Monate andauernden) Embryonalprozess, der mit stiller Ankunft endete. Die Klapse einer fremden Hand hauchten Leben ein, wodurch sie mein reines Dasein rechtfertigten, und die entsetzten Atemzüge, gepaart mit den Schreien des Lebens, ermöglichten die rechtmäßige Anerkennung der neuen Welt.

Muttinnng sagt, unsere Bekanntschaft war tragikomisch.

Jedes Mal, wenn diese Geschichte erzählt wurde, füllte sie sich mit immer neuen Elementen, von denen sie meist allein bis zu Tränen lachte, was mich sehr verletzte. Die Tragik ihrer Erzählung verblasste allmählich und nahm fast die Züge einer Komödie an. Wenn alles natürlich nicht so tragisch wie lustig, nicht so fröhlich wie traurig gewesen wäre, dann hätten sich meine Emotionen vielleicht längst beruhigt, aber da ich all dies nicht erfahren habe und damals die Rolle eines blinden Kätzchens spielte, war mir vieles unverständlich.

Das von ihr gezeichnete Bild wanderte zu den Zentren und kehre mit einer anderen Reflexion zurück, und es schien gar, dass mein Entstehen auf dieser Erde, im Hinblick auf Zeit, Raum sowie Art und Weise, nicht nur kompliziert, sondern auch obszön war.

ERSTER TEIL

Ich war mir sicher, dass das Kontrastmittel, das zum Erstellen von Enzephalogrammen eingesetzt wird, für einen Fachkundigen völlig neue wissenschaftliche Erkenntnisse zu Tage gefördert hätte.

Muttinnngs Erinnerungen waren unerschöpflich... Ich weiß nicht, wie oft sie sagte, dass meine Ankunft für sie das größte Geschenk Gottes war, von dem sie so geträumt hatte. Zu dieser Zeit gab es noch keinen Apparat, mit dem sich das Geschlecht des Fötus bestimmen ließ, aber sie sagte sich selbst voraus, dass sie ein Mädchen unter dem Herzen trägt. Dies wiederholte sie fast jedem, den sie traf und nannte mich noch ungeboren beim Namen einer der beliebtesten und schönsten deutschen Schauspielerinnen.

– Ich wusste es, – sagte sie und lächelte der Hebamme glücklich zu, die auf ihr „ich wusste es" und das Lächeln gleichgültig reagierte, mich – die Neugeborene – rasch hinaustrug, und Muttinnng selbst wurde in ein Zimmer geschoben, in dem bereits zwei Wöchnerinnen lagen.

Damals gab es eine unmenschliche Vorschrift: Die Neugeborenen wurden von ihren Müttern getrennt und alle dreieinhalb Stunden zum Stillen gebracht. Für einige wurde dies zur größten Qual. Bei jedem kleinen Schrei des Kindes sprangen sie aus den Betten und stürmten an die Fenster, durch die sie ihre weinenden Babys erblicken wollten. Meine Muttinnng vergaß niemals sich dafür zu rühmen, dass sie die Stimme ihrer Kleinen von weitem unterscheiden konnte. Nach diesen Worten kam der zweite und wichtigste Teil der Erzählung – der nächste Tag nach der Geburt, der zweite Tag meiner Existenz in dieser fremden noch unerforschten Welt.

Seit dem frühen Morgen war Muttinnng voller ungeduldiger Erwartung, und ihre Brüste – voller Milch. Als durch die weit geöffnete Tür eine recht stämmige Schwester herein kam, zwei fest gewickelte Babys an die Brust gedrückt, drehte sich mein Muttinnng auf die Seite und wartete auf ihre Kleine. Die Schwester gab einer das Kind von rechts und Muttinnng das Kind von links, dann eilte sie davon, um das dritte Kind zu holen. Als sie dieses geholt hatte, lächelte sie der rechts stillenden zu und wollte bereits den Raum verlassen, als sie die leise weinende junge Mutter bemerkte, die ihr Kind nicht stillte. Als sie die Antwort der heulenden Frau vernahm, dies sei nicht ihre Tochter, verschlug es der Schwester den Atem. Sie fasste sich und sprach in strengem Ton:

– Was bilden Sie sich hier ein, stillen Sie bitte das Kind.

– Das ist nicht meine Kleine, das ist kein Mädchen, – schluchzte die unglückliche Wöchnerin – meine Muttinnng.

In offensiver Pose steckte die Schwester ihre Hände in die Taschen ihres Kittels und kam mit einem Schulterzucken näher. Mit einem durchbohrenden Blick ohne Worte forderte sie die junge Mutter auf, das schreiende Kind zu stillen. Als es ihr zu viel wurde, sagte sie:

– Kinder sollten keine Kinder bekommen!

Laut Muttinnng fühlte sich die Schwester ernsthaft verletzt, und die Frauen im Raum beäugten sie höhnisch und vorwurfsvoll, denn sie hatte sich ohne Gnade über die gesamte Breite des Bettes bis an die Wand von dem Säugling zurückgezogen.

Da die Schwester Muttinnng weder im Guten noch im Bösen zum Stillen des schreienden Kindes zwingen konnte, rief sie die Oberschwester, um den Konflikt zu lösen. Die Oberschwester, die ähnliche Abenteuer bereits mehrmals erlebt hatte, lächelte verhalten. Sie zwinkerte den anderen Wöchnerinnen, die sich neben ihren satten Nachkommen ausruhten, zu und riet ihrer Untergebenen, der jungen Mutter ihren Fehlschluss zu beweisen. Als

ERSTER TEIL

die Schwester begann, mit genauen, schnellen Bewegungen das Neugeborene zu drehen, um es schnellstmöglich zu entwickeln und die Wahrheit zu beweisen, beruhigte sich Muttinnng sofort.

„Als sich die Beinchen befreiten, blähte sich der Bauch vom Weinen auf und anstelle einer schönen Brosche kam eine Sprungfeder zum Vorschein", pflegte mein Muttinnng stets zu sagen, wobei sie über ihren Witz lachte und eine Träne des Lachens oder des Wehleids hinfort wischte.

Die Oberschwester lächelte still, und die böse Schwester richtete nun ihren ganzen Ärger auf die Wöchnerin, die vor einigen Tagen einen Sohn geboren hatte und nun mich – ein fremdes Mädchen – an ihre dicken Brüste drückte.

Immer wenn Muttinnng fast jedem diese heitere Geschichte erzählte, vergaß sie nie, auf ihr starkes Mutterschaftsgefühl, das sie bereits in früher Jugend entwickelte, hinzuweisen. Bei ständiger Wiederholung wurde diese Geschichte fast schon grotesk und verursachte bei mir kein Lachen, sondern eher Ärger; manchmal zweifelte ich sogar an ihrer mütterlichen Intuition und dachte, dass ihr großer Mädchenwunsch sie auch auf die falsche Fährte geführt haben könnte.

Solche Augenblicke saugten die gesamte Freude meines Lebens auf, kein Empfindungswort entglitt, und die dunklen Entladungen des Unterbewusstseins stürzten mich in Reflexionen, die ich mit niemandem teilen wollte, denn mein Sprung in die Erwachsenenwelt war nicht leicht, wie auch die langwierige Reife, die sich weder in Metern noch in Zentimetern messen lässt. Ein derartiges Messgerät wurde noch nicht erfunden. Und der häufige Spott meiner Mutter über meine Jungenhaftigkeit brachte immer wieder die tragikomische Geschichte der Kindsverwechslung ins Gedächtnis zurück. Der Gedanke, dass mein Muttinnng vielleicht gar nicht meine Mama ist und dass ich kein Mädchen, sondern ein Junge bin, vergiftete mein Bewusstsein für lange Zeit.

Mit der Zeit verblassten die Farben von selbst und dieses Ereignis wurde banal, geradezu absurd. Manchmal war es jedoch nicht leicht, sich aus der Zweigeschlechtlichkeit zu befreien, die ans Tageslicht getretenen äußerst geheim gehaltenen Peripetien riefen sogar Gedanken über die Heteromorphose hervor, und bei der wilden Fantasie fand ein schwer aufzuhaltender Prozess statt – die Regeneration: Bei Veränderung der Form regenerierten sich die verlorenen und geschädigten Organe, und das provozierte mein recht unpassendes Verhalten. Selbstverständlich brachte mich eine solche Regeneration der Geschlechtsorgane einer anderen Existenz nahe, und das begleitende deutsche „ha, ha" ließ auch den Schatten meines Vaters – des Provokateurs – entschwinden; in seiner wahrhaften Gestalt war er mir einmal nach der Geburt erschienen, nur die väterliche Aufklärung seines Geistes war von kurzer Dauer. Eine deutsche Geliebte und ein Kind – ein nicht sehr praktischer Hybrid, führten bei ihm zu Visionen von Eisbären und beschleunigte seine Entscheidung: Er heiratete eine Russin und erwartete reinblütige Nachkommen. „Cha, cha..."

Der große Parapsychologe der Welt – Hitler, der an seine und die geistigen Kräfte des Volkes glaubte und die Reinheit der Rasse anstrebte, nannte Muttinnng, die in ihrem Körper den Samen eines fremden Volkes heranwachsen ließ, eine Volksverräterin und verurteilte mich – einen Mischling.

Seine Ideen sollten viele Jahrzehnte überdauern.

ERSTER TEIL

# Melodrama

Je mehr sich mein Verstand von allen Ablagerungen reinwaschen wollte, umso häufiger stieß ich auf anerkannte Köpfe des klaren Verstandes und es reizte mich unheimlich, kritische Bemerkungen an die Ränder ihrer Werke zu schreiben. Die damalige Zeit war dafür leider unpassend. Gerieten solche Schriftstücke in die Hände der Lehrer, konnten augenblicklich die Eisbären anrollen.

Der Wechsel des äußeren Gewands, um am Leben zu bleiben, war quasi programmiert, und all dies mutete nicht lustig an. Die kleinste Andeutung ließ die Dualität meines Lebens aufkochen und hob die im Entstehen befindlichen Merkmale der gekreuzten, dualen Persönlichkeit sowie die von innen nach außen strömenden Widersprüche hervor. Die Befreiung daraus wurde fast zur grundlegenden Lebensaufgabe und entsprach dem inneren Wunsch, so schnell wie möglich aus der aufgezwungenen Dualität auszubrechen.

Es war nicht leicht. Die äußeren Faktoren verbreiteten Unsicherheit, Angst, und die inneren Entladungen verursachten eine langfristige Spannung; ich versuchte mich mit kindlichem Versteckspiel, das bei den Erwachsenen als „infantiles Spiel" für Gelächter sorgte, davon zu heilen.

Dadurch wurden die vielschichtigen Gefühle für Muttinnng nur noch verstärkt. Es ist beschämend, was ich aus Ärger schon gesagt habe. Diese verwirrten Eindrücke ließen sich auch nur schwer in Worte fassen. Anderen würden sie wahrscheinlich wie kindliche Ambitionen erscheinen, die in eine ausgeprägte Selbstliebe und in einen alles ablehnenden Egoismus übergehen, aber niemand könnte bestreiten, dass mein rücksichtslos kreatives

„Nichts" der Beginn einer offenen Veränderung war. Ha, ha, die Suche nach dem Wesen des „Nichts" im Nichts!

Lachen bis zum Umfallen, oder vielleicht der Beginn eines philosophischen Traktats? Cha, cha, die Selbstverspottung hat mir immer geholfen. Unverhofft stieß ich auf den Hauptgrund, warum mein künstlerischer Durchbruch nur ein Nachhall des „Nichts" war – ich war schließlich zwischen vier Wänden mit einem Betondeckel obenauf eingeschlossen. Cha, das ist der Hauptgrund, oder vielleicht auch die Wahrheit!

Der Versuch, sich aus der Haut des fauchenden Kätzchens zu befreien, flößte also mehr Vertrauen ein, und wie eine erwachsene Katze begann ich, ohne Erklärungen oft das Haus zu verlassen und nach und nach stand ich allem, was dort vorging, gleichgültig gegenüber.

Als ich das eines Tages nach Hause kam und den talentierten Maler nicht mehr vorfand, atmete ich auf. Für einige Zeit schwebte sein Geist noch in Muttinnngs Boudoir, und Mama hatte dann Tränen in den Augen, besonders wenn sie das Zimmer betrat, in dem das Kunstwerk ihres geliebten Malers hing.

Mit der Zeit wurden Muttinnngs Augen klarer, ihr Blick schweifte immer öfter zu anderen Subjekten. Ich spürte, dass meine Atempause immer kurzer wurde, denn das Kommen und Gehen ihrer Verehrer war geradezu vorprogrammiert. Und ich irrte mich nicht.

Der Beginn des Melodramas war der Liebesgesang, der jeden Freiraum ausfüllte und das Liebesnest von Muttinnng und dem Künstler endgültig zerstörte. Dieser Gesang, der plötzlich hohe Tonlagen erreichte, war einem gut aussehenden Deutschen namens Sigfried zu verdanken – einem jungen Akkordeonspieler, der das Haus mit den Klängen der Musik flutete.

ERSTER TEIL

Die leise erklingenden deutschen Lieder brachten selbst den in der Jugend nicht gewürdigten ersten Sopran meiner Muttinnng zur Geltung, und er passte wirklich sehr gut zu der schönen Männerstimme.

Er war ein wirklich wunderbarer Musiker. Für Muttinnng war er etwas zu jung, für mich zu alt, aber in seinen Blicken erkannte ich das, was mir bestätigte, dass ich bereits ein reifes Mädchen bin. Meine Jungenhaftigkeit versteckte sich irgendwo, oder vielleicht war sie gänzlich verschwunden. Muttinnng hat ihm nicht einmal die tragikomische Geschichte meiner Entstehung und Rechtfertigung erzählt, obwohl ich schon ausreichend aufgeklärt war und es wagte, mit dem Ausspruch über das erste geschlechtslose (wie auch die Seele) Rudiment des Lebens zu antworten.

# Ein Geschenk der Natur

Muttinnngs Jugend wurde nicht nur damals von der Zeit und dem Provokateur bestohlen – auch ich habe mir einen Teil davon angeeignet. Sie sehnte sich nach Glück, und ich habe sie gestört, deshalb bat sie mich manchmal, spielerisch gesinnt, sie vor anderen Menschen mit Namen anzusprechen.

Ich, geboren aus dem Schoße eines noch nicht ausgereiften Mädchens, stimuliert von einer Hybridkraft, bin über sie hinausgewachsen, und je mehr die Zeit fortschritt, desto weiter entfernte ich mich von ihr in meinem Aussehen: Sie – von mittlerer Größe mit einem kleinen Bauch, ich – groß und schlank. Das Auffällige waren ihre roten Haare, die besonders zu den vielen Sommersprossen im Gesicht passten, die sie mit verschiedenen Cremes zu entfernen und abzudecken versuchte. Wenn sie jemand zum ersten Mal sah, verursachten der Rotschopf, die weißen Augäpfel und die roten Lippen fast einen Schock.

Naja, ich habe etwas übertrieben, sie war gar nicht so furchtbar rot. Es ist eher der Eindruck aus früher Kindheit, als ich versuchte, die Flecken auf ihrem Gesicht und Körper zu zählen. Sie war aber überall und immer erkennbar, manchmal passte sie sich nicht wirklich an ihre Umgebung an, wie auch ich mit meinen unverhältnismäßig langen Beinen. Mir schien, dass sie mein größter Makel sind. Später verstand ich, dass dieses Außergewöhnliche ein Geschenk der Natur ist, das ich mit viel Mut der gesamten Welt demonstrieren könnte.

Cha, was für eine ungehörige Prahlerei.

Den Vorteil meiner Beine bemerkte ich bereits als Jugendliche, wenn ich als erste über einen hohen stacheligen Zaun kletterte, ohne mich zu verletzen. Die Unannehmlichkeiten begannen, wenn sie mit Strumpfhosen zu bedecken waren, – augenblicklich brach der große Zeh durch, und beim Einsteigen in den Bus rissen sie im Schritt, deshalb war ich meist mit nackten Beinen unterwegs. Mich störte das nicht, damals wurde ich noch nicht zu hochrangigen Empfängen eingeladen, aber meine Beine waren es, die einen Eintrag in meiner Biografie hinterließen, indem sie meine Volljährigkeit bestätigten und den Weg, den ich einschlagen sollte, erleuchteten.

Nach dem spontanen Beginn des „Nichts" hatte ich noch keine Koordinaten für die Zukunft abgesteckt... Nein, nein... Ehrlich...

Aus den unendlich vielen Sehnsüchten ergab sich einfach keine einzige reale Möglichkeit. Mitunter spüre ich heute sogar die Nutzlosigkeit meiner Ambitionen. Meine Tatenlosigkeit nach Abschluss der Schule – im Bett liegen, den Blick über die Decke schweifen lassen oder ohne Ziel über die Straßen im Stadtzent-

rum schlendern – rechtfertigte ich mit dem jugendlichen, enthusiastischen Motto:
– Ich habe noch das ganze Leben vor mir!
Diese langwierige Unentschlossenheit hat Muttinnng nicht besonders gefallen, und von Zeit zu Zeit stellte sie mir dieselbe Frage:
– Was hast du denn nun endlich beschlossen zu unternehmen?
Mein entspanntes Verhalten rief in ihr völlig andere Assoziationen hervor. Wenn ich vor hatte auszugehen, fragte sie mich leicht gereizt, wann ich zurückkommen werde.
– Ja, ja, ich komme zurück. Meine Beine sind schließlich lang!

## Das un-anständige Spiel

Die Beine nahmen völlig unverhofft an dem Spiel teil. Ein berühmter Künstler der Stadt schritt die Straße entlang, wobei er mit einem langen Regenschirm elegant den Boden berührte – um sich herum sah er nichts und niemanden. Auch die einen Schritt hinter ihm gehende beleibte Frau, wahrscheinlich seine Sekretärin, beachtete er nicht.

Ich wusste ein wenig über ihn. Irgendwann einmal war er einer der Ehrengäste, als irgendein Jubiläum der Schule gefeiert wurde. Die Früchte seiner Arbeit – Porträts und großformatige Gemälde, die den Werktätigen vor Kränen und Fabrikschornsteinen abbildeten, sowie kräftige Figuren von Männern und Frauen, in deren Händen sich Meißel, Hammer und Sichel als Symbol der Kraft befanden – zierten die Wände der Schulkorridore.

Ich bemerkte nicht, wie ich zu ihm aufgeholt hatte, ihn überholte und meine langen Beine demonstrierte. Ich lächelte und stellte mir vor, wie die männliche Psyche spielte: Zu Beginn betrachtet er bei langsamerem Schritt die langen Beine, danach holt er auf, um das hübsche Gesicht zu sehen.

Als er näher kam, spürte ich seinen Blick, drehte mich aber nicht um. Ich ging mit demselben langsamen Schritt, den Kopf nach oben gerichtet. Alles hätte ohne Fortsetzung ausgehen können, wäre da nicht ein bedeutender Zufall eingetreten: Ich erblickte den umherspazierenden, zu den Seiten taumelnden und bis über beide Ohren grinsenden Maler der Braunbären, der die meisten Künstler der Stadt kannte. Nach seinen bohemischen Vergnügungen brachte er sie oft mit zu uns nach Hause. Muttinnng fiel dann vor Glück fast in Ohnmacht, dass sie die großen Schöpfer sehen und sogar berühren konnte, aber diese Berühmtheit hatte bisher nie einen Fuß über unsere Türschwelle gesetzt.

Das Gesicht von Stepukas, der Alkohol und Gesellschaft mochte, war schon etwas gerötet. Die Glatze und die hinter den Ohren hervorwachsenden kurzen, hellbraunen Haare hoben die rötliche Farbe des Gesichts und des Halses noch deutlicher hervor, und die getrunkene Menge an Alkohol, die Körper und Geist erhitzte, täuschte auch die Sinne.

Als er uns sah, wie wir in kurzem Abstand nebeneinander liefen, befiel ihn eine unendliche Freundlichkeit. Mit ausgebreiteten Armen kam er auf uns zu und zwang uns beide zum Stehenbleiben. Mit Freudentränen und einem ausufernden Lächeln lispelte er:

– Wie schön... Ach, wie schön es ist, euch beide zu sehen, wie schön...

Die Situation war wirklich mehr als komisch, aber das seltsamste war, dass der Berühmte sofort mitspielte. Er streckte Stepukas seine Hand entgegen, der sie durch die große Freude gar nicht bemerkte, und so stand er weiterhin mit ausgebreiteten Armen vor uns. Unverhofft beugte er sich nach vorn und brachte uns in seiner Umarmung näher zusammen. Wegen seiner geringen Körpergröße hatte er seinen Kopf quasi auf meiner Brust; einen Augenblick verharrte er respektvoll, als würde er für den glücklichen Augenblick danken. Er verbarg seine Freude nicht, wiederholte und wiederholte:

– Ach, wie schön, wie schön es ist, euch beide zu sehen! Ich wusste gar nicht, dass ihr euch kennt. Ach, wie schön! Ich wusste es nicht, ich wusste es wirklich nicht... Wie schön, es ist so schön, euch zu sehen! – und ohne die Möglichkeit eines Einwands führte er uns in ein kleines Café, um unsere Begegnung zu begießen.

Er ließ uns den Vortritt und schlängelte sich, ohne auch nur einen Schritt von uns zurückzuweichen mit weit ausgestreckten Armen zwischen den Tischen hindurch, wobei er manchmal mit den Händen winkte, womit er uns die Richtung anzeigte und uns gleichzeitig vor Gefahren von außen schützte. Er fühlte sich sehr geehrt, denn die Augen der meisten Menschen waren auf uns gerichtet. Wie zum Dank bedachte er mich mit Koseworten, geizte nicht mit Komplimenten für mein künstlerisches Talent und vergaß nicht darauf hinzuweisen, dass auch er an meiner künstlerischen Erziehung beteiligt war.

Eine derart absurde Situation zwang zu einem völlig anderen Verhalten, aber aus irgendeinem Grund haben weder ich noch der berühmte Künstler uns anmerken lassen, dass ein Missverständnis geschehen ist. Als er meinen Namen hörte, wandte er sich wie ein alter Bekannter mit Namen an mich – natürlich nicht in der Koseform, wie es Stepukas tat.

Mit zwei Männern um die Fünfzig an einem Tisch wusste ich nicht recht, wie ich mich verhalten sollte. Einen Augenblick lang wollte ich aufstehen und mich entschuldigen, aber der flehende Blick von Stepukas hielt mich davon ab. Die Unterhaltung über Kunst und Künstler mit recht faszinierenden Details erinnerte mich an die Versammlungen bei Muttinnng.

Als das Thema der Männerunterhaltung auf mich umschwenkte, schmolz das unangenehme Gefühl dahin, und die Blicke, durch die ich mir wichtig vorkam, ließen die Anspannung vollends schwinden. Ich wurde fast zum Epizentrum, um das sich die Handlung drehte. Ich lauschte den Komplimenten, mit denen der mir vor einigen Stunden noch unbekannte berühmte Künstler nicht geizte. Der Wein sorgte für gehobene Stimmung, und so lud er uns ein, sein unweit befindliches Atelier zu besuchen.

Ich war nicht in der Lage mich zu weigern, das Labor zu sehen, das Kunstwerke zur Welt brachte. Ich ging zwischen zwei betagten Männern und berührte mit der Schulter mal leicht den einen, dann den anderen: Einer – klein und schmächtig, der andere – nicht viel größer, aber mit breiteren Schultern und kräftiger.

Durch die Blicke der Passanten fühlte ich mich nicht nur geehrt, sondern auch völlig erwachsen.

## Der Berühmte

Zum ersten Mal in meinem Leben betrat ich das Atelier eines berühmten Künstlers.

Cha, eine reife Leistung! Sofort verzieh ich Muttinnngs ehemaligem Verehrer alle begangenen und nicht begangenen Sünden. Der Wein, der die Blicke aufklaren ließ, schien auch die Geister zu erhellen, denn es waren recht kluge Gedanken, die Stepukas über die Lippen kamen – Gedanken, die ich nie zuvor vernommen hatte; nur ihre Argumentation schien mitunter keine Grundlage zu haben.

Der Wein veränderte auch die Haltung des Berühmten: Er schien nicht mehr so berühmt zu sein. Die Trunkenheit lockerte die Sicherheitsgurte ein wenig. Ich und Muttinnngs Verehrer waren keine Gefahr für ihn, denn er begann nicht nur von der Ausbildung der Individualität zu sprechen, sondern auch von der aufgezwungenen ideologisierten Kunst sowie von den Methoden der Bewältigung.

– Der einzige Ausweg ist die Mimimimikry, – sprach er mit leicht schwerer Zunge.

Alles, über was sie sprachen, kam mir Spanisch vor, wie hohe Mathematik, doch ich lehnte den Gedanken ab, eine Allwissende wie mein Muttinnng zu spielen, aber die Rolle der Analphabetin gefiel mir auch nicht. Als der Berühmte erkannte, dass ich wie ein Kind verloren war und keine Ahnung hatte, erklärte er freundlich, dass es dabei um das Verstecken hinter Farben und Formen gehe, und so rettete er mich aus der unangenehmen Haut der Schülerin.

Nach einer kurzen Pause fügte er mit einem doppeldeutigen Lächeln hinzu, dass der Mensch, wie auch die Tier- und Pflanzenwelt, Wege sucht und findet, um die eigene Existenz zu sichern. Engagiert sprach er etwas zusammenhanglos über die Wirren der Zeit, über Konformismus, Doppelgesichtigkeit und Massenkultur. Auf einmal hob er den Kopf und sprach verärgert, wobei er irgendwo über uns schaute:

– Die Zeit, die dem Menschen gegeben wurde, ist so kurz, und das ist der einzige Gedanke, der der Kunst anhängt...

Plötzlich verstummte er. Ein leises Schnarchen verriet die bequeme Anpassung von Muttinnngs Verehrer an die gegenwärtigen Bedingungen. Der Berühmte senkte seinen Kopf und sah mich aufmerksam an. Seine Augen weiteten sich auf seltsame Weise, und als hätte er mich unverhofft entdeckt, kicherte er sehr eigen und fragte:

– Was machst du hier, Langbein?

Der konsumierte Wein dämpfte sein Bewusstsein, aber von meinem wortlosen Lächeln leuchtete etwas in seinen Augen auf. Er begann von seiner Sturm- und Drangzeit zu schwafeln, von dem Versuch, sich der ihn erdrückenden Gedanken zu entledigen. Er sehnt sich nach einem Leben ohne Spannung, ohne Lärm, er wünscht sich mehr Zeit, damit er sich an allem öfter ergötzen kann.

– Die Schönheit gibt dem Menschen geistigen Frieden und befreit seine Gedanken aus dem Gefängnis. Die Gedanken werden reiner, heller, – die letzten Worte sprach er langsam, sein Gesicht mir zugewandt, als wollte er sehen, wie ich sie verstand und verinnerlichte.

Nachdem er mich von oben bis unten betrachtet hatte, fügte er unverhofft hinzu:

– Und die Schönheit einer Frau, ihre idealen Formen erweitern den Inhalt, und...

Die Fortsetzung hörte ich nicht, denn er erhob sich plötzlich vom Stuhl, streckte sich und ging festen Schrittes, gerade wie eine Eins, zum Sofa in der Ecke. Nachdem er eine Decke und einige Kissen zusammengesucht hatte, sagte er:

– Lass uns ausruhen, Langbein.

Mein lautloses aber offensichtliches „Nein" beantwortete er wie eine Verabschiedung mit einer Handbewegung und lispelte:

– Komm das nächste Mal vorbei, Langbein. Du gefällst mir.

ERSTER TEIL

# Das Atelier der Lebenskunst

In Erinnerung an die seltsamen Zufälle wagte ich es lange Zeit nicht, die Schwelle zum Atelier des Berühmten zu überschreiten. Ich wartete auf eine Einladung und fühlte mich wie eine Sprungfeder, die sich spannte und dann wieder lockerte.

Als Stepukas und ich ihn wieder besuchten, spürte ich intuitiv, dass seine Einladung diesmal von Herzen kam. Später gestand ich mir auch selbst ein, dass ich den Besuch bei ihm als angenehm empfand, auch wenn ich meistens nur zuhörte, was er sagte oder ihn still beim Malen beobachtete.

Es gefiel mir, dass er nicht ständig fragte, was ich mache, wer ich bin und was ich einmal werden möchte. Die leichte Trunkenheit beim ersten Treffen spülte wohl auch die Andeutungen von Stepukas hinfort, auch wenn er nichts Konkretes sagte, und es gab ja auch nichts zu sagen.

Da war nichts! Ich wusste selbst nicht, was ich will! Ich wusste nur, was ich nicht will! Er spürte wohl meine innere jugendliche Verwirrung, denn einmal hielt er es nicht aus und versuchte mir, mit den Rechten des Erwachsenen, recht eindringlich seine Erfahrung zu vermitteln, aber ich verstand nicht sofort, was er mir sagen möchte und ob er eher zu sich selbst sprach als zu mir:

– Deine Zukunft hängt davon ab, ob du in der Lage sein wirst, die Paradoxa des Lebens zu erkennen und zu unterscheiden sowie dich von den aufgezwungenen Bildungswahrheiten abzugrenzen. Der Mensch bewohnt in seinem Innern die ihn umgebende Welt sehr tief und ist bemüht, sich das Recht zu bewahren, sie so darzustellen, wie er sie sieht. Das ist nicht leicht, denn die äußere Welt ist eine sich verändernde Ansicht, die wie ein Insekt verschiedene Entwicklungsstadien durchläuft, bevor es mit der Fortpflanzung beginnt...

Ich bemerke auch selbst, dass ich mitunter dasselbe Phänomen völlig anders interpretiere, Beweise erbringe und mich dann oft frage: Warum? Natürlich finde ich stets die unterschiedlichsten Gründe, um mich zu rechtfertigen.

Sich selbst zu rechtfertigen ist am einfachsten, nicht wahr?

Die Frage war an jeden und niemanden gerichtet. Ich fühlte mich wie eine Schülerin, die in der nächsten Unterrichtsstunde alles wiederholen muss. Als er meinen ernsten Gesichtsausdruck bemerkte, seufzte er tief, streckte mir die Hand entgegen und sprach:

– Komm näher, Langbein, setz dich neben mich, hab keine Angst, ich beiße nicht, lass mich an deine Jugend anschmiegen...

Ich erhob mich und setzte mich, ohne zu schwanken, so nahe, dass ich ihm den Kopf auf die Schulter legen konnte. Ich kannte ihn schon ein wenig. Obwohl er sich mit vielen Menschen umgab und viele Frauen ihn verehrten, sprach er oft über seine Einsamkeit. Für mich war es eines der Paradoxa des Lebens: der ständige Menschentrubel um ihn herum, die grenzenlose Popularität und... die Einsamkeit.

Kinder hatte er nicht, seine Frau war bereits verstorben. Ich hatte keinen Vater. Alle, die Muttinnng nahe standen, waren aus irgendeinem Grund meine Gegner, obwohl sie sich sehr bemühten, meine Freunde zu werden. Leider funktionierte das nie so richtig.

Der offenere Umgang mit Stepukas begann erst, als er sich von Muttinnng trennte. Als Maler und als Mensch war er schwach; lediglich das Verlangen, etwas zu erreichen, war stark in ihm. Muttinnngs Bewunderung für ihn und seine Arbeit gab ihm einen großen kreativen Anreiz, und die engere Bekanntschaft mit einem anerkannten Maler ermutigte ihn zur Suche nach neuen Ausdrucksformen.

Warum ich den Berühmten besucht habe, konnte ich mir nur schwer erklären. Manchmal ärgerte mich sein zweideutiges Verhalten: Wenn wir zu zweit waren, hielt er mir Vorträge, als wäre er mein Vater, wenn aber auch nur ein einziger Freund auftauchte oder wir an der Eröffnung einer Ausstellung teilnahmen, veränderte er sich augenblicklich und wurde zu Verehrer. Tat er nur so oder nicht, und wann tat er es?

Ich wagte es nicht zu fragen, aber ein so unterschiedliches Selbstporträt, geradezu ein Diptychon, war schockierend. Besonders wenn er an einem ruhigen Abend malte – in seine Farben oder in das Thema seines Gemäldes vertieft – und wenn bei einer meiner Bewegungen, durch die sich mein Rock nur ein wenig bewegte, seine Haltung völlig unverhofft vom väterlichen Prélude zur männlichen Fuge umschlug und er dann mit einem leisen „chi, chi" sprach:

– Verstecke deine Schönheit nicht, Langbein. Gönne den Augen etwas Freude, verstecke deine Jugend nicht... Sie wird schnell vergehen...

Solche Impromptus warfen mich immer aus der Bahn, denn wenn er mich zu sich zog, mich auf seinen Schoß setzte, dann schien die Absicht nicht väterlich unschuldig zu sein. Die Ausbrüche des „alten Herren" waren lästig, aber ich ließ es mir nicht sofort anmerken, dass ich sein Spiel durchschaut hatte; ich war bereits abgehärtet genug. Bei Muttinnng waren stets Männer um die Fünfzig zu Gast, deren Komplimente über meine Jugend bei mir regelmäßig Brechreiz verursachten. Wenn ich mit ihnen tanzte, stand ich immer kerzengerade, denn sie verhielten sich völlig anders als Menschen in meinem Alter. Mit einem Arm etwas unter der Taille berührten sie mit ausgestreckten Fingern fast schon die Weichteile meines Gesäßes, während sich der andere Arm, am Ellenbogen gebeugt, auf der Brust ausruhte; mit dem ausgestreckten kleinen Finger waren sie bemüht, die Erhebung der rudimentären Brust zu erreichen und setzten sie mitunter in Bewegung. Während sie direkt ins Ohr säuselten, schmiegten sie sich stark an den noch unreifen Körper, so sehr vertieft in die Rolle des Verführers, ohne die Abneigung des angespannten Körpers zu spüren.

Manchmal befiel mich ein masochistisches Gefühl: Ich täuschte eine Gefühlsohnmacht vor und schmiegte mich selbst kurzzeitig mit dem gesamten Körper an. Lange hielt ich das nicht aus, denn der unangenehme Geruch der Altershaut, der hinter den Ohren und vom schuppigen Kopf hervortrat, reizte meine Nase, und die Mischung mit minderwertigem Eau de Cologne sorgte für Übelkeit.

Der Berühmte roch immer angenehm. Als ich dies einmal lauthals feststellte, scherzte er, dass er der privilegierten Klasse angehöre und dass die leeren Regale in den Geschäften ihn dazu zwingen würden, die für die exklusive Klasse geltenden Methoden zum Erhalt von Mangelware anzuwenden. Solche Scherze machte er sehr selten. Der Nachfahre der „smetonischen"[1] Intelligenz unterschied sich durch seine Eleganz. Es war offensichtlich, dass er nicht dem „privilegierten" Teil der damaligen Gesellschaft angehörte.

Er malte ihn.

Wegen der Annehmlichkeiten des Lebens oder politischer Abhängigkeit brachte er es nicht fertig, Aufträge von Regierungsvertretern abzulehnen.

---

[1] Anspielung auf die Zeit der unabhängigen Republik Litauen unter Präsident Antanas Smetona (1926–1940) – *Anm. d. Übers.*

ERSTER TEIL

„Überall gibt es Lüge... Heuchelei und...", sprach er, als er mir Gemälde zeigte, die er noch nie ausgestellt hatte. Dieselben Porträts der Männer aus der Regierung hatte er in einen anderen Kompositionsraum verlegt und mit zusätzlichen Details und einer gehörigen Portion Sarkasmus und Ironie ihre Gesichter gedehnt, wodurch er ihnen etwas Groteskes verlieh. Wenn man vor so einem Gemälde stand, dann wirkten seine mit nervösen Pinselstrichen eingeflößten Emotionen so sehr, dass sich das Gesicht des Beobachters auf ähnliche Weise in die Länge zog. Einmal äußerte er sich recht verärgert, dass man sich als Mitglied einer Mini-Gesellschaft (nicht einer privilegierten) nicht wehren und auch nicht Kritik üben kann, weil man dann sehr schnell ins Exil geschickt werden kann.

Bewusst wechselte er Formen und Farben, als würde er sagen, er verstehe alles und er sei nicht so dumm. Alles lief jedoch im Stillen ab; er versteckte sich hinter Farben und verschlossenen Türen.

Ist solche Heuchelei ein Verbrechen?

Ich hatte kein Recht darüber zu urteilen, denn ich spielte ja selbst Verstecken. Ich bewunderte ihn. Schließlich wurde ich für ihn sogar der Nährboden, in den er seine Negativität pflanzte und mich damit auch erzog. Er sprach oft recht verärgert von politischer Beschränktheit, moralischer Unverantwortlichkeit, von den Raubtieren der Demokratie und der Isolation. Er drohte zu ersticken...

Ihn ärgerten der Mini-Raum und die Mini-Informationen über die Kunst jenseits der Grenzen. Mitunter schien ihn ein schwer zu zügelndes Verlangen zu quälen – der Ausbruch.

Ich und Stepukas, mit einer Flasche Wein im Gepäck, wurden Zeugen seines Doppellebens. Womit wir sein Vertrauen verdient hatten, vermochte ich nicht zu erraten: Stepukas vielleicht mit seiner Zerbrechlichkeit, Schwäche – so kannte ich ihn damals wenigstens, und ich, noch grün hinter den Ohren – durch aufmerksames Zuhören und das Unvermögen wegen mangelnder Bildung zu widersprechen?

Die genaue Antwort wusste ich nicht. Stepukas meldete sich immer öfter zu Wort, natürlich erst nach einem Glas Wein. Einmal sagte er, dass die Kreativität aus Ruinen geboren wird, und diese Worte blieben mir lange im Gedächtnis und faszinierten mich, genau wie die Gedanken des Berühmten über Lüge und Heuchelei. In die hitzigen Diskussionen der beiden Männer, in denen neben dem Wort „Kunst" oft auch das Wort „Politik" fiel, mischte ich mich nicht ein. Ich interessierte mich überhaupt nicht dafür und glaubte apolitisch zu sein.

## Paradoxa

Es dämmerte. Auf die zentrale Straße der Stadt schwappten die Menschen in Schüben aus Cafés und Theatern heraus, gingen einzeln oder zu zweit ihrer Wege, bogen in schwach beleuchtete Nebenstraßen ab, wo ihre Schritte schneller wurden, denn die Dunkelheit, die einen Schauer über den Rücken jagt, verfolgte sie.

Auch ich war in Eile. Um unsere Wohnung zu erreichen, musste ich einige Nebenstraßen überqueren und über den Schulhof auf den Lenin-Prospekt gelangen – dieser war besser beleuchtet und bevölkert, da er in Richtung Bahnhof führte. Auf dem Weg über den leeren, erschreckend dunklen Schulhof, wo Katzen am Zaun entlangschlichen, befiel mich ein seltsames

Gefühl, das ich durch kein gewöhnliches Empfindungswort zum Ausdruck bringen konnte. Ständig erinnerte ich mich an Fetzen aus dem Gespräch mit dem Berühmten über das Leben, an dessen Gegebenheiten ich mich, laut ihm, temporär erfreuen sollte, und dass ich, ob ich will oder nicht, keine apolitische Haltung einnehmen kann, da in dieser Gesellschaft Sein und Nicht-Sein gleichermaßen gefährlich ist.

All das stand, meiner Ansicht nach, überhaupt nicht im Zusammenhang mit der Suche nach meinem eigenen Lebensweg und dem Wunsch danach, etwas oder jemand zu sein. Ich begann Muttinnng zu verfluchen, sie für mein böses Schicksal verantwortlich zu machen, sie zu beschuldigen für ihre Leichtsinnigkeit, für die langwierigen Freuden der Nachkriegszeit; die Rechtfertigung, es sei aus Freude darüber geschehen, dass sie am Leben geblieben sind, war mir unverständlich. Ihren von tiefen Seufzern begleiteten Erzählungen über unser tragisches Schicksal, die Trauer und den Schmerz, dass sie es nicht schaffte, sich mit den Deutschen zurückzuziehen, dass sie die Dokumente, die ihre Abstammung belegten, verbrennen musste und ihre mit Panzern herausgerissenen Wurzeln an einen anderen Ort bringen und temporär tief vergraben musste, in der Hoffnung auf günstiges Wetter, bis sich das Erdreich etwas erwärmt und weich wird, schenkte ich gar kein Gehör. Manchmal sorgten uniformierte Männer, die an der Tür die Papiere überprüften, für Gänsehaut, und die Luft im Haus vibrierte noch lange danach, aber für mich schien dies alles unwirklich, nicht real, wie ein böses Märchen. Die vom Berühmten bezeichnete Gefahr ließ mich aufhorchen.

Irgendwas fand doch statt...

Nachdem ich den dunklen Schulhof verlassen und den Lenin-Prospekt betreten hatte, erinnerte ich mich plötzlich an das

Gedicht „Der Weg des Bolschewiken" von Salomėja Nėris[2], – obwohl es lang war, konnte ich es des Öfteren ausdrucksvoll aufsagen und wurde daraufhin mit tosendem Applaus bedacht. Die Worte der Dichterin, die über meine Lippen kamen, klangen so überzeugend, dass alle glaubten, der einzig wahre Lebensweg sei der des Bolschewiken, und eine derart direkte Agitation, so schien es mir, hatte sogar eine positive Wirkung und gab dem gesamten Abend einen Sinn.

Für das künstlerische Vortragen, oder weil ich das Vertrauen der Männer und Frauen in Führungspositionen gerechtfertigt hatte, erhielt ich einen Preis – einen Buntspecht aus Ton.

Ha, ha, ich wurde gleich fröhlicher, als ich mit dem „Weg des Bolschewiken" in die wunderbare, sorglose Jugendzeit zurückkehrte, aber damals, als ich mit der künstlerischen Agitationsbrigade auf den löchrigen Landstraßen und Wegen unterwegs war, kam es mir nicht ein einziges Mal in den Sinn, dass ich an einer politischen Agitation teilnehme.

Ein Paradoxon des Lebens?!

Jemand lief an mir vorbei. Die Silhouette war der meines Deutschlehrers ähnlich, und die Erinnerung an die Vergangenheit war so deutlich, dass ich zusammenzuckte, als hätte ich eine kräftige Hand gespürt, die nach meiner Schulter greift. Er machte sich gern über verschiedene Paradoxa lustig, schaute mich oft an und sagte, dass es für mich schon lange an der Zeit sei, andere Gedichte zu rezitieren, und er begann die Liebesgedichte von Goethe auf Deutsch zu lesen.

---

[2] Litauische Dichterin (1904–1945), deren Werke sehr unterschiedlich gewertet werden. Für Gedichte wie „Der Weg des Bolschewiken" oder „Über Stalin", die im sowjetisch besetzten Litauen den kommunistischen Wohlstand der UdSSR betonten, erntete sie im Nachhinein viel Kritik. – *Anm. d. Übers.*

# ERSTER TEIL

Alle drehten sich zu mir um und grinsten, und die Jungs wiederholten mit doppeldeutigem Zwinkern die Wörter „die Liebe, der Kuss", weil sie meinten, dass darin das Pfeilgift des Lehrers enthalten sei. Das bedeutete jedoch, dass es sich für mich eher schickte, die Gedichte deutscher Dichter zu lesen, aber um die Aufmerksamkeit der anderen nicht abzulenken, begann er damit, irgendein Liebesgedicht von S. Nėris vorzutragen.

Die unverhofften Erinnerungen warfen ein völlig anderes Licht auf das Verhalten des Lehrers, und die Bemerkungen meiner Mitschüler – „Hat er es auf dich abgesehen?" oder „Er mag dich…" – erschienen noch lächerlicher. Wenn er die unangemessene Reaktion der Klasse spürte, ging er stets plötzlich zur Grammatik über, wobei er diskret erklärte, dass in der Rechtschreibung, wie auch im Leben, die eingeprägten Spielregeln, die jede Zeit auf ihre Weise korrigierten, eine große Rolle spielen.

Er war ein wunderbarer Lehrer – ein Freund. Mein Akzent verriet ihm sofort mein Geheimnis. Nachdem die hübsche Lituanistin nur einen Teil meines Nachnamens, der viel über meine Herkunft berichtete, gesehen hatte, beschwerte sie sich über meinen Akzent, meinen Schreibstil und entlud alle Ausbrüche in einer derart schmutzigen Sprache, dass es eine Schande für die litauische Schule war.

Als ich mich erinnerte, dachte ich mir, sie hätte doch eigentlich Angst haben müssen. Nein, nein… Nicht vor mir; ich selbst habe viel mehr Angst gehabt. Für reinblütige Litauer war meine hybride Abstammung von zwei Feinden wie ein Dorn im Auge: Nicht nur für eine Deutsche, sondern auch noch für eine Russin war es in Litauen keine günstige Zeit, auch wenn ich von den Dokumenten, die meine Herkunft bestätigen, nur ein grünliches Papier besaß, auf dem keine Volkszugehörigkeit vermerkt war.

Was blieb mir übrig?

Der Hass auf die Realität oder die absolute Ausgrenzung?

An einem unvergesslichen Morgen kämmte mein Muttinnng meine langen Haare. In einem Anflug frühlingshafter Stimmung und ohne über meine vielversprechende Zukunft nachzudenken, drehte sie meine Haare zu einer „Rolle", und die locker geflochtenen Zöpfe faltete und befestigte sie mit Haarnadeln.

Ich fühlte mich hübsch, bemerkte aber auch die großen Augen einiger Mitschülerinnen. Die Russistin, die im gleichmäßigen Gang in die Klasse schwebte, begrüßte uns leise, und nachdem sie uns alle betrachtet hatte, machte sie genauso große Augen wie meine Freunde. Eine Weile zögerte sie, weil sie wahrscheinlich nicht wusste, wie sie sich zu verhalten hatte: Sollte sie mich für die schöne Frisur loben, oder... Alle starrten mich an. Ich lächelte. Mit einer leichten Handbewegung versuchte ich, die Haare zu ordnen, um aber meine hübsche Frisur nicht durcheinander zu bringen, streifte ich nur die Haare an der Stirn, die schon etwas aufdringlich kitzelten, beiseite.

Die stets ruhige und intelligente Russischlehrerin sprach, und mit der langsamen Betonung jedes Wortes ging sie in einen gleichmäßigen, fast schon energischen Marschrhythmus über. Beinahe jedes Wort fiel mit ihren Schritten zusammen, und ihre Stimme vermochte, wie immer, alle auf das Unterrichtsthema zu konzentrieren. In der Klasse breitete sich Stille aus, und den heraufziehenden Konflikt dämpfte sie mit ihrem schönen, gleichmäßigen Kontra-Alt einer Solistin. Mit bisher ungehörten Wendungen versuchte sie, ihre Stimme weiter zu senken.

Mit mäßigem Erfolg.

Die gewichteten Intonationen, in Takte aufgeteilt, wechselten ihr Metrum von 4/4 zu 2/4, wobei die erste Note des Takts hervorgehoben wurde. Alle waren verwundert, denn der Ton der Russistin stieg höher und höher.

Ich erinnere mich an ihre Tirade: Wie könne mir, als Vertreterin eines so kulturreichen Volkes, das Puschkin, Tolstoi, Gorki und Majakowski hervorgebracht hat, die provokative Mode eines Volkes wie den Deutschen gefallen, und im Befehlston wies sie mich an, sofort diesen „Hahnenkamm" zu beseitigen und morgen meine Mutter zur Schule mitzubringen.

„Mutter Gorkis", murrte ich leise, und mit gesenktem Kopf jagte ich ihren Worten hinterher, als würde ich ein musikalisch-imitatives polyphones Werk komponieren, ohne mich zu sehr in seinen Inhalt hineinzuversetzen.

Gelächter und die harmonisch von jemandem wiederholten Worte „Hahnenkamm, Hahnenkamm" begleiteten mich, als ich aus dem Klassenzimmer rannte; die zweiten Stimmen hatten bereits eingesetzt, und so entstand ein eigentümlicher Kanon dieser Zeit.

Irgendetwas vibrierte in mir, als ich mich an all die Konflikte mit den Menschen erinnerte, die mich formten, aus Flicken mit unterschiedlicher Faktur, Farbe und Größe zu einer Collage zusammensetzten und mir damit mein a...a...apolitisches Gewand auf den Leib schneiderten. Ich konnte mir das Prusten nicht verkneifen, aber mein „cha" und „ha", wie aus einem kontrastreichen polyphonen Werk, das in Mehrstimmigkeit dargeboten wird, fand nicht zu einer gemeinsamen Melodie, und zum Glück hat es niemand gehört.

Ich konnte nicht ahnen, dass solche scheinbar unbedeutenden Missverständnisse mich so stark verletzen und sich für lange Zeit in mein Bewusstsein einbrennen würden. Ich unterdrückte die aufkommenden Emotionen und schottete mich in meinem kleinen Zimmer für eine Weile von der Außenwelt ab, wobei ich nicht sagen konnte, was passiert war. War es irgendeine Identitätskrise, war ich erwachsener oder nachdenklicher geworden? Hatte ich mich vor irgendetwas erschreckt?

Die Stille war drückend, sie ähnelte dem herabsinkenden Nebel, der, wie ich verstand, meinen russischen Nachnamen nicht besonders gut versteckte, ebenso die mitunter hervortretenden deutschen-litauischen oder deutsch-russischen Wortgebilde.

Der Berühmte hat mich weder zum Spaß, noch ernsthaft jemals darauf hingewiesen, aber irgendwann einmal hat seine Abhängigkeit von der Partei mein Bewusstsein stark gereizt. Ich weiß selbst nicht, welcher seiner Monologe oder Dialoge mit Stepukas mich erschreckt hat.

Da ich meine Gedankengänge mit niemandem teilen konnte, fuhr ich mit dem Bus in einen nicht weit entfernten kleinen Kurort – einen herrlichen Flecken Natur an einer Flusswindung mit grün bewachsenen Aufschlüssen –, den mir einst eine der jungen Lehrerpraktikantinnen gezeigt hatte.

Ich mied die Menschen. Nur die Gesichter einiger unbekannter Urlauber glitten an mir vorbei. Die meisten Ankömmlinge stammten aus dem „großen" Land. Sie mochten Litauen und besaßen hier mit den Rechten eines „Fürsorgers" und vor dem Hintergrund der Völkerfreundschaft viele Ferienhäuser. Am Frühjahrsanfang waren es hier viele, im Sommer überfluteten sie die Straßen in großer Zahl und verdrängten die Sprache der Ortsansässigen, aber ich hatte einen Zufluchtsort wie eine Einsiedlerin, wo mich die fremden Winde selten erreichten.

Einmal saß ich auf meiner Bank, erfreute mich am Anblick der Flusswindung und bemerkte nicht, wie ein alter Mann mit einem vom Leben oder von Krankheiten erschöpften Gesicht neben mir Platz nahm und nach einer kurzen Pause sprach:

– Krasivo u vas v Litve³.

Ich drehte mich ihm zu und lächelte. Dem Mann war dies zu wenig. Mit gedrückter Stimme begann er von seinem schweren Schicksal zu erzählen, von seiner kürzlich verstorbenen Frau, von seiner Einsamkeit und seinem Kummer. Nachdem er ein Foto hervorgeholt hatte, berichtete er auch vom schweren Leben mit einer schönen Frau, die er sehr liebte. Ich betrachtete die beleibte, große, dunkelhaarige Frau und spürte seinen unruhigen Blick, der vom Foto zu mir sprang, als warte er auf meine Bestätigung ihrer Schönheit.

Ich brachte mein Bedauern über den Tod dieser schönen Frau und sein einsames Schicksal zum Ausdruck, wobei ich mich für mein holpriges Russisch entschuldigte.

Plötzlich wurde meine Sprache zum Kontrapunkt für diesen einsamen Mann, der bisher lediglich in sein unglückliches Schicksal vertieft war, und nachdem er sein Klagelied beendet hatte, sprach er mit recht autoritärer Stimme:

– Nuschno umet russkij jazik⁴.

Auf diesen im Befehlston erklungenen Satz entglitten mir unverhofft die Empfindungswörter „ha, ha, ha" – in einer ziemlich unhöflichen, etwas gesenkten Tonlage, mit dem deutlichen Wunsch zu beleidigen. Ohne zu verstehen, wohin sein wehleidiger Ton verschwunden war, ging ich fort, ohne mich umzudrehen, und ich wunderte mich selbst über meine Reaktion.

Als ich beim Kauf einer Zeitschrift darum gebeten wurde, Russisch zu sprechen, habe ich beinahe mit erhobenem Ton herausgeschrien, dass man in Litauen Litauisch können muss, wenn man schon hier lebt, und ohne die Zeitschrift stiefelte ich in das

---

³ *dt.* Schön ist es bei euch in Litauen.
⁴ *dt.* Russisch muss man können.

kleine Café nebenan, wo die Bedienung mit einem Dutt meine Bestellung aufnahm und sich auf Russisch vergewisserte:
– Kofe? Seitschas...[5]

Das war zu viel... Mich ängstigten meine eigenen Emotionen, die unbewusst aus mir heraussprudelten, aus einem Menschen wie mir – einem apolitischen Geschöpf, für das ich mich hielt. Plötzlich erhob ich mich und steuerte direkt den nächsten Bus nach Hause an, wo ich recht geräuschvoll eintraf. Muttinnng, die meine kämpferische Haltung spürte, trat sogar beiseite. Sie betrachtete mich von Kopf bis Fuß, sagte: „Oh...ho, ho!", und mit ironischem Unterton fügte sie hinzu:
– Mein Stepukas hat angerufen, aber er hat dich gesucht... Was ist das für eine Freundschaft zwischen euch, ist er dir nicht zu alt?

Ihre Ironie brachte mich auf die Palme. Ich wollte es ihr mit den gleichen Mitteln heimzahlen, beruhigte mich aber, denn ich hatte nicht das Ziel, sie zu verletzen; also antwortete ich mit fast demselben Ton:
– Na und? Können deine Freunde nicht auch meine Freunde sein? Ist das verboten?

Ich lächelte, wie auch sie, mit schiefer Lippe, wodurch der Grund der Reizbarkeit im Verborgenen blieb, und ich dachte, dass der Konflikt zwischen Eltern und Kindern ewig ist und manchmal keine ernsthafte Grundlage besitzt. Sie hätte wohl kaum verstanden, dass ihre Mischlingstochter plötzlich einen Anflug von Angst bekommen hat. Die unverhoffte Entladung der Emotionen ängstigte mich selbst. Bereits früher hatte ich verstanden, dass nur ein von einem Seufzer begleitetes nachdenkliches „chm" das einzige zulässige Geräusch ist.

---

[5] *dt. Kaffee? Sofort...*

ERSTER TEIL

Mein Muttinnng schien – so kam es mir zumindest vor – recht selten zu überlegen. Sie genoss einfach die Zeit, schüttelte den Kopf und rechtfertigte sich mit dem magischen Ausspruch: „Der Krieg ist vorbei".Es schien, als verhielte sie sich unbewusst nach dem Hinweis von Nietzsche: In dem Wissen, dass ein Überfluss an Geschichte dem Leben schaden kann, betrachtete sie es als Experiment und ließ es sich gut gehen. Durch ihre Leichtfertigkeit war sie nicht der Mensch, der meine explodierenden Gedanken aufsaugen könnte. Ich benötigte einen zuverlässigeren Acker.

„Meine einzige Rettung, – dachte ich, – ist Stepukas." Einst hatte er bei uns zu Hause gewohnt und kannte die Geheimnisse unserer Familiengeschichte –, dass Muttinnng eine reinblütige Deutsche ist, und dass ich das Ergebnis einer geschlechtlichen Hybridisierung bin. Sein Vermögen, sich an alle anzupassen, war einer seiner positiven Aspekte, und ich denke, das liegt nicht nur an seiner Schwäche für Alkohol. Auch das schöne Geschlecht mochte ihn. „Cha", diesen Acker kannte er gut, und vielleicht verfügte er auch über ein ganz gutes Werkzeug, das genau und rhythmisch funktioniert. Stepukas gehört zu den Männern, die es nicht eilig hatten, allein zu sein; doch ihn erwählten die Frauen selbst, und er fügte sich leicht. Eine solche Abhängigkeit brauchte er nicht der Einsamkeit oder Bequemlichkeit wegen, sondern wegen des Lobgesangs auf seine Werke.

Da ich den Tagesablauf von Stepukas und die Orte, die er meistens besuchte, gut kannte, suchte ich ihn intensiv. Ich erblickte ihn gleich nachdem ich seine im Rauch versunkene Lieblingskneipe betreten hatte. Um ihn hatte sich ein Kreis aus mir nicht bekannten Freunden versammelt. Meine Jugend oder meine langen Beine wurden mit der Reaktion „o...ho...ho" begrüßt. Als ich sagte, dass ich mit Stepukas unter vier Augen sprechen möchte, entstand Aufruhr, der von Bemerkungen über den Erfolg des Freundes begleitet wurde, er hätte sich eine „Jungsche" geangelt und ihm stünde eine schwere Nacht bevor. Zu dieser Zeit war er wieder allein, hatte die Kontrolle durch eine energische Frau nicht ausgehalten, also zuckte er vom Spott seiner Freunde sogar zusammen. Mit einem Lächeln wartete ich, bis er hinter dem Tisch hervorgekrochen kam, und folgte seinem leicht torkelnden Gang, begleitet von Pfiffen.

Meine Größe war fast grenzwertig, aber ich war bereits recht gut abgehärtet: Bemerkungen ließen mich kalt, ich machte niemals einen Buckel und lief kerzengerade. Der Anblick von uns beiden, mit dem neben mir stapfenden und zu den Seiten torkelnden dünnen, kleinen Stepukas, war wirklich witzig. Als hätte er meinen Gedanken erraten, lächelte er mich an und zwinkerte mir bedeutsam zu. Mir kam der Gedanke, dass noch wenige Zentimeter fehlen, um eine unschuldige Jungfrau zu bleiben. Der Ausweg – die biologische geschlechtliche Fortpflanzungsmethode, oder gar die Befriedigung mit künstlicher Parthenogenese – verursachte ein verhaltenes Lächeln mit einem „cha, cha".

Grinsend blickte ich auf den kleinen und so gehorsamen Stepukas, der etwas torkelnd neben mir stapfte und sich entschuldigte, wenn er mich dabei manchmal anrempelte. Ich dachte mir, dass er ein guter Mensch ist und dass es der Mensch wegen seiner Abstammung vom Affen und wegen seines langen Entwicklungsprozesses auf der Welt nicht leicht hat. Als ich mich an den Gedanken von jemandem erinnerte, dass jede menschliche Zelle etwas Verstecktes in sich trägt, dachte ich, dass Stepukas durch das Trinken dieses Versteckte wahrscheinlich schützen wollte.

Ich zog den kleinen Stepukas sanft am Unterarm und wir stolperten beide in ein nahegelegenes halbleeres Café. Durch meine zielgerichtete und energische Bewegung war er fast völlig nüchtern geworden, und nachdem er auf einen ihm hingestellten Stuhl niedergesunken war, blickte er mich fragend an. Er war überzeugt, wir würden zu unserem Freund, dem berühmten Künstler gehen, denn unterwegs erwähnte er, dass dieser nach mir gefragt hätte. Meine wortlosen Handlungen verwirrten ihn, denn ich sagte auch weiterhin kein Wort, bestellte Kaffee und fügte hinzu, dass „alles Weitere" später kommt, denn jetzt bräuchte ich einen klaren Kopf.

Mein seltsames Verhalten verdutzte ihn nicht nur, es machte ihn auch nüchtern. Er blickte mich an, als hätte er sich irgendetwas zu Schulden kommen lassen, und seine Bereitschaft, sich mit mir zu unterhalten, verblasste aus irgendeinem Grund.

– Wahrscheinlich hast du dich wegen mir mit Mama gestritten, weil ich angerufen habe und nicht sehr klar war? – sprach er und verfehlte das Ziel.

Ich wusste ja nicht einmal, ob er und Muttinnng sich wegen des Alkohols oder aus einem anderen Grund getrennt hatten. Es interessierte mich auch nicht wirklich, denn beide fanden sich sofort in der innigen Umarmung anderer Verehrer wieder, aber seine Toleranz für die Geheimnisse unserer Familie führte zu beiderseitigem Vertrauen und zu einem offeneren Umgang. Mit einem Mal lehnte er sich an und fragte lächelnd, nachdem er fast mitsamt dem Stuhl umgefallen wäre:

– Wo ist denn das versprochene Weitere? Ohne das ist eine Unterhaltung keine Unterhaltung. Kein Bindemittel. Wohin warst du denn verschwunden? Ich hätte nicht angerufen, aber er hat mich dazu aufgefordert. So leicht kommst du nicht davon, meine liebes Fräulein!

Überrascht von dieser unerwarteten Attacke kamen mir Zweifel, ob ihm „alles Weitere" nicht schaden wird. Ich hasste Betrunkene. Cha, die Dosis war zu hoch. Er war kein Trinker, aber manchmal, wenn andere etwas spendierten, trank er gern; das jedoch nicht aus Sparsamkeit, sondern aus Ärmlichkeit.

# Der Partei-Wolf

Obwohl das Glas bereits leer war, betrachtete mich Stepukas mit nüchternem und seltsam besorgtem Blick, erinnerte mich wieder an unseren gemeinsamen Freund, den es interessierte, was mit mir geschehen ist.

Ich hatte Stepukas gesucht, weil ich mich aussprechen und ihn fragen wollte, aber bei unserem Treffen verblasste alles aus irgendeinem Grund, und die ganze Sorge des Berühmten um meine Person rief eine Umkehrreaktion in mir hervor. Schweigend hörte ich Stepukas zu – ihm lief es fröhlich von der Zunge. Mit Stolz, als hätte man über ihn geschrieben, begann er fast wortwörtlich einen Zeitungsartikel über die Tage der Malerei zu zitieren, an denen der Berühmte mit seinen Arbeiten teilnahm. Später zückte er die Zeitung und las über „die Tage der Freundschaft und die kollektiven Dienstreisen der verbündeten Maler, die die Geburt wunderbarer Gemälde förderten, nicht zu vergessen die Tendenzen der sowjetischen Malerei und..."

Vom pausenlosen Lesen begann er zu Husten und streckte mir die Zeitung entgegen – ich könne es selbst lesen. Ich las über den Duktus des berühmten Malers, seine Konzeption und eine gewisse Stimmung, die für viele Gemälde typisch ist.

Der Artikel verursachte ein unangenehmes Gefühl. Es war schwer, diese Heuchelei und Anpassung zu begreifen. In meinem Innern fand die Abstoßungsreaktion auf irgendeinen Fremdkörper statt, und durch diese Reaktion wurde auch die Anpassung meiner Familie aktiviert. Ich stand kurz vor der Explosion, wusste nicht, wie, wo und wann ich meinen Ärger entladen sollte.

Ich scheuchte die verräterischen Gedanken hinfort und scherzte:

– Cha, du schläfst ja fast. Schämst du dich denn nicht, einfach neben einer Frau einzuschlafen.

– Einer Frau? – reagierte er sofort, als gäbe es keinen größeren Unsinn, – du bist doch noch keine Frau. Komm, steh auf, lass uns gehen.

Und als hätte er meine Gedanken erraten, fügte er hinzu:

– Diesen Partei-Wolf brauchst du nicht zu fürchten, deine Herkunft kann ihm am wenigsten schaden. Und vielleicht wird er dich auch überzeugen, in die kommunistische Jugendorganisation einzutreten, und dann wirst du immer bereit mit allen gemeinsam in die strahlende Zukunft schreiten. Cha, cha, cha – vielleicht liegt dort deine Zukunft. Vorwärts!

– Rede keinen Unsinn! – murmelte ich leise, und zu spät erkannte ich, dass es unhöflich ist, auf diese Art mit einem älteren Menschen zu sprechen.

Hänseleien konnte ich auf den Tod nicht ausstehen, besonders, wenn sie einen wunden Punkt trafen. Mir verging jeder Wunsch, diesem Menschen, der angeblich nicht verstand und von nichts wusste, zu erklären, dass ich dort, wo offene Propaganda herrscht, fehl am Platz bin, und dass es für meine Familie noch gefährlich ist, aus dem Untergrund ans Tageslicht zu treten. Ich wollte ihm entgegenschreien: „Ich bin doch ein Hybrid, dessen Onkel, ehemalige Soldaten der Wehrmacht, im Westen leben, und in den Dokumenten ist alles Lüge, alles geändert. So jemand passt nicht zur kommunistischen Jugend und kann auch nicht von einer strahlenden Zukunft träumen."

Gemeinsam mit mir erhob sich mein „cha", das mir herausrutschte, als würde es meine Wahrheiten bestätigen. Mir kam ein unerwarteter Gedanke, und ich sackte zurück auf den Stuhl, wobei ich den bereits stehenden Stepukas kräftig am Ärmel zog, der daraufhin ebenfalls auf seinen Stuhl plumpste und mich wegen meiner energischen Verhaltensweise verdutzt anschaute.

– Der Untergrund, der Untergrund... Verstehst du, – flüsterte ich: Als ich in seinem Blick immer noch Unverständnis erkannte, wiederholte ich noch einige Male:

– Der Untergrund, der Untergrund... Nur der Untergrund kann mich retten!

Er zog den falschen Schluss, dass ich das Atelier des Berühmten als Untergrund bezeichnete, freute sich und sprach:

– Na, endlich fürchtet das junge Reh den grauen Wolf nicht mehr!

Kurzzeitig kam mir der Gedanke, dass sich Stepukas wahrscheinlich verantwortlich für mich fühlt. Seine erste Ehe war ein Misserfolg, seine Frau verließ ihn und erteilte der Tochter das Verbot, sich mit ihrem nichtsnutzigen Vater zu treffen. Indem er mich umsorgte, beglich er quasi die Schuld an seiner Tochter.

Mit jedem Schritt schwand meine Entschlossenheit ein wenig. Stepukas, der einen Schritt vor mir ging, hielt meinen Arm fest mit seinem Ellenbogen umschlossen, damit ich ihm ja nicht wegliefe. Ich ging dorthin, wo scheinbar das Ende und der Anfang all meiner Entscheidungen lagen.

ERSTER TEIL

# Der Nachhall der Ausstellungen ─────

Unser berühmter Freund öffnete die Tür im Anzug. Die kurze beidseitige Verwirrung schlug plötzlich in seine Pathetik über:
– Oh, endlich! Wir können es nicht mehr erwarten, wir wollen schon lange beginnen...

Uns empfingen die prüfenden (vielleicht schien es aber auch nur so) Blicke zweier weiterer Männer in Anzügen. Als er uns vorstellte, wurde ich zur Schülerin, die beabsichtigt, die Kunstakademie zu besuchen, und Stepukas war der Freund, der gebeten wurde, mich herbeizuholen, damit ich mit meiner Meinung von den Werken junger Künstler etwas Licht in die eingestaubten Ansichten der älteren Generation bringen möge.

Die anfängliche Verwirrung entspannte das leise, nur für sich selbst bestimmte „chi, chi", und alles fügte sich an seinen Platz. Da sie schon früher gekommen waren und Eindrücke über die Ausstellung unter dem Motto der Völkerfreundschaft ausgetauscht hatten, war es langsam Zeit für einen Kaffee, und ich, besonnen auf meine weiblichen Pflichten, begab mich sogleich auf bekannte Wege.

Beim Kaffee wurde das fast ohne Pause geführte Gespräch über die Kraft des Talents fortgesetzt. Selbstverständlich waren alle Loblieder dem Hausherrn gewidmet – seiner Fähigkeit, in der Sprache der Kunst zu jedem Thema zu sprechen.

– Sehr gefallen, ich würde sogar sagen – sehr gerührt hat mich Ihre Fähigkeit, im Gemäldezyklus „Ferner Norden", wenn auch mit dunklen, kalten Farben, eine Stimmung zu erzeugen, die in sehr deutlichen Kontrasten erklingt. Sehr gefiel mir auch ihr Gemälde „Erzengel" und ein weiteres...

Der kostümierte Herr war bemüht, sich zu erinnern, bis der andere Herr in einem schwarzen Anzug seine erfolglosen Mühen beendete.

– Ich stimme der Meinung meines Kollegen absolut zu, aber mich hat die von einem Journalisten erkannte neue Richtung in Ihrem Werk viel mehr interessiert – die neuen Erkundungen. Ich habe das irgendwie nicht bemerkt. Ist das vielleicht etwas aus Ihren neuen...

– Journalisten denken sich oft allen möglichen Unsinn aus, – unterbrach ihn der Berühmte mitten im Satz und fügte hinzu, ohne das Thema weiter auszubauen, – ich persönlich mag es weder zu sprechen, noch unfertige Werke zu zeigen.

Um der unangenehmen Situation schnellstmöglich zu entkommen, bat er Stepukas, Wein aus dem Geheimversteck zu holen, aber so sehr sich der Hausherr auch bemühte, das Gesprächsthema zu wechseln – die Gäste kamen immer wieder darauf zurück, erwähnten sowohl den sozialistischen Realismus, als auch die naturalistische Behandlung der Umwelt sowie die Rückkehr des impressionistischen Menschen als biologische Gestalt in die Natur.

Auf einmal bat einer der Herren, der wohl schon lange auf eine Gelegenheit gewartet hatte, zu Wort zu kommen, den Berühmten darum, seine Meinung über die vorherrschende Tendenz im Werk junger Künstler zu äußern, die er als absolutes Extrem, reine Provokation und Propagierung des Absurden bezeichnete.

– Da Sie, – sprach er den Hausherren direkt an, – ein berühmter Künstler sind, würden ihre Treffen mit der Jugend und deren Aufklärung über den Schaden eines solchen Zielbewusstseins sowie eine ausführliche Analyse in der Presse, nach meiner Meinung, zu einem guten Ergebnis führen.

# ERSTER TEIL

Es war offensichtlich, dass dieses Thema den Herrn schon lange erregte. Er, als Baumeister des Kommunismus, hatte wahrscheinlich den Auftrag, über Malerei zu wachen und er war sicher auch verantwortlich für das nüchterne Bewusstsein der Jugend, denn in den Fünfjahresplänen war vorgesehen, durch eine Reinigung der Malerei die „strahlende Zukunft der Menschheit" schneller anbrechen zu lassen, deshalb verspürte er die Pflicht, sich auch noch über die vielseitige Auswirkung der Kunst auf den Menschen zu äußern, und außerdem über die von der Partei gesetzten Ziele. Besonders betonte er, die Funktionen der Kunst müssten konkretisiert werden, und all das sei der Jugend so ausführlich wie möglich über die Presse nahezubringen.

Cha, die Jugend, das bin ich, dachte ich, aber der letzte Satz war an den Hausherren gerichtet; der berühmte Maler ließ sich aber nicht verwirren. Derartige Reden waren nichts Neues für ihn, also antwortete er mit ziemlich ruhiger Stimme, als hätte er sich die Antwort schon längst zurechtgelegt.

– Erstens – ich bin nicht kompetent genug für ihr erwähntes Programm, und das Schreiben fällt mir überhaupt schwer. Das ist nicht mein Element. In diesem Bereich sollten die Kunstforscher und Journalisten tätig werden. Ich bin eher ein Arbeiter, ein Techniker, der sich ein wenig mit seiner Arbeit auskennt. Die republikweit stattfindenden Tage der Malerei sind für mich eine hervorragende Plattform zum Gedankenaustausch mit den Werktätigen in den Regionen und Provinzen. Ihre Gesichter sind ausdrucksstark. Deshalb male ich sie, – unverhofft verstummte er, als wisse er nicht, was er noch sagen sollte. Nach der Pause fügte er, wie in einer kleinen Fortsetzung hinzu:

– Meiner Meinung nach... bin ich für eine solche Mission... genau der Geeignete.

Stille trat ein. Er saß konzentriert, stützte sein Kinn auf seine gefalteten Hände. Plötzlich lehnte er sich zurück und sprach recht laut, um die Stille bewusst zu durchbrechen:

– Ich möchte nicht den falschen Eindruck erwecken, dass mir die Jugend nichts bedeutet. Alles ist viel komplizierter, – ich mag kein Schubladendenken: die Jungen, die Alten. Es wäre angebracht über einen Menschen zu sprechen, der, ganz gleich welchen Alters er ist, in derselben Zeit lebt, in der das Leben so schnell fortschreitet, dass sich die Informationen anstauen und die Ideen im Lärm versinken, aber die Leidenschaft, dies zu erleben und zu fühlen, bleibt. Jeder, ohne dabei die ältere Generation hervorzuheben, sucht individuell nach einem Gleichgewicht, und man kann nicht fordern, dass diese Suche reibungslos, harmonisch stattfindet. Das ist unmöglich. Es gibt keine Regeln. Nur die Mittelmäßigen passen sich leicht an sie an.

Sein Vortragston war anfangs deutlich deklarativ, nur der letzte Satz erklang aus irgendeinem Grund leiser, als fürchtete er, man würde ihn falsch verstehen.

Ein solch korrektes Spektakel der naturalistischen Ära hatte ich noch nie zuvor gesehen, und schon gar nicht habe ich einem solchen jemals beigewohnt. Sein Monolog ermöglichte es mir, ihn wieder anders kennenzulernen, deshalb sprudelten die Gefühle, die ich unterdrückt hielt, so lebendig aus mir heraus, als die Gäste gegangen waren, dass ich Stepukas einen Kuss auf die Wange gab, dem Großen auf den Schoß sprang und, nachdem ich ihn beinahe direkt auf die Lippen geküsst hatte, sagte, dass dieser Kuss für einen Menschen ist, der die Jugend nicht ausgrenzt. Ich wollte sogleich wieder von seinem Schoß herunterspringen, doch er hinderte mich daran und schaute mir in die Augen, in der Hoffnung, darin auch weitere Anreize für diesen spontanen

Kuss zu entdecken. Der kurze Moment setzte sich wohl fort, denn Stepukas sagte mit etwas Unbehagen:
– Vielleicht ist es Zeit für mich zu gehen?
– Unsinn, – entglitt es mir, als wäre ich zu Hause.
– Wirklich Unsinn, – stimmte mir auch der Berühmte zu, obwohl die Intonation seines „Unsinn" eine ganz andere war.

Nochmals betonte er wiederholt, langsam beide Wörter, wobei er sie trennte, als wollte er mich noch etwas in der Umarmung halten, und er hörte zu, wie ich mit Hingabe ohne Unterbrechung von der Absurdität und der Provokation des Lebens sprach.

Nachdem er mich geduldig angehört hatte, breitete er plötzlich die Arme aus und ließ mich von seinem Schoß springen. Er erhob sich und begann, ähnlich hingebungsvoll wie ich, über die akademische Kunst zu sprechen, über die in der Kunst vorherrschenden veralteten Grundsätze und Vorschriften, die das Bild fesseln, und dass es viel interessanter sei, wenn man von der Regelmäßigkeit der Formen abweicht, von der mathematischen und fotografischen Genauigkeit der Realität, was die natürliche Freiheit des Menschen – sein individuelles Denken und seine eigene Sicht – besonders behindert.

– Das Gehirn des Menschen muss stets gereizt werden, und wenn ein Gemälde nicht mehr reizt, dann ist es völlig uninteressant.

## Gen-Zellen

Seine Gedanken entsprachen den meinen, die ich nicht immer vorzubringen wagte, deshalb war jedes seiner Worte für mich wie ein Lebenselixier. Auch wenn er sie vielleicht auf sich bezog, so reizten sie mein Gehirn, und wie auf einem bestellten Acker, begannen aus meinem Unterbewusstsein Gen-Zellen hervorzudrängen.

Und plötzlich, als hätte jemand einen Feldstein zur Seite geschafft, verstand ich, was ich tun wollte, und dass in meinem Fall nur ein solcher Ausweg der beste ist: Reizung, Provokation – das suchte ich, doch ich verstand nicht, dass sich all dies, aus einem inneren, nicht endgültig verinnerlichten Widerstand, bereits in meinem Bewusstsein ein wenig gesammelt hatte. Ich wuchs schließlich zwischen den Porträts von Stalin und Lenin, Marx und Engels auf, die Muttinnng kopierte und den versammelten Gästen präsentierte; und deren entzückte Ausrufe heilten wie Balsam ihre Seele.

Mit dieser Entdeckung hatte ich selbst nicht gerechnet. Ich fand kaum Platz in meiner Haut, obwohl alles noch auf Wolken schwebte und ich dies als größte Absurdität ansah, ohne ahnen zu können, dass das Leben noch mehrfach gesunde Logik und Absurdität in Einklang bringen würde; genau der Unsinn und die völlige Absurdität, gepaart mit gesunder Logik, sollten die Anregungen für meine Kreativität liefern und das ganze Leben über meine kreativen Fähigkeiten herausfordern.

Die mich überkommenden Emotionen beunruhigten mich, ich hörte kaum, was der Berühmte erklärte. Plötzlich verstummte er und betrachtete mich aufmerksam, wie ich durch das Atelier ging. Er hatte sich noch nicht völlig von meinem unschuldigen Kuss erholt. Mit langem Blick untersuchte er meine Gesichtsmerkmale, als warte er auf irgendeine Vibration, die die Wahrheit ans Licht bringt. Schließlich zog er mich näher an sich heran, wobei er immer wieder dasselbe wiederholte:

– Rutsch heran, Langbein, setz dich, stolzier nicht umher und verdecke deine schönen langen Beine nicht. Meinem Pinsel entkommst du sowieso nicht... Irgendwann bekomme ich sie doch in die Finger.

Ich war schon genügend erwachsen und verstand die Zweideutigkeit des Ausspruchs „in die Finger bekommen". Ich wusste auch, dass es für ihn – den berühmten Maler – kein Problem ist, unschuldige Mädchen wie mich zu finden. Wenn sie bei ihm einkehrten, war die Tür für mich verschlossen.

Ich begriff, dass die ernsten Vorträge vorbei waren, und begann nach einem Grund zu suchen, um so schnell wie möglich zu verschwinden. Ich wollte allein sein, damit sich die Gedanken setzen können. Der angetrunkene Stepukas, dem ich versprochen hatte, ihn nach Hause zu bringen, war meine Rettung.

Auf dem Weg nach Hause dachte ich, dass Stepukas mit dem Barett fast schon mein Schutzengel geworden ist. Ich blickte ihn an, den kleinen, der mich manchmal leicht anrempelte, mit der fast durchsichtigen, etwas welken Gesichtshaut, die auf der Stirn, um Augen und Lippen Falten bildete; ich verband sie mit Sorgen und Freuden, Gelächter und Tränen, und dachte über das einsame Leben dieses Mannes nach.

Ich ergriff seinen Unterarm noch fester, als ich mich daran erinnerte, wie er sich während einer Versammlung in einem unerwarteten, offensichtlich gespielten Lachanfall, von allem abgrenzte, was um ihn herum vorging. Damals drehte sich alles um die Rubensfrauen, die in den Falten der weißen Laken ihre nackten, vor Lust pulsierenden Körper verstecken, die wie Visionen vor den Augen der versammelten Jungen, Alten und Betagten zu schweben begannen. Die Reflexionen in ihren Pupillen vermittelten ein Gefühl der Realität, und bei der leichten Berührung des welken Körpers durch einen straffen Körper begann sich wohl sogar ein weiblicher Duft zu verbreiten.

Cha – ich hatte nichts gegen das Alter, aber ich konnte kokettierende betagte Männer und Frauen nicht ertragen. Deshalb rief auch meine Mama bei mir oft unangenehme Gefühle hervor, doch zur stärksten Abstoßungsreaktion kam es, wenn ich die Perversionen älterer Männer über junge Mädchen mit anhören musste.

Stepukas spielte solch ein Spiel mit mir nicht und hat sich auch niemals an ähnlichen sexuellen Provokationen beteiligt. Er saß immer still da, widmete solchen Themen überhaupt keine Aufmerksamkeit. Manchmal, wenn er angetrunken war, ließ er etwas verlauten, vielleicht nur deshalb, um sich nicht von den anderen Männern zu unterscheiden.

Ha, ha – die ironischen Empfindungsworte waren eher für mich bestimmt, als ich zu dem Schluss kam, dass sich nicht alle älteren Männer für unreife Mädchen interessieren.

Cha, cha, cha, – auch nicht alle Mädels haben Umgang mit betagten Männern, scherzte ich mit mir selbst. Ich habe nicht wirklich verstanden, welche Rolle ich in einem ähnlichen Spiel spiele.

Hatte ich Angst, es mir einzugestehen?

Oder vielleicht machte ich mir etwas vor?

Wahrscheinlich...

Vielleicht sind das alles dumme Gedanken, wenn man zu früh auf die unverständliche Welt der Erwachsenen prallt; das beschleunigte wohl meine Reife?

Vielleicht ja.

Als ich mich das nächste Mal mit Stepukas traf, habe ich sogleich den Sinn hinter seinem breiten Lächeln erkannt, und auch die Worte waren treffend:

– Na, junges Schäflein, ich weiß nicht, ich weiß nicht, wie lange ich dich noch vor dem grauen Wolf beschützen werden kann.

Ich schwieg und dachte, dass mich der Berühmte nur mit seinem Talent reizte, und sollte er...
– Du bist mir auf ewig etwas schuldig, obwohl... – unterbrach er mein Schweigen und führte seinen Gedanken aus irgendeinem Grund nicht zum Ende.
Ich ahnte, was dieses „obwohl" bedeutet. Wenn er betrunken war, sprach er mitunter von seiner Schuld mir gegenüber, schwafelte etwas von Entschuldigungen und dem Schmerz, den er mir während seines Zusammenlebens mit Muttinnng zugefügt hat. Es war kein Schmerz, sondern eher die Enttäuschung eines heranreifenden jungen Mädchens, die ich durch entschlossene Taten minderte: Türenschlagen, von Zuhause fortbleiben, auf der Suche nach einem Zufluchtsort. Nicht immer funktionierte das, denn unter Gleichaltrigen fand ich keine Antwort auf die mich quälenden Fragen. Ich fand überhaupt nur schwer Anschluss und konnte mir nicht wirklich erklären warum.

## Die Schülerin

Eine Woche später besuchte ich zusammen mit meinem Begleiter meinen Lehrer. Ich habe nicht vergessen, dass mich der Berühmte seinen kostümierten Freunden als seine Schülerin vorstellte. Deshalb habe ich diesen Schritt sehr gut überlegt: Ich trug den kürzesten Rock, als wollte ich ihn an den Augenblick der Schwäche von damals erinnern, als er zum Scherz versprach, für die langen schönen Beine Berge zu versetzen. Berge waren nichts für mich, aber Unterricht, Ratschläge und etwas freier Verstand können nicht schaden, so dachte ich.
Das laute Öffnen der Tür war ein Anzeichen für schlechte Laune, doch als er uns sah, erhellte sich sein Gemüt:

– Gerade rechtzeitig... Alles ärgert mich. Die Arbeit gelingt heute nicht. Es ist an der Zeit, den Kopf frei zu bekommen... Lasst uns etwas trinken!

Seine Stimme war gereizt wie nie zuvor. Er bewegte sich mit schnellen Schritten fort, noch bevor ich saubere Gläser holen konnte, goss er den Wein in schmutzige Gläser, forderte Stepukas auf, schneller auszutrinken und etwas Stärkeres zum Trinken zu beschaffen.

Als er gegangen war, sprach er mit dem Weinglas in der Hand:
– Und du kannst dich schon mal vorbereiten, – wobei er mit einem schiefen Lächeln hinzufügte, – das Thema ist unschuldig wie auch du, junges Fräulein – „Die Natur und der Mensch".

Ich war fassungslos. Seine Worte klangen fast wie ein Urteil, und ich erschrak. Im Inneren brodelte es, unter der Nase bildeten sich Schweißperlen, und es schien, dass ich wie ein Kochtopf zu dampfen begann. Dieses vom Himmel herabgefallene Angebot warf mich, eine „Jungsche", die noch nirgendwo studierte, aus der Bahn. In Gedanken entwickelte ich schon lange verschiedene Projekte, aber alles war plötzlich verschwunden, alle Ideen gingen in Rauch auf und viele Fragen überkamen mich. Der erste Gedanke, der mir kam: „Nein... Nein... Das bringe ich nicht fertig..."

Der Plan des Berühmten war wirklich interessant: In der Mitte des Saals beabsichtigte er, seine Gemälde auszustellen, und die Wände widmete er den jungen Studenten der Kunstakademie. Für mich, seine „Schülerin", und noch einen weiteren Studenten gab es Nischen am Ende des Saales. Ich druckste wie eine Erstklässlerin und konnte kein einziges Wort herausbringen. Ich schämte mich ein weiteres Mal zu fragen, aber ich wollte unbedingt eine Bestätigung.

Er trat an die Staffelei und enthüllte sein noch unfertiges Werk, als würden die Antworten auf die mich quälenden Fragen in ihm ruhen. Ich schwieg, versuchte zu begreifen, warum er es als unfertig bezeichnete und warum er mir genau dieses Gemälde zeigte. Um ehrlich zu sein, kam es mir nicht so vor, als sei dieses Werk etwas Besonderes. Dieses und die zuvor gesehenen Gemälde hatte für mich sogar etwas Ähnliches: unschuldige Landschaften, im Hintergrund eine kleine Menschengestalt, nur die langen und erstarrten Arme schienen aus der Leinwand herauszureichen, als wollten sie dem nähertretenden Betrachter eine Kamillenblüte schenken. Einerseits war dies geradezu sentimental, aber die langen Arme des Arbeiters und diese Verbindung mit der weißen Kamillenblüte weckten Gedanken, die ich nicht wirklich auszudrücken vermochte.

Das Gemälde sah denen ähnlich, die hinter dem Schrank standen und die er mir einmal gezeigt hatte. Er sprach kaum von ihnen, und wir wussten nicht, ob er sie jemals ausstellen wird. Jedes von ihnen brannte sich mir aus irgendeinem Grund deutlich ins Gedächtnis ein: ein Mensch vor einem grauen, düsteren Naturhintergrund, der in seinen weißen gepflegten Händen eine Axt und eine Sichel trug.

Die Wirkung dieser Gemälde war bereits damals, als ich sie zum ersten Mal erblickte, so stark, dass ich in Gedanken Projekte entwarf, ohne auch nur darauf zu hoffen, dass mir das Schicksal einmal eine reale Möglichkeit zu ihrer Umsetzung gewähren würde.

Als Stepukas hereintrat, deckte er die Leinwand zu, und als sei nichts gewesen, streckte er ihm sein leeres Glas entgegen.

PETITIO

# Die schuldlos Schuldigen

Es war nicht leicht, das Material zusammenzutragen – hier musste ein Mann ans Werk. Der größte Helfer war wieder Stepukas mit seinem Barett. Anfangs sagte ihm meine Installationsidee nicht zu, aber nach großer Überzeugungsarbeit gab er schließlich nach und versprach, dem Berühmten bis zur Eröffnung der Ausstellung das Geheimnis nicht zu verraten.

Ich hielt es vor Freude kaum noch aus, gepaart mit der Angst, die nur unter einer kreativen Hitze etwas dahinschmolz.

Auf der Nachbildung einer grünen Wiese wurden Blätter und Zweige verteilt, wir umzäunten sie mit Stacheldraht und schrieben auf das Schild „Betreten verboten". Inmitten der Wiese errichteten wir ein Gerüst aus Brettern – wie ein zur Seite wachsender Baum. Zum provokativen Eckpfeiler bzw. Stamm wurde der im Innern des Gerüsts stehende nackte Stepukas mit einem grünen, glänzenden Ahornblatt, über dem mit schiefen Buchstaben auf unterschiedlicher Höhe geschrieben stand: „Das Berühren der Ausstellungsstücke mit den Händen ist verboten."

Seine welke Haut und die deutlich hervorstehenden Rippen und Schulterblätter, die Glatze und der helle Schnurrbart, den wir schwarz gefärbt hatten, passten sehr gut zu den trockenen Blättern und den grauen Flecken ohne Gras. Obwohl mir Stepukas manchmal aus seinem Käfig zuzwinkerte, konnte ich meine Aufregung kaum unter Kontrolle bringen. Zwischen den stark zusammengebissenen Zähnen kam kein „cha, cha" hindurch.

Der Berühmte streckte manchmal seine Hand aus, zog mich mit recht grober Geste zu sich und stellte dann jemandem seine Schülerin vor. Noch nie hatte ich an einer solchen Generalprobe teilgenommen, zu der ausschließlich Regierungsvertreter, Freunde und enge Kollegen eingeladen waren. Eine verhaltene Fröhlichkeit lag in der Luft.

Die Mehrheit versammelte sich hochachtungsvoll bei den Gemälden des Berühmten, streute Ausrufe des Erstaunens und des Lobes ein. Aus irgendeinem Grund stellte niemand Fragen zum Lebendexponat und vermied es sogar, Interesse zu zeigen. Die meisten unter den Versammelten gehörten zur „grünen" Jugend.

Der Berühmte sagte weder ja, noch nein.

Am nächsten Tag, als die Besucher hereinströmten, übertraf das Interesse an dem Lebendexponat die Erwartungen. Der nackte Körper beeinflusste das Bewusstsein der Menschen auf seltsame Art und Weise: Manche blieben lange stehen, als warteten sie auf die Fortsetzung, andere hielten nicht einmal inne und gingen mit gesenktem Kopf vorbei, als wären sie peinlich berührt, wobei sie sich ab und zu umdrehten, als ob sie fürchteten, etwas zu verpassen. Es gab auch solche, die mit vorgehaltener Hand prusteten und versuchten, hinter dem Rücken anderer einen Blick zu erlangen, um zu erraten, was all dies zu bedeuten hatte.

Der Berühmte verspätete sich aus irgendeinem Grund. Als er eintraf, verriet uns sein Gesichtsausdruck, dass etwas geschehen war. Es zeigte sich, dass der erste Tag nicht unbemerkt verstrichen war, er musste das „höchste" Haus der Stadt (nicht wegen seiner Größe, sondern wegen der hohen Beamten) aufsuchen, wo er auf Männer in Anzügen traf. Ob er etwas erklären oder sich selbst erklären sollte, erfuhren wir nicht sofort, denn als er den Saal betrat, umschwirrte ihn sogleich ein Schwarm von Bewunderern.

Als er sich kurz befreien konnte, kam er näher und sprach mit deutlicher Stimme zu mir:

– Lass dir anstelle deines Lebendexponats etwas anderes einfallen. Und du, – er wandte sich an Stepukas, – wenn dir nicht kalt ist, bleib noch stehen, während sie nachdenkt.

Obwohl er unter seinem ernsten Gesichtsausdruck Emotionen verbarg, verriet mir das Funkeln in seinen Augen ein sich fast endlos fortsetzendes „chi, chi..." Sein Inneres platzte offensichtlich, und das nicht wegen der Aufmerksamkeit der ihn verfolgenden Verehrer. Um sich nicht zu verraten, umarmte er in einem Augenblick die neben ihm stehende junge Frau, eine weitere streckte ihm für die Lobpreisungen seiner Werke ihre Wange für einen Kuss entgegen, und erst am Abend in seinem Atelier, im engen Freundeskreis, brach die Wut aus ihm heraus:

– Nur die Mittelmäßigen mischen Politik mit Kunst!

Nachdem er uns betrachtet hatte, verstummte er und sprach gänzlich ohne Ärger:

– Und ihr, meine Freunde, habt euch mir gegenüber nicht sehr ehrenwert verhalten, weil ihr mir von eurer nackten Idee nichts verraten habt. Von dir, mein Fräulein, habe ich eine so zielgerichtete Sprengladung nicht erwartet – eher Kamillenblüten und kein politisches Divertimento.

Die begonnene heiße Diskussion wurde von seinem schwer zu zügelnden „chi, chi" begleitet. Er erinnerte sich an die absurde Erklärung gegenüber den Vertretern aus dem Regierungspalast, als sie über den nackten einsamen Menschen in der Umarmung der zerstörten Natur sinnierten, und am meisten störten sie sich an dem Wort „verboten".

– Ach, das ist alles unwichtig, – schloss der Berühmte und zeigte damit, dass er darüber nicht länger sprechen wollte und erhob sich gähnend. Als jedoch ein unbekannter Herr mit selbstbewusster Stimme das Wort ergriff, goss sich der Berühmte etwas Wein ein und setzte sich wieder, womit er dem Sprechenden die Ehre erwies.

– Ich möchte trotzdem bemerken, dass sie, – er wandte sich an mich und Stepukas, – ein wenig vom Hauptthema abgekommen sind; auch wenn alle Einzelteile aus der Natur stammen, sind sie doch zufällig und bilden keine Einheit, und eine solche Darstellung ohne Charakter hat keine erzieherische Wirkung mehr.

Da der Sprecher mittleren Alters war, schwiegen alle ehrfürchtig. Die Predigt war streng, eher väterlich erzieherisch. Es war offensichtlich, dass er sich bei offiziellen Empfängen aufhält, denn er war nicht in der Lage, die geschwungenen Phrasen zu vermeiden, als er über die Schönheit, besonders die ästhetische Wirkung der Natur und die erzieherische Funktion der Kunst sprach. Ergriffen erhob er sich sogar und richtete die Aufmerksamkeit aller Anwesenden mit einer erhabenen, breiten Geste auf die Gemälde des großen Künstlers im Raum.

– Der Anblick soll erhebend wirken, der Mensch soll Freude empfinden, keine Abscheu. Das Werk muss den ästhetischen und moralischen Standpunkt des Autors zum Ausdruck bringen. Übrigens ist die Kunst unausweichlich den öffentlichen Gesetzen untergeordnet und muss den Anforderungen der sozialistischen Kunst zumindest ein wenig entsprechen. Alles muss ohne Zwang dargestellt werden, und sie haben den Zuschauer gezwungen, und dies noch im Namen eines Künstlers, der Maßstäbe setzt. Die Nacktheit hat keine ästhetische Freude verursacht, und... Und... Und... – da er keine passenden Worte fand, brachte er den Gedanken etwas wirr zu Ende, – und... Und ein Müllhaufen aus Blättern und Zweigen...

Jemand hustete ziemlich laut. Der Sprecher, als wäre er wieder zu sich gekommen, entschuldigte sich für die in Anspruch genommene Zeit, und der Berühmte fügte unter seinem uns bekannten „chi, chi" hinzu:

– Sie haben Recht, – nach einem Blick in die Runde, was er niemals tat, wandte er sich uns zu und begann ziemlich ernst mit ähnlicher Intonation zu sprechen, – eure Herausforderung hat gezeigt, wie sehr ihr euch von den wahren Werten entfernt habt. Angetrieben von euren beschränkten persönlichen Interessen habt ihr mich beinahe in einen Skandal verstrickt. Ihr habt mich nochmals davon überzeugt, dass Individualismus eine unnatürliche und schädliche Erscheinung ist und dass der Mensch sich nur im Kollektiv verbessern kann. Ich habe euch zu sehr vertraut. Ich möchte übrigens noch hinzufügen, dass sich die Kunst meistens eine ästhetische Reflexionsform wählt, die nicht nur für ästhetisches Vergnügen sorgt, sondern auch tiefe Erkenntnis bietet, untrennbar verbunden mit der moralischen Erziehung und der Vereinigung der Ideen. Euer Naturalismus hat aber keine Tiefe zum Ausdruck gebracht – er war nicht nur nackt, sondern auch leblos. Selbst der lebendige Stepukas hat da nicht geholfen. Und wo kein Leben ist, da ist auch keine Schönheit. Das ist die reinste Antikunst.

# Die Anti-Kunst

Ich saß da und war sprachlos, konnte Spiel und Wahrheit nicht auseinanderhalten. Die Gesichtshaut von Stepukas, die einen grelleren Farbton angenommen hatte, glänzte wie eine Speckschwarte, und der Herr, der zuvor gesprochen hatte, machte vor Freude über eine derartige Beipflichtung sogar einen Luftsprung:

– Ja, genau, der Naturalismus unterscheidet die Kunst von... Von... – erneut fand er das treffende Wort nicht und sprach von Künstlern aus aller Welt, dass die Kunst eine geistige Kraft sei, die bei der Gründung einer einheitlichen Gesellschaft behilflich ist; er erinnerte gar an den Gedanken des russischen Wissenschaftlers Timirjazev, dass die Kunst den Grundstein für die zwischenmenschlichen Beziehungen legt.

– Trinken wir also auf Brüderlichkeit und Gleichheit, – unterbrach ein junger Mann mit trüben Augen den Sprecher unhöflich.

– Ich danke für die Aufmerksamkeit, – sagte der Berühmte recht laut, womit er weitere Diskussionen unterbrach und demonstrativ sein erhobenes Glas leertrank.

Mit einer tiefen Verbeugung dankte er mehrmals für die erwiesene Aufmerksamkeit für seine Person und verscheuchte alle mit großen Handbewegungen. Das war typisch für ihn, und für eine große Autorität war dies entschuldbar. Stepukas und ich stolperten in ein Café in der Nähe und bemühten uns, schnellstmöglich vor allen zu fliehen. Wir saßen schweigend da, und jeder von uns versuchte zu verstehen, was geschehen war.

– Oh, wen sehe ich denn da – meine Hochachtung vor den berühmten Vertretern der Antikunst! Drei kleine, – sagte der unverhofft nach der Kellnerin erschienene junge Mann mit den trüben Augen.

Das Getränk nannte er nicht, betonte aber mit einem Schnipsen, dass alles auf seine Rechnung ginge, und ohne ein „Bitte" oder ein „Entschuldigung" ließ er sich in einen freien Stuhl fallen. Mit aufgestützten Ellenbogen schaute er uns aufmerksam schweigend an, als würde er seine trüben Gedanken sammeln. Als die Gläser auf den Tisch kamen, klarte sein Blick auf, und mit erhobenem Glas – er wartete, bis wir unsere Gläser in die Hand nahmen – sprach er deutlich aber langsam:

– Auf die Brüderlichkeit und Gleichheit in der Kunst! Nein, auf die Gleichheit! Nein, nein, keine Gleichheit!

Mit Pathos wiederholte er „nein, nein, nein, keine Gleichheit!", trank das Glas mit einem Schluck bis auf den Grund aus und bestellte noch drei kleine, als würde er unsere noch vollen Gläser nicht sehen, und unsere ablehnende Haltung bemerkte er gar nicht. Wir tranken in kleinen Schlucken und betrachteten mit Misstrauen den Unbekannten, der das erneut servierte Getränk sofort austrank und nun fast gänzlich betrunken war. Mit einem schiefen Lächeln und kichernd schaute er direkt auf Stepukas und faselte über Marx:

– Er, Marx, hat den ideologischen Schleier von gewöhnlichen Dingen gelüftet und die klugen Worte gesprochen, dass der Mensch zuallererst eine warme Unterkunft und etwas zum Bedecken seines sündenbehafteten Körpers benötigt, damit er nicht erfriert. Und ihr… ihr zeigt euch bei der Ausstellung nackt! Das ist ein Hohn auf den Sowjetmenschen!

Er kicherte weiter über unsere nackte Idee, führte das Glas zu den Lippen und erklärte:

– Marx hat außerdem gesagt, dass es am wichtigsten ist, den Körper zu nähren. Calvadooos, nur Calvadooos… Ein besseres Gesöff ist für die Sowjets ungesund, sogar verboten. Cha, und für die gesund denkenden wie mich und jene mit der Kunst spielenden Menschen wie euch ist Calvadooos das, was nötig ist. Sogar dringend nötig!

Als er unsere nervösen Regungen bemerkte, fügte er hinzu:

– Beruhigt euch, ich spreche nicht von Politik. Habt keine Angst! Politik ist tabu!

Er legte einen Finger auf die Lippen, stützte sich auf seinen Ellenbogen, der bei einer Bewegung mit dem Stuhl vom Tisch rutschte. Mit einem breiten Grinsen sagte er laut:

– Fürchtet euch nicht… Fürchtet euch nicht… Ich bin nicht betrunken, nur e…eeee…

Mit gesenktem Kopf flüsterte er plötzlich leise:

– Achtung, Gefahr! Wir befinden uns im Epizentrum der sozialistischen Realität!

Nachdem ich Stepukas angesehen und mit einer Kopfbewegung auf die Tür hingedeutet hatte, versuchte ich ihm ein Zeichen zu geben, dass wir besser verschwinden sollten, doch als ich mich bewegte, ergriff mich der ungebetene Gast am Arm und drückte fest zu.

– Nicht weglaufen... Wie nennt man dich dort? Ich hörte, er nennt dich Langbein, und du, Vater? – er wandte sich an Stepukas, der ohne ein Wort sein Glas leerte.

Stepukas fühlte sich unwohl, aber aus irgendeinem Grund bemühte er sich nicht, sich der etwas unerwünschten Bekanntschaft zu entledigen; im Gegenteil: Zu meinem Erstaunen hob er wortlos die Hand und zeigte der zwischen den Tischen umherlaufenden Kellnerin drei Finger. Als ich den Kopf schüttelte, nahm er einen Finger herunter.

– Die Gefahr ist vorbei, – hörte ich.

Auch wenn ich nicht wirklich verstand, wovor der junge Mann mit den trüben Augen sich so fürchtete, so hatte er doch auch mich mit seinem Angstvirus infiziert. Meine Temperatur stieg, besonders, wenn ich mich an das durch die „hohen Herren" inspirierte Verhalten des Berühmten erinnerte. Ich bekam Panik, weil jemand so Unbedeutendes wie ich an die Öffentlichkeit gelangt ist, wenn auch im Schatten, und dass ich dem Berühmten nichts erzählt habe von meiner deutschen Abstammung, von der Repatriation, der Rückkehr, den Onkeln bei der Wehrmacht, deren Aufenthalt in russischen Lagern und ihr gegenwärtiges Leben im Westen, über die Briefe, die wir an eine andere Anschrift erhalten, über die geänderten Nachnamen, Vornamen und... das Wichtigste, dass die Freundschaft zu mir für ihn – ein Parteimitglied –

besonders gefährlich werden konnte. Ich ohrfeigte mich für meinen Egoismus, nannte mich selbst einen Grünschnabel, als wäre ich noch in der Schule, wo meine Zeichnung für einen Kinderzeichenwettbewerb angenommen wurde und die Zeichenlehrerin, die in meinen Augen den großen Wunsch nach Aufmerksamkeit erkannte, zum geladenen Künstler sagte:

– Na, sag doch dem Mädchen, dass ihre Zeichnung wirklich gut und beachtenswert ist.

Der ungebetene Gast beendete mit hochgehaltenem Glas meinen Gedankengang. Er schaute mir direkt in die Augen und begann mit ernster Miene erneut etwas auszuhecken:

– Jedes Verhalten des Menschen hat Gründe: materielle und... immaterielle. Dieses Gesöff ist materiell, der Wunsch nach Trunkenheit jedoch nicht...

Ohne Rücksicht auf seine Mitmenschen lachte er laut und sprach weiter:

– Warum sitzt ihr da mit angelegten Hasenohren, als wäret ihr Verbrecher. All diese Gemälde von diesem und jenem sind purer Mist im Vergleich zu eurer sehr aussagekräftigen Darstellung. Eure Nacktheit – chi, chi – ist absolutes Kontra.

Er beugte sich über den Tisch und flüsterte durch seine zusammengebissenen Zähne, auch wenn er vielleicht nicht darüber nachdachte, dass diese Worte für meine Ohren nicht geeignet waren:

– Sie, diese und jene... fallen über uns alle ideologisch her und wollen uns einschüchtern, indem sie alles mit Gewalt aufdrücken. Ach, wie hat sich dein spiritueller Führer erschrocken, – wieder kicherte er laut und beachtete die Blicke der anderen nicht, – schließlich beruhen die Beziehungen normaler Menschen auf Vertrauen, aber ihm darf man nicht trauen: Er sitzt in einem von den Wellen getragenen Boot, das dorthin fährt, wo es der Wind hinpu...u...u...stet.

Sein Mundgeruch war unangenehm; er war stark angetrunken, aber wir saßen wie angewurzelt und lauschten seiner zusammenhanglosen und fast nicht enden wollenden Schwafelei.

Ich weiß nicht, ob es mir gefiel, dass er den Berühmten auspeitschte oder dass er einen Lobgesang auf uns anstimmte.

– Hört mal, den meisten ist klar, dass Vertrauen ein günstiges Milieu benötigt. Und so ein mit Blütenstaub bestäubter Materialist, der einen berühmten Intellektuellen der Stadt spielt, sollte verstehen, dass dies nur im metaphysischen Raum entsteht. Für ihn sind lange Beine wichtiger als der Mensch selbst, denn dies kann für ihn von Nutzen sein.

Ha – meine Beine haben also auch seine Aufmerksamkeit geweckt, dachte ich, aber er fesselte erneut meine Aufmerksamkeit mit seinen Ausführungen zur Metaphysik, und später begann er sich in die Hand zu prusten und zu sabbern.

– Und du bist eine Bombe! Nein, keine Sexbombe... und die Bombe bist auch nicht du, sondern die Bombe steckt in dir. Und wie kommt das? Gott bewahre, wenn sie in meinem Beisein platzt. Dann ist alles egal.

Mit aufgerissenen Augen kam er näher, lehnte sich plötzlich zurück, konnte das Gleichgewicht nicht halten und fiel fast vom Stuhl. Er stützte sich mit der Hand am Boden ab, sprang auf, bedeckte mit den Handflächen sein Gesicht, als wäre es ihm peinlich, und schaute uns durch die Zwischenräume zwischen seinen Fingern an. Mit etwas Schlagseite trug es ihn hinfort, und mit einem lauten Grunzen begann er die Hände zu schütteln, als würde er eine Fahne halten:

– Ich bin ein Fahnenträger, alle, alle mir nach in die strahlende Zukunft des Kom-mu-nismus... ismus... ismus.

Mit ausgestreckten Armen und zu Fäusten geballten Händen trug er seine imaginäre Fahne, schlängelte sich zwischen den Tischen hindurch, und forderte alle auf, sich anzuschließen, wobei er pausenlos wiederholte: „ismus, ismus". Er war so davon eingenommen, dass er nicht auf Kommentare, Grinsen, Gelächter und auch nicht auf die strenge Zurechtweisung der Kellnerin und die Androhung des Barkeepers, die Miliz herbeizurufen, reagierte.

Alle begannen uns, seine Freunde, zu beäugen, aber Stepukas beobachtete den ausgeflippten jungen Mann ganz ruhig. Er befand sich selbst mehrmals in einem ähnlichen Stadium der Trunkenheit, aber er machte nie Lärm, sondern schwieg oder schlief ein. Als er durch das Fenster die vorbeigehenden Milizbeamten erblickte, die abends in recht großer Zahl das Stadtzentrum durchstreiften, sprang er zu dem jungen Mann, zog ihn am Ärmel und setzte ihn leicht auf den Stuhl; ihn zum Schweigen zu bringen war jedoch nicht leicht. Mit einer plötzlichen Handbewegung begann er erneut mit verärgerter Stimme zu schreien:

– Angsthasen, Ihr seid alle Angsthasen, Angsthasen, Heuchler, Schleimer.

Niemand wollte Unannehmlichkeiten mit der Miliz, also zahlten einige Gäste schnell, erhoben sich und gingen; andere kauerten an ihren Tischen und bemühten sich, Abstand von all dem zu wahren.

Plötzlich tauchte ein wachsamer Ordnungshüter auf, der irgendwo heimlich im Abseits gesessen hatte. Er trat heran, zeigte irgendeinen Ausweis vor, ergriff den ungebetenen Gast am Arm und bat ihn höflich darum, mit ihm zu gehen. Augenblicklich wurde er nüchtern und entschuldigte sich mit einer tiefen Verbeugung.

Er kannte die Taktik.

Anscheinend war er schon mehrmals in eine derartige Situation geraten, vielleicht sogar ins Gefängnis.

– Gute Erziehung entwaffnet sie. Das Wichtigste ist, ruhig zu stehen und keine Anzeichen von Aufruhr oder Flucht zu zeigen, dann gibt es für sie keinen Grund, dir den Arm auf den Rücken zu drehen, besonders wenn du dich unter Menschen befindest. Wäre ich allein, meinetwegen auch völlig nüchtern, und würde ich Streit anfangen, um zu beweisen, dass ich nüchtern bin, würde ich schnell die Zellentür von innen sehen, und dort ließe sich körperliche Gewalt auch nicht vermeiden, – so erklärte er es nur uns allein.

Ich war wirklich erschrocken. Mich befiel das Gefühl wie in meiner frühen Jugend, als die Miliz manchmal zur Kontrolle der Ausweispapiere anrückte, und einmal haben sie uns, als wir am Tag der Wiedererlangung der Unabhängigkeit Litauens – am 16. Februar – den Geburtstag einer Freundin gefeiert haben, festgenommen, denn wir hatten keine Papiere dabei; sie verfrachteten uns in einen Polizeiwagen mit Gitterstäben vor den Fenstern. Auf Anweisung von oben waren an diesem Tag nur Spaziergänge kleiner Menschengruppen gestattet. Kein Gruppensex... Ha, ha, ha...

In meinem Zuhause wurde auch im Flüsterton über die Amerikaner geredet, die Litauen befreien werden. Unser Nachbar wartete jedes Frühjahr auf sie, bis er starb.

Cha, cha, cha, cha, a, a, a...

Mein Lachen erklang selbst mir unverhofft laut und unangemessen. Beschämt senkte ich den Kopf und hielt mir den Mund zu. Der verschlafene Stepukas betrachtete mich träge wie eine Unbekannte. Er wunderte sich über meine völlig unangemessene Reaktion, grinste und sprach drei vielsagende Worte:

– Zeit zu gehen.

Sein Gewissen, wenn auch in Alkohol getränkt, hatte nicht das Verantwortungsbewusstsein verloren, und ich wurde immer noch von dem dummen Lachen und den Tränen geplagt.

## Öffentliche Politik

Das Ergebnis des gesamten Abends war eher beschämend: Ich musste Stepukas anschieben, als er auf allen Vieren eine steile Treppe hinaufstieg, wobei es auch sein lautes Lachen zu dämpfen galt. Ich vermochte nicht, ihn, der in das Studio des ungebetenen Gastes eingeladen war, aufzuhalten. Gäste zu so später Stunde waren für seine im Erdgeschoss wohnenden Eltern anscheinend nichts Neues, denn der Hausherr sprach ebenfalls laut, als er den Weg wies und sorgte sich kein bisschen um den Lärm zur Mitternacht.

Nachdem Stepukas das Zimmer betreten hatte, sank er sogleich in einen tiefen Sessel, streckte seine kurzen Beine in voller Länge aus und nickte ein. Ich blieb in der Mitte des großen Zimmers stehen. Der weiß lackierte Boden vermittelte Sauberkeit, Gemütlichkeit und Wärme. Die vielen Fotos an den Wänden verrieten das Geheimnis eines jungen, noch nicht anerkannten Fotografen. Er eilte aus dem Zimmer und kehrte mit dampfendem Kaffee und Kuchen zurück. Auf meinen äußerst erstaunten Blick antwortete er:

– Ich wusste doch, dass ich heute Gäste haben werde.

Cha – noch jemand mit einer ähnlichen para-unnormalen Denkweise, dachte ich bei mir, sprach es aber nicht aus. Das Interessanteste war, dass er völlig nüchtern anmutete und sogar erklärte, dass ihn zur Fortsetzung des Abends eine junge Dame angeregt hätte – eine Verehrerin des Berühmten, und er sei doch kein Freund solcher Abende.

– Diesmal bereue ich es nicht, egal, – sprach er, nachdem er mich aufmerksam betrachtet hatte.

Ha, ha, ha... Auf irgendwas spielte er mit seinem „egal" an, nur verstand ich nicht genau worauf, aber ich gehörte nicht zu den Mädchen, die leicht schwach werden und schaffte es, den Schädling zu entwaffnen.

– Öffentliche Poli...i...tik ist nicht mein Metier.

– Ich habe schon bemerkt, dass du die öffentliche Meinung überhaupt nicht beachtest, obwohl du verstehst, dass du so der Mittelpunkt von Klatsch und Tratsch werden kannst.

– Oh!

Meine Reaktion war natürlich, denn ich hatte nicht gedacht, dass sich über mich irgendeine öffentliche Meinung verbreiten könnte, und einer der Erforscher der öffentlichen Meinung war der sich umherbewegende ungebetene Gast. Ich wollte ihm etwas Hässliches an den Kopf werfen, denn ich konnte die Meinung, die aus der Gosse oder aus kleinen Versammlungen erwächst, nicht ausstehen.

– Ich habe noch nichts Besonderes geleistet, darum habe ich auch noch kein öffentliches Interesse verdient. Ich bin niemand, und die Manipulation mit solchen Nichtigkeiten, sei es auch bei kleinen aber inhaltvollen Festveranstaltungen berühmter Künstler, an denen du teilnimmst, so meine ich, bringen auch dich näher an mich heran – macht ja nichts, – sagte ich ohne einen Groll zu hegen, wurde jedoch unruhig.

– Sei nicht sauer, Langbein, ich wollte dich nicht aufregen oder verletzen. Ich kannte dich nicht, aber als ich dich neben dem und ihm hier sah, – mit einer Kopfbewegung deutete er auf

Stepukas, – begann ich mich ganz einfach dafür zu interessieren, was euch Verbinden könnte.

Cha, hier also liegt der Hase im Pfeffer. Er interessiert sich. Und warum? Er denkt doch wohl nicht, ich werde mich rechtfertigen, dass unsere Beziehung keinerlei sexuelle Grundlage hat. Nein, nein, das passt nicht zu meinem Charakter, dachte ich.

Aus irgendeinem Grund stieg Wut in mir empor, ich wollte ihm etwas Verletzendes entgegnen. Leider konnte ich mir so spontan nichts ausdenken. Auch er schwieg. Ich dachte nur, wohin ist sein Mut verschwunden, den er im Café bewiesen hat. Hatte der Alkohol allein seine rebellische Seele erweckt, und jetzt, nach dem Genuss von Kaffee, hatte sie sich beruhigt?

In meinem Innern geschah das genaue Gegenteil – ich kochte. Jede Situation bedarf der Analyse, bis man einen passenden Standpunkt, einen Bezug zur Welt findet. Das Leben ist schließlich eine ständige Bewegung. Cha, mit diesem Gedankengang erlangte ich selbst in meinen Augen höheres Ansehen, und das in meinem Innern erwachte Ha, ha beleuchtete unverhofft den Aktionsbereich. Plötzlich begriff ich, dass ich handeln musste.

Die „öffentliche Meinung" verlangte von mir schnelle Reaktion, und ein spontanes Ergeben wäre ein Verbrechen gewesen. Ich bin nicht nur ein Mitglied dieser Gesellschaft, sondern auch – Ha, ha, ha – ein Phänomen der Geschichte. Die Öffentlichkeit war bisher nichts für mich, aber die Anonymität, wie auch die Mimikry, ist die Waffe der Schwachen. Ich sollte alles mit dem „reinen Verstand" in Einklang bringen.

Ich spottete über mich selbst. Durch diese inneren Explosionen wurde die Atmosphäre von selbst erschwert. Der aufdringliche Gedanke, dass ich mich bei diesen Gruppenversammlungen, auf denen Themen über nichts diskutiert werden, behaupten muss, ließ mir keine Ruhe.

Das Drama hatte bereits einen Anfang, aber ich hatte bisher in keinem einzigen Akt eine Rolle, ich hörte auch kein im Innern kreischendes „Cha". Schweigend brütete ich eine Idee aus, mit der ich mich von der öffentlichen Denkweise abgrenzen wollte, denn ich musste das bewahren, was mir in die Wiege gelegt wurde, und alles Aufgedrängte musste als Fremdkörper abgestoßen werden. Die Sprache sollte einfach sein. Schaffe ich das?

Den unverhofft aufgekommenen hässlichen Gedanken, ob ich nicht riskiere, mich selbst zu verlieren, zerstreute ich und wandte mich dem Hausherren zu, der mich die ganze Zeit von der Seite betrachtete. Zur Umsetzung meiner Idee benötigte ich wieder einen freien Platz und Material. Das Anfangsmaterial war der Alkohol. Ich war doch die Tochter eines Provokateurs, ansonsten würde ich an den Hausherren nicht herantreten, beschloss ich.

– Hast du nichts zu trinken, – diesen von mir ausgesprochenen, eigentlich recht einfachen Satz, verstand er nicht sofort.

Nach einer kurzen Pause sprach ich nicht ohne Ironie:

– Deine Fotomontagen sind wunderbar, so eigenwillig. Ich wundere mich, wie du es schaffst, beim Komponieren des Bildes aus Einzelteilen eine so starke Wirkung zu erzielen. Es steckt so viel Licht darin... Die Gesichter der Frauen strahlen.

Er schaute mich an und verstand nicht, ob ich mich lustig mache, oder ob ich es ernst meine. Seine Ungläubigkeit war verständlich. Wir kannten einander nicht, aber ich habe nicht gelogen. Mir gefielen seine Arbeiten tatsächlich, deshalb wollte ich eigentlich nicht erklären, dass mich die von ihm lautstark verkündete öffentliche Meinung nervte; umso weniger wollte ich ihm sagen, dass ich seine rebellische Seite für den Kampf um die Freiheit in der Kunst erneut aktivieren wollte.

Der Ausdruck der Verwirrung über das, worauf ich hinaus wollte, stand ihm noch lange ins Gesicht geschrieben. Als der Alkohol etwas zu wirken begann, begriff er plötzlich, verbeugte sich höflich, theatralisch und sprach:

– Warum nicht! Ich stehe zu Ihren Diensten, Fräulein Langbein.

Als er zuerst meine Hände fotografierte, lächelte er, aber allmählich verschwand sein Lächeln; er hatte sich mit meiner Idee angesteckt, auch wenn ich kein so anständiges Verhalten demonstriert hatte, doch er fotografierte weiter, ohne etwas zu fragen und fast ohne zu lächeln, als ich meinen Rock etwas anhob, damit er meine langen Beine fotografieren konnte. Dieser nichts fragende, einst verheiratete, recht junge Mann, in dessen Augen kleine Flammen auftauchten, der meinen Handlungen beipflichtete, begann mir zu gefallen.

Unsere Bekanntschaft bewies, dass er selbst ähnliche Herausforderungen mag. Meine Bedingung war – Körperteile ohne Gesicht, aber als ich mir seine Fotomontagen vorstellte, vertraute ich und entblößte mich… bis zur Grenze des mittelmäßigen Anstandes. Diese komplizierte Situation erforderte meinerseits eine Reaktion, natürlich ohne dabei meine Würde zu verlieren – ein Balanceakt auf dem Drahtseil der Moral. Wir haben lediglich eine einzige Sünde begangen: Wir fotografierten den schlafenden Stepukas.

Beim späteren Durchsehen der entwickelten Filmrolle, auf der nur Arme und Beine zu sehen waren – lange weibliche und kurze männliche – begriff ich noch stärker, dass all diese gesichtslosen episodenhaften Aufnahmen, die eigentlich für nichts standen, mir trotzdem etwas bedeuteten.

Wollte ich etwas beweisen?

Mir selbst?
Ihm?
Oder irgendjemandem?
Vielleicht verursachte meine Sensibilität für Tratsch und das Unvermögen, mich mit der gegenwärtigen Situation abzufinden, den Wunsch zu beweisen, dass ich anders bin? Das laute Lachen über mich selbst – die „andere" – überraschte nicht nur den Hausherren, sondern weckte auch Stepukas, der uns zwei Lachende völlig orientierungslos anschaute. Er war aus dem niedrigen Sessel gerutscht und lag fast auf dem weißen Boden.

Sein verständnisloser Blick, der gesenkte Kopf, als hätte er irgendetwas Schlechtes getan, brachte uns zum Lachen. Er sah aus wie ein vor Unschuld strahlendes Baby – der kleine, kahle Kopf, das von Schlaf und Alkohol faltige Gesicht, die verengten, blinzelnden Augen und die rosige Haut. Um aufzustehen, zog er die Beine an, die auf dem glatten, mit weißen Ölfarben gestrichenen Boden rutschten, und wegen des niedrigen Sessels, auf dem er eingeschlafen war. Ich nahm den Fotoapparat in die Hand und fotografierte ihn; und er begann mich zu beschimpfen, nannte mich ein Kleinkind, unreif – zuerst nicht bösartig, aber mit der Zeit wurde sein Ton immer schärfer:

– Es reicht! Ich, ich werde mich nicht mehr zum Werkzeug deiner provozierenden Ambitionen machen lassen. Du überschreitest alle Grenzen des Anstands. Schluss, aus! Du, du...

Als ich lachend auf ihn zukam, um ihm wie einem schwachen Kind, das sich aus seiner Windel befreit hat, aufzuhelfen, befiel den Hausherren, der diese Szene beobachtete, ein Gefühl männlicher Solidarität; er schob mich sanft beiseite, streckte Stepukas die Hand aus und zog einmal kräftig.

# Der Morgen

Es dämmerte bereits.

Der helle Sprühregen verlieh der Tanne inmitten des Hofes noch mehr Weiße. Auch wenn die Feuchtigkeit in die Kleider stieg, war es warm. Der Herbst wollte mit dem Regen nur beweisen, dass seine Zeit gekommen war und dass ihn selbst der Altweibersommer nicht von seinem Weg abbringen kann.

Diesen Übergangszeitraum der Natur – die herrlichste Jahreszeit, die anderen mit ihrer lebendigen Farbgebung in nichts nachsteht – wurde durch ein dünnes Spinnennetz vor dem Frost bewahrt. Mit silbernen Perlen übersät, zog es mit seiner Reflexion wie ein Magnet hin zur herbstlichen Behausung, in der die von der Sommerdürre aufgerissene Erde, die vielerorts zu Staub zerfallen ist, als wäre sie nun bei einer alten Dorfhütte vom Regen angeschwemmt und von der Herbstsonne getrocknet worden, eine unbeschreiblich gelblich-rötliche Atmosphäre der Gemütlichkeit schaffte. Das vom glasig durchsichtigen Regenvorhang gleißende Licht erhellte die Gesichter, brachte die klare Welt und die in ihr lebenden Menschen näher.

Damals habe ich zum ersten Mal gespürt, dass Stepukas gar nicht so unpersönlich ist, sondern durch seine Kampfmüdigkeit, sein Schweigen und seine Toleranz sein eigenes „Ich" schützte, indem er unverwechselbare Werte sammelte.

Wir waren anders.

Vielleicht war das Alter der Grund?

Vielleicht verlief seine Suche in der Jugend nicht so lautlos?

Als ich nebenher ging, suchte ich in Gedanken nach Worten, mit denen ich mich erklären bzw. rechtfertigen könnte, aber ich fand sie nicht. Alle Erklärungen wurden durch das gegenüber mir nicht ausgesprochene Beiwort nach „du, du..." aufgehalten.

Obwohl er später die Filmrolle sah und offen lächelte, spürte ich, dass sich unsere Wege für einige Zeit, oder vielleicht sogar für immer, trennen würden.

Die Vorahnung sollte mich nicht trügen. Ich gelangte in den Untergrund, wo man sich mit dem Schleier des Zen bedeckte – das Leben ist quasi ein Spiel, und alle waren bemüht, ihr eigenes „Ich" von Anspannung zu befreien, um so die Fesseln des trostlosen Alltags abzulegen. Diese verschlossene Minderheit ergriff für einige Zeit Besitz von mir.

Im Zentrum der kleinen Zusammenkunft stand ein junger Mann mit sanften Zügen und weißer, glatter Gesichtshaut. Alle nannten ihn Zen – die wandelnde Enzyklopädie.

Mir eröffnete sich eine noch unbekannte Welt, deren Ideen sich, laut ihm, in den Köpfen des gesamten freien Kontinents gesetzt haben; lediglich unser Bewusstsein, so sagte er, wurde mit sowjetischem Gift versetzt und in eiserne Ketten gelegt, obwohl die Bestrebungen aller Menschen weltweit gleich sind: Wahrheit, Schönheit und das Gute.

Für mich war alles so neu, dass ich mich wegen meines Unwissens sogar unwohl fühlte. In ihrer kleinen Gruppe sprachen sie so kühn, dass mir manchmal mulmig wurde. Ich habe so viele neue Namen gehört, prägte mir mit stillem Stolz die Nachnamen deutscher Denker und die mit ihnen in Verbindung gebrachten Worte ein. Irrationalismus, Metaphysik und Transzendenz waren wie eine grüne Wiese, auf die ich trat, obwohl dort „Betreten verboten!" stand.

Diese bedeutenden Begriffe und Diskussionen über das menschliche Leben als Kunst waren wie Balsam für meine Seele, die ihren eigenen Weg suchte, und die erwähnten Gründe für die pulsierenden Launen rechtfertigten sogar spontane emotionale

Entladungen. Bisher hatte ich noch nie jemanden so mutig reden hören, noch niemals hatte ich eine derart starke Auflehnung gegen die auferlegte Wahrheit erfahren. Die Reden des Berühmten in den Augenblicken der Offenheit glichen der Verteidigung vor sich selbst oder vielmehr dem Wunsch, sich nicht anderen, sondern sich selbst gegenüber zu rechtfertigen. Danach kehrte alles wieder in die alte Spur zurück, und nur manchmal entgleiste ein einzelnes Rad. Hier hörte ich zum ersten Mal Kritik an seinen Werken, den Landschaften, den allzu fotografischen Porträts – sie seien ohne Geheimnis, Zauber und ohne Gedanken.

Zen sprach oft über die Befreiung des Menschen aus den ihn fesselnden Zwängen, über die intuitive Darstellung der Realität, über das Denken in Bildern sowie die Höhenflüge des Schöpfers. Er bezeichnete sie als geistigen Rausch und regte zum stärkeren Vertrauen in die spontane Improvisation an. Als ich bereits an mir selbst zu zweifeln begann, haben mich seine Reden über den Schaffensprozess als Ausdruck instinktiver Anziehung, über die Vielzahl eng miteinander verwobener Phänomene, besonders historischer Ereignisse, die den Menschen beeinflussen, besonders gereizt und beruhigt.

Wenn ich ihm zuhörte, stauten sich im Innern mein „cha" und „ha, ha" an; ich konnte diese instinktiven Ausbrüche kaum zügeln. Einmal, als ich mit einem Lächeln und einem bejahenden Nicken seinen geäußerten Gedanken beipflichtete, begann ich zu schreiben:

Cha, cha, cha... Cha, cha, cha... Cha, cha, cha... Cha, cha, cha...
Cha, cha, cha...
Chi, chi, chi...
Chi, chi, chi...
Chi, chi, chi...

Chi, chi, chi...
Ha... Ha, ha,
Chi, chi, chi... Chi, chi, chi... Chi, chi, chi... Ha, ha,
Ha, ha,
Ha, ha,
Ha, ha,    chi, chi, chi... Ha, ha,
Ha, ha,
Ha, ha,
Chi, chi, chi... Chi, chi, chi...

Zen, der mein instinktives Schreiben bemerkte, zwang mich, es vorzuzeigen. Ich glühte vor Scham und hielt mein Notizbuch fest in den Händen. Ich wollte es nicht aus den Händen geben, denn er wollte das unbedeutende Stück Papier mit meinen in verschiedene Richtungen aufgeschriebenen Empfindungsworten den anderen zeigen; doch zu meiner großen Überraschung fragte er mich recht gefühlvoll:

– Weißt du, was du hier schreibst und was das bedeutet? Warum hast du diese Worte aufgeschrieben, warum jetzt, und was sagen dir selbst diese kleinen Worte, besonders das „Chi"?

Ich war verwirrt. Bis zu diesem Augenblick hatte ich nur still zugehört, weil ich fürchtete, mit meinen dummen, einfältigen Fragen für Gelächter zu sorgen, obwohl ich vieles nicht verstand. Zum Glück war niemand gegenüber meiner Person wissbegierig, was mir half, mich in diesem geheimnisvollen, intellektuellen Raum aufzuhalten.

Unverhofft im Zentrum der Aufmerksamkeit angelangt, zuckte ich mit den Schultern und stotterte, dass dies nichts zu bedeuten hatte und dass es sich um etwas Belangloses handelt. Zen war anderer Meinung und begann mit Begeisterung von spiritueller Energie und der Resonanz des Geistes zu sprechen; außerdem sei jedes meiner Empfindungsworte der inneren Notwendigkeit, der spirituellen Lebendigkeit entsprungen. Zur Krönung meines Gekrakels wurden die von ihm zitierten Gedanken eines chinesischen Kunstkritikers über die kosmische Energie – das „Ch i", das uns umgibt, jede unserer Bewegungen nährt und mit sinnvollen Gedanken begleitet.

Den Namen des Kritikers hatte ich nicht verstanden, nur die Erklärung, dass der Nachname „Che" ausgesprochen wird, aber ich wagte nicht zu fragen, denn er erzählte weiter davon, dass ein abgebildeter Gegenstand auch nur Dank der kosmischen Energie „Ch i" auf der Leinwand zum Leben erwacht; diese Energie sei besonders spürbar, wenn die Finger beim Schreiben so nah wie möglich an der Feder anliegen, und beim Malen – wenn man die Finger in die mit Farbe benetzten Borsten des Pinsels führt.

– Die meisten Maler wissen anfangs manchmal nicht einmal, was sie malen, – sagte Zen, – die herbeigeflossene kosmische Energie führt den Pinsel, und wenn sie dem Spiel der Farben freien Lauf lassen, sind sie selbst überrascht, wenn sich das Gemälde allmählich wie ein Buch eröffnet.

Cha – eine solche kausale Interpretation der von mir benutzten Empfindungswörter beruhigte mich, und sie schienen nun nicht mehr so bedeutungs- und sinnlos zu sein, denn anscheinend war die Resonanz des „Ch i" in meinem „Cha" und „Ha" spürbar, und... und... auch in anderen Empfindungswörtern.

Seltsame Parallelen...

Ich verließ die Versammlungen stets wie benebelt, denn alles pulsierte noch lange in mir – selbst im Schlaf. Die Bilder, die sich von den Reden Zens ansammelten, blieben lang lebendig und drangen unbändig nach außen.

– Du meditierst schon zu lang in deiner Stille, du musst dich für deine inneren Ergüsse nicht schämen, – sprach er einmal direkt zu mir, – gibt dich der Wirkung der kosmischen Energie hin, dann wirst du die Form und vielleicht auch die spirituelle Ruhe finden.

Seine Worte leiteten mich quasi irgendwohin. Nur die Richtung war mir unbekannt. Ich musste etwas tun, selbst etwas unternehmen. Besonders reizten mich meine neckischen „Cha" und „Chi", die nun so etwas wie ein Gewicht erhielten, doch das Gesamtbild kam nur sehr langsam zum Vorschein. Die Diskussionen über das Bewusstsein des Individuums, das in kritische Situationen geriet, eröffnete mir eine bisher unbekannte Welt, in der ich für mich selbst Rechtfertigungen suchte und fand, aber ich traute mich immer noch nicht, laut darüber zu sprechen. Im Unterbewusstsein hatte sich die Angst eingenistet.

Manchmal fühlte ich mich wie eingeschlossen in einem Glaskolben, der mich vor irgendetwas schützte: Durch das Glas konnte ich alle beobachten, aber ich konnte niemanden hereinlassen; ich fürchtete, der Kolben könnte zerspringen.

Also war ich auch bei Feten meist eher Beobachterin als Teilnehmerin. Gegen das provozierende sexuelle Ohrgeflüster alter Männer war ich bereits abgesichert, doch bei Zen, hatten die alles verbindende Entspannung, die unverhohlenen Küsse und Streicheleinheiten der auf dem weißen Boden sitzenden Teilnehmer sowie das Verschwinden einzelner im Nebenzimmer eine seltsame Wirkung auf mich.

Einmal, als ein neben mir sitzender Unbekannter mich mit einem Arm umarmte und mit der breiten anderen Hand meinen schon merklich hervorgetretenen weiblichen Stolz berührte, wäre ich fast aus meinem Glaskolben herausgesprungen. Mich rettete mein „cha, cha, cha", das nicht nur den Unbekannten, sondern auch den mich seit langer Zeit beobachtenden Herren des weißen Bodens verwirrte. Er kam näher und riss mich beinahe aus der Umarmung des Unbekannten, woraufhin meine Empfindungsworte noch intensiver an die Öffentlichkeit traten, was wiederum seinen männlichen Ehrgeiz verletzte. Mit kämpferischem Augenblinzeln fesselte er meinen Blick, fuchtelte mit der Hand; nachdem er so alle zum Schweigen gebracht hatte, bat er darum, auf dem Boden etwas Platz zu schaffen, auf den er die Fotos meiner Körperteile warf. Die anfängliche Verwirrung wandelte sich zum Interesse an der Reaktion der anderen, wobei ich verschiedene Meinungen und unterschiedliche Interpretationen über den in Teile zerstückelten Körper hörte, auf der Suche nach dem Versteckten in diesem Spiel von Licht und Schatten.

Alle waren weit entfernt von der Wahrheit, und das kaltblütige Zerreißen des sichtbaren Bildes war sogar schockierend; einige erkannten beinahe Gegenstände wieder und kamen der Wahrheit sehr nahe.

Der Unbekannte, den der Wein und die entblößten Beine zielstrebig zum Äußersten führten, trat unbeobachtet an mich heran, umarmte mich erneut an der Taille, drückte mich kraftvoll an seine Brust, ähnlich wie Männer im höheren Alter, ließ seine Hand heruntergleiten, wobei er meinen Unterkörper seinem aktiven Körperteil näher brachte. Durch seinen warmen Hauch wurde mein Ohr unangenehm feucht, und er erweckte tief verborgene, mir noch nicht ganz vertraute Instinkte.

Noch einen Augenblick länger und seine so unmittelbar wirkende Sensibilität wäre beinahe auf fruchtbaren Boden getroffen, doch dann geschah das, was ich selbst nicht erklären konnte. Mein Körper spannte sich an, ich streckte mich spontan, um so schnell wie möglich sein Ohrläppchen zu erreichen, was dem Gefühlsprovokateur anfangs Zuversicht und Energie einflößte.

Er senkte seinen Kopf, um so schnell wie möglich den durch die unmittelbare Berührung hervorgerufenen beschleunigten Atem zu hören.

– Aber ich...

Nein, ich wollte wirklich nicht, aber bei dem Gedanken, dass Zens Rede vom Leben als Kunst nicht zwecklos vergangen war, kicherte ich unbewusst „chi, chi" und sagte unverhofft zu mir selbst:

– Ich, ich...ch...ch... – ich spürte, wie mein „Ich" ihn noch mehr reizte, bis er hörte, – ich...ch...ch... Ich... Ich mache es lieber mit Frauen, – da wurde er augenblicklich zu Stein.

Er wich von mir, als sei ich von der Pest befallen. Zum Glück hatte niemand etwas bemerkt, weder er noch ich haben uns verraten. Er wandte sich automatisch ab und ging, ohne sich zu verabschieden. Ich hatte es wohl übertrieben. Irgendwie tat mir der Junge leid, aber ich konnte mich nicht überwinden, schon lange ärgerte mich die schamlose Demonstration der Sexualität junger Männer.

Vielleicht hatte ich selbst Angst vor einem tief in mir lauernden, noch unbekannten Gefühl? Oder war ich frigide oder konservativ und stand deshalb einer so offenen, öffentlichen Gruppenintimität mit Abneigung gegenüber? Vielleicht?

In Gedanken ist man immer freier, mutiger und kann sich leichter etwas eingestehen, auch wenn es manchmal schwer ist, sich selbst die Frage zu beantworten, was uns zur einen oder anderen Handlung bewegt.

Der Beobachter dieser Szene schien wie ein Experimentator, der auf einem weißen Tisch einen langbeinigen Frosch operierte, wobei Erfolg oder Misserfolg mitunter vom eigenen „Cha" begleitet wurden.

PETITIO

Zen rettete erneut nicht nur meine sündenbehaftete Seele, sondern auch meinen Körper. Nachdem er die mehrdeutigen Worte „zen, chan, dao" gesprochen hatte, begann er vom zwecklosen Versuch zu erzählen, die Gefühle und die festgehaltene kreative Energie des Augenblicks, in dem die Fotografien entstanden sind, zu erklären.

– Spart euch die Mühe, ihr werdet es nicht erraten, denn der Verstand des Menschen erklärt oft sein dümmstes, absurdestes Verhalten nicht. Der Verstand hat Grenzen und er kann nicht zu den Emotionen der Vergangenheit hindurchdringen.

Nach seinen Worten wollte ich, wie immer, schnellstmöglich unbemerkt verschwinden, aber ich blieb. Und wäre der junge Mann nicht so schnell fortgerannt, hätte ich ein weiteres Spiel vorgeschlagen, das der politisch gesinnten Gesellschaft dieses Abends gepasst hätte. Ich weiß nicht, ob ich mich getraut hätte, aber meine blühende Fantasie schuf ein Bild, ähnlich wie ein berühmter Komponist der Avantgarde, der mit den Händen auf den Tasten sein Werk ohne Ton spielte – so sah auch ich vor meinen Augen die Vertreter des männlichen Geschlechts mit weißen Hemden, weißen Hosen und langer, schwarzer Krawatte, die auf einem schmalen Tisch nebeneinander auf der Höhe der Tastatur lagen – die Beine an den Knien angewinkelt und mit herabhängenden Köpfen, und die Pianistin sitzt auf einem Drehstuhl und spielt mit den Händen einfühlsam ein „Sex"-Stück, wobei sie mit den Fingern leicht das sensible G berührt.

Cha, cha, cha – ich lachte über mich selbst, über die ganz woanders konzentrierte Energie des „Ch i", über die unter einem weißen Laken versteckte Sexualität einer Lesbe, was mich endgültig in die Ecke drängte. Ich war mir sicher, dass der junge Mann bemüht sein wird, sich für die zerstörte Sex-Illusion zu rächen. Ich stellte mir vor, wie er mit dem brennenden Ende einer Zigarette Löcher in das Laken brannte und alle dazu einlud, einen Blick auf sich liebende Frauen zu werfen; durch eigene Interpretation wird er eine derart interessante Neuigkeit weiter verbreiten. Mir machte das keine Angst, es war eher die Vorahnung, die mich störte: Die Möglichkeit, tatsächlich in die Ecke gedrängt zu werden, und dass jene, die sich mit einer besonders glänzenden Krone der Geschlechterfreundschaft und der Toleranz für andere Neigungen der Lebenskunst schmücken, den längeren Kontakt für eine persönliche Erklärung sowie für eine tiefgreifende Analyse eines so besonderen, in der sozialistisch-realistischen Lebenskunst nicht produzierten Phänomens suchen.

In der sozialistischen Gesellschaft, in der ich gedieh, war für keinerlei Perversion Platz. Die sozialistischen Ideen bildeten ohne die geringste Perversion eine Gerade in Richtung der strahlenden kommunistischen Zukunft. Sprünge zur Seite waren unmöglich, und plötzliche Wendungen waren besonders gefährlich.

Ganz intuitiv, als wäre ein sechster Sinn angesprungen, spürte ich, dass ich so schnell wie möglich aus diesem Haus mit weißem Boden verschwinden muss. Vielleicht sogar für immer.

Die Menschen, die sich hier versammelten, gehorchten nicht nur der Materie und dem Körper, sondern interessierten sich auch aufdringlich für die Körper anderer. Wenn sie ihr Ziel nicht erreichten, begannen sie tiefer zu graben, auf der Suche nach den tiefliegenden Wurzeln eines so untraditionellen Verhaltens, was in meinem Fall gefährlich war.

Ich verspürte eine körperliche Abneigung gegenüber jenen, die sich mehr für andere als für sich selbst interessierten. In letzter Zeit versammelten sich immer mehr von ihnen; die geheimnisvollen Andeutungen begannen negativ zu wirken, und der

Aufenthalt in ihrer Nähe und ihre zweideutigen Blicke fesselten mich. Auch wenn das Fundament des Marxismus-Leninismus seit Schulzeiten fest betoniert war, passte ein auf ihm stehender Kessel wie ich, mit einem deutschen Deckel überhaupt nicht zum vielgesichtigen, vielschichtigen Bild der Gesellschaft.

Für mich als so apolitisches Mädchen war es gefährlich, dass jemand herausfindet, wo sich Vorder- und Hintergrund befinden. Vor irgendetwas hatte ich stets Angst. Dieses „irgendetwas" wird nicht genau benannt – es war bereits im Kindesalter so. Mal tauchte es auf, dann verschwand es wieder und erschreckte mich, wenn es erneut erschien. Ich erinnere mich daran, dass mir die Angst zum ersten Mal im Kindesalter gekommen ist, als ich mich in der unterirdischen Gewölbegalerie einer Kirche aufgehalten habe. Im Kerzenlicht und bei den von Schatten verhüllten Körpern richteten sich die aus der Dunkelheit hervortretenden Augen auf mich, und die pausenlose Bewegung der Lippen und das von ihnen ausgehende wortlose Gebet hallte wie in Katakomben wider. Ich wurde von Lauten überflutet, die in mein Gehirn eindrangen, und ich konnte es nicht mehr aushalten. Ich rannte fort und mein ganzer Körper spürte die mich verfolgenden blinden Augenhöhlen; ich irrte zwischen knienden Menschen umher, als fürchtete ich, über sterbliche Überreste zu stürzen. Weit kam ich nie, denn die Türen waren stets verschlossen, um ungebetene Gäste fernzuhalten; überall waren die stimmlosen Geräusche des kontinuierlichen Gebets zu hören, dessen einzelne Wörter sich wie ein Film für die Ewigkeit im Rachen absetzten. Deshalb fiel es mir schwer, mich im Unterricht und später bei verschiedenen Versammlungen zu äußern. Nur meine große Entdeckung, die sich im Empfindungswort „Cha" versteckte, entschlüsselte das Kryptogramm, befreite den Rachen und stieß das von der Angst gelähmte erste Wort hervor. Nachdem ich das Wort ergriffen hatte, glättete sich die Stimme, und das hervorgetretene Wort linderte auch das innerliche Zittern.

## Dekadenz

Die Angst, ja, nur die Angst zwang mein Muttinnng dazu, ihren schönen deutschen Vor- und Nachnamen abzulegen. Unter Verwendung eines Kryptonyms erstellte sie auch für mich aus geheimen Buchstaben einen Geheimnamen.

Ha, ha, ha, – warum nicht „Dekadenz"?

Fall und Anpassung der Individualität?

Ist das eine und das andere ein Verbrechen?!

Das von Angst durchsetzte Leben um des Lebens willen vernichtete die Reste des Idealismus, doch wir waren nicht allein – ganz Litauen war voll von solchen Kryptophyten, die ihre Knospen bedeckt hielten. Ihre überirdischen Organe wurden vom wechselhaften Klima zerstört – von der klirrenden Kälte, der sengenden Hitze, aber die tief in der Erde ruhenden Knospen warteten auf günstiges Wetter, um zu sprießen. Diese Geheimniskrämerei sorgte bei den echten Litauern für Unzufriedenheit: Wenn die Knospe tief im Boden sitzt, erwartet man keine Blüte, und blütenlose Schachtelhalme, Moose und Algen sind das Unglück der Erde.

Cha, cha, cha, – das Lachen in dieser Situation drängte eine weitere atemberaubende Schlussfolgerung auf: „Ich...ichhhhh-hhhhh bin eine blütenlose Bakterie – eine lesbische blütenlose Bakterie..."

Dieser Gedanke nahm mir den Atem. Ich spürte, wie das Spinnennetz immer dichter wurde; ich wusste nicht, wenn ich hier und da hinflog und mich darin verfing, wie ich mich herauswinden konnte, bevor mich die Spinne erreicht. Ich war mir sicher, dass in diesem Fall auch mein paranormales Gehirn, das auf den entscheidenden Zufall wartet, keine Hilfe mehr sein wird. Ihm wird es an Luft fehlen, denn durch die zugenagelten Fenster ist keine natürliche Lüftung möglich, und das mit einem verbogenen Nagel zu schließende und zu öffnende schiefe Fensterchen war recht klein, aber auch dieses war meist geschlossen – besonders wenn deutsche Lieder von Zarah Leander und Marlene Dietrich gespielt wurden.

Waren die Lieder verstummt, wurde der Nagel verbogen und mehr Luft kam herein, und Muttinnng begann wieder intensiv den Acker auf eine neue Bekanntschaft vorzubereiten, die sehr schnell ein Knollengemüse hervorbrachte, dessen Nachname Burokas[6] lautete. Zum ersten Mal stammte dieser nicht aus der Dynastie der Künstler, sondern der Ingenieure, dafür aber mit einem Grad: wissenschaftlicher Mitarbeiter oder Kandidat der technischen Wissenschaften als Anwärter auf den akademischen Grad des Dozenten oder Doktors. Für mich war das völlig unwichtig, aber es war offensichtlich, dass er einen Doktortitel in Frauentechnik hatte.

Er wurde Herr Burokas genannt. Von Muttinnngs anderen Verehrern unterscheidet er sich darin, dass er nur kam, um zu „praktizieren". Für jedes zu lang ausgesprochene „o" in seinem Namen musste ich mir eine strenge Belehrung zur korrekten Betonung litauischer Wörter anhören, die ich mir nicht leicht einprägte, denn die kurze Betonung auf dem „u" passte so gar nicht zu seinem stämmigen Körper und schon gar nicht zu dem Rübengesicht.

---

[6] *lit.* burokas = Rübe bzw. Bete – *Anm. d. Übers.*

ERSTER TEIL

Dass ich mich zuhause einschloss, hatte nichts mit Herrn Burokas gemeinsam. Es lag an mir: Ich befand mich immer noch auf Irrwegen, konnte mich immer noch nicht entscheiden, was ich machen sollte. Wenn ich einschlief, ruhten die Gedanken, doch sie hingen gesammelt über meinem Kopf bis zum Morgen, und wenn ich die Augen öffnete, befielen sie mich erneut. Und nur die Wahrsagung des Augenblicks eröffnete mitunter ein geheimes Verlangen, das sich quasi wie ein frisches Aquarell ausbreitete – bis zu einem mit den Augen schwer zu erreichenden, eher implizierten und gewünschten Rand, und die Gedanken flossen wie mit Wasser verdünnte Farben irgendwohin, in der Hoffnung, doch noch vielleicht von etwas aufgesogen zu werden.

An einem Nachmittag aktivierte etwas oder jemand meine Gehirnhälften, ich erhob mich vom Bett, als würde ich die kräftigen Farben der Zukunft sehen. Nachdem ich beschlossen hatte, nicht mehr Tag ein Tag aus im Bett herumzugammeln und mich mit schnellen Entscheidungen zu quälen, blieb ich – zu meinem und Muttinnngs Erstaunen – nicht nur bei einem ihrer üblichen Festabende, sondern half auch bei den Vorbereitungen, trug Tabletts mit Speisen. Diesmal erschien mir auch der von Frauen umringte Herr Burokas nicht mehr so violett. Als ich mit dem Tablett näher kam, nickte er galant mit dem Kopf und machte mir mit einer seitlichen Handbewegung Platz.

– Und hier ist auch schon unsere junge Künstlerin, die Gestalterin der Zimmer. Die Assoziationen, die mir beim Aufenthalt in diesen Räumen entstehen, werden sich, wie ich denke, sehr von Ihren unterscheiden, – er wandte sich an die Frauen neben ihm, – aber ich würde sehr gern herausfinden, was im Kopf dieses jungen Mädchens eine solche Idee hervorgerufen hat, meiner Meinung nach eine brutale Idee? – sprach er mit Funken in den Augen und deutlicher Provokation.

Diese ungewöhnliche Aufmerksamkeit bei einer gewöhnlichen Feier erstaunte mich. Gehorsam stand ich mit dem Tablett in der Hand, still wie ein Dieb, den man am Ort des Verbrechens gefasst hat. Die verhaltene Konzentration in ihren Gesichtern regte die Lippen zum Lächeln an, aber ich zügelte mich, so sehr ich konnte, um nicht loszuprusten, denn es interessierte mich, welche klugen Gedanken diese unbedeutenden Aufkleber an den Wänden hervorbringen konnten.

Eine der Frauen zeigte besonderes Interesse und wollte unbedingt erfahren, wie ich auf diese Idee gekommen bin, die andere hörte ruhig zu, wie Herr Burokas über seine Assoziationen sprach, die er mit den Eisbären in Verbindung brachte.

Ich selbst brachte dies beinahe in Verbindung mit psychopathologischen Symptomen, deren Gründe Muttinnng und Stepukas waren. Als ich aber sah, wie dieses absurde Bild ihre Fantasie anregte und irgendwelche Empfindungen hervorrief, gewann ich in meinen Augen selbst an Größe und glaubte fast selbst an die Bedeutsamkeit meines kreativen Ausbruchs.

Das Gespräch der Erwachsenen, an dem der Ingenieur teilnahm, erwuchs zu heißen Diskussionen über die Kunst und Unkunst. Eine Frau sprach recht überzeugend über die freie Wahl des Künstlers, führte irgendwas über Dinge und Naturphänomene aus, deren Sicht individuell ist, und deren Anordnung im Raum oder auf der Leinwand vom Schöpfer abhängig ist. Als sie sprach, eiferte sie sich, als würde sie den Standpunkt des kreativen Menschen – des Künstlers als Naturtalent – verteidigen.

Alles, worüber sie sprachen, war mir sehr vertraut. Offen gesagt hatte ich von den Besuchen des Herrn Burokas nichts Ähnliches erwartet. Wenn der Herr Ingenieur bei uns zu Besuch war, schickte ich im Vorbeigehen im Stillen stets irgendeine Obszönität an seine Adresse. Als ich durch seine Aufmerksamkeit unerwartet erfreut war und die interessierten Blicke der anderen gespürt hatte, sprach ich in Gedanken seinen Nachnamen viel respektvoller aus und bedachte das „u" mit kurzer Betonung.

Ihre Diskussionen, die eigentlich von meinen Späßen proviziert worden sind, waren quasi die Beleuchtung für meine Startbahn und bestätigten meine innere Entscheidung, jetzt auch ohne darum herumzureden, dass jeder Zufall eine offensichtliche Notwendigkeit ist. Später gestand ich mir ein, dass dieser Abend mein Schicksal besiegelte.

## Unschuldige Spiele

Die bekannten Frauen des Herrn Burokas luden mich ein und sagten, dass es an neuen Ideen und jungen Gesichtern fehle.

– Wir brauchten unbedingt etwas Frischfleisch, cha, cha, cha, – kicherte eine hübsche und lachlustige Frau, zu der mich Herr Burokas begleitete.

Völlig ungeplant schloss ich mich der Untergrundbewegung einer weiteren namenlosen Minderheit an – einem Spiel, das verglichen wurde mit etwas, das bereits mehrere Jahrzehnte im Ausland stattfand; ich wusste davon fast nichts, deshalb hörte ich mir anfangs Erklärungen über diese Kunstrichtung und ihren Weg, den sie bis zu uns zurückgelegt hatte, an. Nachdem der Hausherr, ein mir unbekannter Maler, seinen Kaffee getrunken und alle zum Entspannen aufgefordert hatte, begann er zu filmen, um das Treffen so für die Ewigkeit festzuhalten.

Als wir uns immer öfter trafen, gelang es ihnen, mich zu überzeugen, dass ich eine interessante Denkweise habe, dass meine

Ideen Unabhängigkeit und Freizügigkeit benötigen, und dass es herrlich sei, dass ich an die spontane innere Geburt glaube, ohne irgendwelche äußeren Ströme und Wege.

Der Wunsch der Hausfrau, etwas Sinnvolles zu tun, rührte wahrscheinlich von ihrem ruhigen Mann her – einem nicht anerkannten Maler. Seine Ruhe war jedoch eher äußerlich, denn seine Gemälde zeugten von etwas ganz anderem: Das zwischen Rot und Gelb eingeengte weiße Gesicht und der aus dem offenen Mund entweichende Schrei wurde von geraden, sich im rechten Winkel kreuzenden Linien betont.

Viele hielten solche Malerei nicht für Kunst, und er stritt sich darum auch nicht, weshalb seine Frau besonders mit ihm schimpfte; sie nannte ihn einen Verlierer, einen Schlappschwanz, der es nicht auf die Reihe bekommt, seine Werke zu verteidigen. Er schwieg dann, nahm die Kritik seiner Frau ruhig auf, aber wenn jemand seine Werke einer bestimmten Kunstrichtung zuordnen wollte, fiel er scharf ins Wort und sagte, dass er niemandem gehöre, nur sich selbst.

Ich bewunderte seine Unabhängigkeit, aber leider sah die Frau des nicht anerkannten Malers alles anders. Sie hatten keine Kinder, und die fertige Fakultät für Bauwesen, die eine materielle Grundlage für sie schuf, bot ihrer unruhigen, hungrigen Seele keine Nahrung. Sie steckte voller Energie, alles in ihr brodelte. Ihre Lippen und Augen waren recht ausdrucksstark, sie gestikulierte gern mit den Händen, bestätigte mit ihren schönen langen Fingern ihre Behauptungen und sagte ganz offen, dass sie die Kunst mag, Männer liebt, besonders Künstler und das bohemische Leben.

Sie hatte einen breiten Bekanntenkreis, schloss leicht neue Bekanntschaften und ließ ihrer unzügelbaren Energie freien Lauf.

Frauen mochten sie nicht, ruhige Männer vermieden es, zu zweit mit ihr allein zu sein, als fürchteten sie, von ihr vergewaltigt zu werden.

So ein Quatsch!

Eine Schwäche entblößte sie in den Augen von Frauen und ruhigen Männern: Sie lehnte es nie ab, etwas zu trinken. Sie begann mit Sekt und schloss mit hochprozentigen Getränken, aber ich habe sie nie betrunken erlebt, sie war einfach nur wild fröhlich. Ihr Mann war diesbezüglich nachsichtig, selbst dann, wenn ihr Verhalten auf der Grenze des Anstands balancierte.

Sie war Urheberin vieler Ideen und zwang die Menschen dazu, ohne Ausflüchte sofort irgendwelche kreativen Einfälle ihrer selbst oder von anderen auszuführen, aber alles blieb im geschlossenen Freundeskreis, denn die Themen wurden immer komplizierter: In jeder Darstellung war irgendeine Perversion des sowjetischen Lebens versteckt. Derartige Spiele in der stacheligen Freiheit waren ziemlich gefährlich. Nur eine Handvoll wagte es, und verantwortungsbewusste Vertreter konnten sie sehr schnell in der Faust zerquetschen.

Eine Freundin der Hausfrau, Fotografin, war die verschwiegenste aller Beteiligten. Als ich sie in ihrem Atelier besuchte, beobachtete ich, wie sich ihre Hände im Rotlicht bewegen, wie sie vor dem Fotografieren Gegenstände auswählt und anordnet. Einmal bat sie mich, mit einem Hammer eine Tasse aus weißem Porzellan auf grünem Tuch zu zerschlagen, und sie fotografierte meine Hände mit rotlackierten Nägeln. Ein anderes Mal bat sie mich, Scherben zusammenzukleben; meine Nägel waren dabei grünlackiert und das Tuch war rot. Sie sprach wenig, reagierte auf meine Fragen mit gehobenen Augenbrauen und begann erst nach einer kleinen Pause zu sprechen. Sie war der absolute Kontrast zu ihrer energiegeladenen Freundin, die nicht nur ihre eigenen intimen Geheimnisse offenbarte, sondern auch unbedacht die der anderen. Es gefiel mir überhaupt nicht, als sie mich über mein Muttinnng und die ihr nahestehenden Menschen aushorchte, und sie glaubte mir nicht, dass ich nichts über sie weiß. Vor ihrer aufdringlichen Fragerei rettete mich meistens die verschwiegene Fotografin.

Einmal im kleinen Kreis geschah nach ihrer Einmischung etwas. Für einen kurzen Augenblick horchte ich auf. Das stille Geflüster der anderen beiden weckte die Neugier. Ich wartete auf eine Fortsetzung oder eine Erklärung, aber das etwas gekünstelte, schrille Lachen lockerte die unangenehme Stille schnell auf, und alle sprachen aufgeregt, als wir begannen zu beraten, wie wir einen Gast aus Deutschland begrüßen sollten.

Niemand glaubte ernsthaft an eine solche Möglichkeit. Aus der sowjetischen Praxis war bekannt, dass ein in die Hauptstadt angereister Gast nicht so einfach in die Provinz gebracht werden kann; alles muss sehr klug überlegt sein, und vielleicht müssen sogar einige gut versteckte Dollar geopfert werden.

Der Gast, ein postmoderner Künstler, war keiner der skandalösen und reist nicht als offizielle Person an. Die energische Gastgeberin, die die sozialistischen Realien erkannte, die sich hinter einer Kombination aus drei Buchstaben verbargen, riet dazu, alles genau zu überlegen, auch wenn der *Homo sovieticus* schon mehrmals bewiesen hat, dass er der Schöpfer seines Lebens ist – ein avantgardistischer Künstler, der soziale Schranken brutal einreißt.

In Wahrheit hatten wir doch Glück, dass die grundlegenden Meisterwerke der Lüge, erschaffen von den großen Avantgardisten Lenin und Stalin, nicht nur voller qualitativer, sondern auch quantitativer Merkmale sind – und sie waren immer noch lebendig. Da ich das Produkt einer seltenen Lüge war, für die es vielleicht keine Entsprechung gibt, ließ ich mich nicht in Streit verwickeln. Dazu hatte ich kein Recht.

Die energische Gastgeberin blickte mich doppeldeutig an; ich fühlte, dass sie etwas aushecke, denn ihr Grinsen wurde immer breiter. Ich konnte nicht ahnen, dass sie ein Ereignis aus meinem kurzen Leben aufgreifen und es mehr oder weniger laut analysieren sollte. In dem Bemühen, alles bildlich zu vermitteln, erschuf sie eine Szenerie und nannte sie „Das Verspeisen der Hufe". Bei der Umsetzung des Projekts so sagte sie, sei das grundlegende Problem beinahe dasselbe: die Organisierung einer Räumlichkeit sowie lebendigen und nicht lebendigen Materials.

– Cha, dafür haben wir ja die Berufenen, – sagte sie und wies mit einer Geste auf die Auserwählten, die im defizitären kleinen Litauen alles bekommen konnten.

Lebendiges Material – das bedeutete eine lange Schlange, in der man geduldig wartete, bis Frischfleisch angeliefert wurde. Und nicht lebendiges Material gab es zuhauf in der Fleischerei auf der Zentralstraße; ihre Wände waren mit alten Kacheln bestückt, und das Bodenornament wurde hier und da von den brüchigen rosafarbenen Fliesen unterbrochen. Die in weiße Kittel gehüllten Verkäuferinnen hinter der Theke und die Kassiererin fügten sich in die vorherrschende weiße Farbe ein, die hier und da vom Schwarz der umherschwirrenden Fliegen Kontrast erhielt. Die Geduld der Verkäuferinnen, die seltene Käufer bedienten, war unglaublich: Erst nach einer langen Pause machten sie eine träge Handbewegung, denn sie wussten, dass die Fliegen aus Langeweile gleich wieder umkehren würden. Die Kühlschränke waren schließlich offen und die Theken leer.

Nicht ganz leer. Die weiße Leere wurde mit rauchig dunklen Haxen von Schweinen und Rindern mitsamt deren Hufen gefüllt. Bei diesem Anblick war einmal einer unserer Gäste von der anderen Seite auf die Straße gerannt und kotzte aus voller Kehle, wobei er sich an einen Baum stützte.

Die Energische meinte, dass die lokalen Geladenen, die an den sozialrealistischen Anblick gewöhnt sind, keinerlei Nachwirkungen einer derartigen psychophysischen naturalistischen Aktion ausgesetzt sein können. Sie hatte schon überlegt, wie die eigenen Leute im Kreis vor Metallschüsseln platziert werden, in denen Rinderhaxen mit Hufen aufgetischt werden, und der ausländische Gast wird unter größten Anstrengungen auf einem alten, schönen Porzellanteller gebratene Gans serviert bekommen – keine polnische, sondern eine litauische vom Dorf, ein Erbe aus smetonischen Zeiten. Ihr Duft wird sich mit dem Geruch der angesengten Hufe vermischen und einigen Anwesenden die Nase, anderen den Magen reizen.

Am lautesten amüsierte sich die Urheberin der Idee über diese Vorstellung, die anderen, die keine so blühende Fantasie hatten, lächelten nur verhalten. Ihr Bewusstsein wurde von ganz anderen Gedanken heimgesucht.

Die geschlossenen Grenzen verdrehten das Verhalten der Mehrheit: Es war schwierig, den großen Drang nach Kommunikation mit einem Ausländer zu verbergen; man wollte ihn mit unendlicher Lieblichkeit beschenken, sich ganz offen für jedes noch so absurde seiner Worte begeistern, nur um eine namentliche Gegeneinladung zu erhalten, auf die alle dasselbe antworteten:

– Ja, natürlich, danke, ich werde Sie unbedingt besuchen.

ERSTER TEIL

# Die Komödie oder Tragödie des Absurden?

Ich glaubte am wenigsten daran, dass Rinderhaxen – der absurdeste Augenblick im Alltag des *Homo sovieticus* – mir ein Fenster zur Welt öffnen und zu einer Kraft werden würden, die meine Kreativität formt. Ehrlich gesagt bedeutete die Einladung des Gastes noch gar nichts, denn das sozialistische Fangnetz war sehr engmaschig, also war auch die Möglichkeit gering, dass man ihn herauslassen würde; als ich aber mit der Analyse eines solchen Zufalls begann, glaubte ich beinahe an ein erfolgreiches Ende.

Die fast schon explosive kreative Energie beförderte mich zur Tür des zoologischen Museums. Ich stürmte hinein und begann einen Mitschüler aus meiner Mittelschulzeit zu suchen, der gemeinsam mit den Tieren und Vögeln in diesen Räumlichkeiten einer Bank aus Vorkriegszeiten konserviert worden ist, als würde er sich die guten alten Zeiten zurück wünschen, die nur aus den Erzählungen über herrschaftliche Feste bekannt sind.

Er ging still seiner geliebten Arbeit nach, unterhielt so seinen kleinen Bruder und seine dem Trinken nicht abgeneigte Mutter, denn sein Vater hielt sich noch immer im fernen Norden auf. Ich hoffte, dass er mir einen Gefallen tun oder einen Rat geben würde, woher man ein Fixiermittel zur Behandlung von Rinderhufen bekommen kann – Formaldehyd oder Spiritus – damit ihre äußere Struktur möglichst lange lebendig aussieht, und damit auch das Innere vor weiteren Veränderungen bewahrt wird.

Als wir uns trafen, ich seine glänzenden Augen sah und die frohen Töne in seiner Stimme vernahm, dachte ich, dass es ihm wahrscheinlich schwer fallen wird, seinem gesparten Spiritus zu entsagen. Doch er verhielt sich wie ein echter Philanthrop und bot mir nicht nur etwas an, sondern geizte auch nicht mit Spiritus und Formaldehyd zur Fixierung, womit er mir die Möglichkeit gab, ein alltägliches Bild des sozialistischen Lebens im Ausland zu präsentieren.

Als ich die Früchte seiner und meiner Kreativität in den Händen hielt, zitterten sie sogar, und seine vor Stolz funkelnden Augen wähnten dieses Exponat der Geschichte bereits auf mehreren Ausstellungen.

Der Höhenflug wurde von jemandem gebremst, der von einem Mangel an Verstand auf der anderen Seite sprach – von dem Unvermögen, die Bilder des sowjetischen Lebens zu verstehen und sie historisch einzuschätzen. Auch wenn ich begriff, dass zwei Welten existieren, die durch eine hohe Mauer und andernorts durch Stacheldraht voneinander getrennt sind, hatte ich die Hoffnung nach dem humanen Bewusstsein der auf der anderen Seite lebenden Menschen noch nicht völlig aufgegeben. Ich wusste, so lange ich geradeaus gehe, werde ich lange auf den Irrwegen des Sozialrealismus umherirren, und vielleicht muss ich auch am sozialistischen Wettlauf teilnehmen, aber ich hoffte auf ein gutes Ende.

Leider kam es zu einem Kurzschluss: Der große Wunsch auszureisen entfachte sich mit einer Bedingung – dem zwingenden Eintritt in die kommunistische Jugendorganisation als besonderer Beweis für das sozialistische Bewusstsein.

Der Zwang erzielte die entgegengesetzte Wirkung: Ich suchte im Betrug nach einem Ausweg, doch die geborene Idee bekam einige Zeit in meinem Innern keine Luft; ich wagte es nicht, ihr wie einem Neugeborenen einen Klaps auf den Hintern zu geben, denn ich hatte Angst. Ich fürchtete den Schrei, den die hoch oben Sitzenden hören würden, und wenn sie an meiner Zungenwurzel den zitternden Rosenkranz anstelle der roten Zunge erkennen, werden sie mich erschrocken dazu zwingen, ihn einzufärben oder herauszuschneiden.

Man sollte sie besser nicht verärgern.

Ich hoffte, dass die provozierenden Bilder meines nackten Körpers nicht ans Tageslicht kommen würden. Ich gebe zu, ich habe es damals übertrieben. Ich habe nicht von dem klugen Menschen gelernt, der seine wirklichen Gemälde im Verborgenen hält, doch die Sache war mir eine Lehre, und allmählich begann ich auszuwählen, wer mir positive Hilfe leisten könnte.

Ich dachte, es sei wichtig, einen genauen Aktionsplan aufzustellen. Ohne zu warten begann ich mich wieder unter die Leute zu mischen, bemühte mich, Zugang zu den Eröffnungsfeiern von Ausstellungen zu erhalten, wobei ich meine langen Beine nicht zur Schau zu stellen vergaß.

Irgendjemand hat einmal gesagt, der Zweck heiligt die Mittel. Wegen meiner strahlenden Zukunft war ich entschlossen, sogar meine Unschuld zu verlieren – nicht meine geistige, sondern meine körperliche. Ha, ha, ha...

– Oh, Fräulein Langbein. Wie geht es dir, hast du deine Unschuld noch nicht verloren?

Vor mir stand der Berühmte und lächelte. Ich zuckte regelrecht zusammen, so unverhofft war die Begegnung. Sein Ausspruch klang recht ironisch, also schwieg ich und wartete, bis sich das mit dem Stachel der Wahrheit verabreichte Gift im gesamten Körper ausgebreitet hatte.

Die kurzweilige Verwirrung bemerkte er nicht, denn ich flüsterte spielerisch:

– Nein, noch nicht, ich habe sie Ihretwegen bewahrt und gehofft, dass Ihre Erfahrung mir dabei helfen wird, sie ohne großes Blutvergießen zu verlieren.

– Anscheinend hast du eine gute Lehre absolviert, nachdem du mir entflohen bist.

Mit erhobener Hand gab er das Zeichen, kurz auf ihn zu warten und wandte sich dem Herren zu, der ihn ansprach. Ganz unverhofft, als hätte er auf einen günstigen Moment gewartet, tauchte vor mir der alte Bekannte auf, mit dem das Duell einst in seiner Niederlage geendet hatte. Mit seiner gesamten Körperhaltung verkündete er, dass er nun besser vorbereitet war, denn er wählte das Schwert mit der spitzesten Klinge.

– Cha, wen sehe ich denn hier... Die Frauenliebhaberin. Ja, ich habe es gehört... Du wurdest in den Klub der Lesben aufgenommen.

Mein Gesicht färbte sich purpurrot. Mit einem leichten „chi, chi" bewies er bewusst öffentlichen Zynismus, wiederholte seine Worte mehrmals, erwähnte dabei den Namen der Fotografin, in deren Haus ich zu Gast war. Nachdem er mir am helllichten Tag die Kleider vom Leib gerissen hatte, nahm er die Haltung des Siegers ein, die Arme auf die Hüften gestützt.

Die öffentliche Entblößung der Fotografin war für mich wie eine Ohrfeige. In Bruchteil einer Sekunde fegte ein Gedankenorkan durch mein Gehirn und hinterließ nach den aufgewirbelten Bildern ein unangenehmes Pfeifen. Ganz unbewusst hob ich meine Hand an die Schläfe, als würde ich die Bilder stoppen und zum Schweigen bringen wollen, die sich wie beim Schnellvorlauf vor meinem Auge bewegten; ich begann zu blinzeln, als hätte ich eine Fliege ins Auge bekommen.

Plötzlich sah ich diese insgeheim tuschelnden und um sich schauenden Frauen in einem völlig anderen Licht, erkannte in ihren Fotografien einen ganz anderen Sinn: Die offene Schönheit der Frau, hervorgehoben durch verschiedene Details, die

Kleidung imitieren; nicht auf einem Foto war die Frau schamlos nackt.

Ich erinnere mich daran, dass das Foto einer im Leben hässlichen, mageren Frau großen Eindruck bei mir hinterließ: Der zur Taille entblößte, nach vorn geneigte Körper, die Augen und Hüften waren von einem leichten schwarzen Schal umschlungen, mit nach vorn angewinkelten Ellenbogen berührten mit roten Handschuhen überzogene Hände die flachen Brüste. Die Frau auf dem Foto strahlte eine geheimnisvolle Schönheit aus, selbst Metall – ein so roher, harter Stoff, der den entblößten Körper der Frau berührte, verbreitete Wärme. Keinerlei Erotik.

Ich schüttelte den Kopf, um mich schnellstmöglich von diesen „bedeutsamen" Zufällen zu erholen und eine bequeme Position einzunehmen. Zu spät. Der junge Bekannte kam noch näher und sprach mir mit zufriedener Grimasse direkt ins Ohr, das er, wie ich zuvor, anleckte:

– Vergiss nicht, den Lesben Grüße von den Päderasten auszurichten.

Ich stand wie angewurzelt und durchforstete blitzschnell mein Gedächtnis; ich wollte verstehen, was er mit den Päderasten im Sinn hatte. Die Abende in Gesellschaft der Fotografin waren sehr interessant, und die bei ihr versammelten Männer und Frauen waren besonders freundlich. Man spürte keine offene Unzucht, anders als in Gesellschaft der aktiven Dame.

Plötzlich fuhr der Schreck durch meinen Körper. Damals habe ich mir bei der öffentlich zur Schau gestellten Anschmiegsamkeit nichts gedacht; ich erinnere mich nur daran, wie ich die Schultern bis zur Schmerzgrenze nach hinten zog, um den Körper von dem unangenehmen Gefühl zu befreien, das mich befiel, als die hübsche dunkelhaarige Frau mit rundlichen Formen unbemerkt näher kam, sich in den Zwischenraum zwängte und an mich angeschmiegt behutsam in das Gespräch einstieg, das sich plötzlich veränderte, als wir zu zweit blieben.

Schweigend hörte ich ihr zu, als sie von jugendlicher Schönheit, von meiner weißen und gleichmäßigen Haut sprach, doch als sie die Lippen auf meine nackte Schulter setze, mit der Hand über den Rücken strich und mir dabei direkt in die Augen schaute, bekam ich vor lauter Unbehagen eine unbeschreibliche Gänsehaut. Sie war etwa zehn Jahre älter als ich. Mich rettete ein reifer Mann. Theatralisch streckte er mir seine Hand entgegen, entführte mich vom weichen Sofa und flüsterte leise:

– Lass dich nicht mit dieser alten Hexe ein; komm besser mit mir – ich bin ungefährlich.

Damals habe ich in seinen Worten nichts Zweideutiges erkannt. Er unterschied sich in nichts von anderen Männern, war vielleicht aufrichtiger, sanfter, freundlicher, ohne die aufdringliche Lüsternheit mit Schaum vor dem Mund und ohne doppeldeutige Anspielungen auf das schwache Geschlecht – ihn mochten alle Frauen.

Der Vorhang lüftete sich, als ich mich daran erinnerte, wie wir uns bei einem Spiel recht leidenschaftlich geküsst haben, aber danach habe ich aus irgendeinem Grund weder Blicke noch Worte erfahren – keinerlei Anspielungen auf eine Fortsetzung.

Was für eine grausame Schule des Lebens.

Der Berühmte verfügte in diesen lebenswichtigen Fragen zweifellos über mehr Erfahrung. Unweit von mir hatte er die Angriffe deutlich vernommen und spürte die Absurdität des gegen mich gerichteten kindischen Verhaltens. Er umarmte mich an den Schultern, nickte dem jungen Unbekannten respektvoll zu, und führte mich hinfort. Als wir in seinem Atelier angekommen waren, schien es so, als hätten wir uns gar nicht getrennt.

– Wo ist unser Stepukas? – sprach er seltsam ruhig, wie ein schwacher Patient, der noch Hoffnung hat und fragt, ob der Arzt gekommen ist.
– Ich habe ihn lange nicht gesehen. Wenn wir ihn einladen, wird er bestimmt kommen.
– Dann sollten wir ihn einladen.
– Ich weiß nicht, wo er jetzt wohnt.
Der Berühmte war ungewöhnlich ruhig, unnatürlich ruhig. Während unserer trägen Unterhaltung klopfte jemand ungeduldig an die Tür. Als wir sie öffneten, stolperte Stepukas hinein, mit Flaschen in den Händen und unter dem Arm. Hätte ich nicht zugegriffen, wären sie auf den Boden gefallen. Er tadelte uns, dass wir nicht auf ihn gewartet hätten und begab sich, wie zuvor, auf die Suche nach dem Korkenzieher. Und auch wenn die Intonation vom Wein immer höher und höher stieg, veränderte sich die Laune des Hausherren nicht. Er lauschte den Erzählungen von mir und Stepukas, brachte sich aber nicht ein. Irgendetwas bedrückte ihn.
Wir stellten keine Fragen, und als ich ihn bei allen meinen Zukunftsplänen so besorgt sah, zweifelte ich gar daran, ob mich dieser ruhige Schatten vor der Hitze schützen würde. Weder meine langen Beine, noch meine „cha, cha, cha" Unschuld werden mir noch helfen, dachte ich. Der Einschub „cha, cha, cha" zerstreute meine Sorgen ein wenig, doch die allgemeine Stimmung blieb davon gänzlich unberührt, auch wenn ich versuchte, mit allen Mitteln einer Frau, beim Umherhuschen im Atelier, die Aufmerksamkeit auf mich zu lenken.
Mein Egoismus brachte mich selbst ganz durcheinander. Ich suchte nach gewichtigen Argumenten, rechtfertigte mich vor mir selbst, dass er rein existenziell ist.

## Couloirs

Ein Zug aus in Windeseile hintereinander dahin sausenden Feuerwehren mit bedrohlich hohen Sirenen drang durch das offene Fenster, durch alle Poren und erreichte das leicht verletzliche Innere. Obwohl wir die Fenster augenblicklich geschlossen haben, hallte der Ton noch lange in den Ohren nach, also blieben wir noch einige Zeit sitzen – wie Schildkröten mit eingezogenen Köpfen, als würden wir die Vorahnungen des tragischen Schicksals unterdrücken wollen. Wir waren so unterschiedlich, dass man schreien konnte, und die Trennung, auch wenn sie nur von kurzer Dauer war, hat uns anscheinend verändert. Unser berühmter Freund lächelte seltsam und schwieg, als würde er nicht daran glauben, dass Stepukas wie zuvor in Bewunderung für seine Arbeiten Loblieder sang.

Vielleicht war er nur des Lebens selbst müde geworden – des Lebens auf der Avant-Scène, seines doppeldeutigen Lebens, das meinem irgendwie ähnelte. Ich lebte immer noch hinter dem Vorhang, obwohl dieser Zustand, der ständige Wachsamkeit bei der Einschätzung jeder Situation erforderte, um eine Stellung außerhalb der Gefahrenzone einzunehmen, ebenso bedrückend war.

Die Stimmung des Berühmten erschwerte unseren Umgang. Ohne den wahren Grund zu kennen, hielt ich mit Geschwätz das bröckelnde Gespräch aufrecht, das sich nach dem Vorbeisausen der Feuerwehrautos in andere Gefilde entwickeln sollte. Die in dieser Zeit entstandene und mir fast schon angeborene Unsicherheit bremste leider. Irgendetwas ist geschehen, dachte ich.

Ein verräterischer Gedanke bestätigte unbewusst die im Hintergrund schwebenden litauischen Worte „In einem Dreiergespann ist einer tatsächlich von dort".

Stepukas und ich blickten uns an, erhoben uns, und unterwegs kehrten wir natürlich traditionell in dem kleinen Café ein, wo er sich bei einem schluck Feuerwasser öffnete:
– Der Berühmte ist still geworden… Er hat sich verspielt… Überschätzt hat er sich… Er denkt, dass niemand sein doppeltes Spiel bemerkt. Wer nimmt, muss auch zurückgeben können. Die verspielte Weigerung, für die Jugend Artikel zu schreiben, hat nicht zum ersten Mal Unzufriedenheit und Misstrauen heraufbeschworen. Noch rettet ihn seine Bekanntheit, aber...

Mit großen Augen hörte ich Stepukas aufmerksam zu; in seinen Worten erkannte ich ganz neue Töne. Da ich nicht verstand, worauf er hinaus wollte, sagte ich weder „ja" noch „nein" und stellte keine Fragen, obwohl es mich brennend interessierte, was nach diesem „aber" kam. Was bedeuteten all diese Andeutungen?

Als wir uns früher über unseren gemeinsamen Freund und seinen Erfolg unterhielten, spürte ich manchmal Eifersucht. Das war ganz normal, denn auch ich war etwas eifersüchtig. Nun konnte ich nicht wirklich erraten, was sich hinter den Worten von Stepukas verbarg: War es Boshaftigkeit oder etwas mehr?

Ich kam nicht hinterher, weil er schon wieder einen Gedanken äußerte, und dabei jammerte er, dass er sich in den Couloirs viele Vorwürfe anhören müsse, weil er eine Freundschaft mit dem Berühmten unterhielt.

Zum ersten Mal stand die Frage im Raum: In welchen Couloirs? Er verwendete dieses Wort oft, aber bis heute verstand ich darunter Vereine, die sich ähnlich wie im Haus meiner Muttinnng trafen.

Jetzt sah alles anders aus.

Konnte die Wirklichkeit etwa so trügerisch sein?

Lange Zeit vertraute ich Stepukas und hatte Angst vor dem Berühmten. Seine einstigen Worte über Stepukas als einen schwachen Menschen, die ich damals als Zusammenfassung seiner Werke verstanden hatte, eröffneten sich mir nun von einer gänzlich anderen Seite und vertieften mit ihren scharfen Kanten die Abdrücke. Ich blickte ihn an, als würde ich ihn nicht wiedererkennen. Er verstand meinen Blick als Signal zum Aufbruch und erhob sich. Irgendeine völlig andere Realität, die ich nicht wirklich begriff, wurde zum Grund unserer schnellstmöglichen Trennung.

Im Alleingang setzte ich verräterischen Gedanken nach und suchte intensiv nach dem einfachsten Empfindungswort, durch dessen Wiederholung ich das angestaute unangenehme Gefühl austreiben könnte. Es gelang mir nicht. All dies war doch nur eine Ahnung, ohne irgendwelche Beweise, aber die Farce, an der wir alle teilgenommen hatten, kam immer mehr zum Vorschein: In unserem Beisammensein haben wir uns voneinander mit einem Vorhang des sicheren Lebens abgeschottet. Ich konnte nicht glauben, dass auch Stepukas sich verstecken müsse, in der Balance zwischen Wahrheit und Lüge. Er wirkte so rein, rosafarben und schwach.

Das angespannte Gestöber am Morgen verschlang jegliche logische Schlussfolgerung und beschwor eine Furcht herauf, dass selbst die Haare wie magnetisiert zu Berge standen, auf die Stirn vielen und zu jucken begannen. Ich versuchte sie mit der Hand wegzustreichen. Ich hatte die Hoffnung, dass ein aufgestelltes Haar mit einem Blitzsignal die Wurzel reizen und irgendeine meiner Gehirnhälften erreichen würde – damit würde jedes seiner Worte, jede Geste und jeder Blick allmählich zu einem einzigen System zusammenführen. Leider wurden jegliche Schlussfolgerungen sogleich wieder verworfen und ohne erkennbare Ordnung zusammengewürfelt.

Konnte ich mit meinem angeborenen para-unnormalen Gehirn auf irgendein System hoffen, wenn keine Wissenschaft der Welt einen solch schwachen Mikroorganismus wie mich je untersucht und beschrieben, mich irgendeiner Art, Klasse oder Familie zugeordnet hat?

Die Schlussfolgerung zu mir selbst rückte die Gedanken über Stepukas in die Ferne und weckte meine angeborenen kreativen Fähigkeiten, außerdem kamen mir so Ideen, wie die geheimen Knoten aus Lüge und Wahrheit zu lösen seien. Der Gedanke, dass ich vielleicht gar nicht so unpersönlich bin und meine Wünsche vielleicht doch in Erfüllung gehen werden, wirkte beruhigend und flößte mir Selbstvertrauen ein.

## Die sozialistische Realität

Seltsame Zufälle von Geschehnissen.

Da es mir nicht gelang, auf Einladung auszureisen, wurde ich auf die Liste einer Jugendgruppe für eine Fahrt nach Deutschland gesetzt.

Wer war der große Wohltäter: die energische Dame, der Berühmte oder der rosafarbene Stepukas?

So sehr ich mich auch bemühte, das Geheimnis zu entschlüsseln – es gelang mir nicht. Hätte ich es gewusst, hätte das sowieso nichts geändert. Trotz der unenthüllten Wahrheit glaubte ich schnell an die Realität. Ich war die einzige unter den Enkeln der bekannten Parteigenossen, die nicht der kommunistischen Jugend angehörte.

Bevor wir auf die Reise geschickt wurden, haben uns, die wir die verdrehte Welt auf der anderen Seite nicht kannten, einige Realisten des sozialistischen Blocks recht deutliche Leitlinien des Programms vermittelt: Nirgendwo allein hingehen, mit keinem Fremden aus dem Land sprechen, denn nur eine Zelle der sozialistischen Gesellschaft ist das programmierte Gute, und dort ist das Böse großflächig gesät worden und so weiter und so fort...

Immer weiter und weiter wurde das Programm erklärt, das wir dort befolgen werden, als würden wir ein sowjetisches Gericht auftischen und die positive kreative Kraft der sowjetischen Ordnung verbreiten; einer der Punkte bei letzterem war die Freiheit der jungen Generation, wählen zu dürfen.

– Ihr erhaltet die Aufgabe, die Aufmerksamkeit auf euch zu lenken, – sprach der Erzieher, der für mein beispielhaftes Verhalten auf der anderen Seite verantwortlich war, und er betonte, dass eben genau ich, weil ich kein Mitglied der kommunistischen Jugend bin, eine Beispielfunktion für die Jugend ausübe – einer Jugend, der nicht verwehrt wurde, das eigene „ich" auszudrücken und der Gesellschaft zu dienen.

Mit gefühls- und stimmlosem „cha, cha" bedachte ich die Worte des großen Erziehers, denn ich konnte schließlich nicht offen über die Schaffung des eigenen „Ich" und der eigenen Gesellschaft, der ich dienen musste, lachen. Und dieser in der Wiege der Revolution gereifte Embryo sprach und sprach von der Werteorientierung des Menschen, von Idealen, Träumen, Lebensplänen und von ihrem Inhalt, in dem die vorgezeichneten Punkte sich nicht von den Arbeiten unterscheiden dürfen.

Zuerst verstand ich nicht, worauf er hinauswollte, aber er hatte die Methoden zur Einimpfung der sozialistischen Lebensweise gut verinnerlicht und vergaß nicht zu erwähnen, dass der junge

Mensch vom Glanz angelockt wird, was zu unnötiger Ablenkung und dem Grund für nicht zu behebende Fehler führen kann. Ich saß da und fragte mich, wie lange sein Monolog noch andauern würde. Das Ende war nicht abzusehen. Er erwähnte wichtige Details, sprach langsam, mit Pausen, als befürchtete er, etwas sehr Wichtiges auszulassen.

– Und obwohl in dieser Jugendgruppe kommunistische Jugendliche aus unterschiedlichen sozialen Schichten und einige Nicht-Mitglieder versammelt worden sind, erhielten alle das gleiche zementierte Fundament – die gemeinsamen Merkmale der sowjetischen Jugend. Wer jedoch nicht in der Lage ist, die edlen Anreize der sozialistischen Realität zu erkennen, kann sich leicht den ideologischen Feinden ergeben, die Pornografie, verzerrte Musik, Wissenschaft, Mode usw. propagieren. Und... Und ein kurzer Rock fördert die verdrehte Moral, die gegen die Bestimmungen der sozialistischen Gesellschaft gerichtet ist.

Der letzte Akzent traf direkt ins Ziel. Nach und nach wurde die Treppe der ästhetischen Kultur erklommen, und er richtete meine Aufmerksamkeit zudem auf die innere und äußere Einigkeit, auf die Moral, und er wies darauf hin, dass wir uns nicht von der anderen Welt abkapseln, aber wir müssen bereit zum Gegenschlag auszuholen.

Ich fühlte mich wie erstarrt. Meine langen Beine waren von seinem Wortschwall zu Holz geworden, und der Rock hatte sich vom langen Sitzen so aufgeräufelt, bis nur ein dünnes Band übrig blieb.

Auf meinem Rückweg registrierte ich niemanden – Menschen, Häuser und Autos zogen wie in Zeitlupe an mir vorbei. Als direkt neben mir die schrille Hupe eines Autos aufheulte, zuckte ich zusammen und sprang automatisch zur Seite. Ein gutaussehender

Mann, nach vorn gebeugt und mit einem Lächeln wie ein Honigkuchenpferd, lud mich mit einem Kopfnicken ein, mich in das Auto zu setzen.

Mich packte das Lachen mit allen laut zum Ausdruck gebrachten Empfindungswörtern, mit Tränen, dem sich schüttelnden Körper und der Hockstellung, das Lachen über den amoralischen Rock einer sowjetischen Jugendlichen, dessen Grenzen von den durchdringenden und feurige sowjetische Moral versprühenden Blicken eines reinen Kommunisten festgesetzt wurden.

Cha, cha, cha aaaaaaaaaa… Rock… Moral…

Ich stellte mir vor, wie sich mein Rock beim Besteigen der moralischen Treppe unter den Blicken und Gedanken des sitzenden Kommunisten verkürzte; seine sowjetische Moral ließ es nicht anders zu. Das völlige Gegenstück des Mannes, der das Steuer der Männlichkeit fest in seinen Händen hielt. Ich zerrte den Rock nicht nach unten, sondern stellte mich aufrecht hin und winkte dem Autofahrerfreundlich zu, der die erst kürzlich erhaltene Droge verdünnt hatte.

Einige Tage war ich tatsächlich wie benommen, als wäre mir ein mit Chemikalien besprühter Plastikbeutel über den Kopf gezogen worden, doch das immer näher rückende Abreisedatum zwang mich zur Fassung, denn auch Herr Burokas fragte, wann das angekündigte Zusammenführen oder Zusammentreiben unterschiedlicher Gruppierungen denn nun endlich stattfinden wird.

Für mein Muttinnng war dies alles ein Fest der Feste. Aufgeregt erwartete sie den Berühmten. Ich hoffte ebenfalls, dass er sein Versprechen wahr machen und mein bescheidenes Zuhause besichtigen würde. Ich hatte Zweifel wegen Stepukas, dessen damalige Besuche sich völlig vom heutigen Erscheinen unterscheiden würden, denn die Fetzen seines letzten, nicht ganz nüchternen Monologs zeigten ihn von einer anderen Seite, als wäre die Farbe von seinem Gesicht gewaschen worden.

Es interessierte mich sehr, welche Stellung er heute einnehmen wird. Ich stellte Vermutungen an, quälte mich aber nicht lange und stürzte ich mich in die Vorbereitung, verwendete alle Kräfte auf die Umsetzung der Verabschiedungsidee, die die energische Dame mit unterbreitete.

## Waltraut

Der rote Teppich führte ins Haus und zu einem Tisch mit einer weißen Tischdecke, auf dem sich süße Lutscher, Gläser und Flaschen mit klarer Flüssigkeit befanden.

Dem eintretenden Gast wurde, nach seinem Wunsch, ein Kinder-Rettungsring oder ein Ball überreicht. Das spontan gewählte Spielzeug spaltete die Gäste in zwei Lager. Der Berühmte nahm sich einen Rettungsring, Stepukas einen Ball. Die energische Freundin spielte mit dem Ball, und ihr Mann hielt einen Rettungsring in der Hand. Mein Muttinnng wählte den Ring, und Herr Burokas, der gern einfache Spiele spielte – den Ball, und mit einem lauten Lachen warf er ihn in den ausgestreckten Ring.

Der Lärm der Gäste übertönte die deutsche Melodie aus einer Kiste am Ende des Zimmers – „O, mein lieber Augustin", und danach erklang „Kalinka, Kalinka", denn dieses sangen die angereisten Deutschen aus unendlicher Freundschaft für die Litauer jedes Mal.

Die beginnenden Ovationen beim Werfen von Bällen und Fangen der Rettungsringe mit dem Kopf kamen anscheinend wirklich von Herzen. Stepukas trat heran und flüsterte ins Ohr:

„Viel Erfolg, Waltraut…" Der Klang meines Namens, wenn auch im Flüsterton gesagt, ließ mich wie durch einen Stromstoß erzittern. Die anderen wünschten mir auch alles Gute und wiederholten dasselbe, nur anders: „Viel Erfolg… Mach's gut, Vale, ich bin so neidisch auf dich, Vale, komm bald zurück, Vale, ohne dich wird es traurig sein, Vale…"

Zum ersten Mal sah ich mein Muttinnng so in Aufregung. Außer mir und Stepukas kannte niemand den Grund für die Unruhe in ihren Augen. Für die anderen war es die normale Sorge einer Mutter um ihre Tochter – eines Mädchens aus der Provinz, der die ungewöhnliche Ehre zuteil wurde, durch das Überschreiten der Sperrzone ins ferne Ausland und nicht in den fernen Norden zu gelangen.

Jeder verspürte die Verpflichtung, mich nicht nur zu erziehen, sondern mir auch alles zu erzählen, was er oder sie über Deutschland sowie die dort lebenden berühmten und nicht berühmten Menschen wusste. Dann begannen die Diskussionen über Kunst und Unkunst, über die verschiedensten Bewegungen; es wurde auch über einen in Amerika lebenden Litauer gesprochen, der sich in Deutschland aufgehalten hatte, es fielen auch andere Namen, man stritt sich, alle redeten durcheinander, und es war schwer zu unterscheiden, was am wichtigsten war und was man sich merken sollte.

– Der Litauer aus Amerika interessiert sich übrigens für die Zen-Philosophie – über die Annäherung der Kunst an das Leben und umgekehrt, – stieg ein Außenseiter in das Gespräch ein.

Ich hatte gar nicht bemerkt, wann er gekommen war, ich hatte überhaupt nicht damit gerechnet, dass er kommen würde. Er kam zusammen mit meinem Feind, was offensichtlich bedeutete, dass nun keine Degen zum Duell mehr benötigt werden, aber ich zeigte nicht, dass ich es verstanden hatte, denn ihn wollte ich am wenigsten sehen, deshalb warf ich ihm nur einen freundlichen Augenschlag zu und ging zur nächsten Gruppe weiter.

Nebenan standen der Berühmte und Stepukas und folgten einem Gespräch über moderne Kunst, ohne sich einzumischen; die Diskussion eines Abends – der Streit, bei dem damals, wie mir scheint, bereits der Schlussstrich gezogen worden und die Leidenschaft verpufft war – wurde erneuert. Leider, leider...

Aus irgendeinem Grund war Stepukas beim Gespräch über die moderne Kunst besonders erhitzt; er benannte Strömungen, Richtungen, als hätte er nochmals alles aufs Neue studiert, denn das Wissen ergoss sich wie Wasser. Mit seinen Argumenten begründete er quasi den Gedanken, dass bei einem Kampf das Kennen des Feindes am wichtigsten ist. Diesmal war ihre Diskussion jedoch irgendwie formell und unlebendig.

Erstmals unterschieden sich zwei Standpunkte sehr deutlich. Der Berühmte stritt die Meinung von Stepukas über die akademische Kunst nicht grundsätzlich ab, weil er selbst Auftragsporträts malte, fügte aber hinzu, dass er trotzdem für Neuerungen in der Kunst sei. Vielleicht lag es daran, dass sich Menschen um ihn herum befanden, aber diesmal verteidigte er seine Meinung verhalten, erwähnte nur den Gedanken Rodins, dass ein echter Künstler das ausdrückt, was er denkt, ohne mit den Vorurteilen des Alters konfrontiert zu werden, und dass die Individualität die eigene Verantwortung für das Werk hat. Ich denke, Stepukas bereute es, dass er wieder diese Diskussion begonnen hatte, denn er war merklich nervös. Vielleicht täuschte ich mich, vielleicht war das Gespräch mit dem Berühmten im Beisein der anderen für ihn besonders wichtig, denn er setzte die Beweisführung seiner Wahrheit fort, sprach dabei viel über die Avantgarde und den unästhetischen Ausdruck, über die kreative Suche des jungen Menschen, dem man verzeihen kann, weil ihn die Neugier mitunter vom rechten Weg abbringt, was für eine reife Persönlichkeit ein Verbrechen ist.

Der Berühmte antwortete bewusst nichts zum Thema Verbrechen der reifen Persönlichkeit, sondern fragte direkt, warum er – Stepukas – selbst an meinem Projekt teilgenommen habe, obwohl er ihm nicht zustimmte.

– Man muss einen jungen Menschen seine Erfahrungen machen lassen, damit er sich selbst leichter findet. Es ist nur wichtig, dass jemand diese künstlerischen Abweichungen rechtzeitig bemerkt und die Bemühungen auf den richtigen und nicht etwa einen krankhaften pathologischen Weg bringt.

– Cha, bedeutet das, dieser jemand bist du, Stepas?

Diese offensichtliche Rochade überraschte mich, denn dieses Mal fühlte ich sehr deutlich, dass der Berühmte meiner Suche beipflichtete; ich hatte nicht einmal daran gedacht, dass er vielleicht die Vermittlerrolle bei meiner Auslandsfahrt eingenommen hatte, sich aber nicht zu erkennen gab.

## Opa

Ihr Streit erinnerte mich an Bruchstücke von Diskussionen über den in Deutschland entstandenen Jugendstil, über Pop-Art und Op-Art. Seit damals, als ich zum ersten Mal ihren Streit vernommen hatte, verfolgte ich den Gedanken der Op-Kunst, die mit fast angeboren schien: Die Opa-Kunst.

Opa – der Großvater. Über ihn, über meinen Opapa, könnte ich viel erzählen, besonders über seine Lebenskunst und die

Avantgarde seines Lebens. Diese Entdeckung drängte den Gedanken auf, dass wahrscheinlich alles zu Opas Zeiten begann, nur habe ich das lange nicht begriffen, und deshalb wandelte ich einige Zeit zwischen dem Leben und der Kunst.

Der Emotionsschwall erinnerte mich daran, wie die Vererbung der Geschichte die Bewegung einschränkte und wie kompliziert es war, einen Bezugspunkt zu finden. Ähnlich dem Embryonalstadium, das die Möglichkeit gab, zu einem Knäuel zusammengerollt, die Bewegungsrichtung zu ändern und, nach Erkenntnis des geschlossenen existenziellen Raums, selbst zu entscheiden: „Soll ich in meiner kleinen, gemütlichen und doch geschlossenen Behausung bleiben, oder soll ich, nach dem Kennenlernen der kugelförmigen Welt, den Beinen einen solch wichtigen Schritt in eine fremde Umgebung zumuten und kopflos vorgehen?"

Mich rettete Opas Avantgarde-Kunst. Opapa ging stets mit gesenktem Kopf, als würde er der lange leidenden Erde Respekt zollen und ihre Last mindern wollen; er sammelte Metall – Material für seine Werke. Unter bescheidenen Bedingungen erhitzte er das Metall, verbog und schweißte es – er dachte nicht darüber nach, dass er etwas erschuf. Da er mich auf diese Weise mit der totalen Lebenskunst vertraut machte, formte er in meinem Bewusstsein die Erkennungszeichen der Realität. Cha, cha.

Und so wie die kommunistische Partei für das sowjetische Litauen die Avantgarde bedeutete, so war sie für mich die existenzielle Kunst meines Opas aus der Nachkriegszeit. Ha, ha, ha...

Schrittweise verbreiteten sich die Quellen meiner künstlerischen Ambitionen, und die Worte Stendals – „das Wichtigste ist nicht Malen sondern Denken zu lernen" – wurden zu einem Anreiz für meinen Start. Natürlich erkannte ich auch den offensichtlichen Einfluss von Stepukas an, als die objektive künstlerische

Wahrheit ans Licht kam – die Collage mit meiner deutlichen Individualität; da ich für diese künstlerische, den ganzen Körper zum Vibrieren bringende neue Richtung keine wörtliche Entsprechung finden konnte, traute ich mich nicht, sie beim Namen zu nennen. Ich hoffte, dass sich alles von selbst irgendwann zu einer Form synthetisiert wird, und dann zu einer neuen Strömung über nicht nur einer subjektiven, sondern auch einer objektiven Realität.

Das ungeduldige Warten auf die Erleuchtung führte zur Enttäuschung vor mir selbst, zur Trägheit. Hier halfen die einst von meiner Oma ausgesprochenen Worte, dass ich noch jung wäre und es zum Lernen nie zu spät sei; alles liege noch vor mir – das beruhigte mich, und Muttinnng brachte das aus dem Gleichgewicht. Ihr gefielen die Dreiklänge des großen Führers Lenin viel eher – „Ler – nen, ler – nen, noch – mals ler – nen" – und sie fügte stets hinzu:

„Lange Haare – kurzer Verstand."

Ihre Bemerkung war einer der Impulse für eine neue Strömung, die mein Inneres wie ein Sturzbach flutete: Im nächsten Fünfjahresplan sah ich vor, mir den Kopf zu rasieren, damit das Glänzen des Schädels mein Denken zielgerichtet beeinflusst.

Eine ganze Menge lernte ich schließlich auch von der kommunistischen Partei, die in der Avantgarde des Volkes stand. Die Plattform ihrer erhabenen Gründer, in Programmen und methodischen Richtlinien deutlich zum Ausdruck gebracht, half mir vor der Abreise ins Ausland, die andere entartete Welt tiefer zu begreifen, zu verinnerlichen, dass nur eine sowjetische Seele mit erhabenen Zielen niemals ihre Werte aufgibt.

Cha, cha, cha, ich stieg in meinen eigenen Augen auf, den Kopf voller methodischer Richtlinien und nahe den erhabenen Gründern der kommunistischen Partei.

## ERSTER TEIL

Für mich war jedoch Opas Hof das wertvollste. Beim Schweißen von Metall verbrannte er quasi die totgeschwiegene Vergangenheit. Eine Vergangenheit ohne Zukunft, denn der Hof war von Stacheldraht umgeben, und nur die künstlerischen Metallkonstruktionen von Opa, auch wenn sie ohne jegliche Ordnung neben irgendwelchem Kram und Müll lagen – ohne Kritik aus dem Abseits, formten das Gesamtbild. Er verfolgte keine bewusste Absicht und kämpfte gegen niemanden; er sammelte einfach alles, was weggeworfen wurde und was man im Alltag gebrauchen konnte. Er hatte ja keine Ahnung, dass er der Vertreter irgendeiner Kunstrichtung sein könnte. Das habe ich mir so ausgedacht. Als ich die Stufen von Opas Kunst betrachtete, verstand ich, dass er tatsächlich großen Einfluss auf mich ausgeübt hat. Ich habe sogar geglaubt, ich würde die künstlerischen Traditionen von Ur-Ur-Opa... und Opa fortsetzen.

Mir kamen Zweifel, als ich darüber nachdachte, wie ich, eine Vertreterin der jungen Mehrheit, es schaffen würde, den Intelligenten auf der anderen Seite der Grenze die Prinzipien der sowjetischen Kunst zu erklären, damit sie nicht nur die Vorzüge einer Jugend erkennen, die freischaffend ist und nicht den Dingen dient, sondern auch die Besonderheiten der robusten und unteilbaren Familienzelle der sowjetischen Gesellschaft begreifen, die diesen Körper von Gelüsten befreien, die Seele zum Schaffen von Werken anregen, die Wärme und Spiritualität ausstrahlen, wogegen in einer kranken, verfaulten kapitalistischen Gesellschaft die vorherrschende Kunst des nackten Körpers das Ergebnis sexueller Verwirrung ist.

Ich staune immer noch darüber, wie gut ich meine Lektion gelernt habe. Ich betrachtete mich dann von dieser höheren, neuen Stufe, in der Hoffnung, auch den anderen gegenüber keinerlei

Zweifel an der positiven Last meiner unkommunistischen Seele aufkommen zu lassen.

Stepukas nahm sich Zeit und klärte mich vor meiner Abreise nochmals auf; er sprach über die Aufstände und Revolutionen der neuen Kunst, zeigte sich verärgert über die Darstellung der Realität mit geometrischen Formen – einer Kugel, einem Kegel oder Zylinder. Er kritisierte die berühmten Impressionisten verfluchte sogar Cézanne, der die akademische Kunst verraten hätte und die roten, völlig ziellos daherschwimmenden Fische von Matisse.

Nachdem er tief durchgeatmet und die Arme emotional erhoben hatte, vollendete er die zuvor geäußerten Motive mit dem Ausspruch, dass der Künstler auch ein politisches Wesen sei, das in seinen Händen das Werkzeug zum Kampf hält und es angemessen einsetzen muss. Sein letzter Satz klang wie ein Dreiklang. Bisher hatte ich aus seinem Mund nichts Vergleichbares vernommen.

Diese vorbereitenden Arbeiten bildeten quasi den kalten, metallischen Helm, der vor der Abreise aufzusetzen war und die normale Hirntätigkeit einschränken sollte. Ich hoffte jedoch darauf, dass mich diesmal die genetische Reversion retten und meine Hirntätigkeit rechtzeitig regenerieren würde.

## Die ideologische Reise

Die Angst begleitete mich bis zum Bahnhof. Als ich den Berühmten sah, wurde mir wohler. Von seiner Entscheidung hatte ich vor einigen Tagen erfahren und war sehr erfreut. Ich schritt auf ihn zu, aber der Herr im Anzug, der irgendwann einmal die Perspektiven der ideologischen Erziehung diskutierte, war schneller.

Bekanntschaften haben auch ihre gnadenlosen Regeln: Ich saß in einem geschlossenen Abteil mit dem Berühmten, dem Herren aus der Regierung und seiner Sekretärin. Ich war in jeder Hinsicht gefesselt, als die Jugendlichen eine Nacht ohne Schlaf verbrachten, angenehme Unterhaltungen hatten und die vom Reden trockenen Münder mit Saft und Hochprozentigem füllten. Im Vorbeigehen erhaschte auch ich einen Tropfen des scharfen Saftes.

Bei den ehrwürdigen Herren ging es auch nicht ganz trocken zu. Plötzlich platzte aus heiterem Himmel der schon etwas angeheiterte Vorsitzende einer Kolchose mit einer Flasche selbstgebranntem Schnaps und litauischem Speck herein; auf seinem Anwesen richtete er für Künstler oft Empfänge aus.

Mit einem leisen Kichern und den Worten „in Litauen gibt es seit alten Zeiten kleine Fabriken in den Wäldern, und der dort gebrannte ist nicht schlechter als ausländischer Whiskey" trieb er den sich windenden Herren im Anzug mit seiner Sekretärin in die Ecke. Ohne dass jemand auch nur widersprechen konnte, legte er eine Serviette an den Hals und forderte auf, den Trunk zu kosten, wobei er ganz direkt verkündete, er wisse, was auf den bohemischen Festen von Künstlern vor sich geht, wenn kein Auge wachsam ist.

Das Kichern entwickelte sich zu einem lauten Lachen, der Körper des Eindringlings zitterte ohne Pause. Durch die verstreute Lachdosis verzerrte sich die aufrechte Haltung des Herren in Anzug und seiner Sekretärin konvulsiv. Einige Tropfen des „litauischen Whiskeys" beeinflussten ihre aufmerksamen Augen, der Blick wurde immer schiefer. Die entfesselte Zunge des Herrn Genossen im Anzug brachte nun Komplimente an meine Jugend hervor, und auf den Lippen des Berühmten zeichnete sich ein Lächeln ab.

Er kannte mich und zwinkerte mir sogar zu, als ich bewusst den dicken Vorsitzenden ansprach und so Schutz in seiner offenen Umarmung suchte – meine Schultern wurden hochachtungsvoll mit ausgestrecktem Arm umschlungen. Die Wärme seiner Hände, ohne verstecktes Zittern, wirkte beruhigend, anders als bei den Händen des Genossen im Anzug, über den nicht nur die Berührung, sondern auch jedes Wort, jeder Blick und die flachen Witze aussagten, dass für einen solch erfahrenen Genossen, der einen hohen Posten einnimmt, die Unterrichtung eines unerfahrenen Fräuleins ein großes Geschenk ist. Deshalb war seine Reaktion auf meine vom Selbsterhaltungsinstinkt diktierte größere Beachtung des älteren Kunstliebhabers mit nicht zweideutiger Freundlichkeit recht seltsam: Fast schon drohend flüsterte er mir ins Ohr, ich würde noch in seine Hände fallen. Ich hätte beinahe losgelacht, doch das stumme Lachen, das wie ein Vibrator alle inneren Organe in Aufregung versetzte, wurde anscheinend zu einem offenen Lachen, denn der Berühmte zwinkerte mir ab und an zu, auch wenn er wahrscheinlich den Grund für die Erleuchtung in meinem Gesicht nicht erkannte.

Es war eine geschlossene Kammer mit fremden Menschen, die meine Väter sein könnten, aber deutliches Interesse zeigten... Unter dem Poltern der Zugräder, vorbeiziehenden Pfeilern, Feldern, grasenden Kühen, Schafen, Pferden und den Schatten einzelner Menschen, ohne mit dem Auge alles erfassen zu können, erlebte ich eine Flut von Gedanken, die die Bilder unwiederbringlich ertränkte, mich wie in Trance hielt; ich begriff die Realität noch nicht ganz, die als silberne Mondkugel am dunkelblauen Himmel schwebte, und sie beeinflusste mich mit ihrem kalten Geheimnis.

Selbst mein paranormales Gehirn konnte alle Zufälle und unbedeutenden Ereignisse der letzten Zeit nicht zu einem Ganzen zusammenfügen. Nur die Erleuchtungen des Augenblicks warnten, dass es Zeit sei, das Ernste vom Witzigen zu unterscheiden. Von der Ermahnung meiner selbst fühlte ich mich plötzlich, als wäre ich dem kindlichen Kichern, mit dem jeder Passant nachgeäfft wurde, und dem Lachen über völlig ernste Dinge entwachsen. Nachdem allmählich die nie erträumte Realität in einer anderen Zeit und in anderer Umgebung hervortrat, stellte ich eine und dieselbe Frage:

„Was bedeuten denn diese Zeichen, die zur Realität werden, und was werden sie mir verkünden?"

Die Ungewissheit bedrückte mich. Am meisten quälte ich mich damit, den Gordischen Knoten – das Durcheinander von Umständen zu entwirren. Ich konnte nicht einschlafen. Das von oben schallende Schnarchen der berühmten Herren und der verdunstende selbstgebrannte Schnaps ließen die Luft in dem geschlossenen Raum dicker werden, reizten Ohren und Nase. Ich prustete in meine Hand und musste aufpassen, nicht laut loszulachen, als ich mich an den Streich der erwachsenen Frauen erinnerte.

Meine Fantasie spielte verrückt. Ich musste mein sadistisches Verlangen zügeln, den Genossen im Anzug „für... für... die häufige Demütigung der Frau" zu bestrafen und eine Hinrichtung für ihn zu organisieren: Nachdem ich dem schnarchenden, halbnackten Herren brennende Papierröllchen zwischen die Zehen gesteckt hätte, würde ich die heftige Bewegung seiner Beine beobachten – als würde er dem nackten weiblichen Geschlecht auf einem Fahrrad nachjagen.

Das Schnarchen des außergewöhnlich großen Herren verstummte nach zwei tiefen Grunzern für kurze Zeit. Als würde er die Gefahr spüren, bewegte sich sein dicker Körper, seine Augen weiteten sich, als sie die Umgebung nicht erkannten. Nachdem er sich davon überzeugt hatte, dass keine Gefahr im Verzug war, atmete er tief ein und sprach mit leisem Kichern:

– Fräulein schlafen nicht? Die männliche Nähe reizt wohl...

Auf die zweideutige Bemerkung antwortete ich nichts, ich stellte mich schlafend. Ich versuchte einzuschlafen, aber das Geflüster und die Geräusche aus dem Abteil nebenan begannen mich seltsam zu beeinflussen. Meine in Aufregung versetzte Fantasie, die allmählich alle Fasern im Körper anspannte, erschreckte durch den unglaublichen Wunsch, mit Lauten in Forte Fortissimo herauszudringen und mit der alles speichernden Kraft des Unterbewusstseins ein neues Gefühl festzuhalten, das plötzlich fast greifbar wurde: Die fast in die Rippen eingewachsenen Brustwarzen sprangen wie Bälle aus dem Wasser, und der weiblich gerundete Hintern hob den restlichen Körper wie ein aufblasbares Kissen an. Kopf und Beine, von dort, wo sie ausgehen, und der Torso bis zum Hinterteil, hingen plötzlich in der Luft, und eine natürliche oder übernatürliche Kraft, die alles mit einem Legato in ein wellenförmiges, pulsierendes Gefühl verwandelt, führte mir eine noch nicht deutlich erkennbare Frau aus dem Labyrinth... Nicht ganz, zumindest zur Hälfte, wie eine Undine, die mit großem Vergnügen mit ihrem Schwanz durch das Wasser gleitet, rückte mit schwachen Wellen den Sturm des Körpers in die Ferne.

Grund für die schlaflose Nacht waren nicht nur die verschiedenen Geräusche, sondern auch das Licht des Vollmonds – der Gegenstände und Menschen erhellte, tief eindrang bis zu einer schwer messbaren Tiefe und mit erhöhter elektrischer Spannung unerwartet weitere unbekannte Transformationen des Körpers hervorrief. Schließlich sagt man, der Mond – der nächstgelegene Himmelskörper der Erde – ist lebendig und verfügt seit Alters über eine bekannte Eigenschaft: Mit seiner magischen Anziehungskraft lässt er uns aus dem Schlaf steigen, und...

Ein echter Mann würde das Wandeln einer vom Mondlicht beleuchteten weiblichen Silhouette augenblicklich mit der Suche nach Hilfe in Verbindung bringen, und wenn er weiß, dass der Mond eher weiblich ist und großen Einfluss auf die inneren Organe ausübt – auf Magen, Geschmackssinn, Bauch, weibliche Organe und... die Fruchtbarkeit, auf alles, was sich auf der linken Körperseite befindet (also auch das Herz) – würde er an den schnellen Sieg glauben.

Cha, cha cha... Auch ich konnte der Hypnose durch den Mond nicht entgehen. Als ich mich daran erinnerte, dass der Mond laut den Deutschen ein altes Symbol des Mannes ist, legte ich mein Kissen auf den Kopf und versuchte so, mich von den nächtlichen Irrwandlungen zu heilen. Das monotone Rumpeln der Zugräder teilte das blasse Bild in Teile, und das hypnotisierende Licht des Vollmondes ließ meine Augen allmählich zufallen.

## Dichter Nebel

In der Morgendämmerung schwankte alles zwischen Sein und Nicht-Sein. Nur beim Überschreiten der höchsten Grenzen, die die Staaten voneinander trennten, unter Beobachtung durch ernste uniformierte Vertreter, die die Anwesenheit aller mit Stempeln bestätigten, maß der Körper mit seinen Schwingungen die Realität: In der Angst, doch noch den Klang von Metallrubeln zu vernehmen, deren Mitführung untersagt war.

Als ich Deutsch hörte, füllten sich alle Blutgefäße mit Blut, selbst die geheimsten Winkel. Mit rauschendem Lärm verbreiteten sich schmerzhafte Obertöne, selbst in Angst, von der Außenwelt gehört zu werden: So nah und so erschreckend fremd. Und nur die Schutzreaktion des Organismus begann im Wechsel von Schüttelfrost und Hitzewallungen allmählich das Milieu für die Kultivierung des Erbes vorzubereiten. Das Gerät, das Körperschwankungen misst, stolzierte in unmittelbarer Nähe, glücklicherweise einen Meter entfernt, und vernahm den inneren Sturm nicht, den es wegen verschiedener äußerlicher Reize sofort in die Kategorie der unterdrückten Emotionen als „SOS"-Signal einordnen könnte. Schon lange umgab dichter Nebel die Geschichte meines Lebens. Die Segel meiner Gedanken waren schon lange gehisst, nur die Umstände waren nicht so passend wie dieses eine Mal.

Endlich... Endlich berührte ich mit meinem langen Bein den Boden der Vorfahren, und kurz nachdem ich die frische Luft eingeatmet hatte, spürte ich, wie mein Herz in einem noch unbekannten Takt zu schlagen begann. Ich war bis in die Knochen erregt, als das System, an dessen Ordnung ich geglaubt hatte, meinen Aufenthalt mit Stempeln genehmigte. Von der Gesamtheit der Grundsätze, die ein stabiles Fundament für die Gesellschaftsordnung bilden, ganz zu schweigen. Mit meinem ganzen Sein fühlte ich das freundschaftliche Lächeln, aber ich blieb ernst, denn ich musste mich schließlich vor der hinterrücks agierenden parteiischen Streitmacht schützen.

Ich weiß nicht, ob dieser Prozess lange gedauert hat, denn ich hatte wohl das Zeitgefühl verloren, und sogar meinen sprachlichen Ausdruck, was auch auf eine eindeutige Störung meines Denkens hinwies, denn der Versuch, verwandte Phänomene konsequent zu verbinden, endete erfolglos. Mit meinen Empfindungswörtern „Ha, ha" bändigte ich bewusst die Emotionen, die mich befielen; ich fürchtete, dass meine im Leben erworbenen Reflexe geheime Verbindungen offenbaren könnten. Doch die aus verschiedenen Positionen in Zeit und Raum hervorgetretenen Bilder versuchten trotzdem, sich mit grundlegenden Merkmalen zu verbinden. Ich begann etwas an mir zu entdecken, aber ich war dazu noch nicht bereit. Ich hatte ja keine Ahnung, dass ein solch unbedeutender äußerlicher Faktor wie die Sprache, die unverhofft die Gefühle in Aufregung versetzte und die reflexogene Zone reizte, mit immer anderen Schattierungen meine Gesichtszüge hervorheben würde. Ich zuckte ein wenig zusammen und hinderte mein Fantasiefeld, das bei einem wachsamen Auge eine schiefe Spiegelung erzeugen konnte, sich weiter auszubreiten, deshalb streckte ich mich impulsiv, als ich die Kunstkammer betrat.

Dieses Wort mit seiner Bedeutung passte sehr gut zu mir. Ich, ja ich – die noch nirgendwo beschriebene einzigartige Sammlung diverser Raritäten, bewahrte in meiner Kammer ein seltenes Geheimnis auf, das ein geheimes Kennwort erforderte. Hätte ein wachsames Auge alle Buchstaben entschlüsselt, wäre ich zurückgeschickt worden, noch bevor ich die Grenze übertreten hätte. Auch meine langen Beine hätte da nichts genützt, deshalb fühlte ich mich nicht so besonders.

Ich bewegte mich zielstrebig, ohne hinter den anderen zurückzubleiben, so wie es mir anerzogen wurde. Ich bemühte mich, wie auch die anderen Töne der Bewunderung von mir zu geben, wenn ich den Kopf nach links und rechts drehte: Wie auch die anderen bemerkte ich die in den Schaufenstern der Geschäfte angerichteten Lebensmittel. Ich war müde. Vor uns lagen noch drei Tage, vollgestopft mit Ausflügen und Zusammenkünften.

Ein „Entschuldigung" gab es nicht, aber ich hätte mich so gern von der Herde gelöst, um mich wenigstens kurz zu entspannen.

Auf dieser Reise lastete die gesamte parteiische Verantwortung für die sowjetische Jugend auf den Schultern des Herren im Anzug, der aufrecht an das Ohr des Berühmten – die Autorität auf dieser Reise – herantrat, als bestünde die unverzügliche Notwendigkeit eine geheime Angelegenheit zu klären.

Ich hielt mich abseits, denn ich wollte dem Berühmten nicht schaden. Sollte ich meine Lebensgeschichte unverhofft auf dem Operationstisch ausbreiten müssen, würde seine Anwesenheit die Resektion erleichtern. Am wichtigsten war es, die Zeit vor der OP zu überstehen. Schrecklich!

Jeder Eingriff mit einem scharfen Skalpell birgt ein gewisses Risiko, also beschloss ich, nach einem Beruhigungsmittel zu greifen: Ich mischte mich unter die sowjetische Jugend und war bemüht, nicht zurückzubleiben.

## Primaten

Die Zöglinge des homogenen Systems, die sich zu einer homogenen Primatenfamilie zusammengeschlossen hatten, unterschieden sich deutlich von die Menschen in der Umgebung, von denen, die am Brunnenrand lagen, die Beine ins Wasser tauchten oder sie direkt in das Maul von Fischen oder Amphibien steckten und mit dem herausspritzenden Wasser ihre Körper erfrischten.

Wir – die in den Reagenzgläsern des sowjetischen Systems aufgezogenen und abgehärteten Homunkulusse – spürten die heiße Umgebungstemperatur nicht, doch wir wurden auch überzeugt, dass uns die Homoplastik nicht sonderlich verändern könne. Der Organismus würde jedes verpflanzte Organ unmittelbar als Fremdkörper abstoßen. Leider beeinflussten die sich neben uns offen küssenden Menschen unsere jungen Seelen, obwohl sie doch durch die sowjetische Moral vor körperlichen Gelüsten moralisch geschützt waren. In den weit aufgerissenen Kulleraugen mit starren Pupillen sprang etwas über.

Alle, auch der Herr im Kostüm, fühlten sich unmerklich unwohl und bemühten sich, die Köpfe gerade zu halten. Voller Spannung verlagerten alle ihr Körpergewicht auf das andere Bein, als wollten sie prüfen, ob sie stabil stehen, und verfolgten mit kurzen Blicken, fast schon schielend, die Handlungen der Umschlungenen. Mit zur Seite gerichteten Blicken waren sie bemüht, dem Flaschengeist so gut es ging seinen Weg aus dem Kolben zu erschweren und die Perversionen des Körpers zu stören. Ha, ha...

Ich konnte meinen in ein Korsett gezwängten Charakter kaum bändigen. Noch eine Sekunde, und es schien, dass durch die sich mir eröffnende andere Welt und die offensichtlich andersartige Bewegung, wenn es nicht gestattet ist, sich näher mit ihr zu befassen, tatsächlich etwas Unwiderrufliches geschehen kann. Der harmloseste Streich, den ich spielen könnte, wäre – mit den ausländischen Jugendlichen unter die Wasserfontäne des Springbrunnens zu schlüpfen und dort umher zu spazieren, während mir das Wasser direkt auf den Kopf spritzt.

Die Fantasie befreite meine Selbstbeherrschung ein wenig, und obwohl ich mir bewusst die Bestimmungen der kommunistischen Jugenderziehung ins Gedächtnis rief, begann sich der Gedanke eigenständig in eine völlig andere Richtung zu entwickeln. Wir wollten den uns angaffenden lokalen Jugendlichen so gern zeigen, dass wir keine Homunkulusse sind und innerlich unsere Reagenzgläser schon lange verlassen haben, doch... Doch... Ich wusste nicht, was nach „doch..." kam, ich wusste nicht, wie ich dieses kribbelnde Gefühl genau bezeichnen sollte, wenn man beobachtet wird und die am Körper klebende Kleidung unter Wasserperlen nach und nach die weiblichen Linien betont.

Unverhofft kamen mir die Worte aus der Zeitung über das visuelle Bild der verzerrten Gesellschaft in den Sinn; es wurde erklärt, dass von allen geistigen Interessen des Menschen die Beispiele des gesellschaftlichen Lebens am meisten wirken und einen besonderen Einfluss auf den Geist, die Gefühle und den Willen haben, außerdem führten sie zu tiefen Umbrüchen im Bewusstsein usw.

Die Erinnerung wirkte positiv, und deshalb begann der Gedanke unaufhaltsam zu reizen. Es fehlte lediglich die Inspiration. Ich sah mich nach dem Jungen um, der sich die ganze Zeit aus irgendeinem Grund ständig in der Nähe aufhielt, und als ich ihn am meisten brauchte, war er irgendwohin verschwunden. Ich bemerkte nicht, wann sich alle ein wenig verstreut hatten. Auch der Herr im Kostüm war nirgends zu sehen. Seine natürlichen Bedürfnisse haben ihn nach links geleitet, dachte ich.

Ha, ha...

Meine Selbstkontrolle wurde schwächer, als etwas anderes, stärkeres und schwer zu Kontrollierendes, die Oberhand gewann. Ich atmete die frische Luft tief ein und sah mich nochmals um. Als ich den geheimnisvoll rauchenden Außenseiter erblickte, trat ich ohne zu zögern an ihn heran. Kurz losgelöst vom wachsamen Auge stand er da in Sandalen mit genießerisch halb geschlossenen Augen und blies Rauch, der in Ringen ungehindert nach oben schwebte. Ohne ein Wort zu sagen, reichte er auch mir eine Zigarette. Damals habe ich noch nicht geraucht, deshalb begann ich nach dem ersten Zug zu husten. Er klopfte mir auf den Rücken, ich bespritzte ihn mit Wasser, er spritzte zurück und... Ein endloses Prusten und Spritzen begann.

Nachdem ich in den Springbrunnen gesprungen war, lachte ich bis zum Umfallen. Er war ruhiger und lächelte eine Weile nur verhalten, aber nicht lange – er sprang ins Wasser und zog mich einmal kräftig zu sich hin. Unsere Augen trafen sich, ein Schauer lief über unsere Körper und er küsste mich.

Die sowjetische Jugend, die uns bemerkt hatte, stimmte unter tosendem Applaus einstimmig für uns, die Ortsansässigen schauen die Klatschenden und uns an, konnten aber nichts Besonderes finden. Jeder beurteilte eben die Welt nach seinen Maßstäben.

## Nonsens

Ungeduldig erwartete ich den Tag, den ich mit dem Künstler, der in Litauen zu Gast war, verbringen würde. Ich war etwas aufgeregt, denn es würde nicht leicht sein, diese wenig bekannte Welt ohne Vorbehalte zu akzeptieren, besonders als nach einem Abend der Völkerfreundschaft ein von Weitem auf mich zugehender junger Deutscher später offen fragte, ob ich nicht mit ihm die Nacht verbringen möchte. Diese Leichtigkeit einer Beziehung erschien mir seltsam und inakzeptabel, obwohl ich unheimlich gern aus dem mir auferlegten Regelwerk ausbrechen wollte.

Den vor einem Jahr angetroffenen Künstler habe ich kaum wiedererkannt. Eine andere Frisur, andere Kleidung. Sein Bedauern, dass ich nur einen Tag Zeit habe, und der herzliche Umgang ließen die Aufregung und den Altersunterschied augenblicklich verfliegen. Er hatte sich einen längeren Aufenthalt erhofft, hatte für mich sogar irgendwelche Kurse ausfindig gemacht, nach denen es mir vielleicht geglückt wäre, zum Studium zu bleiben.

Ein solches unerwartetes Wohlwollen eines Fremden im Hinblick auf meine Zukunft rührte mich. Er redete und redete, wobei er bedauerte, dass er mir an einem Tag fast nichts zeigen könne und wartete nicht einmal auf eine Erklärung, warum ich seine Einladung nicht wahrnehmen konnte. Ehrlich gesagt war ich nicht der Meinung, dass er die Worte der verantwortlichen Person mit dem begleitenden schiefen Lächeln verstanden hätte: Wenn ich in Rente gehe, werden sich mir alle Möglichkeiten eröffnen und dann kann ich reisen, wohin ich will.

Als ich auf unbekannten Wegen geführt wurde, ergab ich mich träge seinem Willen. In einem kleinen Freiluftcafé, wo ich einen bisher nie probierten Cocktail mit Gin trank, wagte ich auf seine wiederholte Frage, ob es nicht möglich sei, etwas zur Verlängerung des Aufenthalts zu unternehmen, zu antworten, dass ich deutscher Abstammung bin und daher auch sehr gern bleiben und besonders lernen möchte.

Nachdem ich meinen drastischen, spontan aufgekommenen und noch nicht besonders gut durchdachten Plan geäußert hatte, schwieg ich. Das Erstaunen in seinem Gesicht schlug in Verwirrung um.

– Wie ist das möglich?

Als er diese einfache Frage stellte, schaute er mir direkt in die Augen, in der Hoffnung auf irgendeine gewöhnliche Antwort. Ich verstand, dass dieser recht junge Mann keine große Kenntnis von den Wirren der Geschichte hatte.

Warum sollte er sich auch dafür interessieren?

Der Zufall hat ihn nach Litauen geführt, der Zufall hat auch uns bekannt gemacht; und dass dort noch Deutsche leben könnten und dass in meinen Adern deutsches Blut fließen könnte, kam ihm nicht in den Sinn. Auf der Stirn steht es nicht geschrieben, und die Sprache kann man lernen. Die kurzzeitige Sorge wich einem Lächeln, und mit dem Wort „abgemacht" wurde der Schlussstrich gezogen.

Nach einer kurzen Pause begann er zu telefonieren, zwischendurch wartete er geduldig auf Rückrufe. Er machte alles ganz genau und offiziell, um Unannehmlichkeiten zu vermeiden. Ich war erstaunt, wie leicht er alles regelte. Zuerst rief er den Herren im Anzug an, den er in Litauen kennengelernt hatte; er sagte ihm, ich hätte mir eine Lebensmittelvergiftung zugezogen und dass er sich nicht sorgen solle. Er erklärte, dass hier – in Deutschland – die namentliche Einladung, die er geschickt hatte, gültig ist.

Mit solchem Verständnis und derartigem Entgegenkommen hatte ich wirklich nicht gerechnet. Habe ich tatsächlich etwas Dummes getan? War auch er dieser Meinung?

Er schüttelte immer wieder den Kopf, als würde er ein Wort still wiederholen:

– Nonsens, Nonsens...

Die Fragen blieben unbeantwortet, denn das von irgendwoher kommende Selbstvertrauen verlieh Bewegungsfreiheit. Wenn man darüber nachdenkt, hat die deutsche Sprache mit ihrer zusammengesetzten Wortbildung sehr viele Vorteile – cha, wie auch mein zusammengewürfeltes, zusammengesetztes Leben.

## Ein gefährliches Spiel

Das Haus, in das er mich brachte, war unordentlich, aber er beruhigte mich, dass ich es nicht aufzuräumen brauche; gleich würde seine Freundin kommen, die er eingeladen hatte, um bei der Anpassung zum Aufenthalt des neuen Menschen behilflich zu sein.

– Waltraut, – stellte er mich seiner Freundin vor.

Als er ihre gehobenen Augenbrauen erblickte, bekräftigte er lächelnd:

– Ja, ja, stimmt, – und er fügte hinzu, dass ich hier in Deutschland Waltraut bin, und dort war ich „Fale" (Valė).

Mein litauischer Name klang seltsam und ziemlich fremd, besonders das „F" und die weich ausgesprochene Verbindung der beiden Buchstaben „L" und „E".

In Litauen wurde ich von manchen engen Freunden auch Waltraut genannt, und manchmal stellte auch ich mich, wenn ich dem Menschen intuitiv traute, mit meinem tatsächlichen deutschen Namen vor. Hier klang „Waltraut" anders – irgendwie deutlicher, besonderer. Zum ersten Mal fühlte ich eine leichte Erhebung durch die Existenz meines richtigen Namens, nur das litauisch ironisch klingende „chi, chi, chi" brachte ein wenig Durcheinander in meine so sprunghaft emporsteigende neue Existenz.

Unser Gespräch in Dreisamkeit setzte sich bis in die Nacht fort. Der Morgen empfing uns mit der Dämmerung; eine Zeitlang begriff ich nicht, wo ich bin. Ich lag da und starrte mit den Augen auf einen Punkt, danach betrachtete ich die weiße Decke, die hier und da vom Staub oder von den Schatten der Dinge, die ich noch nicht gesehen hatte, grau geworden war. Ich beobachtete eine unweit des Fensters daher kriechende Spinne mit langen Beinen und dachte darüber nach, dass sie zum Tode verdammt ist und man ihr nicht in die Freiheit verhelfen kann; in der Kindheit hat jeder Versuch zu helfen ein unangenehmes Gefühl hinterlassen, denn fast immer kamen ein oder gar mehrere lange Beine abhanden. Das Schicksal der beinlosen Spinne schmerzte, als wäre es meine Zukunft.

Unverhofft hörte ich über oder neben mir schlurfende Schritte und ein sich in der Stille abhebendes Plätschern. Es war so nah, dass ich sogar den Kopf drehte, um mich zu vergewissern, dass mir nichts auf den Kopf läuft; doch dann vernahm ich das laute Geräusch des Wasserschwalls, der das Rohr hinuntersauste und danach erneut das Schlurfen über meinem Kopf, das von dem immer noch abwärts fließenden Wasser untermalt wurde. Und wieder Ruhe, die immer öfter von Schritten und den Geräuschen natürlicher Bedürfnisse gestört wurde; dabei beginnt man zu verstehen, dass man sich in einem Haus unter Menschen befindet, die durch dieselbe natürliche Linie verbunden sind, und dabei sind der Grad der Gesellschaftsentwicklung und die Nationalität völlig unwichtig – die Körper setzen ähnliche natürliche Geräusche frei, nur sind diese von unterschiedlicher Höhe und Dauer.

Ha, ha, ha...

Das Türgeräusch bedeutete, dass der Hausherr aufgestanden war, und das Geräusch hinter der Wand mit Pausen wie nach einem Morgen der Liebe brachte die reale, noch nicht ganz verinnerlichte Wirklichkeit näher. Ich lauschte dem Knarren der sich öffnenden und schließenden Tür. Als sich die Geräusche entfernten, habe ich schnell den freien Platz besetzt. Ich blieb dort etwas länger. Eingetaucht in die Weiten der Naturphilosophie versuchte ich zu verstehen, was mit mir geschieht.

Die Vermutungen waren unglaublich realistisch. Obwohl ich genau die Parallelen zog und alle Striche setzte, schien es so, als ob plötzlich die grundlegenden Verbindungen mit meinen Vorahnungen abgerissen wären; der Raum für jede Art des Idealismus verschwand, denn für einen kurzen Augenblick fühlte ich eine Abhängigkeit von einem unbeschreiblichen „Etwas".

Das verhaltene Klopfen an die Tür des kleinen Raums bedeutete, dass ich wirklich zu lange hier war und zwang mich dazu, mich schnell zu erheben, wobei ich fast vergaß, meinen Slip anzuziehen. Als ich aus dem Kämmerchen trat, traf ich geradewegs auf die Freundin des Hausherren im Eva-Kostüm; aus Ungeduld hatte sie ihre Beine gekreuzt und ihre Scham verdeckte sie anstatt mit einem Ahornblatt mit der Hand. Es schien, als wäre sie bereit, sich nochmals dem Pinsel des Künstlers hinzugeben.

Ich war immer noch wie vor den Kopf gestoßen, als der nackte Hausherr auftauchte, sagte, dass der Kaffee bereits läuft, und direkt ins Esszimmer ging. Mir wurde klar, dass die Einbürgerung damit noch nicht beendet war; hier wurde nur der Boden gelockert, damit eine Pflanze wie ich so schnell wie möglich anwächst.

Das Spiel hatte erst begonnen.

Ein gefährliches Spiel.

„Jetzt hast du es übertrieben, junge Dame", – dachte ich.

Gern hätte ich das, was bis jetzt geschehen war, mit irgendeiner Linie – einer Gerade, Kurve, einer gestrichelten oder wellenförmigen – von dem abgegrenzt, was noch geschehen wird, denn offensichtlich werden sich die Spielregeln ändern und ich werde mich an sie anpassen müssen.

Die Regeln dieses mir auferlegten Spiels, so verstand ich es, bildeten eine temporäre Lebensweise und temporäre zwischenmenschliche Beziehungen. Oder vielleicht findet, gemäß Nietzsche, das „Experiment des Erkennenden" immer noch statt?

„Zweifellos!" – antwortete ich mir selbst und hoffte, dass die anfängliche Akklimatisierung für jemanden wie mich, der fast schon auf kein „chi, chi" reagiert, vielleicht nicht schwer sein wird. Ich war schließlich von einem Schlag Menschen, die sich leicht an unterschiedliche klimatische Bedingungen anpassen können, die Barrieren der wörtlichen und bildlichen Kritik leicht überwinden und recht selbstkritisch sind. Also nannte ich mich auch sofort eine „Wilde", so wie ich mich eigentlich auch fühlte, als mich der Anblick der Nacktheit verwirrte, als hätte ich niemals einen nackten Mann oder eine nackte Frau gesehen. Ich habe schließlich mein Muttinnng nackt im Badezimmer gesehen, und mich selbst auch unzählige Male.

Ha, ha, ha...

Ich stand vor dem Spiegel, und als ich mich so betrachtete, kam ich mir gar nicht wie eine Wilde vor. Ich war etwas verunsichert, weil ich nicht wusste, wie sich eine kulturelle Art wie ich verhalten sollte. Kraftvoll drückte ich meine Beine aneinander, denn ich hatte gehört, dass „O"-Beine, wie bei einem an Rachitis erkrankten Kind oder einem Mädchen, das Reitstunden nimmt, verraten, dass ein Mädchen bereits in den Apfel der Sünde gebissen hat.

Und ich war noch unschuldig, chi, chi, chi...

Aufmerksam betrachtete ich meinen weißen Körper, zählte die bräunlichen Punkte und dachte, dass ich meine noch zählen kann – nicht so wie bei Muttinnng.

Ich roch den Kaffee, aber ich hatte mich noch nicht entschieden, wer mich, eine Wilde, in die neue Kultur einführen sollte. Ich begann zu zweifeln: Sollte auch ich an der Installation nackter Körper teilnehmen und komme ich ohne Experimentator aus. Und wie von Zauberhand öffnete die nackte Freundin des Hausherren ganz ohne Anklopfen die Tür, bemerkte mit Freude, dass ich „fertig" bin und sprach:

– Komm, Rudi wartet schon auf uns.

Ich antwortete automatisch: „Ich koooooooommeeeee", und dabei zog ich das „o" und das „e" in die Länge. Meine Blitzidee begann ich sofort umzusetzen: Um den Schritt legte ich einen breiten Gürtel, bedeckte die Brüste mit einem Schal, ähnlich wie auf dem Foto der Fotografin, und betrat das nach Kaffee duftende Esszimmer.

– He, he, he!!! Wunderbar!...

Die Wörter „wunderbar, wunderbar", in Begleitung eines Lächelns, klangen in den Ohren, denn sie kamen sogar beim Kaffeetrinken aus Rudis Mund, und seine Freundin, die das Esszimmer schnell verlassen hatte, kam mit umgelegten Gürteln zurück, womit sie meiner Idee zustimmte. Nachdem wir sie mit Applaus empfangen hatten, tranken wir weiter Kaffee. Sie sprachen von gemeinsamen Spielen zu häuslichen Bedingungen und betrachteten mit Weitsicht auch die öffentliche Zukunft.

Sie beschlossen alles so leicht, als wäre meinem Aufenthalt in Deutschland kein Zeitrahmen gesetzt und als wäre meine Teilnahme an ihren Aktionen und Projekten ein ganz normales Phänomen.

## Der Blitzplan

Cha, alles war zu viel. Natürlich wäre meine Teilnahme an ihren Plänen bei dem ganz groß geschriebenen Festival für mich die Spitze des Erfolgs. Aber ich konnte kaum alles so plötzlich in meinem kleinen Kopf unterbringen. Darin tummelten sich verschiedene schwer zu lösende Aufgaben, von denen mich eine besonders reizte und im Stillen an mir nagte: Die rechtmäßige Anerkennung meiner Existenz.

Meine deutsche Herkunft sollte mich der Legalität leicht näher bringen, doch irgendjemand müsste meine Geschichte prüfen,

Verwandtschaftsverbindungen sowie die Wege der Entstehung entwirren und mit einer ansteigenden Kurve Stamm, Familie, Gruppe, Klasse und Typ ermitteln und ohne Abweichungen alles zu einem logischen Ergebnis vereinen – meine Zuweisung zu irgendeiner Kategorie im System.

Der Skeptiker höhnte: „Chi, chi, du willst doch wohl nicht in die oberste Kategorie, junge Dame?" – doch das warf mich nicht aus dem Sattel, und als würde ich das Gespräch mit dem Skeptiker fortführen, sprach ich mit Überzeugung:

„Die Art ist doch klar: Ich bin ein Mensch, kein Tier. Und auch wenn ich derselben Klasse von Säugetieren angehöre, ist mein großer Unterschied, dass ich denke und spreche; also gehöre ich, selbstverständlich, einer höheren Systemkategorie an. Das muss nicht einmal bewiesen werden. Und eine Gesellschaft, die ihren eigenen Typ fühlt, wird ein so entwickeltes Individuum wie mich gern aufnehmen."

Ha, ha, ha – das Spiel war vorbei, obwohl ich verstand, dass meine Hybridität das Bewusstsein anderer schockieren könnte. Genau die Formel „Deutsche + Russe = Litauerin" war ein grundlegender Teil meines Plans. Ich verstand klar und deutlich, dass jeder unterschiedliche Elemente dieses Kurzschlusses erfassen wird. Nicht jedem wird auffallen, dass ich die erste genetische Zelle mit „Deutsche" beschriftet habe, der nächste wird nur die mathematischen Zeichen oder das unnatürliche Verhältnis der Größen bemerken, und die Psychoanalytiker, die sich nur für meinen Blitzplan interessieren, der Assoziationen zu Hitlers Ostangriffsplan hervorruft, konnten gar stören.

Die Geschichte schrieb und andere erzählten, dass die Litauer, und besonders die Einwohner der Stadt, in der ich geboren wurde, ihre Erretter vom Bolschewismus mit Ovationen empfingen.

PETITIO

Mein Muttinnng und ich – die Fortführerin des Geschlechts – stammten quasi aus diesen verstaubten Archivseiten, auf denen man sich ausführlich mit der Tätigkeit der Kulturträger vertraut machen kann. Sogar Muttinnngs Name „Jeny" ist eingetragen, denn genau in dieser Stadt wurde nicht nur ein Kulturbund, sondern sogar ein Ostbund gegründet; die Adern erreichten die meisten Städte und Kleinstädte Litauens.

Für diese Stadt war es vielleicht eine zu große Konzentration, aber manchmal genügt eine ideologisch fortschrittliche Persönlichkeit, und wenn die Kulturtechnik zielgerichtet eingesetzt wird, beteiligen sich die Massen selbst ohne Zwang kulturell. Und der Litauer, der Technik besitzt, wusste, wie die kulturelle Erdschicht organisch zu bestellen ist, welche Bäume mitsamt ihren Wurzeln auszureißen und welcher zu Baumstümpfen zu machen sind. Wichtig war es, einen guten Kultivator zu haben, der nicht nur die Zwischenräume bearbeitet, sondern auch über stabile Rahmen und Halterungen mit Metallaufsätzen bestimmter Form verfügt – zum Jäten des Unkrautes im Land.

Menschen, überall leben Menschen...

Das Grundmaterial des historischen Experiments waren auch Menschen, die sich, anders als die Natur, in einem künstlichen, fremden Milieu entwickelten. Unter dem wachsamen Auge der Kulturträger bildete sich eine gesonderte lokale Kolonie von Mikroorganismen, der es gelang, sich innerhalb kurzer Zeit die Methoden anzueignen, die allgemeine Merkmale hervorbringen. Nach gründlichem Studium von Hitlers Blitzplan wurden sie gebildeter, was ihnen die Möglichkeit gab, ohne jede Verantwortung die Kulturfische mit einem Netz zu fangen und die Erlöser vor dem Faschismus erneut mit Ovationen zu begrüßen; und nachdem sie ihr erworbenes Wissen mit dem höchsten Grad der

Perfektion bewertet hatten, ernannten sie sich auch zu inoffiziellen Vermittlern beim Aufbau der neuen russischen Kultur. Und obwohl die Ursprünge der Gesellschaft litauisch waren, gab es ein einziges – sozialistisches – Substrat der mannigfaltigen Phänomene; daran klammerten sich die lokalen Kolonien der Mikroorganismen und gediehen erfolgreich.

Cha, Zeit kurz einzuatmen, beim Übergang in die neue Kultur. Schade, ich näherte mich zu schnell; so viele verpasste, ungehörte Einschübe, die wie musikalische Vorschläge mein Geschichtsbuch geziert hätten. Nur unklar ist, ob im litauischen Sinne – durch Verzierung der Hauptphrase der Melodie, oder im deutschen Sinne, der durch die Trennung in Silben völlig andere Bedeutungen offenbart.

Alle diese Erfahrungen wuchsen zu einem Buckel an, dessen man sich nur schwer entledigen kann. Die damalige Zeit ist verschlüsselt und niemand kann sie vernichten. Man kommt auch nicht an ihr vorbei. Eine Kollision ist unvermeidbar.

Ihnen, die ein anderes Leben gelebt haben, das alles verständlich zu erklären, wird kompliziert, aber trotzdem versuchte ich eine Rede zu schwingen, wobei ich mich quasi wie eine Lehrerin vor Erstklässlern fühlte:

– Der Beginn der Lebensgeschichte eines noch ungeborenen Kindes, wie auch der Entwicklungsweg des Menschen zu einem intelligenten Wesen – *Homo sapiens* – reicht weit in die Vergangenheit zurück. Ich will aber nicht zu den Anfängen in Höhlen zurück, ich möchte den neuen Menschen nicht geringschätzen und denke, dass ich mich nicht zu weit von der Wahrheit entferne, wenn ich sage, dass der Anfang des *Homo sapiens* im Schoß der Mutter liegt. Dort war es sicher, und der neue Raum, den ich erblickte, war bis auf das Minimum verengt, deshalb bildeten sich

Schutzreaktionen heraus: Zweiseitigkeit, Zweigesichtigkeit, Dualität, Zweistimmigkeit. Durch den Zwiespalt der Gefühle und Bilder begann ich sogar zu schielen.

Als ich Rudis und Klaras verdutzte Blicke bemerkte, die deutlich machten, dass sie irgendetwas nicht verstanden haben, beruhigte ich sie, dass ich vorerst noch nicht die anderen Geschichten erzählen werde, obwohl sie untrennbar mit meinem Leben verbunden sind.

Lächelnd fügte ich hinzu, dass sie von allein das Licht der Welt erblicken werden, wie auch ich gezwungen war, in einer Wiege von drei sich kreuzenden Kulturen das Licht der Welt zu erblicken.

– Ha, ha, ha, – meine Erklärung wird vom Hausherren unterbrochen, der einen Themenwechsel vorschlägt.

„Wie engstirnig! Von der Übersättigung ist der deutsche Verstand geradezu faul geworden", sagte ich zu mir selbst und spielte die Perversionen meines Lebens in Gedanken weiter, wobei ich sogar etwas Positives entdeckte.

Ich, der man ständig Zuckerei unterjubelte, brachte es trotzdem fertig, das Eiweiß vom Eigelb zu trennen, während die meisten Gestalter dieser Zeit noch immer die gelbe und süße Eimischung löffelten, in der Hoffnung, damit die Funktionen der Milchdrüsen und Eierstöcke zu regulieren.

Mit einem aufgesetzten „ha, ha" versuchte ich mich wieder ins Gespräch einzubringen. Ohne Erfolg. Die Gedanken setzten sich wie eine Blattlaus ab, und es war nicht leicht, gegen sie anzukämpfen. Es wäre Zeit, sich anzuziehen, aber die alle befallene, nach Kaffee duftende Trägheit ließ die nackten Hintern an den lackierten Stuhloberflächen festkleben.

Der Hausherr reagierte auf meinen Blick, betrachtete sich von den Beinen bis zum Kopf und fragte unverhofft:

ERSTER TEIL

– Ist etwas nicht in Ordnung?
Das Lachen, das die Frage begleitete, setzte alle in Bewegung und wir erhoben uns. Die mit Kleidern verhüllten Körper änderten nicht nur unser äußeres Erscheinungsbild; es schien, dass auch das Innere andere Farben annahm.

Die anfängliche Verpflichtung der Hausherren, mir – dem Gast aus dem Osten – die Stadt zu zeigen, änderte sich unverhofft. Ich war nicht enttäuscht, eher umgekehrt – ich selbst hatte vorgeschlagen, die Stadt ohne Aufpasser zu besichtigen; ich bat nur darum, mir den direktesten Weg ins Stadtzentrum zu zeigen, und mich später abzuholen, denn ich befürchtete, dass ich den Weg zur außerhalb der Stadt liegenden alten Fabrik, wo ein Happening stattfinden wird, nicht finden werde.

Allein war ich bemüht, mich in der unbekannten Stadt richtig zu orientieren und beobachtete dabei die sich vor dem Auge verändernden Bilder, die dahineilenden und sich langsam bewegenden Menschen; ich dachte, dass ich in irgendeinem Augenblick den Gedanken Nietzsches legalisierte: „Das Leben ist ein Experiment des Menschen, der nach Erkenntnis strebt", aber vom mich verfolgenden Zweifel begannen unweit fast schon lebendige andere Worte zu pulsieren: „...das Leben ist eine Täuschung, das Leben ist ein furchtbares Schicksal..."

Mich befiel eine Angst, in der ich bis heute gelebt habe und die so schnell nicht verschwinden wird. Nur meine angeborene provokative Natur, als sei sie die Erlösung von allen quälenden Ängsten, gewann die Oberhand, und ich drehte mich mit dem Gesicht zu den auf dem Straßenpflaster liegenden und sich in der Sonne wärmenden Obdachlosen mit ihren Hunden, um die mich verfolgenden Schatten so schnell wie möglich loszuwerden. Rudis Erklärung, dass sie freiwillig diese Art zu leben gewählt haben, genügte zu Anfang. Bei uns sieht man solche Armen nicht, sie wurden von der Miliz „versorgt", und die Hunde wurden mit Netzen eingefangen.

Ich versuchte mir vorzustellen, wie eine solche Installation in Litauen aufgenommen werden würde, wie ein offensichtlicher Unterschied der sozialen Schichten auf einfache Menschen wirkt, und am Wichtigsten – auf die Kolonie der Mikroorganismen.

Der Deutsche begrüßte jeden vorbeigehenden oder mit seinem Herrchen in den Bus oder Zug einsteigenden Hund mit einem breiten Lächeln. Also versuchte auch ich, als ich den auf dem Boden sitzenden Obdachlosen mit Hund passierte, wie die Deutschen dem Hund zuzulächeln. Von dem blitzartigen Gedanken über den seltsam entscheidenden Augenblick, der vielleicht nicht ganz trügerisch mein grausames Schicksal hier in Deutschland zeigt, hing das Lächeln schief. Mit meinen gewöhnlichen Empfindungswörtern „ha, ha" versuchte ich, mich von der prophetischen Zukunft abzugrenzen.

Cha, cha, cha...

## Epi-Phänomen

Endlich – die alte Fabrik. Voran, mit hoch erhobener Hand, ging Rudi von einer Halle zur anderen, ich schlängelte mich ihm nach und versuchte, nicht verloren zu gehen. Viele Besucher, allgemeines Getümmel, von irgendwo herkommende flüchtige Geräusche – all dies war anscheinend auch ein Teil des Projekts.

Ich stieß auf absolut unverständliche Phänomene.

Meine Aufmerksamkeit richtete sich auf eine inmitten des Raumes in Nebel versinkende Gruppe, die sich um ein Schwein scharte. Bis zu den Ellenbogen blutige Arme, die mit einer Kelle Blut schöpften, brachten die Erinnerung an die Kindheit in der Nachkriegszeit zurück.

Ich beobachtete die stummen Bewegungen der Menschen und versuchte herauszufinden, was das Tropfen des Wassers von oben auf glühende Kohle zu bedeuten hatte; es zischte und Dampf stieg auf, der vermengt mit dem Rauch das Zimmer erfüllte, und ich wollte verstehen, was das Gießen des Wassers aus einem großen Krug in das gegrätschte Schwein bedeutete, wobei rot gefärbte Flüssigkeit durch den Kopf und den Hintern des Schweins auf den Boden lief und durch seine Verteilung alle Besucher, auch die unvorbereiteten, dazu zwang, an diesem Schauspiel teilzunehmen und blutige Fußabdrücke auf dem hellen Boden zu hinterlassen.

Solche Experimente, die dem Besucher die direkte Teilnahme aufzwangen, bohrten sich ins Innere, verursachten bei manchen Verärgerung, weil sie sich ein völlig anderes Spiel erhofft hatten, andere beteiligten sich unkompliziert und akzeptierten das abendliche Schauspiel als Witz. Auch ich wollte die Bedeutung eines solchen Spiels unbedingt verstehen. Rudis flüchtige Erklärung war keine Hilfe.

Bei meinem, wenn auch nur kurzzeitig freien Spaziergang auf dem idealisierten Boden meiner Vorfahren begann die Klarheit, als wäre der lang ersehnte Horizont zum greifen nahe, beim Aufkommen der vielen Fragen wieder in die Ferne zu rücken. Beim Vergleich dieser beiden unterschiedlichen Systeme aus Ost und West, habe ich nicht genau verstanden, gegen was, für was und weswegen diese Menschen kämpfen.

Das seltsame Verhalten der Menschen trennte und teilte alles in Stücke und ließ Zweifel aufkommen. Ich brachte alles mit dem Aufstand eines einzigen Individuums in Verbindung, einer

Auflehnung gegen den gewöhnlichen Ausdruck in der Kunst sowie mit dem Wunsch, andere zu schockieren, was mir selbst nicht fremd war.

Leider waren die Gründe unterschiedlich.

Die hiesige Reality Show in diesem Raum hat selbst mich – die Tochter eines Provokateurs – sehr ergriffen. Besonders als einer der Teilnehmer, der mit nacktem Oberkörper im Kreis lief, die anderen und auch mich dazu zwang, die Hände in Schweineblut zu tauchen und mit breit gespreizten Fingern auf seinem nackten Körper blutige Handabdrücke zu hinterlassen.

Das Gesamtbild, die blutverklebten Finger, die Gerüche, die Müdigkeit und der Schlafmangel übersäten meinen Körper mit Blutpunkten, die wie Blutsauger meine roten Blutkörperchen tranken, und zum Spott aller bin ich – der Gast aus dem Osten – in Ohnmacht gefallen.

Als ich die Augen öffnete, hingen über mir, der in einer Lache aus verdünntem Blut liegenden, Köpfe mit besorgten Gesichtern, ähnlich denen über dem Schwein, dachte ich und grinste, was den für mich verantwortlichen Rudi erfreute, dessen grunzendes Lachen auch die anderen ansteckte. Alle lachten.

Mit verdutztem Blick irrte ich von einem Gesicht zum anderen, ohne zu verstehen, was geschehen war oder was geschieht. Überhaupt verstand ich nicht, warum niemand Anstalten machte, mir aufzuhelfen, obwohl alle sahen, dass es für mich nicht angenehm ist, auf dem nassen Boden zu liegen.

Als ich die aufmerksamen Blicke der vorbeigehenden auf die um mich stehenden Menschen und besonders auf mich – die auf dem Boden liegende – bemerkte, begriff ich plötzlich, dass ich unverhofft zu einer unmittelbaren Teilnehmerin am Projekt geworden war; in ihrem verengten Augenspalt widerspiegelte sich ganz und gar nicht das Bild eines in Ohnmacht gefallenen Mädchens, das in einer Blutlache liegt, sondern das, was später die Presse erwähnte, die die Aufmerksamkeit auf die Idee richtete – die Gewalt: Auf dem Foto war ich, auf dem Boden liegend, und über mir – die offenen Münder lachender Männer.

Da ich nun unverhofft zur Berühmtheit geworden war, wusste ich nicht, ob ich beleidigt sein oder mich freuen sollte. Später dachte ich darüber nach, dass dies vielleicht meine Chance ist, vielleicht verleiht mir diese Geschichte etwas mehr Mut und Energie für den in mir heranreifenden Plan. Ich schwebte jedoch immer noch wie in einem Raumschiff und fühlte mit allen inneren Organen die Schwerelosigkeit.

Ganz langsam wurden die Koordinaten klar. Von einem solch kleinen Punkt wie mir war es nicht so einfach, eine Gerade durch den Raum zu ziehen, die zwei Pole verbindet; wenn ich den Blick auf einen naheliegenden Punkt richtete, kamen sich die Augäpfel näher, die Augen schielten, alles um mich herum begann zu wanken, die krummen Linien kamen sich irgendwo näher, berührten und überschnitten sich, doch es war noch schwer festzustellen, an welchen Punkten. Eines spürte ich: Die zuvor gezwungen unterdrückten Merkmale, verringerten beim Übergang in einen vorherrschenden Zustand den Buckel und begradigten meine ängstlich kauernde Körperhaltung.

Rudis Lächeln verschwand nicht von seinem Gesicht, und seine Bemerkung – „Du bist ein Phänomen" – verlieh mir Selbstvertrauen und ihm irgendeine mir etwas unverständliche Energie. Er wiederholte ständig:

– Du bist ein Phänomen... Du bist ein Epi-Phänomen...

Von heiterer Stimmung gepackt beschloss er, den Abend fortzusetzen und ging mit mir Bekannte besuchen. Rudi war davon überzeugt, dass mir dies helfen würde, der kleinen idealisierten Welt meiner Oma schneller zu entwachsen, wobei er bedauerte, dass für ernsthaftere Studien des deutschen „Untergrunds" leider zu wenig Zeit bleibt.

– Du solltest nicht nur den Untergrund Deutschlands besser kennenlernen, sondern auch seine Mitwirkenden treffen, – sagte er mit einem Lächeln.

Zum Teil hatte er Recht. Ich widersprach ihm nicht, aber seine Freundin Klara war anderer Meinung. Ich musste herausfinden, ob das von Oma gezeichnete Bild der Deutschen zu stark idealisiert war, oder umgekehrt?

Beim Eintreten schlug uns das laute Lachen der versammelten Deutschen entgegen, und ich verlor dabei fast das Gleichgewicht, aber das freundliche Lächeln half mir, die neue Umgebung aufzusaugen.

## Tabu

Es ließe sich nur schwer bestreiten, dass mein Umfeld und die Ereignisse, die darin stattgefunden haben, keinen Einfluss auf meine Psyche hatten. Zwei starke Grundströmungen haben schließlich mein Denken in entgegengesetzte Richtungen gelenkt, doch auf dem Grund des Beckens meines Unterbewusstseins blieben noch Zellen zurück, die sich keiner Besinnung ergaben, genauso wie Emotionen, die keiner Macht gehorchten und die sich noch verstärkten durch einzelne Geschichten und die einseitige Hauspolitik hinter verschlossenen Türen. Unter dem Einfluss des lokalen Drucks stiegen die Gefühle manchmal an die Oberfläche und richteten sich gegen völlig unschuldige

Menschen: Seit meiner Kindheit hasste ich die Russen, aber Galia aus dem Nachbarhaus hatte ich sehr lieb; obwohl Muttinnng mir verbot, mit ihr zu spielen, habe ich sie heimlich besucht.

Ihre Großfamilie wohnte in einem Haus an der Straße im ersten Stock, in einer Wohnung zusammen mit einem intelligenten, kinderlosen litauischen Paar. Dieses Haus wurde für mich zur Sperrzone erklärt – zu einem Tabu, das ich selten einhielt, denn ich war nicht davon überzeugt, dass ich bei einem Verstoß mit der Bestrafung durch übernatürliche Kräfte rechnen konnte.

Der Kopf dieser Familie – ein Vater von vier Kindern, der gern mal ins Glas schaute – war ein schwacher Mensch, der keine Arbeiten auf sich nehmen konnte.

– Genau wie alle Russen, – blubberte Oma oft vor sich hin.

Zu uns Kindern war er besonders freundlich, ganz gleich, wie viel Lärm wir gemacht haben. Für den Unterhalt der Familie kam einzig und allein die arbeitende Mutter auf. Um die Ordnung in der Wohnung, die Verpflegung und Erziehung ihrer drei Brüder kümmerte sich die Schwester Galia, die älter als ich war. Sie bemühte sich, eine strenge Erzieherin zu sein, aber es gelang ihr nicht wirklich, also disziplinierte uns mitunter die kinderlose Nachbarin auf sanfte Weise. Mit einem leichten Kopfschütteln sprach sie für uns damals recht unverständliche Worte:

– Kinder ohne Kindheit.

Im Nebenhaus wohnte eine weitere russische Familie, der alle aus dem Weg gingen. Der Oberstleutnant der Miliz – Vater eines einzigen Sohnes – schickte fast jeder seiner Phrasen das russische Schimpfwort „blat" hinterher, das dem deutschen Wort „das Blatt" vom Klang her sehr ähnlich war.

Aus Zorn über den Oberstleutnant für die kurzzeitigen Inhaftierungen des Vaters, auch wenn die Gründe dafür oft das

Lärmen in der Öffentlichkeit waren, gab Galia unserem Nachbarn den Spitznamen „Blat". Dabei betonte sie das „l" und das „t" sehr stark und wir lachten bis zum Umfallen. Auch wenn sie mir die wahre Bedeutung dieses russischen Wortes nicht erklären konnte, war das Leben in diesem Sprachmischmasch interessant, und fremde Einschübe bereicherten unsere Alltagssprache sogar.

Galia war einfallsreich, sie dachte sich immer neue und so gar nicht kindliche Spiele aus; ich nahm häufig daran teil und machte mit. Als die verbale Rache nicht mehr wirksam war, begann sie nach einer anderen Art und Weise zu suchen, und natürlich fand sie diese.

Dieses Mal war das Spiel nicht kindlich. Es gab nur eine Rechtfertigung – den kindlichen Wunsch, das andere Geschlecht zu erforschen. Dem herbeigelockten sechsjährigen Sohn des Oberstleutnants zog Galia die Hose herunter, was uns Mädchen bis zur bewussten Erleuchtung reifen ließ, besonders als Galia das ruhig hängende und zusammengezogene Erkennungsmerkmal des männlichen Geschlechts bewegte. Wegen solcher verbotener Spiele versammelten sich wohl auch alle Kinder der näheren Umgebung bei ihr, denn sie dachte sich immer etwas noch interessanteres aus. So schien es uns, den Kindern, aber nicht unseren Eltern. Einmal, als wir vor den Gemälden der berühmten Marx, Engels, Lenin und Stalin niederknieten und uns mit einem von Galia stammenden „Gebet" an die Großen wandten, erhielt ich eine sehr schmerzhafte Strafe.

Obwohl ich nicht alle Wörter des russischen „Gebets" verstand, wiederholte ich sie wie ein Papagei und spürte, wie sie mein Weltverständnis erweiterten. Ich bin auch heute noch der Meinung, dass russische Wörter über ein Schloss der Sinne verfügen, man muss sie nicht einmal verstehen – man fühlt, dass sie etwas Besonderes sind.

ERSTER TEIL

Zu meinem Unglück wurde ich von Muttinnng gezwungen, den mit Schimpfwörtern durchsetzten Text schwarz auf weiß in verständlichen Buchstaben niederzuschreiben. Als ich sah, welche abstoßende Wirkung der Text auf sie hatte, besonders die Wörter „krasnij tschemodan"[7], schnitt ich mir mit einem Rasiermesser in den Finger und unterschrieb mit Blut das Versprechen, dass ich niemals wieder mit Galia Umgang haben würde.

In Wahrheit wurde der erste Samen für meine Abneigung gegen Russen von meinem Vater gesät, und später waren es dann die Zeit, die das Schicksal so unbarmherzig verstrickt sowie die vital und politisch verbundenen Kolonien der russischen und der lokalen (litauischen) Mikroorganismen. Durch die Errichtung hoher Häuser für die Kolonisten wurden sie auf der gemeinsamen Aussichtsplattform blockiert, gemeinsam mit dem einfachen Volk und anonymen unzuverlässigen Elementen wie uns.

Um uns alle zu den Eisbären zu verfrachten, fehlte es an einzelligen Organen. Obwohl die Kolonien der Mikroorganismen viel Nahrung verbrauchten, hat das fürsorgliche Litauen für meine hybride vitale Vegetation gesorgt und das Wachstum angeregt. Ich bin erwachsen geworden, jedoch unter der wachsamen Kontrolle des Zentralsystems; die innere vegetative Hybridisierung geschah sehr langsam: Es reichte gerade so zur ungeschlechtlichen Reproduktion aus – zum Sprießen der Knospen und Wachsen der Triebe. Meine sexuelle Reife stand im Zusammenhang mit dem politischen Porträt meines Vaters, das ich aus Muttinnngs Bemerkungen erstellte. Solche wie mein Vater wurden künstlich auf einem großen Gebiet gesät, denn im besetzten Litauen war es leicht, den Gehorsam hübscher Litauerinnen gegenüber der Steuerungstätigkeit der Organe zu erzielen.

---
[7] *dt.* roter Koffer

167

Fremdes Land wurde gewaltsam besetzt, und es wurde ein Sonderregime aufgestellt, um die männlichen Ansprüche zu befriedigen, ohne dabei die eigenen Organe sonderlich zu zügeln.

Cha, cha, cha.

Die Litauerinnen, die einer Infektion durch die Mikroorganismen aus dem Weg gegangen waren und sich nach einem besseren Leben sehnten, schauten in Gedanken in Richtung des Landes jenseits des Ozeans und warteten auf ihren „Kolumbus".

Paradoxien des litauischen Denkens!

Oder vielleicht sind das ganz normale Besinnungsprozesse?

Mein Blick schweifte schließlich auch manchmal hinter die Mauer, wo die Onkel lebten. Im Stillen, weil auch auf dem Gewissen der in Litauen lebenden Deutschen etliche Sünden lasteten. In dem Jahrzehnte gebauten Bunker kam es schließlich trotzdem zu einer ständigen natürlichen Reizung: Ich wuchs im Garten Litauens auf, umschlossen von Stacheldraht, wo Gemüse aus den Samen der Liebe zu den Deutschen und des Hasses auf die Russen heranwuchs.

## Negative Reaktion

Ich hatte wirklich nicht erwartet, dass hier in Deutschland, der unterirdische Strom stärker wird und die Gefühle hervortreten. Natürlich nicht ohne Grund. Es kam zu einer Provokation.

In einer Fernsehsendung verteidigte ein alter russischer Oberst russische Soldaten im Falle der Vergewaltigung deutscher Frauen; er behauptete, dass dies nach langer Zeit sexuellen Hungerns normal wäre, und bewies dabei recht männlich, dass dies kein Weltuntergang sei.

– Davon stirbt tatsächlich niemand, – pflichtete ihm sogleich recht ernst ein weiterer Teilnehmer am runden Tisch bei.

– Es lässt sich nicht leugnen, dass es kein Tod, sondern eher ein Vergnügen ist, – bestätigte noch jemand mit einem deutlich ausländischen Akzent, und sein deutlich ausgesprochenes „r" verriet, dass er tatsächlich aus Russland kommt.

Solche ketzerischen Aussagen aus einem satten Mund, wobei noch Krümel auf den runden Tisch fielen, waren nur schwer als Wahrheit zu akzeptieren, aber ich wagte keinen Einwand, ich traute mich nicht zu sagen, was ich dachte, denn ich kannte die Stimmungen dieser internationalen Gesellschaft, zu der mich Rudi gebracht hatte, nicht.

Die Mehrheit der Versammelten waren reinblütige Deutsche, einer der Ehrengäste war ein Künstler aus Russland, und dann war da noch ich – eine Provinzlerin aus Litauen, was den Russisch sprechenden Künstler erfreute. Mit funkelnden Augen versprühte er Lobesworte auf die schönen Flecken der litauischen Natur und die freundlichen Litauer. Meine Zurückhaltung hemmte ihn, und ich verbog mir bewusst die Zunge, weil ich kein Russisch sprechen wollte.

Davon hatte ich genug!

Ich begriff die Absurdität meiner kindischen Laune und des dummen Gedankens, dass ich nach Deutschland gekommen bin, um Deutsch zu sprechen – nicht Russisch, aber ich konnte nichts machen; ich verstand die Klischees meines eigenen Denkens nicht mehr.

Haben Sprache und Nationalität Einfluss auf die Kommunikation?

Die in Fahrt gekommene Diskussion über junge Deutsche, die das Gefühl der Schuld am Erbe ihrer Eltern bedrückt, wurde von einer Frage durchbrochen:

– Schämen sich junge Russen, wenn sie hören, wie ein alter Oberst Gewalt als Vergnügen bezeichnet, für Klischees derartigen Denkens?

Ist es wahr, dass der eine oder andere wegen seines vergifteten Bewusstseins im Angesicht eines jeden Deutschen den gestürzten Hitler wieder aufstellen möchte und der außergewöhnliche Russe Stalin zurückhaben will?

Rufen die Namen Hitlers und Stalins bei einigen Menschen positive Emotionen hervor?

Sind beide Völker auf ewig verdammt und werden ihnen die Sünden niemals vergeben werden?

Ich saß da, zurückgezogen in mein Schneckenhaus, und wollte mich nicht in das Gespräch einmischen, und schon gar nicht wollte ich die Vergnüglichkeiten und das, was die vergewaltigten Frauen gefühlt haben, analysieren, aber Fantasiegebilde, als hätten sie mir fremde Proteine eingeflößt und eine kribbelnde Reaktion verschiedener Blutkörperchen verursacht, erhitzten den Körper und breiteten sich als Rötung auf seiner Oberfläche aus. Die Nerven zuckten bei jedem russischen Wort zusammen, das fast zum Schimpfwort wurde, wobei ich an meine schwierige „Blat"-Kindheit erinnert wurde, die einem von Stiefeln zertretenen Blatt ähnelte.

Es fiel mir schwer, die negative Reaktion zu verbergen. In meiner Fantasie entstand blitzschnell das Bild einer Frau, die einen weiteren Hybriden gebärt; davon verdeutlichte sich der Anblick der sich windenden und umherirrenden fremden Spermien, die beim Eintritt in das saure Milieu und durch die sinnlose Bombardierung der Wand verärgert, vor dem Dahinschmelzen alle Kräfte zusammensammeln und den Führer retten, der die rote Siegesfahne trägt.

„Kein fremdes Blut mehr, und Kinder wirst du nicht zur Welt bringen!" – lautete die Warnung aus dem Innern.

Mit Empfindungswörtern schob ich die Gedanken über Kinder von mir fort, obwohl ich daran dachte, dass die Zeit läuft, und in dieser Stadt gibt es schöne junge Leute und, um die Wahrheit zu sagen, auch gut erhaltene ältere Menschen.

Beim Happening erfuhr ich von jemandem sogar besondere Aufmerksamkeit. Cha, in diesem Bereich hatte ich also auch in Deutschland Erfolg. Der Erfolg wurde von einem Kuss gekrönt. Nachdem er sich mit dem Händedruck der ersten Bekanntschaft nicht zufrieden gegeben hatte, suchte er eindringlich nach den Lippen, und als er sie gefunden hatte, steckte er die Zunge rein.

Bääääääää, Valyte – Waltraut, nimm dich in Acht, hier können solche Mädels aus dem Osten von den Kennern dieser Szene offensichtlich den Weg in die strahlende Zukunft gezeigt bekommen.

Bä...ääääää...

Ich war jung, und ich hatte noch eine gewisse Freiheit zu wählen, obwohl ich erkannte, dass in dieser Situation er – der Kenner – der wichtigste Künstler des Corps de Ballet wäre, – als würde der Fingerzeig am Himmel nicht mehr das Schicksal eines obdachlosen Stars prophezeien. Vieles ließe sich einfacher lösen, Geld würde keine Hauptrolle mehr spielen.

Was dann? – ich ärgerte mich selbst, um die komplizierten Umstände zu verinnerlichen, die für das Jungfernhäutchen wie der entscheidende Schlag des Matadors auf dem Roten Platz werden konnten. Die Andeutungen wirkten wie eine Warnung, deshalb konzentrierte ich mich auf die psychischen Prozesse – bewusst und unbewusst –, um Verlangen und Absichten zu klären.

Leider war für eine Kultursorte wie mich, die in eine andere Umgebung geraten war, das konsistente logische Denken noch nicht möglich. Das Fundament meiner früheren Erfahrung ist schließlich heterogen und lediglich die Einleitung vor dem Hauptsatz der Sinfonie – einer Sinfonie aus mehreren Sätzen, die sich durch unterschiedliche Töne und Tempi unterscheiden und die am Schluss vielleicht zu einem harmonischen Werk zusammenfinden.

Cha, zweifellos...

Oder vielleicht auch nicht?

Für eine solche Wildpflanze aus dem Osten wie mich, die mit den verschiedensten Düngemitteln behandelt wurde, sollte die Umpflanzung in ein bereits in früher Jugend geschaffenes Feld der Fantasie eigentlich harmonisch ablaufen; wenn dies aber für ein homogenes Individuum ein normales Phänomen ist, dann sorgten bei jemandem wie mir, einem in Stücke aufgeteilten Menschen, die Gedanken über den Weg ins Paradies für Angst und erhöhten die Spannung. Aber die Intrige existierte bereits, die handelnden Figuren traten hervor, es fehlte nur noch ihr Kampf.

Ist das nötig?

Der Anfang wäre die Internierung der Rechte dieser kleinen und ihre kreative Interpretation. Die Erfahrung sollte mir helfen.

Die Idee war bereits lebendig, fehlte nur noch die Schaffung des Projekts. Den Kampf für eine progressive bzw. revolutionäre Idee lehnte ich ab, denn der ideologische Kampf für den Sieg des Kommunismus hielt lange an – soviel Zeit habe ich nicht. Auf das logische Konstrukt konnte ich mich auch nicht verlassen, denn der Sinn meiner Bestrebung waren geistige Ursprünge.

Ich kam zu einer Schlussfolgerung: Die Suche nach dem X sollte ich beginnen, indem ich von der Kreisdrehung zu einer geradlinigen Bewegung wechsle!

Vorerst leider nur in Gedanken. Ich sollte mir jemandem darüber reden. Rudi ist aufrichtig und gut, aber ein junger Deutscher. Bei seinem Aufenthalt als Gast hat er Litauen nur von einer Seite gesehen. Die Diskussionen haben gezeigt, dass es ihm nicht nur an historischem Wissen, sondern auch am absoluten Verständnis der wirklichen Situation mangelt.

Die im Gespräch mit dem Künstler aus Russland entstandene heftige Kontroverse war für mich verständlich, denn sie erwuchs aus dem Verlangen, aus dem verschlossenen Leben, der in die Grenzen des Sozialrealismus eingepferchten Kunst auszubrechen. Als er quasi meine Zuneigung spürte, kam dieser Sohn des revolutionären Volks so in Fahrt, dass er die ganze Zeit fast nur Russisch sprach, wobei er mitunter deutsche Wörter über die zyklischen, unvermeidbaren Revolutionen in der Kunst, über die Aufstände der neuen Kunst und die Suche einbrachte.

Seine Begeisterung war für Rudi absolut nicht nachvollziehbar, denn für ihn waren individuelle Wünsche, deren Einschränkung das größte Verbrechen ist, schließlich völlig normal; das hieß nicht, dass er vom Leben verwöhnt war, nein – er lebte ganz einfach zu anderen, freieren Bedingungen, die in ihm ein Gefühl des Vorteils und die Anerkennung von Autoritäten der freien Welt hervorbrachten.

Ich erinnere mich an seine Verwunderung, als er in Litauen Museen besuchte. Er hatte nicht gedacht, dass er hier etwas Interessantes finden würde und freute sich wie ein Narr über die Werke der alten italienischen, holländischen, flämischen und deutschen Meister sowie die moderne Kunst Westeuropas.

Eine ähnliche Verwunderung zeigte sich auch in seinem Gesicht, als er dem Künstler aus Russland lauschte, der Strömungen der Kunst nannte und berühmte Namen erwähnte. Rudi war höchstwahrscheinlich erstaunt, dass es im geschlossenen sowjetischen System die Möglichkeit gab, sich so viel Wissen anzueignen und dass dort Persönlichkeiten heranreifen konnten. Es erstaunte ihn wahrscheinlich, dass ein Mensch von dort überhaupt zu denken vermag.

Als wir nach Hause zurückkehrten, war Rudi müde und schlecht gelaunt. Ich entschuldigte mich und schloss mich in meinem Zimmer ein; ich stellte Vermutungen an, welche Fetzen des Gesprächs seine Unzufriedenheit ausgelöst haben könnten. Im Halbschlaf erinnerte ich mich wieder an die Ausführungen des Künstlers, bei denen niemand zu Wort kam und auch nicht widersprechen konnte, und ich verstand, was bei Rudi Verwunderung auslöste – die allwissende Aura des Gastes.

Für ähnliche Verwunderung sorgten bei ihm einige meiner Kenntnisse. Ich war verstimmt, als ich im Restaurant seinen prüfenden Blick auf meine Hände bemerkte, als ich das Besteck hielt: Dieses Mädchen aus dem Osten kann mit Messer und Gabel umgehen.

Dann kam mir auch der Gedanke, dass meine Zeit als Gast hier fast an ihre Grenzen gestoßen ist. Ich hatte Rudis Gastfreundlichkeit bereits genügend ausgenutzt; er sprach schon nicht mehr von Kursen, denn ich war ja nur ein Flüchtling aus dem Osten. Und auch in mir begann sich etwas zu sträuben gegen die Situation der grauen Prinzessin aus dem Osten und die Notwendigkeit völligen Gehorsams.

Ich war keine strenge Bewahrerin der Moral, aber von Anfang an waren die auferlegten Spielregeln für mich nicht akzeptabel. Am Morgen bedeckte ich meinen nackten Körper mit Kleidung und betrat das nach Kaffee duftende Esszimmer. Mein „Guten Morgen" wurde mit einem ausdruckslosen „Hallo" beantwortet.

ERSTER TEIL

Ich spürte, dass neben dem reizenden Kaffeegeruch noch etwas in der Zimmerluft schwebte. Ich wollte mich wie eine Schülerin rechtfertigen, dass ich nicht von besonderer Moral, sondern von den Traditionen des Lebens verfolgt werde: Neue akzeptiere ich, oder nicht, und mein Verhalten an diesem Morgen zeugt überhaupt nicht vom Wunsch, anders zu sein. Ich entschied mich jedoch dazu, das Thema nicht zu berühren und mich nicht zu rechtfertigen. Durch künstliche Intubation des „cha" im Rachen ließ ich die Anspannung der Situation für kurze Zeit ziehen. Ich war erleichtert, aber der Nebel hatte sich noch nicht ganz gelichtet.

Was war denn nun der Grund für die dicke Luft?

Mit einem Lächeln dachte ich, dass vor mir zwei geschlechtslose Wesen sitzen. Sie waren sich tatsächlich sehr ähnlich: Ihre Haare hatten denselben Schnitt wie die von Rudi, und die Erkennungsmerkmale seines Geschlechts, wie auch ihre, waren tief versteckt, man konnte nur die Haare sehen. Rudi verfolgte meinen Blick und grinste plötzlich:

– Ja, ja, da ist er... Er ist ein echtes Goldstück! Ha, haaaa... Willst du ihn sehen?

Noch bevor ich reagieren konnte, erhob er sich und ermöglichte mir mit der ganzen Schönheit Davids, in einer leichten Drehung den Blick auf das Goldstück.

Klara lächelte Verhalten.

Sein etwas geneigter Kopf und sein Profil verbargen die Emotionen, die sich unverhofft an einem Körperteil zu stauen begannen und drohten, die geistige Schönheit Davids mit einem langen blattlosen Stil zu verzerren, dessen Spitze wie eine massive Blüte beinahe ihren Duft versprühte.

Moment... Ich erhob mich und verließ das Zimmer. Kurz darauf kehrte ich mit einem roten Pionierhalstuch zurück, hielt die Hand über der Stirn, als würde ich sagen: „Immer bereit."

Rudi saß bereits mit überschlagenen Beinen. Er schaute mich mit einem verständnislosen Blick an, der vom Gesicht zum roten Halstuch irrte. Als ihm bei einer Bewegung sein weißer Narziss entwich, lachte er plötzlich laut, als hätte er ein schweres Rätsel gelöst. Mit weit aufgerissenen Augen lachte er und bewegte wortlos den Kopf, was bedeutete, dass er meinen Spielregeln zustimmte. Mir war jedoch nicht klar, ob er dies als Phänomen sowjetischer Moral verstand und ob er die Worte „Immer bereit" auf eigentümliche Weise – männlich – deutete.

Seine Freundin beobachtete diese Szene regungslos, grenzte sich offensichtlich von diesem Spiel ab, und als ich begann, für die Gastfreundschaft zu danken, verließ sie eilig den Raum, als würde sie uns bei der Verabschiedung nicht stören wollen.

Ihr unverhoffter Aufbruch ließ den Schluss zu, dass ihr die Nacktheit von Rudi aufgezwungen war, und unter ihrem nackten Gehorsam verbarg sich eine verwundbare Frau.

## Klara

Endlich war das unschuldig begonnene Spiel, das beinahe die gefährliche Grenze überschritten hatte, zu Ende. An der Tür wartete Klara auf mich, womit sie zeigte, dass sie meinen Spielregeln zustimmte.

Ohne Rudi verärgern zu wollen, zog ich für kurze Zeit bei Klara ein, denn die Zeit näherte sich der kritischen Schwelle, und ich hatte mich noch nicht entschieden – was, wie und warum. Mit seinen Emotionen, selbst im freien Land der Vorfahren, kommt man nicht weit. Beweise sind notwendig. Für alle bleibe ich ein von Hitler verfluchter Hybrid.

Die realen Tatsachen belasteten die Waagschale, die harten Boden erreichte. Ich verstand, dass ich mit lautem Rufen „Ich bin eine Deutsche" nichts erreichen werde. Sollte ich zurückfahren und versuchen, Beweise zu finden, oder sollte ich versuchen, kopfüber auf das gespannte Trampolin zu springen, das aus dreifarbigem Stoff zusammengenäht war: In der Mitte ein kleines aber schwarzes Quadrat, umgeben von einem breiten roten Band, und alles in einen weißen, dünnen Rahmen eingefasst.

Der Fall meiner Fantasie warf mich in einen seltsamen Trance-Zustand. Als ich wieder zur Besinnung kam, verstand ich, dass ich schnellstmöglich eine Trans-Aktion vornehmen müsste. Das unvollendete Studium der Lebenskunst hielt mich vom Wesentlichen ab und bedeckte den Weg mit Abstraktionen. Die Abstraktion ist quasi die erste Stufe bei der Erkennung der realen Welt, aber eine ungeklärte Erbkrankheit schwächte mein Immunsystem, und ich begann auf alles überempfindlich zu reagieren.

Wie sollte ich das Gleichgewicht halten?

Das Duett aus mir und Klara stärkte meinen Schutzpanzer ein wenig. Obwohl sie in dieser realen Wiege geboren wurde, war sie anders. Nachdem sie bei Rudi lange geschwiegen hatte, brach es in ihrer Wohnung aus ihr heraus, und wir entdeckten plötzlich unheimlich viele Gemeinsamkeiten.

Aus irgendeinem Grund wollte sie von Rudi erzählen. Bis jetzt wusste ich gar nicht, dass er zu einer bestimmten Zeit nur die Kunst des nackten Körpers anerkannte, und Klara war oft ein Teil seiner drastischen Eingebungen. Nach seiner Rückkehr aus Litauen, wo man ihm besondere Aufmerksamkeit zuteilwerden ließ, begann er geometrische Farbkompositionen zu malen; da er aber keine Anerkennung erhielt, wurde er zornig und begann erneut nur die Körperkunst zu propagieren.

Aus allem, was ich von Klara über Rudi hörte, verstand ich, dass sie ihn liebte, obwohl sie seine kreativen Ambitionen nicht teilte. Laut ihr beschwor meine Unnachgiebigkeit gegenüber der Nacktheit auch in ihr Widerstand herauf. Ich fühlte mich sogar schuldig, dass sie beschloss, ihn kurzzeitig zu verlassen.

Dann kamen die Gründe für ihr Leiden ans Licht. Einer ihrer Hinweise ließ mir sogar das Blut in den Adern gefrieren, und wäre da nicht mein vergessenes „ha, ha", hätte die langfristige Stasis eine Embolie verursachen können und damit… den schnellen Tod.

Vielleicht habe ich auch etwas übertrieben, aber damit sich die Farben des Abends und Morgens gleichmäßig verteilen konnten, wurden „ha" und „cha" wieder unvermeidlich.

Mit dem deutschen Wort „unfassbar!" spannte ich zwischen uns eine Brücke des Vertrauens, denn ihre weitere Offenheit verband uns, aber mir schien es fast schon als familiäre Bande, obwohl wir uns überhaupt nicht ähnlich waren.

Klara war klein und unglaublich zerbrechlich; die magnetische Anziehungskraft ihrer Schönheit waren große, von langen Wimpern geschützte Augen. Aber die Geschichten unserer Vergangenheit waren fast gleich: Wir beide haben unsere Wurzeln tief im Königsberger Gebiet, sie wurde in Ostberlin geboren und lebte lange unter ähnlichen Bedingungen wie ich, aber ihre Familie hatte Glück bei der Flucht in den Westen.

Eine gewöhnliche Geschichte, wenn da nicht die Folgen wären: Als sie die Sicht der Mehrheit und besonders ihres Freundes auf Menschen aus dem Osten spürte, traute sie sich nicht, ihm zu offenbaren, dass ihre Wurzeln dort liegen.

Dass ich, ein Mädel aus dem sowjetischen Osten, kritische Blicke erntete, konnte ich noch verstehen, aber dass die Jugend, die in Deutschland geboren wurde, unter einem Schuldgefühl im Schatten Hitlers litt und dass Menschen aus demselben Land, nur eben aus Ostdeutschland, als zweitklassig gelten, war mir absolut unbegreiflich. Die Parallelen in unserer Lebensgeschichte, die Tränen in ihren Augen, als sie von ihrer Oma berichtete, brachten uns näher zusammen.

Als wir uns unterhielten, ließ mich der Gedanke nicht mehr los: Zurückfahren oder bleiben? Ich musste mich entschließen. Weder mit „ha" noch mit „cha" ließ sich die Anspannung mildern. Aus diesem Schwebezustand musste ich schnellstmöglich herauskommen. Für meine Entscheidung hatte ich nur zwei Tage.

Plötzlich kam der unerwartete Anruf. Die Stimme aus der Ferne löste alles unverhofft:

– Hallo, Langbein. Ich weiß, dass du in zwei Tagen aus Deutschland abreisen solltest. Ich und Steponas Navikas freuen uns sehr auf dich. Du musst uuunbedingt zurückkommen... Komm zurück. Maaama... Muttinnng... freut sich sehr... Sie freut sich sehr auf dich.

Die gedehnten Worte „uuunbedingt" und „Maaama, Muttinnng" und die Pause nach „sehr" sowie die Betonung des fast erstmalig deutlich ausgesprochenen Nachnamens von Steponas waren so stark, dass ich, das Mädchen aus dem sowjetischen Litauen, Angst bekam. Dieser Anruf bedeutete etwas deutlich ernsteres, und die einzelnen Wörter klangen wie eine Warnung. Ich entschied mich augenblicklich.

Trotz meines mädchenhaften Ungehorsams war ich doch ein Angsthase. Auch einer der Berater bemerkte, dass die Augen aller Menschen von dort groß und von Angst erfüllt sind.

Ha, eine leicht gestellte Diagnose, aber leider ohne Behandlungsplan. Ich verstand auch selbst, dass ein Experiment im Leben des langbeinigen Mädchens zu Ende gegangen war, und... ein neues beginnt – ein Übergang, ein rein sozialrealistisches Experiment, dessen Auswirkungen sich nur schwer vorhersehen lassen.

Den Gedanken, dass ich etwas von hier mitbringen muss, kapselte ich plötzlich ein, und ohne über die Schwierigkeiten nachzudenken, wiederholte ich:

„Ja, ja, nur die Kunst wird mir helfen, auf die nächste Stufe des Experiments zu gelangen."

Details der nackten Kunst für einen engen Kreis hatte ich bereits ein wenig gesammelt. Die schwierigste Aufgabe war, ein geeignetes Versteck zu finden, um sie erfolgreich über die Grenze zu befördern. Die Moral ist einer der wichtigsten Punkte der sozialistischen Erziehung. Ihre Wächter, die mit langen Beinen über die Grenze schreiten oder über Treppen das höchste Haus Litauens besteigen konnten, waren in der Lage, schmerzhaft zu erziehen.

Es gab einen Ausweg: Innerhalb von zwei Tagen müsste ich Gemälde reiner Kunst zusammentragen, die die Perversion des Kapitalismus widerspiegeln.

Meine große Helferin war Klara. Obwohl sie meine Wünsche nur schwer nachvollziehen konnte, verschaffte sie mir Zugang zu Ausstellungen, wo ich etwas fotografieren konnte. So sammelte ich Beispiele für die kapitalistische Welt und die in ihr vorherrschende Antikunst. Ich wollte ein bewegliches Exponat in jeder Position festhalten, doch es fehlte eine Kamera, deshalb musste ich mehrmals eine weiße Wand ablichten und an ihr einen mit dem Gesicht und gespreizten Beinen haftenden Künstler, der dem Betrachter seine rote Zunge herausstreckte.

Es gelang mir auch, realistische Bilder aus einer Püppchenserie fotografieren – sitzend mit Hunden und stehend, in den Händen eine Konservenbüchse aus Metall zum Sammeln von Geld, die ständig geschüttelt wurde. Schade, dass der Fotoapparat das Klimpern des Geldes nicht festhalten konnte.

Ich nahm auch die Zeitung mit meinem Foto und viele verschiedene Kunstmagazine mit.

## Mutation

Der Empfang war besonders still. Die dunklen Augenringe von Muttinnng zogen die Augen in die Länge.

Bei der ersten Frage: „Bist du krank?" – winkte sie ab und wiederholte immer dasselbe: „Wir reden später... Später..."

Mein Wunsch zu erzählen traf auf dasselbe Wort: „Später..."

Sie erklärte ihr Verhalten nicht, sagte nur, dass ich zuallererst zum Stadtausschuss der kommunistischen Jugend gehen muss. Quasi nebenbei brummte sie, dass dort in einem Raum zum Glück Stepukas sitzt. Mit etwas veränderter Stimme korrigierte sie sich:

– Steponas Navikas. Hier ist seine Telefonnummer, – sie steckte mir einen kleinen Papierschnipsel zu, atmete tief ein und fügte hinzu, – danach unterhalten wir uns.

Der von Muttinnng so deutlich ausgesprochene Nachname von Stepukas ließ plötzlich den Gedanken über seine unverständliche Rochade aufkommen; noch in Deutschland hörte ich ihn aus dem Munde des Berühmten, aber damals habe ich keine Schlussfolgerung gezogen.

Der alte Bekannte von Muttinnng und mir – Stepukas – saß ohne Barett hinter dem Schreibtisch, das Gesicht zur Tür, den Rücken zum Fenster. Das durch das Fenster einfallende Licht hob das grobe Dutzend der noch vorhandenen Haare hervor, die von den Sonnenstrahlen erbarmungslos ausgedünnt, gebleicht wurden – selbst der natürliche Rosaton war verblasst.

Die Sonne, die die materielle Welt um uns hervorhob, lud die Atmosphäre magnetisch auf, denn kurz nach dem Eintreten hielt ich inne; ich konnte mich nicht bewegen, ganz zu schweigen von meinem Unvermögen, die mir ausgestreckte weiße, mit bräunlichen Pigmenten übersäte Hand zu berühren – sie war wie von ultrakleinen Mikroben überwuchert, die sich nur in künstlich genährtem Milieu vermehren.

Ha, ha, ha, ich grinste aus Freude, da ich fühlte, dass ich meinen ironischen Stil zurückerhalte. Er förderte die Entwicklung des „cha" meines reineren Bewusstseins, doch bewegte mich trotzdem für eine Weile nicht von der Stelle, weil ich mich von der plötzlichen Mutation meines alten Bekannten nicht erholen konnte.

Ich sprach kein Wort der Begrüßung, aber die tiefere Stimme von Steponas Navikas, als hätte sie endlich die Geschlechtsreife erreicht, brachte mit gewöhnlicher Intonation ein „Cha, hallo" heraus, womit er die Ultramikroben vernichten wollte, indem er meinen provozierenden Charakter weckte.

Das war nicht nötig.

Als unverhofft ein weiterer Vertreter auftauchte, verlief das Gespräch mit Steponas N. sehr träge. Alles bekam Ähnlichkeit mit einer nachmittäglichen Frage-Antwort-Sitzung, aber ich war zufrieden, denn ich hatte auf alle Fragen Antworten. Ich verließ das Haus glücklich, als hätte ich bei der Prüfung des sozialistischen Lebens die Höchstwertung erhalten.

Es war eine Ironie des Schicksals, denn diesmal hat er sich nicht über mich lustig gemacht: Der Vertreter, der den Sekretär kurzfristig abgelöst hatte, war ein netter junger Kommunist, auch wenn er einen Notizblock in der Hand hielt. Da er von Beruf Lehrer war, haben wir am Ende des Gesprächs vereinbart, dass ich seine Schule besuchen und den Pionieren von Deutschland berichten werde. Cha, cha...

– Ich habe gehört, dass du leicht davon gekommen bist, Langbein. Und wieder hat der kurze Rock geholfen, – mit diesen spöttischen Worten empfing mich der Berühmte, umarmte mich und drückte mich fest an sich, dass sogar die Knochen knackten. Nachdem er mich losgelassen hatte, betrachtete er mich von allen Seiten und prüfte mein Gesicht lange, bis er mit Erleichterung aufatmete und hinzufügte, dass ich mich überhaupt nicht verändert habe; vielleicht hätte ich auch abgenommen, oder vielleicht würde ich gerader auf meinen Beinen stehen. Lachen gab er zu:

– Ich habe deine langen Beine vermisst...

Mein trockenes, ausdrucksloses „Ha, sehr witzig" erheiterte ihn noch mehr – er schüttelte sich vor Lachen, konnte gar nicht aufhören, und auf das wiederholte Klopfen rief er laut:

– Ausgangssperre! – und wieder lachte er, nun aber schon über seinen Witz, wobei er sich ständig wiederholte:

– Ausgangssperre, Ausgangssperre, chi, chi, chi...

Ich ahnte zwar, wer da klopft, erhob mich aber nicht vom Stuhl, bis ich die eindeutige Erlaubnis mit der nach oben gehaltenen Hand erhielt.

– Lass den Mutanten rein, er wird ja nicht aufhören zu klopfen... Chi, chi, chi...

Das Lachen verblüffte Stepukas mit seinem Barett. Einen Augenblick stand er im Türrahmen, traditionell mit Weinflaschen in den Händen. Der Wein glich die Missverständnisse aus und die Handlung entwickelte sich wie früher, als hätte es die Trennung und diese dumme Fragen-Antwort-Sitzung am Nachmittag nicht gegeben. Als ich von meinen Eindrücken berichtete, fühlte ich jedoch, dass ich nicht offen bin, und nicht nur ich. Irgendwas lag im Hintergrund verborgen, etwas, das der Berühmte mit seinen Witzen lüften wollte. Nach und nach verblasste auch der Enthusiasmus, der mich vor dem Treffen befiel. Banale Witze, die leichte Trunkenheit von Stepukas, die sein Gesicht rot färbte, begannen mich zu ärgern. Ich war bemüht, mich nicht den negativen Emotionen hinzugeben und begann während des trägen Gesprächs lautstark die aufgekommene Idee zu formulieren, die bislang noch in den Wolken schwebte. Obwohl die Situation, im Beisein des frisch ernannten Kulturvertreters Steponas N. nicht besonders angemessen für derartige Spiele war, so schilderte ich doch mit einem gehässigen Lächeln enthusiastisch und so bildhaft wie möglich mein Vorhaben: Die Fotos, die ich aus Deutschland mitgebracht hatte, werde ich in Ausgaben der Zeitungen „Komjaunimo tiesa"[8] und „Tiesa"[9] anstelle der dort befindlichen Fotos aufkleben, ausgewählt anhand der Themen auf den Titelseiten, und diese werde ich an Wänden aufhängen; und aus der Fotoserie der nackten Kunst werde ich etwas Ähnliches wie einen Rock nähen.

Ich kicherte, denn ich stellte mir vor, wie sich jemand, um besser sehen zu können, herunterbeugt und beim Stolpern meine langen Beine ergreift, und jemand anders wird mehrmals mit der ruhigen, klaren und strengen Stimme einer Museumsaufseherin wiederholen: „Das Berühren der Ausstellungsstücke mit den Händen ist verboten."

Ich lachte selbst über meine Idee, bis ich die fast nüchterne Stimme von Steponas Navikas vernahm:

---

[8] *dt.* „Wahrheit der kommunistischen Jugend"
[9] *dt.* „Wahrheit"

– Ruhig, ruhig... Langbein.

Dieser angeeignete Name „Langbein" wirkte viel stärker als die Worte „ruhig, ruhig". Ich verstummte augenblicklich.

Die neutrale Stille des Hausherren begann einen Cocon zu weben, dessen spinnennetzähnliche Oberfläche verhärten konnte, würde die bewusstseinsvergiftende Stille länger anhalten. Ich fühlte mit jeder Faser meines Körpers, dass es kein Cocon aus Seidenfäden ist, aus dem eine Puppe schlüpft und danach noch Zeit zur Entwicklung hat; nein – es war wie ein harter Spinnen-Cocon, aus dem man nicht so leicht entfliehen kann.

Ich wand mich hin und her, als würde ich mich tatsächlich befreien wollen, doch die Stille dauerte an und wirkte erdrückend, das Innere schlug Wellen wie das Meer, vermochte aber nicht das zu ertränken, was geschehen war. Eigentlich ist ja auch nichts geschehen. Die Puppe wurde gezähmt, erzogen, aber ich fühlte intuitiv, wie der Cocon immer härter wurde. War das Spiel zu Ende?

Das Spiel war zu Ende?! Hat vielleicht ein neues begonnen?

Vielleicht bedeuteten all diese Veränderungen den Anfang, oder vielleicht das Ende?

Das Ende eines Experiments und den Anfang des nächsten?

Wer wird die Hauptrollen spielen, wer sind die Hemmer in diesem Nervenprozess, und wer die Auslöser wer erweckt den Strom im geschlossenen Leiter?

Sagt jener, der den überschwänglichen Enthusiasmus hemmen möchte „ruhig, ruhig", und verhält sich der andere, der mit seiner Stille Reize auslöst, gegensätzlich?

Unverhofft gerate ich ins Zentrum dieses Magnetfeldes zwischen zwei Kräften – Anziehung und Abstoßung. Ich, eine noch nicht vollständig entwickelte und noch nicht ganz geschlüpfte Puppe, verstand, dass ich in mir selbst die Kraft finden muss.

Durch das über mich gekommene unendliche Verlangen nach Befreiung stand ich auf und bewegte mich langsam, wobei mich die stimmlose Frage verfolgte: „Von was möchte ich mich befreien?"

Diese Frage erwischte mich völlig unvorbereitet. Ich war bemüht, mich nicht der Provokation hinzugeben, ich wollte das Spiel nicht beenden, obwohl ich immer klarer sah, dass das Spiel tatsächlich zu Ende war.

Ein furchtbares Experiment begann. Im Magnetfeld befanden sich vorerst zwei – Steponas Navikas und der Berühmte: Einer war natürlich, der andere eine Sonderlegierung, geladen mit Strom.

Cha, cha... Vielleicht ist das ein Zeichen, dass ich die Spielregeln ändern muss?

Ich weiß nicht, ich war verblüfft und etwas verwirrt.

Vielleicht wartete ich aber auf den wirklichen Inspirator?

Wer ist er?

Die Fragen führten wieder zum Anfang zurück. Ich erinnerte mich an den Gedanken F. Nietzsches, dass „das Leben ein Experiment des Erkennenden sein dürfe..."

Wie ein genetischer Kode des gesamten Textes trug er alles zu einem Ganzen zusammen und prophezeite den Beginn eines neuen Experiments; er erhielt das Recht auf Erblichkeit und Kontinuität und wurde unwiderlegbar zum Katalysator des neuen Experiments.

Die grundlegenden Experimentatoren waren die Menschen aus dem hohen Palast, und das Testmaterial waren Muttinnng, ich und die Vergangenheit.

# ZWEITER TEIL

Dass neues Leben aus den Ruinen blüht,
beweist weniger die Ausdauer des Lebens als des Todes.

*Franz Kafka*

ZWEITER TEIL

# Zwischenzustand ⎯⎯⎯⎯⎯⎯⎯⎯⎯⎯⎯⎯⎯⎯⎯⎯⎯

Zum mächtigsten Inspirator des großen Prozesses wurde Mama. Für ihren nervenaufreibenden Hürdenlauf gab es keine passenden Empfindungswörter.

Ich ging auf ihre eindringlichen Forderungen ein, bewegte mich automatisch, als würde ich schlafwandeln. Die Teppichböden schluckten die Schritte, die Gesichter der hinter den Türen Sitzenden wechselten, lediglich ihr Äußeres – schwarze Anzüge und weiße Hemden – waren von ein und demselben Schnitt, und der Anblick der bunten Krawatten mit dem vorherrschenden salatfarbigen Ton konnte einen um den Verstand bringen. Aus den Regalen wurden staubbedeckte graugrüne Ordner mit der Aufschrift „delo"[10] gezogen; darin befanden sich haufenweise Dokumente, aber zum Beweis der reinen Gestalt fehlte es an Originalen, die die Vergangenheit zurückbringen konnten. Zum größten Hindernis wurden die Umstände meiner Geburt. Der kleine grüne Zettel, auf dem das Geschlecht und die namentliche Teilnahme meiner Mama und meines Vaters, des Provokateurs, an diesem Prozess festgehalten waren, stellte einen zu schwachen Beweis dar.

Die Unterlagen, die die Rasse meiner Erzeuger bestätigen und rechtfertigen würden und den Schluss über meine Zugehörigkeit zuließen, wurden beim Einzug der Russen nach Litauen aus Gründen des Selbstschutzes verbrannt. Deshalb wurden alle Kopien, die Abschriften der Originale, mit zusätzlichen Fragen und zusammengekniffenen Augen geprüft.

Dieser Zwischenzustand, auf der Suche nach den Beweisen der eigenen Existenz, zwang mich zum Einblick in die Anthro-

⎯⎯⎯⎯⎯⎯⎯⎯
[10] *dt.* Akte

pologie. Ich hatte die Hoffnung, dass die zweite Lebensschöpfung ohne Klischees beginnen wird.

Mein Studium der Anthropogenese begann ich beim Stadtarchiv; ein alter Mitarbeiter riet mir dazu, die auf das Jahr 19... datierten Bücher im Zentralarchiv der Hauptstadt zu suchen. Mit Bedauern fügte er hinzu, dass diese Bücher eventuell von den Deutschen außer Landes geschafft worden sind. Er riet mir auch, das Entbindungsheim aufzusuchen.

Obwohl die Archivarin im Urlaub war, geleitete mich eine verständnisvolle Schwester in den Keller, wo sich das Archivmaterial des Krankenhauses befand. Mit einer Handbewegung in Richtung der Regale wünschte sie mir Erfolg und ging.

Wie eine Wissenschaftlerin an der Schwelle zur großen Entdeckung zog ich aufgeregt Ordner heraus, in denen sich nicht nur die Beweise für meine Ankunft auf dieser Welt befinden sollten, – sie sollten endlich das trinomische Phänomen in reine Formen aufteilen.

Leider aber hatte die Geschichte das Jahr meiner Ankunft aus allen Manuskripten gestrichen. Blieb noch die Kirche mit ihren heiligen Schriften. Die Hoffnung hatte mich noch nicht verlassen, doch die Schwierigkeit der Umstände, die eine kurzfristige Stasis verursachte, ließ den Fortschritt für lange Zeit schleifen.

Wir lebten und warteten auf den Zufall wie auf gutes Wetter. Niemals hätte ich gedacht, dass Mama schon einige Zeit im Stillen die Flügel schüttelte – in Vorbereitung auf den Flug.

Dieser erfolglose Versuch warf sie aus der Bahn. Sie wurde still und es schien, dass sie sich mit dem Schicksal abgefunden hatte; sie organisierte wieder abendliche Zusammenkünfte der „großen" Künstler, an denen Mamas Verehrer, Herr Burokas, nun nicht mehr teilnahm. Nachdem er unser großes Geheimnis erfahren hatte, verschwand er, wie auch das vergilbte Papier aus dem Archiv. Er hatte sich erschreckt, denn für die Freundschaft zu einer Andersstämmigen drohte der Nordwind nicht nur die Körperoberfläche zum Schauern zu bringen. Ha, ha...

Die Ängste von mir und Mama vertrieb der Durchzug, als wir gezwungen waren, auf den langen Korridoren des Regierungspalasts hin und her zu laufen. Das härtete uns endgültig ab und fesselte uns für einige Zeit, als wäre Litauen von einer Kältewelle heimgesucht worden.

Ich verspürte den Wunsch, wie in der Kindheit, den Raureif an der Fensterscheibe mit den Fingernägeln zu kratzen, danach die Lippen an das Glas zu pressen und nach dem Freilegen eines ovalen Lochs eine andere Welt zu betrachten, und sei es durch Tränen.

Die Kindheitserinnerung trieb mir die Tränen in die Augen, und die unvorhersehbaren Peripetien beim Abschluss des ersten Experiments und beim Beginn der neuen Etappe ließen Zweifel aufkommen, zwangen mich dazu, noch entschlossener Dokumente zu sammeln, damit ich nach meiner Ankunft im Land der Vorfahren nicht mehr alles erneut beweisen müsste. Papiere, Papiere, die nicht so leicht zu entschlüsseln sind, denn die Zeit hatte sämtliche Anzeichen der Vererbung gestrichen.

Einmal, als ich einen bekannten Medizinstudenten traf, spottete er über mein Interesse am sowjetischen Genpool und begann ausführlich von der Vererbung zu erzählen, wobei er die im Zellkern befindliche Desoxyribonukleinsäure (DNS) und die Chromosomen erwähnte – die Gene, die von Generation zu Generation die Merkmale und Eigenschaften des menschlichen Organismus weitergeben.

Mich, ein Mischlingskind, interessierte nicht die Vererbung der Nasen- oder Beinlänge, sondern welcher Rasse ich angehöre.

Der Student erklärte, dass alle Menschen zwar ein und derselben biologischen Rasse angehören und durch ähnliche innere und äußere Merkmale verbunden sind, aber durch den Vorgang der Rassenvermischung, ähnlich wie in meinem Fall, verändern sich die Merkmale und eine neue Rasse mit besonderen Eigenschaften entsteht. Cha, cha...

## Deutsche Ordnung

Die Suche nach dem Image der neuen Rasse endete an einem denkwürdigen Morgen, als ein grüngrauer Brief in unserem Briefkasten lag. Wie zwei Verrückte gingen wir langsam und flüsterten unter der Hand zusammenhanglose Worte, die nicht erklären konnten, welcher Zufall den Weg zwischen den Schützengräben hindurch in das Land der Vorfahren geebnet hatte.

Es war offensichtlich, dass für den Nachweis unseres völkischen Erbes Kopien ausreichten, und alle unbeantworteten Fragen quälten uns, bis wir der Grenze zu Deutschland näher kamen. Nachdem sich alle Zweifel im Abgrund verkrochen hatten, gab Mama die kategorische Anweisung, sie bei ihrem richtigen Namen zu nennen – Jeny oder Mutti; ich widersprach nicht.

Auf der Zugfahrt beobachtete ich die vorbeiziehenden Masten, Wiesen und Häuser. Die Augäpfel zuckten manchmal, als wollten sie das augenblicklich aus dem Sichtfeld verschwindende Bild festhalten, aber der Blick haftete oft unbewusst, wie bei einer Schlafwandlerin, im dunklen Himmel am Mond, der uns aus Litauen begleitete.

Muttis Ovationen, nachdem sie das Bein auf den erträumten Boden der Vorfahren gesetzt hatte, waren unbeschreiblich.

Hatte uns der Zufall oder die Notwendigkeit hierher gebracht? Bedeutete dies das Ende eines Experiments und den Beginn eines neuen, totalen Experiments?

Ich ließ mich nicht auf das Philosophieren ein, denn das konnte leicht bis zur Absurdität führen, weil ich selbst noch nicht genau verstand, was geschehen war. Ich hatte mich bereits mit dem Projekt für deutsche Umsiedler vertraut gemacht. Es sollte helfen, um ein anderes Leben zu schaffen und schien von Anfang an gut durchdacht zu sein, also konnte man sich gleich als *Homo sapiens* fühlen.

Die erste Nacht in einem verlassenen Studentenviertel hatte Ähnlichkeit mit den Sommerferien in einem sowjetischen Pionierlager. Wir hielten das für sehr vernünftig. Ha, ein plötzlicher Umschwung, sogar ein positiver, könnte für das menschliche Bewusstsein schädlich sein. Diesen Gedanken verfolgte ich nicht weiter, denn ich wollte mit meiner Weisheit mein erstes, nicht sehr mutiges „ha" nicht ersticken.

In der für uns alltäglichen Schlange, beim Warten auf die anfänglichen methodischen Anweisungen und die Bettwäsche seufzten wir vergnügt. Wenn auf den langen Fluren jemand an uns vorbeilief, spitzten wir die Ohren, denn wir wussten bereits, dass einige schnell sprechende Deutsche, die auch noch die Eigenschaft hatten, ihre Wortendungen zu verschlucken, schwer zu verstehen sein würden.

Die Mühe war umsonst... Die Freude war riesengroß, als wir die Antworten in für uns verständlicher russischer Sprache erhielten; ich vergaß sogar, dass ich bemüht war, die Sprache des Provokateurs aus meinem Bewusstsein zu löschen. Jetzt war sie unvermeidbar, denn auf den Fluren trafen wir meistens russischsprachige Deutsche.

Einmal hörten wir Litauisch, trauten uns aber nicht, das junge Paar anzusprechen, weil es von zwei riesigen Hunden bewacht wurde, bei denen einem im Vorbeigehen ein Schauer über den Rücken lief, ganz zu schweigen von den gefletschten Zähnen, durch die ein beängstigendes Knurren hervordrang; worin sie sich von den freundlichen deutschen Hunden, die keinen Mucks machten, unterschieden. Das war das Ergebnis ihrer guten Erziehung.

Cha, cha, tatsächlich waren wir von einem Projekt solch breiten Formats, in dem die Legitimation der Hundeklasse vielleicht sogar einer der Hauptpunkte war, angenehm überrascht.

Als wir das uns zugewiesene Zimmer betraten, klatschten wir vor Freude sogar in die Hände: Alles sah so ähnlich aus wie in einem sowjetischen Lager – Doppelstockbetten, Holzstühle, ein Tisch, der mit einer Wachstuchtischdecke mit ausgeblichenen Blümchen bedeckt war. Ha, wie klug ausgedacht, alles wirkt so eigen und vertraut... Offensichtlich wurden alle Aspekte gründlich studiert, nicht nur gemäß der Jahreszeit, sondern auch gemäß den entstandenen Bräuchen und Traditionen. Indem sie uns alle ohne Ausnahme durchleuchteten, zeigten sie uns die Perspektive für die Zukunft.

Alles wirkte echt. Die gehobene Stimmung, auch wenn sie von der Angst der Ungewissheit vibrierte, hielt sich recht lange. Gleichheit und Brüderlichkeit – eines der verinnerlichten sowjetischen Mottos – ebnete auch das grundlegende Vertrauen, deshalb glaubten wir sofort an das Wohlwollen und nahmen ohne Vorbehalt alle Ratschläge und Dienstleistungen an.

Das Tageslicht hemmte den ersten hellen Eindruck ein wenig, aber als wir auf den Betonwegen des menschenleeren Studentenviertels spazieren gingen, entdeckten wir etwas, das uns Freude bereitete; wir schaukelten, steckten die Nase durch die kaputten

Türen und fensterlosen Öffnungen kleiner Häuser, wo die von den ehemaligen Hausherren zurückgelassenen Tische, Nähmaschinen und Fahrräder standen. Obwohl dieser Anblick nicht unbedingt Omas Erzählungen von der besonderen Sparsamkeit der Deutschen entsprach, waren wir positiv gestimmt. Alles schien normal und wunderbar, also kommentierten wir nichts, und als sich vor unseren Augen unverhofft ein Teich mit Schwänen eröffnete, waren wir außer uns vor Freude, als hätten wir nie zuvor dieses königliche Federvieh gesehen.

Bei unseren abendlichen Spaziergängen zog es uns immer wieder ans Wasser, als verlangte es uns danach, seine Bilder zu schöpfen und in unsere Träume zu überführen. Zu meinem Unglück wurden die Nächte zu meinem größten Alptraum. Nachdem die Dämmerung durch die Fenster stieg, lagen meine Nerven blank, denn im Doppelstockbett war unten die Luft knapp, und von oben hatte ich Angst herunterzufallen.

Von der Höhenangst wurde ich unverhofft geheilt... Bei einer uns bekannten Kontrolldurchsuchung, kurz vor dem Schlafen, stürzte eine dicke Deutsche mit starkem Akzent herein, nur ohne rotes Band, und schaffte Ordnung. Deutsche Ordnung!

Wir hatten uns zu früh hingelegt. Erhobenen Tones riss sie uns aus dem Schlaf, warf unsere Strümpfe und Schlüpfer von den Heizungen und wiederholte:

„Es ist verboten, es ist verboten..." – diese Worte hatten wir oft gehört und sie standen dem Herzen besonders nahe. Cha, cha, cha...

Ehrlich gesagt schämten wir uns etwas, aber man kann schließlich nicht erklären, dass die Umstände mitunter die Regeln der Etikette verzerren.

„Das ist nur ein kleines Missverständnis, ein... kleines Miss..."

Mit diesen Worten schwankte ich zwischen Schlaf und Schlaflosigkeit, denn im oberen Bett musste man sich am Bettrahmen festhalten. Ich wachte immer wieder auf und ertastete mit der Hand die andere Bettkante, um mich davon zu überzeugen, dass bis zum realen Fall noch ein halber Meter übrig war. Bevor ich einschlief, schaffte ich es, darüber nachzudenken, dass in einem Land, wo sich die Demokratie schon so lange entfaltet, die Freiheit des Menschen nicht eingeschränkt sein könnte.

Der oberflächliche Schlaf war voller realer Bilder, die sich nach dem Aufwachen verflüchtigten, aber nachdem ich die Augen schloss, kamen sie zurück und quälten mich mit recht klaren Träumen: Ich oder jemand anders stand vor einer Treppe, die in den zweiten Stock führte. Vorsichtig setzte ich meine Füße auf die Stufen, ging durch leere Flure, wobei mich ein Flüstern verfolgte. Ich zuckte zusammen, es war unangenehm, und ich verstand nicht, warum dieses Gefühl immer stärker wurde und in ein Zittern überging: Weil Mama nicht in der Nähe ist oder weil in den Flüstergeräuschen die Buchstaben „kgbnkwd" hervortraten, zu denen die russischsprachigen Deutschen, indem sie mit dem Finger auf die Fenster im zweiten Stock zeigten, mit Angst in den Augen hinzufügten: „Nemeckoje KGB – Stasi..."[11], wobei sie sich auf die Prüfung der Ankömmlinge aus dem Osten bezogen.

Die Assoziationen zur näheren Vergangenheit ließen das Bild von Steponas Navikas erscheinen – hinter einem Schreibtisch sitzend, mit einem engmaschigen „Durchschlag" in der Hand. Cha, dieses Wort haben wir zu Hause auch auf Litauisch gesagt – „duršlakas". Das bedeutete, dass bei einer Veränderung der Bedingungen der häusliche Wortschatz aus dem Unterbewusstsein hervorgeholt wird, den das sozialistische Leben mit heißen Son-

---

[11] *dt.* Der deutsche KGB ist die Stasi

nenstrahlen beschoss; nur die dichten Haare, die ich zu Zöpfen flocht, bewahrte das Erbe.

Der Traum erfüllte sich nicht: Der „Durchschlag" im zweiten Stock war gar nicht so engmaschig, und nach einem kurzen Gespräch, nach dem Einordnen der Schicksalszeichen, schickte er uns nach Ha-Stadt – die Stadt des Paradieses, das Mekka der Künste.

– Ha, das Schicksal ist manchmal auch gnädig, – wiederholte Mutti, wobei sie vor Freude in die Hände klatschte, als sie sich vorstellte, wie sie Museen und Theater besuchen wird.

## Romantik...Romantik!

Ich lächelte beim Gedanken an den günstigen Wind, der uns hierher führte, der kleine Wellen ans Ufer schickte, das Schiff wiegte – ein Haus mit kleinen Kajüten und vielen kleinen Fenstern. In so einem hatte ich noch nicht gewohnt.

Cha, dass uns nur nicht das Schicksal der „Titanic" widerfahren möge, kam es mir in den Sinn, aber Muttis Ausrufe „Romantik! Romantik!" steckten mich an.

Als wir über die Metalltreppe auf die erträumte Höhe stiegen, enttäuschte uns der Anblick der Doppelstockbetten nicht einmal. Alles schien wunderbar, nur meiner Mutti fehlte es zum vollen Komfort an Kaffee, und sie ging an Deck, wo sie im Vorbeigehen Kaffee gerochen hatte. Sie war in Euphorie verfallen. Mit einem breiten Lächeln rief sie, ich solle Tassen herausnehmen und eine Kerze anzünden.

Als sie gegangen war, dachte ich, schade, dass es hier keinen Plattenspieler gibt. Wenn sie eine Platte aufgelegt hatte, sang sie gern Arien und befreite sich somit von irgendetwas oder grenzte sich von etwas ab. Ihre Körperhaltung ähnelte der einer echten Solistin: ein etwas gehobener und zur Seite geneigter Kopf, vollmundige Lippen und ein nach vorn gestrecktes Kinn.

„Hals und Hände verraten das Alter einer Frau", sagte sie und hob ihr Kinn höher.

Durch die dünnen Wände der Kajüte drangen Laute in verschiedenen Sprachen herein: Englisch, Russisch, Polnisch und weitere, die ich nicht erkannte.

Eine internationale Truppe auf einem Schiff! Ha, ein internationales Schiff! Wie interessant!

Mutti kam durch die Tür, hielt dabei die Hände wie eine Solistin nach vorn gestreckt, jedoch nicht mit erhobenem, sondern mit gesenktem Kopf, als wäre sie bemüht, den tiefsten Ton zu treffen.

Ich freute mich, denn in der Zeit, als sie so lange weg war, hatte ich bereits mit dem Tauchsieder Kaffee gekocht und eine Kerze angezündet. Sie setzte sich auf das untere Bett und begann in derselben Haltung – mit gesenktem Kopf – wortlos Kaffee in kleinen Schlucken zu trinken. Nachdem sie den Kaffee genossen hatte, richtete sie sich auf, stieß mit dem Kopf an die Kante des darüber liegenden Bettes und begann zu lachen.

„Gott sei Dank", dachte ich, denn ich wusste, wie sie selbst kleine Misserfolge und Missverständnisse aufregten. Sie gab stets sich die Schuld und bezeichnete sich als „Tollpatsch". Ihr Lachen steckte auch mich an. Ohne den Grund dafür zu wissen, grunzte ich still, aber eher von der Fülle der Eindrücke und der Müdigkeit.

Plötzlich verstummte sie, stand auf und zerwühlte sich die Haare mit ihren üblichen Handbewegungen. Sie schaute mir in die Augen, als würde sie eine Lüge erkennen wollen, und fragte:

– Bin ich hübsch?

Blinzelnd wackelte ich mit Kopf und zuckte mit den Schultern, denn ich hatte nicht ganz verstanden, was diese unverblümt gestellte Frage bedeuten sollte.

– Geduld, – sagte sie lächelnd, – ich werde versuchen, dir die einzelnen Szenen so bildhaft wie möglich zu schildern, damit du dich wie im Theater fühlst.

Nach dieser Einleitung lachte sie erneut, aber ihr Lachen war aufgesetzt. Als sie zu erzählen begann, entstanden Bilder in der Fantasie. In Gedanken versuchte ich, all ihre durcheinander gewürfelten Teile zu einer stimmigen Komposition zusammenzuführen. Ich spürte, wie die Luft von der Fülle der sich gruppierenden verschiedenen Empfindungsworte cha, ha, chi, che und hu immer dicker wurde; so entstanden die Teile der ersten Komposition und ein brennendes kreatives Feuer wurde entfacht.

## Erste Hürde – eine neue Erfahrung

Dämmerung.

In dem kleinen Zimmer stand ein Metallkanister. Die Schlange reichte bis auf den Flur, den ein Mann mit dunklem Gesicht wischte. Mit dem nassen Lappen, den er über den Boden zog, fuhr er immer wieder über das staubige Schuhwerk der ordentlich in der Schlange stehenden, wobei er die geduldig wartende und deutschsprechende Menschenkette auseinander riss. Nur um Mutti herum hinterließ er eine trockene Fläche.

Der dampfende Kaffee wurde von einer Hand mit fingerlosen Handschuhen ausgeteilt. Durch die schnellen Bewegungen zeigten sich ab und an die Phalangen der Finger mit Schwärze unter den Fingernägeln. Die langsam vorankommende Reihe bestand ausschließlich aus Männern. Sie trugen Kleider in mehreren Schichten, von unterschiedlicher Sauberkeit und mit einer Mischung verschiedener Gerüchen. Die von den stürmischen Winden des Lebens gezeichneten Gesichter hatten eine dunklere Farbe erhalten. Eine Aufhellung wäre vielleicht möglich, aber dazu müsste der gesamte Körper mitsamt der Kleidung bis zur Nasenspitze in die Badewanne gesteckt werden und lange darin weichen.

Am Ende der Schlange steht Mutti, die sich durch das Weiße ihres Gesichts und ihrer Hände abhebt; sie bewegte sich auf das Ziel zu, wobei sie stets an unterschiedlichen Plätzen in der Schlange auftauchte. Ihre Haltung war wie immer: Der höher als normal gehobene Kopf, das nach vorn gestreckte Kinn, die Falten am Hals waren geglättet und angespannt. Sie fühlte sich jung und hübsch, denn die Männer überschütteten sie mit Blicken von Kopf bis Fuß – cha, wohl eher von Fuß bis Kopf.

Am Ziel angelangt, streckte sie ihre weiße Hand aus, in der sie 1 Mark hielt. Der Kaffeeausschenker mit den schwarzen Fingernägeln schaute sie mit ratlosem Blick an, bis der hinter ihr stehende Mann, der sich mit seinem gesamten Körper anschmiegte und ihr fast schon den Kopf auf die Schulter legte, mit einer Bierfahne sagte:

„Für Obdachlose kostenlos."

Ha, ha, ha...haaaaaaaaaaaaaaaaaaaaaaaaaaaaa...

## Zweite Hürde – eine neue Erfahrung

Mutti, ohne Kaffee zurückgekehrt, saß schweigend da, als würde sie dem Geräusch des Wassers vor dem Fenster lauschen. Eine leichte Dämmerung machte sich in der kleinen Schiffskajüte breit, durch das Fenster über dem Kopf war ein Stück Himmel zu sehen, und man konnte die Schreie der Möwen hören.

Die Tassen waren gefüllt mit schwarzem... sehr schwarzem Kaffee. Die schnell schmelzende Kerze, knisternd und flackernd, beleuchtete unsere Kinne. Romantik... Romantik.

Mutti blickte immer wieder aus dem Fenster und trank in kleinen Schlucken die dunkle Flüssigkeit, als wäre es das teuerste Lebenselixier. Plötzlich blinzelte sie, ihr Kinn schob sich deutlicher nach vorn, und durch die halbgeöffneten Mundwinkel begann schwarzer Kaffee zu fließen. Ohne etwas zu verstehen, beobachtete ich sie. Mit geneigtem Kopf ließ sie den Inhalt langsam herauslaufen, wobei sie den Rest mit der Zunge in die unter das Kinn gehaltene Handfläche herausschob.

Der dunkle Inhalt verschmolz mit der Dämmerung und erst, als er durch die Finger geronnen war, zeichnete sich auf der hellen Handfläche ein schwarzes kleines Etwas ab. Mit zusammengekniffenen Augen, wie die einer Chinesin, schaute sie mich an, und auf der Suche nach ihrer Brille fragte sie erfreut:

– Eine Überraschung?

Die Augen wanderten von mir auf das kleine Schwarze auf der Hand und schauten mich wieder an... Und wieder, und... wieder, bis das deutsche Wort „Kakerlak" von einem deutschen „ha" begleitet wurde, danach eine Pause und wieder „Schabe", cha... Und eine lange Pause, bis die kleine Kajüte von einem nicht zu zügelnden Schwall verschiedener Töne geflutet wurde:

– Cha, cha, cha, chi chi chi, cha, cha, cha, chi, chi, chi...

Das Lachen verstummte nicht, bis ihr nach oben gerichteter Kopf wie eingefroren verharrte: Ihr Blick fiel auf die Decke, wo schwarze Punkte still die Nacht erwarteten, damit sie im Schutze der schwarzen Dunkelheit unsichtbar ihre üblichen Wege einschlagen konnten.

Sie verschluckte sich an den Tränen des Lachens und wiederholte immer wieder:

„Kakerlak, ein Kakerlak... Schabe, eine Schabe... Scheiße! Scheiße! Scheiße!

In Deutschland ist das Wort „Scheiße" das beliebteste Schimpfwort und fast schon gleichwertig mit dem Wort „schön", denn auch der Zahnarzt, der mich mit einem Händedruck und einem Lächeln begrüßt hatte, sich tief zu mir herunter beugte und wegen meines intensiven Speichelflusses das Loch im Zahn nicht gleich verfüllen konnte, sagte das magische Wort „Scheiße".

Ich hatte mir schon einige Füllworte angeeignet und verstand, dass ich in meinem Mund – cha, cha, cha – ja nun wirklich keine Sch… habe.

## Dritte Hürde – eine neue Erfahrung

Mutti und ich liegen in Umarmung im unteren Bett; wir haben die ganze Nacht Streichhölzer und die Kerze angezündet, weil wir befürchteten, dass der süße Schlaf mit offenen Mund sonst tragisch enden kann.

Die Anblicke des Tages, fast schon mit explosiven Effekten, vergingen nicht ohne Spuren, sie rissen auf und ließen einen in immer andere, sich mit einander vermischende Nebelträume tauchen.

Ein russischsprachiger Deutscher nahm mit weißen Handschuhen aus einer Schachtel dreimal so große Kakerlaken heraus und ließ sie wie Pferde in unterschiedliche Richtungen laufen. Das russische Lachen „xa, xa, xa, xa...", vermischt mit einem deutschen „ha, ha, ha, ha" und das „chi, chi, chiiiiiiiiiiiii" des litauischen Skeptikers zwangen mich und Mutti zur Flucht.

Die Flucht, verfolgt durch die Kakerlaken, war voller Enttäuschung, ohne Ausweg... Irgendjemand hob schließlich die Trennwand, ließ mich allein hindurch, trennte mich so von Mutti, und wie ein kleines Kind begann ich zu schniefen, als der Körper fiel, der Traum abriss, bis sich alles beruhigte und... wir landeten in einem anderen Raum, zwischen ordentlich in Reihen sitzenden Herren und Damen. Sie nickten mit den Köpfen, und Muttis Gesicht erstrahlte, aber durch die geballte Ladung neuer Nachrichten veränderte sich ihr Gesichtsausdruck allmählich, die Stirn schichtete sich in nicht ganz parallele Streifen.

Ich saß in einer Reihe und lauschte wie alle, ernsthaft gestimmt, dem Vortrag, mehr oder weniger über Kakerlaken. Mit irgendeinem Pfeifgeräusch kamen Sprüche auf, deren Bedeutung ich richtig klären wollte, denn die Anrede „Sie" war für uns bestimmt und schien wie aus unserem früheren Leben zu kommen:

„Sie gehören der Gruppe der Neuflügler an und zur Untergruppe derjenigen, die keine vollständige Metamorphose durchlaufen haben. Das ist eine Gruppe der ältesten Insekten, die primitive Organisationsmerkmale des Paläozoikums bewahrt hat. Sie haben versteckt unter Blättern gelebt, in Rissen von Wohnungen und sind nur nachts herausgekommen."

Halb erwacht sah ich deutlich den soeben erlebten Traum, versuchte wieder einzuschlafen, damit ich die Fortsetzung erleben und am Morgen mit allen Details davon erzählen konnte. Ich bemühte mich, kein einziges Wort zu verlieren. Auf dem Weg durch den Rauch des Schlafes in den Traum vermehrten und gruppierten sie sich unaufhaltsam, als würden sie versuchen, den Traum zur prophetischen Wirklichkeit werden zu lassen. Ich nickte mit dem Kopf, stimmte zu und verinnerlichte die herumschwirrenden Gedanken über die großen, schwarzen Ost-Schaben, die bei der Orientierung im Raum behilflich sein sollten, und die ihnen nach der Abstammung am nächsten stehenden braunen deutschen

Schaben sollten die Zeit der Vorfahren näher rücken und sich wie eine Gerade bis zu den Wurzeln ziehen, ohne den bedeutsamen Zeitraum bis zur Entwicklung der Nadelbäume auszulassen.

Cha, nach dem Erwachen war der Traum wie weggefegt, und vom Schlaf mit halbgeöffneten Augen war mir nicht nur schwindlig, sondern auch schwarze Punkte tauchten vor meinen Augen auf. Der Traum ließ die Realität aus dem Unterbewusstsein auferstehen; sie lag still darin verborgen, denn über die Herkunft wagte Mutti nicht einmal nachzudenken. Als ich ihr von meinem Traum erzählte, wurde ihr seliges Lächeln immer breiter.

Angesteckt von ihrer Heiterkeit, war auch ich froh wie ein Kind, blickte zu den Seiten, aus irgendeinem Grund nickte ich mit dem Kopf, als würden neben mir die auferstandenen Vorfahren sitzen – die Zeugen unserer Reinblütigkeit.

Cha, cha! Leider sind die Knochen der Vorfahren längst zu Staub zerfallen, man würde nicht mal mehr den Grabhügel finden. Die Erde wurde eingestampft und geebnet. Der Ausgangspunkt liegt in weiter Ferne, aber als Mutti vom Paläozoikum hörte, wurde sie ganz heiter, als wäre dies die realste Zeit zum Beweis ihrer Herkunft. Es störte sie überhaupt nicht, dass dieses Zeitalters in weitere sechs Perioden unterteilt wird und voller Faltenbildung und Vulkanismus ist. Für sie war es das Wichtigste, dass die damalige Zeit bereits den Anfang primitiver Wirbeltiere bedeutet.

Ihr paläozoisches primitives Denken machte mich wahnsinnig. Sie hatte sich völlig in den Zeiten verlaufen. Manchmal erwähnte sie mehrdeutig die deutschen Kolonisten, die Kreuzritter und die unglücklichen Preußen, aber alles schwamm wie in einem Traumnebel. Und obwohl man ihr – einer Nachfahrin – noch erklären müsste, warum eben die braunen Schaben von den Deutschen als Russen oder Franzosen bezeichnet wurden, die Russen sie aber Preußen und die Norddeutschen Schwaben nannten, tanzte sie trotzdem vor Freude, dass sie der Embryonal- und Larvalentwicklung der Vorfahren so nahe gekommen ist. Sie war sogar erfreut von der Möglichkeit, ihre und natürlich auch meine offensichtlichen deutschen Merkmale in Szene zu setzen. Ha, ha... Ha, ha... Ha, ha...

## Vierte Hürde – eine neue Erfahrung

Beim Hinablaufen über die rutschige Metalltreppe kam das Deck schneller näher. Derselbe schwarze Seemann, der Mama gestern mit dem nassen Lappen umschifft hatte, wischte wieder das Deck mit Wasserschwallen aus einem Eimer. Er betrachtete Mama aufmerksam und erklärte mit einem freundlichen Lächeln, wie die „Ostler" zum gedeckten Tisch gelangen konnten.

Meine Erzeugerin versuchte mit einem Sprung zum Fenster, als wäre es ein Rettungsring, und einem Blick durch das kleine Fenster die Gedanken über ein mögliches Frühstück mit Schabenwürze ins Abseits zu drängen. Sie schränkte ihren Bewegungsraum ein, saß da und wartete darauf, dass ich ihr alles bringe.

Die Erfahrung war nicht umsonst, denn ich selbst zog die Aufmerksamkeit der anderen auf mich, als ich aus Versehen den Kaffee auf den glänzenden Boden verschüttete und mit meinen langen Beinen fast einen Spagat hingelegt hätte.

In Gedanken begann ich spontan, die Zeichen der Erfahrung und Hürden zu nummerieren, in der Hoffnung, dass die Ereignisse auf konstruktive Weise selbst ihren Lauf nehmen und dass sich unnötig fortsetzende Gedankengänge sowie der Verlust der Einheit vermieden werden. Und obwohl ich die Verbindung und

Abfolge der einzelnen Teile einhielt, verlor die neue Erfahrung aus irgendeinem Grund das Verhältnis zu dieser Einheit.

Als mich die Emotionen überfielen, war ich gezwungen, anstelle des Gleichheitszeichens ein Zeichen für „kleiner oder größer als" einzusetzen – das zeigte klar und deutlich die Unverhältnismäßigkeit der Beziehung. Und der Gedanke, dass sich laut der Wahrscheinlichkeitstheorie die Ereignisse in Bezug auf Zeit und Raum wiederholen, war furchtbar. Wir hofften schließlich auf die damals einzige und richtige Bewertung von Zeit und Raum – der Gegenwart in der wir gereift sind.

Als sich die Handlung, deren Hauptdarsteller ich und Mutti waren, entfaltete, traten jedoch unbekannte Faktoren hervor, die das Gleichgewicht störten. Das Auftauchen des „X" ließ die Hürden nicht nur emporwachsen, sondern zwang uns auch, die Faltenbildung der Erde sowie die paläo-sozialistische Anthropologie zu studieren. Die Förderung von Rohstoffen fiel meiner Mutti immer schwerer, und nach jedem Misserfolg richteten sich ihre Augen gen Himmel, wodurch sie ihrer deutschen Seele gestattete, bis zu den Wolken aufzusteigen, um auf die Seelen der in das Nicht-Sein hinübergetretenen verwandten Vorfahren zu treffen.

Diesmal führte uns die Suche nach dem „X" in den unteren Teil des Schiffes, wo die Motoren lärmten und ernsthafte Arbeit verrichtet wurde: Portionierung von Fischen in Fässer, unter Beigabe von Salz.

„Das Essen würde ohne Salz gar nicht schmecken", so bewertete ich die ersten Missverständnisse, die durch die Endungen der lituanisierten Nachnamen „ienė" und „aitė"[12] entstanden waren.

---

[12] Bei litauischen Familiennamen steht das Suffix *-ienė* traditionell für die verheiratete Frau und *-aitė* ist eine der Varianten für ein unverheiratetes Mädchen. – *Anm. d. Übers.*

Die lange Erklärung hätte kein Ende gehabt, wäre dem verständnisvollen älteren Beamte, der der begriffsstutzigen Frau anfangs recht ruhig eine Erklärung gab, nicht der Geduldsfaden gerissen, so dass er ihr an den Kopf warf, „aité" bedeute: „Kein Mann, kein Sex… Kein Mann… Kein Sex." Er begann über seinen eigenen Einfallsreichtum zu lachen, schüttelte dabei den Kopf und wiederholte immer dasselbe: „Kein Sex… Kein Sex…". Mutti verstand den Humor nicht ganz.

Als wir endlich die ausgefüllten „Frachtbriefe" erhielten, trugen wir sie hoch über unseren Köpfen, und damit niemand uns daran hindern konnte, das Ziel schnellstmöglich zu erreichen, bewegten wir uns im Zickzack durch die Flure, wobei wir die stehenden und sitzenden Hindernisse umgingen.

Wir waren in Eile, als hätten wir Angst, dass uns die Kakerlaken verfolgen würden. Draußen an der frischen Luft wehte der Wind den Geruch von Fisch herüber, und das Schreien der tief fliegenden Möwen, die auf ihren Fang warten, klang wie eine wunderschöne Melodie.

Mutti glättete mit erhobenem Kopf ihre Falten am Hals; noch eine Sekunde und sie wäre vor Freude abgehoben, doch der Boden unter den Füßen – das große Fundament der Realität – war nicht ohne Tücken, und die ärmste legte sich lang. Mit einem plötzlich am Knöchel geschwollenen Fuß und einem schmerzhaften Lächeln hinkte sie weiter.

Die Schwelle des Schicksals hatte ihre Warnung verkündet, und wie eine Fortsetzung des prophetischen Traums erklangen im Innenohr die Worte des großen deutschen Marxisten Karl Marx: „Das eine Mal als Tragödie, das andere Mal als Farce."

Die führenden deutschen ha, ha, haaaaaaaaa, heeeeeeee, hüüüüü… wollten den sekundären embryonalen xa, xa, xa und, angepasst an die Lebensbedingungen, den später erworbenen litauischen Merkmalen cha, cha, chaaaaaaaa, cheeeeeeee, chiiiii nicht die Stellung überlassen...

Der verhaltene Ausdruck „ha" stoppte die heftige Flut der drei Arten von Empfindungswörtern und wurde zu einem Staudamm, der keine tiefere Immigration des paraphrasierten Gedankens von Karl Marx zuließ: „Was einmal eine Farce war, kann zur Tragödie werden."

All dies sprach ich nicht aus.

Als die Handlung ohne besondere Vorkommnisse vor sich hin floss, schlummerten die Worte in mir, kamen manchmal an die Oberfläche, deshalb konnte ich sie nicht wie einen Fremdkörper abstoßen. Die Zeit der Analyse wurde mit verschiedenen Terminen datiert, und wir konnten es nicht erwarten, wann die Datenbank endlich voll sein würde.

## Sekundäre Atmung

Die kurzzeitigen Erholungspausen leiteten allmählich die sekundäre Atmung ein, die so wichtig ist für den sekundären Teil des Körpers, dem ich Namen gab, wobei ich zwischen ihnen einen Raum für mögliche Interpretationen, Einschübe, Indikationen auf dem Papier und die Inventur ließ. Die unbewusst angeordneten Worte mit dem deutschen „in" und „ein" bezeichneten deutlich diesen Übergangszeitraum bis zur endgültigen Einverleibung.

Ich wollte gern die zweite Schaffensetappe beginnen, völlig abgegrenzt vom ersten Teil, aber so wie sich die schmerzhafte historische Vergangenheit nicht aus der Erinnerung löschen lässt, so wird sich auch die zweite Etappe des Lebens über unterschiedliche Schnittstellen mit der ersten verbinden.

Den deutschen Karl Marx aufgeben und ihn in Frieden im Nicht-Sein ruhen lassen, konnte ich nicht. Seine Ideen fassen schnell Fuß: Obwohl die Wurzeln tief in der Erde begraben sind, ist der Stamm, wenn auch mit abgerissenen Blättern, immer noch nach oben gerichtet. Nachdem sich die weißen Wolken des tiefen Traumes gelichtet hatten, erschien er immer noch in Form des bärtigen guten Onkels aus der Kindheit, an dem wir im Knien beteten.

Bei Tageslicht kamen seine Ideen noch stärker zum Vorschein, sie verfolgten uns geradezu, denn der ganze Anfang hier – in Deutschland – stand selbstverständlich mit einer materiellen Grundlage im Zusammenhang: mit Mitteln zum Leben und Überleben. Das primäre „materielle" Denken, das alle Ideale vernichtete, bekräftigte also kurzzeitig eine der Schlussfolgerungen des Materialismus, dass die Materie primärer und das Bewusstsein sekundärer Natur ist.

Ich stand am Fenster und versuchte die Gedanken umzuleiten, die durch die gegenüber liegende Wand aus roten Ziegelsteinen noch mehr angefacht wurden. Dieses Baumaterial, das in Deutschland so beliebt ist, rief bei mir immer noch eine Abwehrreaktion hervor; es erinnerte mich an die litauischen Kasernen und die unterirdischen eisigen „Kajüten" der Forts.

Zum Glück wurde der Blick auf die roten Ziegelsteine von einer Glocke abgelenkt, die in einer Nische zwischen den Ziegelwänden hing. Mit vibrierendem Geläut kam die Kirche näher und rückte kurzzeitig das in die Ferne, was greifbar war, als würde sie den Gedanken von jemandem bestätigen, dass alles, was materiell ist, ohne mich existiert und sich jenseits des Bewusstseins befindet.

In das erwartete, ohrenfreundliche Glockengeläut fuhr unverhofft ein schrilles Klingeln, das mich in die Realität zurückholte. Als ich die Tür öffnete, standen sie dort zu dritt mit großen Stoffbündeln: ein stämmiger, etwa zwei Meter großer Mann, neben ihm eine alte Frau mit faltigem Gesicht und scheinbar ihr Enkel, etwa im gleichen Alter wie ich.

Ich stand vor ihnen, schaute mit fragendem Blick von einem Gesicht zum anderen. Die alte Frau erklärte halb auf Russisch halb auf Deutsch irgendwie ängstlich, dass sie eines der Zimmer in dieser Wohnung zugewiesen bekommen haben. Die kleinen aus dem Schlaf gerissenen Augen meiner Mutti wurden noch schmaler, als sie plötzlich begriff, dass ein WC, ein Bad und eine Küche gemeinsam benutzt werden müssen. Sie schaute mich einige Zeit mit fragendem Blick an, und ohne ein Wort zu sagen, sauste sie zur Hausverwalterin, um die Situation zu klären, obwohl der Hausmeister, der sie begleitete, das Urteil bestätigte.

Meine Mama, der es nach Raum verlangte, kehrte mit veränderter Gesichtsfarbe zurück. Die aristokratische Blässe hob die Pigmente auf dem Gesicht hervor, und vom nervösen Knabbern an den Lippen waren diese gerötet. Auf ihre Bitte, dass die deutschen Regeln vielleicht etwas individueller angewandt werden könnten, lachte die Hausverwalterin mit Namen Kolos nur sarkastisch, und deshalb war Muttis Lächeln, das den Bewohnern der gemeinsamen Wohnung gewidmet war, geheimnisvoll hinter verzerrten Lippen versteckt.

Sie war noch nicht in der Lage, die neuen Hürden mit neuer Erfahrung in Einklang zu bringen. In mir provozierten ähnliche physische Störungen neue Ideen, aber ich gruppierte sie vorerst.

ZWEITER TEIL

# Partnervermittlung

Die alte Frau aus einem nach Kälte anmutenden, mir unbekannten Land ging von morgens an mit einem warmen Tuch um den Kopf daher, das sie an ihrer Brust über Kreuz zusammengebunden hatte. Wenn sie nach draußen ging, bedeckte sie ihren Kopf zusätzlich mit einer runden Mütze mit hochstehendem Rand, was sie etwas größer erscheinen ließ. Von den vielen Mitessern in den tiefen Falten war ihr Gesicht grau. Im Flur ging sie mit tief gebeugtem Kopf, als wolle sie bei einem Zusammentreffen die Ruhe der anderen weder mit Worten, noch mit Blicken stören und nicht in die Privatsphäre der anderen eindringen. Bei ihrem schüchternen Blick war mir unwohl: Wenn sie die Tür öffnete, schaute sie vorsichtig durch den Spalt, um zu sehen, wann sie zum WC laufen oder die Küche betreten konnte, ohne jemanden zu stören.

Wenn wir uns beim Kochen trafen, kam das Gespräch auch sehr schwer in Gang. Als sie einmal am Fenster stand und auf den Parkplatz schaute, hielt sie es nicht mehr aus und sprach emotional, dass sie noch nie im Leben so viele Autos gesehen hätte. Sie eröffnete uns unverhofft, dass all dies sie nicht erfreue, dass ihr Herz weine, denn sie musste einen kleinen Hof mit Haus verlassen und die Tiere an die Nachbarn verteilen; auch wenn sie deutscher Abstammung ist, hätte sie ihn niemals verlassen, wenn nicht ihr Sohn und ihr Enkel nach einem besseren Leben in der weiten Welt streben würden.

Der Sohn zog mit seiner hünenhaften Körpergröße und seinen Goldzähnen, die Blicke auf sich. Seine Mütze, die der seiner Mutter ähnlich sah – mit hohem Rand, aber zu klein für seinen Kopf – erweckte den Eindruck, dass auch die Welt zu klein für ihn war. Im Flur war es schwer, an ihm vorbeizukommen, fast immer berührte man sich an der Seite. Er sprach laut, als würde er auch die Fläche zur Bewegung erweitern wollen. Das größte Problem für ihn und uns war die Toilette. Er passte nicht nur schwer in den Raum hinein, sondern ließ auch den gesamten Inhalt für alle frei zugänglich liegen. Meine Mama brachte das um den Verstand, denn es fiel ihm schwer, seine Angewohnheiten vom ländlichen Plumpsklo abzulegen.

Wir kicherten, als wir ihn jeden Morgen nach dem Frühstück draußen an der Treppe hocken sahen, wie in einer Hütte mit ausgeschnittenem Fenster; er rauchte, und danach stürzte er Hals über Kopf die Treppe hinauf und schloss sich in der Toilette ein.

Die Angewohnheit ist schlimmer als die Natur. Chi, chi, chi...

Der Enkel, der mit uns keinen Kontakt wollte, schlurfte ohne morgendliche oder abendliche Grußworte den Flur entlang, wobei er mir meistens mit einem vergehenden schiefen Lächeln nachschaute. Da die Handlung in einer Privatwohnung ablief, als würden wir in einer Familie leben, war es schwierig, den Kontakt zu vermeiden, den der Junge durch insgeheim in meine Richtung gerichtete Blicke zu knüpfen versuchte.

Er unterschied sich nicht sonderlich von den zuvor angereisten Jugendlichen, die sich abends unter den Fenstern sammelten und sich überall herumtrieben, mir mit ähnlichem Lächeln nachschauten und mitunter die unterschiedlichsten russischen Beiworte an meine Adresse schickten.

Sie waren der Meinung, dass uns alle aus dem sowjetischen Lager die russische Sprache verband, die sie mit emotionalen kleinen Wörtern verfeinerten und damit die bereits reichhaltige Sprache Puschkins noch reicher machten. Sie wollten mich in die Gruppe der Gleichalterigen desselben Schicksals einbeziehen, und niemandem kamen irgendwelche Zweifel, ob ich Russisch spreche, deshalb sprachen sie mich stets nur auf Russisch an.

Den Deutschen fiel es auch schwer zu begreifen, dass die deutsche und die litauische Sprache und alle anderen Sprachen eine genetische Verwandtschaft besitzen und dass beide Sprachen derselben indoeuropäischen Sprachfamilie angehören. Noch viel mehr erstaunte es sie, wenn sie erfuhren, dass man in Litauen nicht Russisch spricht und dass es so etwas wie Litauisch gibt. In ihrer Ungläubigkeit mussten sie unbedingt noch eine Frage stellen: Ist diese Sprache dem Russischen ähnlich? Und wenn sie erfuhren, dass ganz und gar keine Ähnlichkeit besteht, waren sie verwundert und zuckten mit den Schultern.

Es war seltsam, solches Gerede zu hören. Manchmal, wenn wir es leid waren, nickten wir zustimmend mit dem Kopf und sagten ohne ausführliche Erklärung das, was sie hören wollten – in Litauen spricht man Sowjetisch.

Cha, für ihren Verstand war diese Schlussfolgerung näherliegend, und das Gesicht erheiterte sich von dem „und haben wir es nicht gesagt, ha... ha...", und um sich ihrer Sprachkenntnisse zu rühmen, sagten sie „spasibo", „do svidanie" und das wundersame Wort „kalinka, kalinka".

Einen Kefir mit diesem Namen mögen die Deutschen sehr. Mutti kaufte ihn aus irgendeinem dummen Grundsatz nicht. Wenn die alte Frau sprach, veränderte sie sich vollkommen und wurde zu einem anderen Menschen. Sie war gerührt von der Aufmerksamkeit meiner Mutti, wenn diese ihr zum Mittagessen eines ihrer zubereiteten Gerichte anbot. Als Dank organisierte die alte Frau ein gemeinsames Abendessen: Auf dem gedeckten Küchentisch dampften in dicke Scheiben geschnittene Wurst und Bratkartoffeln mit Zwiebeln. Der Sohn, der für Getränke sorgen sollte, legte sich ins Zeug und kaufte aus dem Russenmagazin ganze drei Flaschen klarer brennender Flüssigkeit und ließ verlauten, dass dies für fünf ausreichen sollte.

Cha, cha, vielleicht reicht es auch?

Das erste Missverständnis am Tisch waren die bis zum Rand gefüllten Gläser – das Glas, wie auch das Glück, müsse schließlich voll sein. Die Alte, der Sohn und der Enkel tranken alles auf einmal, aßen dazu weder Kartoffeln noch Wurst und füllten die Gläser erneut.

Ich entschuldigte mich, schob mein volles Glas in Richtung des Sohnes, goss von Mamas Glas die Hälfte ab und verdünnte den Inhalt mit Saft. Mit einem Schulterzucken wiederholten sie ein und dieselbe Frage:

– Warum verderbt ihr etwas Gutes mit schlechtem Saft? Warum?

Sie fragten, erwarteten aber keine Antwort und versanken in der großen Menge getrunkener Flüssigkeit, die ihre Körper von inneren Zwängen befreite. Sie blickten uns mit lächelnden, glückseligen Gesichtern an, sprachen durch das konsumierte Rauschmittel mit gehobener Intonation, bewunderten die deutsche Ordnung und die Menschen. Besonders viel Lob ging in unsere Richtung: Sie dankten dem Schicksal, das ihnen das Zusammenleben mit solch intelligenten Frauen vorherbestimmt hatte.

Die alte Frau begann zu sinnieren, dass man vielleicht keine andere Wohnung suchen müsse, sondern in einer Familie leben könnte, wie damals „v komunalke"[13], und sie kam so in Fahrt, dass sie begann, mich mit ihrem Enkel zu verkuppeln und ihren Sohn mit Mutti, wobei sie Ähnlichkeiten zwischen Mutti und sich selbst in der Jugend erkannte. Damit es überzeugender wäre,

---

[13] *dt.* im Wohnheim

sollte ihr Sohn die Hochzeitsfotos von ihr und ihrem Sohn holen, auf denen sich neben großen, stämmigen Männern kleine, zerbrechliche Frauen präsentierten, die meiner Mutti tatsächlich irgendwie ähnlich sahen.

Cha, offensichtlich begann uns seit den ersten Schritten hier in Deutschland das Glück in der Liebe hold zu sein. Recht deutliche Zeichen des Schicksals bereiteten anscheinend den Weg in die Zukunft. Die Sprache ihrer sich verhaspelnden Zunge machte allmählich den Hauptgrund der erträumten Verbindung deutlich: die Reinigung der deutschen Rasse. Das Erbe Hitlers!

Alle, die die deutsche Rasse herausforderten, hat Hitler auf unterschiedliche Weise vernichtet. Die Gefahr für die Existenz eines hybriden Individuums verschwand nicht, erhielt aber abhängig von der Zeit andere Formen.

Ha, ha... Der Sohn war genauso ein Hybrid wie ich, und der Enkel stand noch weiter im Abseits, doch die alte Frau hatte, in Vorbereitung der gesamten Munition für den Angriff, ziemlich viele Informationen gesammelt. Sie begann von etwas zu reden, was ich, und vor allem meine Mutti, nur schwer verstehen konnten: Als Embryo reinblütiger Urgroßeltern und Eltern hat sie, durch den Sex mit einem Russen und durch die Geburt von Nachfahren, nicht nur die deutsche Staatsbürgerschaft, sondern auch ihr deutsches „Ich" verloren.

Die Alte sah keinen anderen Weg als den der Transfusion – die Übertragung von Vollblut. Sie trug diese Idee schon lange mit sich herum: Für sich selbst sah sie einen blinden Streuner aus der Nachkriegszeit voraus, den sie nach ihrer Ankunft erkannte, für ihren.

Sohn eignete sich Jeny, meine Mutti, die mich – einen ähnlichen Hybriden – zur Welt gebracht hatte. Als Mutti diesen

Unsinn hörte, konnte sie ihren Ohren kaum trauen und wiederholte ständig:
– Nein, so etwas Absurdes habe ich noch nicht gehört. Nein, das kann nicht sein. Das ist doch absurd... Völlig absurd...

An anderen Abenden verbrachten die Bewohner der Gemeinschaftswohnung ihre Zeit auf ähnliche Weise, wobei sie ihre Erfahrung, der wir nicht wirklich Glauben schenkten, mit uns teilten.

Manchmal verdrückten wir uns unauffällig, und wenn wir zurückkamen, huschten wir schnell in unser Zimmer. Über unsere Abkapselung beschwerten sie sich, deshalb blieben wir manchmal, denn gegen ihre offene Herzlichkeit ließ sich nur schwer ein konsequentes „Nein" hervorbringen.

Wir sind kühler, die Deutschen sagen zurückhaltend, obwohl diese Beschreibung auf meine Mutti nicht zutraf: War der Gesprächspartner interessant, floss die Sprache nur so dahin, und der Körper war so gebaut, dass die Seele anscheinend von Mund zu Mund floss, in freudiger Erwartung des Augenblicks der Verbindung.

Diese Bewohner mit gemeinsamem Schicksal führten Muttis kreativen Geist immer mehr auf Abwege; sie hatte sich wahrscheinlich immer noch nicht von dem Ekel um die Schaben befreit, denn manchmal schaffte sie es gerade so bis zur Kloake, die alle Obszönitäten des Körpers aufsammelte und in den tiefen Untergrund abfließen ließ. Der auf den weißen Fliesen kauernde Körper und der Geruch von Erbrochenem zeigte deutlich, wie so ein unbedeutendes Gemisch aus Alkohol und Orangensaft, das sie zu trinken gezwungen war, ihren Körper vergiftete. Und die drei wiederholten immer wieder mit starrer Überzeugung: „Tolko tschistoje, tolko tschistoje nuschno pit."[14] – sie stellten ihr das

---

[14] *dt.* Nur rein, nur rein darf man ihn trinken.

Wodkaglas unter die Nase und forderten sie zum Trinken „dla zdorovja"[15] auf. Das zur Antwort gewordene Erbrechen verwirrte die halbnackten Nachbarn, aber damit das gute Zeug nicht verdampft, trank es der Sohn bis auf den Grund aus.

Muttis morgendliche Blässe war das Ergebnis dieser aufgezwungenen Nachbarschaft, die laut der alten Frau verwandtschaftlich werden sollte. Mutti beschwerte sich nicht, doch ich spürte, dass es ihr den Kopf zerreißt, aber nicht wegen des Schmerzes, sondern von den Gedanken.

Den Blicken entnahm ich, dass ihr Zustand grenzwertig war, nicht nur wegen des Lärms, der Gerüche, sondern auch wegen des gezwungenen Umgangs auf Russisch. Sie konnten weder Litauisch noch Deutsch und waren äußerst erstaunt, dass man in Litauen – „v sovetskom sojuze"[16] – nicht wirklich Russisch kann.

## Metastasen der sozialistischen Erziehung

Einmal am Nachmittag, als Mutti wieder etwas Farbe im Gesicht bekommen hatte, ging sie nach draußen. Noch nie hatte ich sie so ernsthaft konzentriert gesehen: Sie wandte sich abermals an die Hausverwalterin bezüglich der Umsiedlung in eine andere Wohnung. Den wahren Grund offenbarte sie ihr natürlich nicht; sie schob alles auf den Schmerz, den ihr verrenkter Fuß bereitete, wenn sie in den dritten Stock steigt, aber wegen ihres kapriziösen Charakters beschwor sie wieder Unheil herauf.

Die Verwalterin, eine hübsche Blondine polnischer Herkunft, mäßig geschminkt, reagierte auf die Bitte nicht sofort. Mit einem

---
[15] *dt.* auf die Gesundheit
[16] *dt.* in der Sowjetunion

zweideutigen Lächeln redete sie sich heraus, führte verschiedene Gründe an und betrachtete dabei meine Mutti vom Scheitel bis zur Sohle. Aus irgendeinem Grund gefiel sie ihr nicht. Ich denke wegen ihrer Eleganz. Obwohl sie nicht so besonders hübsch war, konnte sie doch durch die Kombination verschiedener Details zu einfacher Kleidung einen eigenen Stil erreichen.

Die Revolution war geschehen, erst nachdem sich die Sozialarbeiterin eingemischt hatte, und die große Völkerwanderung bewies, dass der Klassenkampf gewonnen war. Der schnelle Sieg war erst die Anfangsstufe, denn die polnische Verwalterin, die nun Deutschland als ihre Heimat ansah, war nicht in der Lage, ihre tief sitzenden Emotionen im Zaum zu halten und war bemüht, sich an der Vertreterin aus Litauen auf verschiedene Art und Weise für Vilnius zu rächen. Die Opposition war dadurch etwas sanfter, dass Vilnius nicht unsere Geburtsstadt war, doch es fiel der Verwalterin nicht leicht, ihre hohe Position aufzugeben, und sie bemühte sich nach Leibeskräften, uns zu erniedrigen.

An der Ignoranz der Verwalterin beteiligten sich auch noch die beleidigten Mitschläfer der gemeinsamen Wohnung; unsere freiwillige Isolation werteten sie als kranke Arroganz und gaben uns noch böse Beinahmen wie Rassistinnen oder Faschistinnen.

– Ich werde sie schon noch ärgern, – sagte Mutti einmal, wobei sie seltsam kicherte, – auch ich kenne einen Knackpunkt – den polnischen Stolz auf Kopernikus, dessen Heimat gar nicht Polen sondern Preußen war. Er ist der Stolz des vernichteten Volkes der Preußen! Die Polen haben sich das Land angeeignet und Kopernikus zum Polen gemacht.

Ich war ganz erstaunt, von ihr solche historischen Wahrheiten zu hören, die sie noch ausweitete, als sie an die große Völkerwanderung, die Welt ohne Grenzen und das Studium der Glücklichen im Ausland erinnerte. Ich hätte nie gedacht, dass sich in ihrem Kopf solche Wahrheiten ansammeln könnten, die nach Volkspolitik rochen.

Unglaublich... Meine in den Wolken schwebende Mutti eröffnete mir plötzlich einen Teil ihrer selbst – als völlig anderer Mensch. Doch in der Realität konnte sie sich nie verteidigen, ihre Kampfeslust blieb stets hinter verschlossenen Türen. Ihre deutliche Demut ärgerte mich: Wenn sie sich zum Sprecher beugte, gab es in ihrer Stimme keine Stabilität – im Gegenteil, nur eine Bitte, keine Forderung, und diese lange Erklärung, obwohl ihr nach allen Gesetzen das Mittel zustand. In diesen Augenblicken hielt ich es neben ihr kaum aus.

Einmal habe ich auch mich dabei ertappt, dass ich in einer ähnlichen Situation Angst verspürte und mich selbst zum Gesprächspartner beugte: Sollte dadurch das Wort schneller in sein Ohr gelangen oder wollte ich einem Schlag von hinten ausweichen?

## Prozess nach Kafka

Niemand hat uns verleumdet, niemand stand vor der Tür. Kaffee haben wir selbst gekocht. Die Verwalterin, der Sozialarbeiter und der Hausmeister – die drei Hauptakteure, die Einladungen zum Verhör erteilten – hatten sich meistens in dem für sie bestimmten Käfig des Hauses verschanzt.

Die aufsteigende Morgensonne blinzelte kurz durch das Fenster und sank nach Westen ab. Die herangezogene Nacht plagte mit unruhigem Schlag, und nicht immer war klar warum. Nachdem man plötzlich eine Zutat in einem Nationalitäten-Cocktail geworden ist, fällt es nicht leicht, das Gleichgewicht zu behalten. Die Unruhe der Vergangenheit hätte doch nach der Ankunft im Land der Vorfahren allmählich verschwinden müssen. Diese Unruhe wurde durch eine neue abgelöst. Wo kommt sie her? Für unsere alltägliche Existenz hatten wir doch alles.

Was beeinflusste uns? Die neue Welt?

Mutti dürfte es hier nicht schwer haben, und ich sollte mich als Hybridin überall gut fühlen. Es ist doch völlig egal, wo der Mensch ist – der Sinn des Lebens verändert sich nicht, wie auch das Ziel der menschlichen Existenz.

Ich fragte mich immer wieder: Was fehlte, was beeinflusste uns?

Sind es vielleicht die anderen Menschen?

Vielleicht waren wir auch anders?

Für eine klare Rehabilitation bedurfte es Argumenten, die dem Absurden nahe kamen, wozu sich Mutti nicht erniedrigen wollte, und alle Diskussionen endeten im Nonsens, der sie verrückt machte: Alle Ankömmlinge aus dem sowjetischen Lager wurden als Russen bezeichnet, wie auch die vertriebenen Deutschen aus den Weiten Russlands, wo sie als Deutsche verfolgt worden sind, – hier in Deutschland wurden sie zu Russen.

Muttis wiederholter Gedanke von irgendjemandem, dass nur im Innern des Menschen die genaue Antwort läge und nur der Mensch selbst weiß, was er ist, verursachte nur Lachen und abschätzige Bemerkungen. Vielleicht verflüchtigte sich auch allmählich der Mythos über Deutschland, und meine Mutti hatte den Glauben daran verloren, dass die Wahrheit siegen wird?

Bestand nach unserer Ankunft das grundlegende Ziel des Lebens aus dem Kampf um den Nachweis, was man ist?

Ist das etwa das Ziel der menschlichen Existenz?

Ist das Leben in Wirklichkeit ein Kampf, um in Raum und Zeit normal zu existieren?

Cha, ich verirrte mich völlig in Fragen ohne Antworten.

Völlig unverhofft wurden Mutti und ich in dem Haus, das zu unserer kurzweiligen Unterkunft diente, fast schon zu offiziellen Übersetzerinnen. Viele baten uns darum, einen Text zu übersetzen oder gar eine Antwort zu verfassen. Die uns erwiesene Ehre schätzten wir sehr, doch auch wir verstanden nicht alles, was in diesen clever verfassten Schreiben mit kleinen Buchstaben und Zahlenhieroglyphen stand.

Die große Tragödie der Familie, die wegen des stattfindenden Prozesses nach Kafka ein Stockwerk über uns eingezogen war, begann fast vor einem Jahr. Nur anders als Kafkas Josef K., der am Morgen in seinem Zimmer verhaftet und zum Verhör geführt wird, schließen sich die Menschen mit gesundem Verstand in diesem Haus freiwillig in einem kleinen Zimmer ein und nutzen ihre Zeit bewusst zum Verteilen der erhaltenen, zerfallenen Dokumente, die Herkunft und Geschlecht belegen.

Obwohl der Zweck dieser Aktion ziemlich persönlich ist – keinerlei Politik – uferte selbst die Bestätigung der Echtheit eines Dokuments für viele zu einem Rechtsprozess aus. Der Vorwand für den Beginn des absurden Prozesses war eine Geburtsurkunde, auf der das Geburtsdatum falsch vermerkt ist – nicht nach deutschen Regeln.

Die Anklage: Die Reihenfolge wurde nicht eingehalten – dort stand Jahr, Monat, Tag, aber es musste Tag, Monat, Jahr sein.

Die offensichtliche Verwirrung des Familienoberhaupts, das Unvermögen, eine Erklärung zu liefern, wurde per Stempel mit dem Vermerk bestätigt, dass sich dahinter Urkundenfälschung verbirgt und eine gründliche Prüfung notwendig ist. Die Erklärung, dass in der Sowjetunion damals, als er geboren wurde, die angegebenen Regeln zum Datumsvermerk galten, half nicht.

Er war verwirrt, denn die Geschichte, die diese Familie nach Deutschland verschlug, war tragisch. Vor der Ausreise starb seine Frau, von der das Schicksal aller anderen abhing, also fand alles später quasi wie im Nebel statt. Er war jetzt allein verantwortlich für das Schicksal der Familie – für seinen jugendlichen Sohn und die alte Mutter seiner Frau. Das Unverständnis für ihre Situation erhöhte die Unsicherheit ihres Lebens. Durch die absurde Beweisführung wurde er von einer Tür zur nächsten gescheucht, das klare Denken wurde gestört. Bis spät abends saß er bei Mutti, um die Bedeutung irgendeines deutschen Satzes zu klären...

In diesem Fall waren meine Empfindungswörter völlig unangebracht, auch wenn ich sie gern eingesetzt hätte, um dieser dramatischen, mit gesundem Menschenverstand absolut unverständlichen Situation etwas Komisches abzugewinnen.

Durch die Auseinandersetzung auf diesem psychologischen Gebiet verfielen er und Mutti immer öfter in Diskussionen, wobei sie einander ihre Frage nicht wirklich beantworten konnten:

– Das sich vorwärts drehende Rad der Geschichte kann doch nicht etwa zurückrollen?

– Wird die Geschichte der Neuzeit einmal den gesäten und auch weiterhin aufkeimenden Samen des Faschismus und Kommunismus vernichten?

– Ist unsere angeborene Schuld der Ort, an den es manches Schicksal verschlug, an dem andere geboren wurden und wo die russischen regionalen Plagegeister – die RE-Zecken – wüteten?

Zweifellos, würde ein Wächter der deutschen Nation sagen; für ihn war die vor Ort verursachte Zeckenenzephalitis eine der schwersten Infektionen der langen russischen Saison – sie verbreitet sich im gesamten Organismus und erreicht auch die Hirnhäute. Er war sich sicher, dass ohne rechtzeitige Behandlung die Langzeitentzündung die normale Hirnaktivität lähmt, und deshalb ist eine ausführliche Untersuchung notwendig. Nur das eingespritzte Kontrastmittel, das in die tiefliegenden Gewebe eindringt, bringt die Schatten des sowjetischen Erbes zum Vorschein und gibt Anlass zur tödlichen Diagnose – Ostkrebs.

Aus Angst, dass sich krankhafte Elemente in dieser friedlichen Zeit Zugang zur reinen Rasse verschaffen könnten, kommt eine Behandlung zum Einsatz, die der Selektion gleichkommt: Chemo- und Strahlentherapie. Cha, cha...

In einem Anflug von Ärger versprühte unser Nachbar uns oft unbekannte historische Wahrheiten. Jeder von uns hatte eine andere Erfahrung, und es schien, dass es schlimmer nicht kommen kann. Der Nachbar konnte nicht einmal ahnen, dass er hier, auf dem Boden seiner Vorfahren, in einem freien demokratischen Land, mit Phänomenen konfrontiert werden würde, die typisch für die Welt der verfluchten Vergangenheit war: Selektion.

Einmal bezeichnete er die schwer zu entziffernden, in winzigen Buchstaben aufgeschriebenen Wahrheiten sehr treffend – zumindest sah ich das so – als Zeichen für den unvergleichbaren deutschen bürokratischen Zeckennationalismus. Er war so in Rage, dass er nicht aufhören konnte:

– Diese Reinblütigen haben sich auf ewig einen Namen in der Geschichte gemacht, das weiß ich. Faschismus und Kommunismus werden nie von den Lippen zukünftiger Generationen verschwinden. Die Wurzeln reichen so tief, dass man sie nicht mehr vernichten kann!

– Ja, genau... Es bleiben noch viele Fragezeichen bezüglich der Reinheit der von Hitler verteidigten Rasse. Ist die Reinheit des Blutes tatsächlich ein Indikator für die Reinheit der Seele? – stimmte Mutti zu – die „große Politikerin", und danach setzte sie das Gespräch mit ihren Ausführungen fort.

Der Nachbar, der von Natur aus ein ruhiger Mann war, wurde in Deutschland plötzlich zum Kämpfer. Seine größte Schlacht stand ihm bezüglich der Existenz seines Sohnes bevor. Er konnte sich kaum beherrschen, als er davon sprach, dass nicht nach dem gesucht wird, was uns, Menschen aus dem Osten mit den reinblütigen Westlern verbindet, sondern nach dem, was uns trennt, als wäre es nicht klar, dass alle Menschen unterschiedlich sind.

Immer stärker fesselten ihn die Knoten des bürokratischen Netzes, die er nicht mehr zu entknoten vermochte. Deshalb saß er abends immer öfter bei uns.

Beim Politisieren vergaß er den Verlust seiner Frau, was sich wahrscheinlich nicht vermeiden ließ, wenn er mit seinem Sohn und der Mutter seiner Frau zusammen war. Bei uns sprach er nicht über seinen Verlust, sondern lediglich über Missverständnisse, die sich ihm auftaten, wenn er verschiedene Institutionen besuchte; später zog er Schlüsse zur gegenwärtigen Politik der Deutschen. Und sein Sohn, der still Schach spielte, gewann den ersten Platz stadtweit und zeigte es damit allen reinblütigen Deutschen.

Nach der letzten Gerichtsverhandlung war der Nachbar von oben besonders aufgeregt, sprach verärgert über den Revisionismus und wunderte sich, dass eine einst so feindliche Strömung so lange reißend geblieben ist.

Ein ehrwürdiger Gesetzeswächter in Robe erreichte mit seinem Gerichtsurteil beinahe den Gipfel von Pontius Pilatus, als er verkündete, dass der Zuwanderer gemäß allen Paragrafen der Gesetze und Verordnungen zurückkehren sollte, und für mehr Klarheit erwähnte er die Gründe in Stichpunkten:

A) Seine Frau, eine reinblütige Deutsche, die ihm die Möglichkeit gab, hierher zu kommen und ihm die Möglichkeit gegeben hätte, hier zu bleiben, verstarb noch bevor sie nach Deutschland kamen.

Schlussfolgerung: Die Genehmigung verlor ihre Gültigkeit.

B) Er, ein Wolfskind, wuchs in einer litauischen Familie auf, nachdem seine Eltern – reinblütige Deutsche – im Krieg umgekommen waren.

Schlussfolgerung: Verlust der deutschen Identität, und da in Deutschland die Grundlage der nationalen Vererbung der Vater ist, hat der minderjährige Sohn ebenfalls keinerlei Rechte.

Der Nachbar war wie vor den Kopf gestoßen, als er solche absurden Schlussfolgerungen hörte. Um dem Hungertod zu entkommen gelangte er aus Königsberg nach Litauen, irrte lange Zeit durch Dörfer und Siedlungen, bis er bei einem Bauern Zuflucht fand.

– Das habe ich nicht erwartet… Niemals, niemals habe ich erwartet, – sagte er immer und immer wieder, – dass die Revision meines Lebens zu solch einer grandiosen Show werden würde. Ich bin jetzt vollends davon überzeugt, dass die deutschen Paragrafenreiter, die an ihren Tischen sitzen und in dicken Gesetzbüchern blättern, absolut unpersönlich sind und den Schicksalen der Menschen gleichgültig gegenüber stehen.

Nach einem kurzen Augenblick des Schweigens fügte er recht schmerzerfüllt hinzu:

– Ich kann nicht zurückgehen, ich kann nicht! Durch meine Rückkehr werde ich zum Verräter!

Diese Revision des Lebens unseres Nachbarn, die mir Einblick in einen der stattfindenden Prozesse gab, sollte uns quasi vorbereiten, aber ich dachte immer öfter darüber nach, dass uns der

Berühmte fehlte, der dabei behilflich sein kann, das zu analysieren, was mir unverständlich ist.

Ich kann keine Verbindung zu ihm aufnehmen, ich befinde mich in einer Sperrzone. All dies hätte ihn sicher interessiert, er würde sicher die Nationalität und natürlich auch den Nationalismus aufgreifen. Die Aufteilung der Welt und die Verschlossenheit der Völker beeinflussten ihn besonders.

Wenn ich früher auf Grund meiner Unreife und meines Selbstschutzes keine Gespräche mit ihm begonnen habe, könnte ich ihm nach derartigen Revisionen schon fast eine gleichwertige Diskussionspartnerin sein; vielleicht könnte ich auch dem Nachbarn etwas raten.

## Peri-Phrasen

Eine Rechtskundige vom Kontrollamt, wollte dem Nachbarn von oben, der zwischen den Gesetzeshieroglyphen verloren war, helfen und riet ihm, sich an das Institut für Sozialforschung zu wenden, wo nach Anfertigung eines Enzephalogramms und dessen Auswertung die Hirnaktivität und die Folgen des RE-Zeckenbisses schriftlich formuliert werden, und dies würde Pontius Pilatus vielleicht helfen, zu einer anderen Schlussfolgerung zu kommen.

Da er keinen anderen Ausweg sah, willigte der Nachbar ein und ließ freiwillig Untersuchungen durchführen, obwohl er nicht ganz verstand, welche Hirnelemente seine deutsche Natur beweisen könnten. Er musste Zeit gewinnen, damit er sich entscheiden konnte, denn eine andere wohlgesonnene Beamtin riet ihm mit einem zweideutigen Lächeln, weil der Nachbar ein schöner Mann war, dass er noch vor dem Inkrafttreten des Gerichtsurteils – also innerhalb eines Monats – eine reinblütige Deutsche finden und sie schnellstmöglich heiraten müsste.

Als er bei Mutti auftauchte und diese beiden Varianten zum Überleben erzählte, war der Anblick seines hängenden Kopfes herzzerreißend. Er trauerte noch um seine Frau, deshalb schloss er eine Heirat als Ausweg sofort aus. Es schien ihm sogar, dass die lächelnde Beamtin sich lustig über ihn gemacht hat; vielleicht hat sie sich gar selbst angeboten. Also sah er keinen anderen Ausweg, als sich zum Untersuchungsobjekt machen zu lassen, wobei er auch Elektroschocks nicht vermeiden würde – damit ließe sich das Erbe der RE-Infektion vernichten, und das würde der Familie helfen, ihr Ziel zu erreichen, und das Leben würde einen Sinn erhalten. Ha, ha, ha...

Die Deutschen haben Recht: Mit der Zeit ist es notwendig, die großen Werte neu zu bewerten und den Wandel neu zu programmieren. Die Vergangenheit, wie auch immer sie gewesen ist, wird wie ein Buckel getragen.

Nach diesen realen Geschichten spürte ich, wie die in meinem Innern schlummernden deutschen und russischen Gegensätze pausenlos aneinandergerieten, und dabei fehlte es auch nicht an Konfrontationen mit dem litauischen Äußeren. Sollte ich die Umstände meiner Geburt belegen müssen, wird es wirklich zu Missverständnissen kommen. Auch die Frage nach meinem Geschlecht könnte ausgegraben werden, und dann werde ich um eine Geschlechtsumwandlung nicht herumkommen. Cha, cha...

Es ist schließlich schwer abzustreiten, dass ich ein Geschöpf bin, das von den unbarmherzigen Ereignissen der Geschichte mit eigenen Farben der Zeit bemalt wurde, deren Bestandteil nicht nur Eier sind. Außerdem waren die giftigen Chemikalien der Zeit in die tiefliegenden Gewebe vorgedrungen, deshalb kam es zu einer kontinuierlichen automatischen Autointoxikation. Deshalb glaubt auch niemand an die Originalität des Selbstporträts, und an die Autogenese glaubt man in Deutschland schon gar nicht. Die verschiedensten Nachweise werden benötigt. Cha, fast dieselben Selektionsmethoden, die zuvor auch Hitler anwendete, als er für die Reinigung der deutschen Rasse kämpfte.

Ich verstand, dass auch wir nicht um den Eingriff herumkommen, denn alle Ankömmlinge von dort wurden in Autoklaven gesteckt und bis zu aaaaaaaauuuuuuuuuuuuu... und aaaaaaaaiiiiiiiiiiiiiiiiiiiiii... sterilisiert; bei manchen wurden sowjetische Mikroben vernichtet, und andere Mischlinge wie ich wurden gereinigt – sie wurden geschlechtslos, unfruchtbar, ähnlich wie Amöben. Den Ausweg sah ich nur im Material, das für die Autopsie entnommen wurde; die Untersuchungsergebnisse würden vielleicht die Autokraten überzeugen. Ha, ha...

Von der Seite betrachtet hatten es auch die gewöhnlichen Deutschen nicht leicht. Obwohl die stürmische Zeit recht weit in der Vergangenheit lag, lösten sie immer noch Kreuzworträtsel. Nein, über den gewöhnlichen Deutschen zu spotten, wäre ein großer Fehler: Ich würde die Akzeptanz der Deutschen verlieren, und würde die Verbindung zu den gewöhnlichen Deutschen abreißen, würde ich dem Druck nicht standhalten.

Ein künstliches „cha" war meine einzige Rettung. Damit überdeckte ich meinen Stimmungswandel wegen meiner Haare, die mir der Wind der Realität auf meinem Hinterkopf zerzauste. Er half mir, als ich es nicht fertigbrachte, die böse Wirklichkeit mit natürlichem Humor zu verdünnen und zu lachen, wenn es nicht witzig ist.

Die Ideen Lenins und ihre praktische Anwendung waren auch hier beständig. Schon damals wies Lenin darauf hin, dass es eine Lücke zwischen der Kunst und den Massen geben müsste, wie auch zwischen den Massen und der Regierung; darum entspricht unsere Existenz hier, die mitunter von verschiedenen situativen Absurditäten durchtränkt ist, der Norm. Und die Worte des Initiators der großen Völkerwanderung zu ignorieren, wäre nicht ratsam gewesen, weil Deutschland nirgendwohin fortgeschritten ist.

Man musste ein guter Psychoanalytiker sein, um die Gedanken zu verstehen, die sich in den naiven Köpfen von mir und meiner Mutti abspielten. Ihre Ursprünge lagen in der tiefen Vergangenheit, und die aus den gereiften Samen angefertigte Mischung enthielt solche rechtlichen Interpretationen, dass es für jene, die in einem Unrechtsstaat gelebt hatten, nicht leicht war, sich zu orientieren, denn die Intuition führte meistens in eine Sackgasse, die nicht nur mit Verdächtigung gepflastert war, sondern wo die Wände auch mit gesetzlichen Paraphrasen beklebt waren; da es an Fläche fehlte, reichten sie in die Peripherie hinaus und erklärten als Peri-Phrasen dasselbe, nur mit anderen Worten.

Die Probleme des Nachbarn rückten in die Ferne, als nach dem Treffen mit einem Beamten auch auf unserem Tisch ein siebzehnseitiger Text landete, und die Handlung begann sich ähnlich zu entwickeln, wie die Nachbarn der Gemeinschaftswohnung erzählten. Obwohl die Schreiben des Nachbarn praktische Kenntnisse lieferten, war das Wesentliche, das sich zwischen den Zeilen und hinter den Paragrafen verbarg, schwer zu verstehen. Am deutlichsten klang das Ende, wo eine Anmerkung in winziger Schrift verkündete, dass zur Klärung dieser versteckten Bombe eine Frist gesetzt ist. Bei Versäumnis treten die rechtlichen Bestimmungen in Kraft, die damals in dieser Umgebung vom vorherrschenden Beamten des Amts festgehalten wurden.

Das Schreiben war übersät mit Paragrafen, die noch weitere Unterziffern hatten; es ergab sich keiner Kritik, und das brachte einen um den Verstand, denn die Paragrafen verschleierten die Wahrheit, und der Worttext schuf Untertexte, die das Wesentliche verzerrten.

Solche Abweichungen förderten revolutionäre Ideen – unklar jedoch, ob die des Kommunismus oder des Faschismus. Sie schufen Pläne, die den Raum zur Bewegung erweiterten, doch dies leider nur im Kopf meiner Mutti. Sie äußerte lautstark scharfe Kritik an ähnlichem Schriebs, verfasste dabei in Gedanken Texte, mit denen sie sich an die Befürworter des Gesetzes wenden werde – dabei notierte sie sich etwas auf einem weißen Blatt Papier. Aber nach dem Treffen mit ihnen kehrte sie noch gereizter zurück, denn nachdem ihre Wahrheit auf deren absurde Schlussfolgerungen getroffen war, wurde sie noch absurder. Ich beschloss, mich nicht in diese Absurdität zu vertiefen und resümierte, dass die Jugend ihre eigenen Vorstellungen hat. Schade um die Zeit!

In Wahrheit war es mir – einer gebürtigen Hybridin – nicht wichtig, was schwarz auf weiß geschrieben stehen wird. Das wichtigste ist, sich eine Antwort zu geben, sich zu begreifen und zu entdecken. Mutti hätte mein Kauderwelsch nicht verstanden, denn als sie die Hauptrolle in der Tragikomödie ihres Lebens erhielt, reagierte sie nicht sehr angemessen.

Sie war unheimlich verärgert, dass ein hoch oben sitzender Dramaturg das Lebensdrama von ihr und ihren Vorfahren entstellt beschrieben hatte. Mit dem Bleistift zwischen ihren schlanken Fingern strich sie ohne Rast strittige Stellen in dem siebzehnseitigen Text an, schrieb zusätzliche Erklärungen, korrigierte, schrieb wieder und hob damit ihre deutsche Identität hervor.

Wenn es keine organischen Einheiten – solche reinblütigen Deutschen wie Oma und Opa – gegeben hätte, gäbe es schließlich auch meine Mutti nicht. Eine einfache Wahrheit.

Mutti konnte ihre Emotionen nur noch schwer zügeln. Ihr Bewusstsein konnte nicht begreifen, dass der größte und einzige Makel, der einen Schatten auf die Abstammung warf, der Geburtsort war: Ostpreußen – ein Landstrich, in dessen Tiefen die Wurzeln liegen. Mich ließ der Gedanke nicht los, dass alles anders laufen würde, wenn es um schwarzen, fettigen westlichen Grund und Boden ginge; doch der durch den Lehm watende spätere *Homo sovieticus* wird für alle Zeit mit Lehm beschmiert sein.

Durch den Verlauf der tragikomischen Anerkennung meiner lieben Mutti als Deutsche war ich völlig von meinen kreativen Zukunftsplänen abgekommen. Ich konnte sie schließlich nicht allein auf der Avant-Scène zurücklassen. Ein Schauspieler ohne Regisseur ist meist wie ein Fisch ohne Wasser. Cha, die von der Regisseurin eingenommene Position ließ die schwer zu brechende Bindung und Abhängigkeit von den Erzeugern noch deutlicher spüren. Als ich begann, nach einer Regielösung zu suchen, verstand ich, dass es notwendig ist, die Geduld zu bewahren oder sie zu trainieren.

Die Erkenntnis der Umgebung und ihre Analyse können leider dauern. Ich, als Ankömmling aus einer Welt, in der ein analytischer Verstand teuer zu stehen kommen kann, war nicht in der Lage, ihn schnell einzusetzen, aber ich bemühte mich inständig. Ich musste Mutti dabei helfen, die Wurzeln aus der Erde zu graben, denn jedes Mal, wenn sie beim Herumblättern und Lesen ihres Lebensberichts auf Oberflächlichkeit, Absurdität oder Stumpfsinnigkeit traf, seufzte und stöhnte sie nur.

Immer häufiger befiel sie eine Apathie, und ich begann mich wie ein Kadett zu fühlen, der sich mit der Kampfkunst vertraut macht und nicht genau weiß, wo, wie und wann er sie anwenden soll. Die Szene war tragikomisch und cha – schwer zu begreifen: Wenn man an der eindeutigen Herkunft von Mutti zweifelte, mit dem Hinweis, dass man dort für eine Flasche adelige Papiere kaufen konnte, dann brauchte man von mir gar nicht erst zu sprechen: Eine Mischung aus russischer Gefühlsoffenheit bis zu den schwer beherrschbaren, bereits erwachenden und den Körper anfeuernden weiblichen Emotionen, irdischen Instinkten sowie der alles abwägenden Deutschen und Distanz bewahrenden Nordlitauerin.

Cha, eine absolut unmögliche Kombination! Die Tragödie durch den Vater und Provokateur, die auch den inneren Konflikt zwischen den russischen, deutschen und litauischen Elementen hervorrief, drückten noch mehr auf meine Identität. Die Gründe sind nicht nur innerlicher, sondern auch äußerlicher Natur: Die Öffentlichkeit, die sich aus den verschiedensten Grüppchen zusammensetzte, störte die Herausbildung einer nahtlosen Persönlichkeit.

Cha – mich selbst interessierte meine eigene Ableitung, die zur Erkenntnis einer Gruppe, einer Partei führte, wobei auch der Pluralismus abgeschmettert wurde. Irgendwo verlor ich den Überblick. All diese Gesetze und Paragrafen mit ihren Schlussfolgerungen brachten meinen Verstand ganz durcheinander.

Totaler Salat. Cha, natürlich ein litauischer, denn die Deutschen essen meist säuerliche Kartoffelsalate. Diese Deutschen haben einen interessanten Geschmack – antwortet die litauische Identität, und die russische, bei der gebratene Kartoffeln mit sauren Gurken serviert werden, steht der deutschen näher; nur der Zusatz „stakan wodki"[17] ist rein national. Welch schöner Anblick!

---

[17] dt. Wodkaglas

Konnten wir uns vorstellen, dass unsere Rückkehr zu den Wurzeln, cha, solche nationalen Abweichungen zum Vorschein bringen wird?

Der Nationalismus war zu jeder Zeit kämpferisch, aber dass Einzelfälle, so wie unserer, das Fundament der gesamten Nation zum Bersten bringen könnten – das mochte ich nur schwer glauben. Es brachte sich selbst dazu, nicht von außen, sondern von innen, wobei als grundlegende Frage nicht nur die Reinblütigkeit aufkam, sondern in der Presse auch auf die bevorstehende Bedrohung ihrer Leitkultur hingewiesen wurde, nachdem die Landsleute aus dem Osten herübergeschwappt kamen. So verblasste der Traum über die Toleranz und eine faire Analyse in mir täglich etwas mehr. Aber konnte ich all dies meiner Mutti sagen, wenn sie noch hoffte und alle Konfrontationen mit Zufällen rechtfertigte, die nichts mit der gesamten Nation gemein haben. Sie bemerkte nicht einmal, dass die einzelnen Ämter es vermieden, sich gegenseitig zu kritisieren oder zu widersprechen. Niemanden interessierte unsere tragische Geschichte oder die des Nachbarn von oben oder die der Familie aus unserer Gemeinschaftswohnung.

Schließlich sollten hier, wo der westliche Pluralismus seine Wurzeln gelassen hatte, unsere Resümees positiv angenommen werden. Die Anerkennung der Chromosomen, die von Generation zu Generation die Merkmale der Kontinuität und der Vielseitigkeit des Denkens tragen, würde den Selbstausdruck aktivieren.

Cha, wie gescheit ich dachte!

Hier gab es nichts Gescheites, fremde Gedanken, irgendwo habe ich etwas Ähnliches gelesen, denn ich selbst schwamm noch in trüben Gewässern, die durch den aufgewirbelten Schlamm wohl niemals wieder klar werden würden. Um von den verwirrenden Gedanken loszukommen, verfiel ich in ein anderes Extrem – ich klärte, welche sexuelle Orientierung ich habe.

## Instinkte

Im Westen fühlten sich alle entblößten Sexualgruppen wie zuhause, und Ha-Stadt, wie auch meine Erfahrung mit häuslicher Nacktheit in B-Stadt, haben mich fast reif gemacht.

Cha, cha, ich lachte, als ich mich daran erinnerte, wie mich einst der Berühmte aus meiner größten Scham rettete, als ich beinahe den Titel einer Lesbe erkämpft hätte, aber das half mir, mich nicht nur der Aufmerksamkeit alter Männer zu entziehen, sondern auch der Aufmerksamkeit der Jugendlichen, die zwischen langen Beinen nach leichter Befriedigung suchen.

Damals hat mir das Verständnis des Berühmten sehr geholfen. Die verschlossene Erziehung hatte von selbst die Samen gesät, die sich tief festsetzten und in Ermangelung organischen Düngers schwer keimten. Und das vibrierende Innere, ähnlich dem Flügelschlag der Schmetterlinge im Bauch, war anscheinend nur noch aus dem Repertoire der Kinderspielkiste, wobei die Vererbbarkeit der Eigenschaften des Vaters und Provokateurs nicht abzustreiten war: Männer zu provozieren war für mich eine einzige Wohltat; die Grenze war das Einsetzen der Schweißperlen auf dem Körper und... die Flucht.

Fürchtete ich mich vor dem Verrat meiner Instinkte? Wahrscheinlich...

Ich hasste meinen Vater, den ich nicht kennengelernt hatte, auch wegen der in meinem Gedächtnis verbliebenen kurzen Treffen. Wie aus einem Nebel auftauchende Hände – schamlose Hände – kamen näher und berührten den kleinen Körper des nackten Säuglings, was sein Recken und Strecken provozierte.

Es ist schwer zu glauben, dass der leibliche Vater auf diese Weise seine Sexualität entblößen konnte, doch als ich hier in

Deutschland von Eltern hörte, die ihre Kinder sexuell missbrauchen, glaubte ich immer stärker daran, dass sich die Welt von Freud, wie auch die der meisten Männer, um den Penis dreht.

Aus der Erinnerung tauchte auch immer wieder die Schule auf, an der es einen kleinen Platz für den Sportunterricht der Mädchen gab, aber manchmal wurden wir zum alten Friedhof gebracht, wo ein „Kulturträger" recht jungen Alters mit einer schwarzen Eisenbahneruniform herumlief, der sein weißes Kulturwerkzeug in den Händen hielt, das im Herbst oft blau wurde.

Cha, cha, cha – das prustende Lachen der Mädchen, das sich zu einem kontinuierlichen „Chaaaaaa..." vereinte, erschreckte den Kulturträger. Er versteckte sich dann eilig hinter dem Gebüsch, sein „Anhängsel" zog sich zusammen, und so störte der Verlust der erwünschten Verbindung die Blutzirkulation, was eine Atrophie des Organs zur Folge hatte.

„Schade, sehr schade", – knurrte eine Mitschülerin, womit sie alle zum Lachen und unsere Formation durcheinander brachte.

Die einzige Rettung war die alles erklärende humane sozialistische Kultur, die, wie auch der Sportlehrer, solche Phänomene nicht bemerkte und uns, den weiblichen Jugendlichen, kein erzieherisches Milieu bot; es wurden keinerlei Möglichkeiten geschaffen, um solch ein isoliertes Organ kennenzulernen, und es wurden auch keine Erklärungen zu seiner kulturellen Aufzucht gegeben. Ha, ha, ha...

Später haben wir selbst herausgefunden, warum das Experiment nicht funktionierte. Es war die Distanz. Die Laufbahnen befanden sich im ineffektiven Abstand zum Hauptexperimentator. Cha, cha, cha...

Es ist offensichtlich, dass uns, die Mädchen, derartige Entdeckungen kulturell noch mehr bildeten, und natürlich führte das umgekehrt zu Konflikten mit Männern, was wiederum Einfluss auf unsere sexuelle Orientierung hatte.

Chi, chi chi... Chi, chi chi...

Das Lachen des Skeptikers.

Ich versuchte meine Gedanken zu konzentrieren und nicht mehr über die grundlegenden Merkmale solch besonderer Kulturen wie heranreifende Vertreterinnen des weiblichen Geschlechts nachzudenken, aber den Spott begleitete unaufhaltsam mein „ha, ha", das noch mehr kindliche Erinnerungen heraufbeschwor. Ich atmete sogar tiefer auf, als ich daran glaubte, dass sie mir vielleicht endlich dabei helfen werden, herauszufinden, welcher sexuellen Kultur ich angehöre.

Ich begann, die Erfahrung in Stufen zu notieren: Am Anfang – der Provokateur und Vater, später – das autogene Training mit dahinschleichenden Perversen, die Friedhofskultur, die Reizung des Hinterns im vollgestopften Bus, der freudige Drang älterer Männer, einen nach Jugend duftenden Körper sowie das Mündungsgebiet der langen Beine zu berühren und so weiter und so fort.

In diesem „und so weiter und so fort" lag noch viel verborgen, doch ich ließ die unreifen Erinnerungen ruhen, gereizt durch den Gedanken, dass das hohe Amt nach Durchführung der Biopsie und dem Auffinden von Zellen männlichen Ursprungs nie und nimmer die anfänglichen Anima und Animus anerkennen wird, auch noch aus dem Grund, weil in den Dokumenten, die Jahr ein Jahr aus noch immer in allen Instanzen geprüft werden, das Geschlecht „weibl." eingetragen ist.

Eine Lüge ist eine Lüge. Die Strafe ist unvermeidbar!

Auch wenn seit der Verwechslungsgeschichte der Säuglinge schon viel Zeit vergangen ist, haben die Gedanken, die mich in die damalige, noch nicht ganz verständliche Zeit zurückversetzten, in mir Elemente hervorgebracht, auf Grund derer mich Fachleute, wenn sie sie erkennen würden, vielleicht sogar in die Gruppe der Hermaphroditen einordnen könnten.

Ha, ha... – ein solcher Fall war neben allen Beschlüssen des höchsten Amtes vielleicht nicht einmal vorgesehen, aber wenn ein ähnlicher auftritt, dann würde sofort ein entsprechendes Gesetz erlassen werden. Während unseres Aufenthalts hatten sich die Gesetze bereits mehrmals geändert, und wir fingen immer wieder von vorn an.

Ich bemühte mich sehr, den Gedanken an die mögliche Biopsie wegen der Zweigeschlechtlichkeit in die Ferne zu rücken, doch je weiter, desto mehr heizte er mein Gehirn an. Ich spürte, dass sich dieser Gedanke allmählich materialisierte, und da das zweite Geschlecht in mir quasi vorprogrammiert war, nahm ich in die Pläne meiner nächsten Projekte, wenn sich die Wahrheit anders nicht erreichen lässt, nach tiefem Einatmen zweifellos die Notwendigkeit einer operativen Geschlechtsumwandlung auf.

An dieser Schlussfolgerung hatte auch die Öffentlichkeit Anteil, in der der Mann als wertvolle Ressource sehr hoch angesehen ist: Die Karriereleiter steht offen, und die entwickelte Ausrichtung auf das Hinterteil, besonders in Deutschland, ist eine günstige Möglichkeit, um auch den Gipfel der Macht zu erreichen, der zu allen Zeiten für viele verlockend ist.

Die Macht ist schließlich ein Organ höherer Gewalt, und Gewalt bzw. Macht bedeutet schließlich Herrschen, eine höhere Position... Etwas Übergeordnetes... Ähnlich wie das männliche Organ, wenn es gewaltig ist. Wer das schnell verinnerlicht und sich an diesem Spiel beteiligt, dem öffnet sich das Tor zum Paradies. Cha, cha...

Die Erfahrung anderer bedeutete ganz und gar nicht, dass ähnliche Methoden auch mir das Tor zum Paradies öffnen werden, deshalb versuchte ich allmählich den Handlungsverlauf vorherzusehen, der zumindest der Seele meiner Mutti das Tor zum deutschen Paradies öffnet.

Die Metapher des „Paradieses", die vor den Augen erschien, flammte wie ein Feuer auf, denn Mutti könnte tatsächlich das Paradies auf Erden verwehrt bleiben; mich beruhigte der Gedanke, dass der Himmel ihrer deutschen Seele das Tor öffnen wird, wo sich die reinen Deutschen versammelt, und für mich, eine Hybridin, war das Öffnen des Tores zur Hölle garantiert, aber ich hatte keine Angst – ich war sicher, dass sich im Himmel alle Nationalitäten ausgleichen; und die Hölle ist die Hölle, da wird sich die deutsche nicht sonderlich von der russischen oder litauischen unterscheiden.

# Die Paragrafenreiter

Cha... Die Schlussfolgerung gefiel mir selbst, also dachte ich über die Frage, was mir, einer sich herausbildenden Persönlichkeit, die Anerkennung der deutschen Identität bedeutet, nicht einmal nach und antwortete mir selbst: Nichts. Und Muttis Ausrufe – „ich bin stolz, deutsch zu sein" – riefen nur Lachen hervor.

Die Ambitionen einer reinblütigen Deutschen...

Die Natur hat in ihr anscheinend tiefe Wurzeln getrieben, nur Muttis durch russisches Sperma verdünntes Blut verringerte die Zahl der reinen Körperchen, wodurch die Widerstandsfähigkeit sank, die für die eigene Legalisierung so wichtig war. Die ungesagten Wahrheiten sammelten sich, und mit etwas mehr Mut, prallten die Worte an Muttis geschwollene Mandeln, die sie nicht herausreißen lassen wollte – aus Angst, sie würde ihre

Stimme verlieren. Jahrelang hatte sie Schmerzen, und hier in Deutschland, wo sie unter der unendlichen Belästigung durch die Schreibtischtäter wegen der Genauigkeit des Formats verschiedener Papiere litt, schwollen sie aus irgendeinem Grund oft an.

Cha, an dieser Stelle versuchte ich zu lachen, denn nachdem sie die Dokumente abgelegt hatte, sprach Mutti, die ihre Stimme schonen wollte, mit halber Lautstärke, als würde vor ihr irgendein stumpfsinniger Beamter sitzen. Sie tat mir leid, aber ich wusste nicht, wie ich ihr helfen sollte.

Ich war der Meinung, es wäre zweckmäßig, die Kopien aller Dokumente und des historischen Materials vorzulegen und mit einem Zeigestock, wie auf einer Landkarte, die Aufmerksamkeit auf die territoriale Verteilung und auf die größten Ansammlungen räumlicher Körper niedergelassener Deutscher zu lenken, unter Erklärung der Bedingungen zur Ausbildung der Erdkruste – des Geburtsortes meiner Mutti. Nach Analyse der unteren und oberen Atmosphäre sollten auch die Geologen hinzugezogen werden, denn es ist notwendig, nicht nur vulkanische Phänomene zu untersuchen, sondern auch die Geschichte von Ablagerungen und organischen Bodenschätzen wie uns zu klären.

Mit solchen Fantasiegesprächen versicherten wir uns quasi vor unverhofften Fragen. Ich würde dem Beamten gern helfen, der den Körperbau von solchen wie uns sowie die damaligen Ereignisse untersucht, einschließlich der von Feuer, Wasser und der unbarmherzigen Zeit berührten historischen Papyrusrollen.

Cha, die hinter dem Tisch sitzende Beamtin mit Brille interessiert sich überhaupt nicht für unsere Geschichte. Mit langsamem Blättern in einem Ordner mit ordentlich eingehefteten Dokumenten und genau wissend, was sie sucht, erhöhte sie bewusst die Spannung, wie ein Hosengummi, der wegen der eingeatmeten und angehaltenen Luft den aufgeblähten Bauch wie verrückt abschnürt, und man fürchtet, dass der Gummi plötzlich platzt und der lang angestaute Inhalt nach draußen drängt, noch bevor die Beamtin ihre Fragen gestellt hat.

Ich legte meine Hand auf Muttis zitternde Hand und versuchte, ihr etwas Ruhe einzuflößen. Sie beobachtete die Hände der Beamtin, als wollte sie ihre Absichten erahnen; als sie endlich die Mappe mit dem verstärkten Umschlag und der Aufschrift „Kopija"[18] herausgezogen hatte, atmete sie tief auf.

Die Beamtin begutachtete die Kopie der von der Litauischen Sowjetrepublik ausgestellten Geburtsurkunde meiner Mutti, untersuchte sie einige Zeit still, wobei wir nicht ganz verstanden, welche Geheimnisse sie ihr entlocken wollte. Alle Spalten sahen so aus, wie es für solche Dokumente üblich war – sie waren vollständig ausgefüllt, aber da Mutti die Anspannung nicht mehr aushielt, erklärte sie, dass die Originale der Dokumente alle verbrannt worden sind. Die Beamtin reagierte jedoch gar nicht darauf und las weiter – lange, als wäre sie Analphabetin, dabei richtete sie die Augen auf die linke Seite der Urkunde, wo sich Nachname, Vorname, Geburtsjahr, Geburtsort, Ausstellungsdatum, Unterschriften und Siegel befanden, dann wieder auf die rechte Seite, wo sich die Nach- und Vornamen der Eltern befanden, mit den Eintragungen der Nationalität – deutsch, ebenso Daten, Unterschriften und Siegel.

Die Beamtin mit Brille hob langsam den Kopf, schaute Mutti direkt in die Augen und bereitete sich vor, die erste verheerende Frage zu stellen, als durch die sich weit öffnende Tür plötzlich eine große Frau eintrat. Nachdem sie uns betrachtet hatte, nickte sie der Beamtin hinter dem Tisch zu und stellte sich, nach Ertei-

---

[18] *dt.* Kopie

lung der Genehmigung für den Beginn der Anhörung hinter sie und beobachtete unsere Gesichter aufmerksam.

Eine morgendliche Frage-Antwort-Runde begann.

Frage: Welche Nationalitäten haben Sie?

Antwort: Schulterzucken bezüglich der Frage, und das angebliche Zauberwort „deutsch" zeigte keine Wirkung, denn automatisch kam von der hinter dem Tisch sitzenden die nächste Frage:

„Warum ist das nicht eingetragen?"

Die Frage erwischte Mutti unvorbereitet. Sie kauerte sich zusammen, als würde sie einem Schlag ausweichen, blinzelte und schwieg eine Weile.

Als das nachdenkliche „chm" der Beamtin die Stille brach, zuckte sie zusammen, und als würde sie sich irgendwohin verspäten, antwortete sie eilig:

„Ich weiß nicht warum..."

Frage: Warum wissen Sie das nicht?

Antwort: Schulterzucken, Blinzeln, Stille...

Nach einem nachdenklichen „chm"...

Die Antwort war solider, nachdem sie begriffen hatte, dass die Unkenntnis sie noch tiefer in die Ungewissheit zerren kann:

„Vielleicht deshalb, weil es auf dem Formular diesen Punkt nicht gibt."

Frage: Warum gibt es ihn nicht?

Antwort: Schulterzucken und Stille.

Nach einem nachdenklichen „chm".

Die eilige Antwort: „Ich weiß nicht." Und wieder Stille.

Nach einem nachdenklichen „chm"...

– Schlussfolgerung: Sie sind wahrscheinlich keine Deutsche, oder sie wollten vielleicht keine Deutsche sein?

Antwort: Gehobene Schultern, Blinzeln, das in ein Nervenzucken der Augenlider überging und die über die geöffneten

Lippen zitternd herüberkommenden Worte: „Ich bin Deutsche" haben die Beamtin mit Brille wohl kaum überzeugt. Ihr schiefes Lächeln begleitete Muttis Behauptung, die quasi mit einem Degen in der Hand gegen eine andere Behauptung ankämpft:

– Es sollte einen Punkt mit einem Eintrag geben, bestätigt mit einem Siegel, als Symbol jedes Deutschen.

– Ich bin Deutsche.

– Ich denke, dass ich ihnen eine logische Erklärung gegeben habe, dass dies eingetragen und mit einem Siegel bestätigt sein sollte.

Mamas Geduld stand bereits auf der Kippe, denn sie flüsterte bereits:

– Ich weiß nicht, ich weiß nicht... Ich habe keine Ahnung.

– Sie wollten wahrscheinlich keine Deutsche sein, – wiederholte die Beamtin.

Diese logische Wahrheit der Beamtin veränderte Muttis Gesichtsausdruck, das Blinzeln zeigte offensichtlich, dass sie zu logischem Denken schon nicht mehr in der Lage war, denn nach kurzem Schweigen begann sie zu wiederholen:

– Einen solchen Punkt gibt es auf dem Formular nicht... Es gibt auf dem Formular keinen solchen Punkt... Meine Eltern sind Deutsche... Wenn meine Eltern Deutsche sind... vielleicht bin ich dann auch eine Deutsche?

Muttis Frage „vielleicht bin ich dann auch eine Deutsche?" überschnitt sich mit der Frage der Beamtin mit Brille:

– Bedeutet „vielleicht", dass Sie selbst Zweifel daran haben?

Mit aufgerissenen Augen wiederholte Mutti:

– Nein, nein, nein... Das sind keine Zweifel, ich zweifle nicht, nein, nein... Das steht ganz einfach nicht auf dem Formular... Auf dem Formular gibt es so einen Punkt nicht...

Chm... bedeutete, dass die Beamtin nichts versteht; führt sie nur ein böses Spiel oder experimentiert sie vielleicht?

Ihr schiefes Lächeln, das quasi die Konsistenz ihres logischen Denkens bestätigte, brachten die Erklärungen meiner Mutti in die Nähe der absoluten Absurdität.

– Heißt das, dass ich keine Deutsche bin?

Die Frage deutete auf Unsicherheit hin, und das war uns absolut unnütz. Als sie Mamas Verwirrung und das mit Schweißperlen übersäte Gesicht bemerkte, beendete die Beamtin mit Brille das Gespräch mit einer Behauptung, die etwas gereizt klang:

– Mir scheint, dass ich logisch spreche – das sollte eingetragen und mit einem Siegel bestätigt sein.

Als ich solche logischen Wahrheiten hörte, die über die Lippen von Frauen kamen – die eine kaute emotional daran herum, die andere leckte sie zufrieden, als hätte sie einen Dieb geschnappt – erkannte ich eine der positiven Eigenschaften von Männern – das tatsächliche logische Denken. Ich verfluchte das Schicksal, das uns gemäß dem Anfangsbuchstaben unseres Nachnamens nicht zu einem Mann, sondern zu einer Frau gebracht hatte, und deren Denken steckt voller Widersprüche.

Waren diese Frauen schuld daran? Nein, sie sind schließlich Vertreterinnen eines genau funktionierenden Systems und systematisieren die durch gemeinsame Funktion verbundenen Organe nach Art, Typ, Klasse usw. Bei der Klärung der Wege zur Herausbildung der Arten, simplifiziert die an der Macht sitzende die Darstellung der Ereignisse, wählt selbst die Form und wendet auf den gewöhnlichen Sterblichen verschiedene Schemen an.

Daher kommt es zu Abweichungen. Und die Insassen in anderen Zimmern, Behörden und Ämtern waren durch eine gemeinsame Aggregatfunktion verbunden, sie verschwenden keine Zeit und analysieren keine Tatsachen des Lebens und verwandtschaftliche Peripetien; sie wiederholen einander, fällen ein und dieselbe Entscheidung.

Das System ist schließlich die Anordnung der korrekten Teile, und es darf keine Abweichung geben. Cha, das System einer Partei und einer Meinung, wie auch im sowjetischen Litauen.

Auch der Mensch ist ja eine Verbindung einzelner Organe, die durch ihre funktionale Einzigartigkeit verbunden sind. Ist die Funktion eines Organs gestört, leidet der gesamte Organismus – das gesamte System. Wahrscheinlich verstricken wir uns auch deshalb in dem Netz dieses Systems, das die Regierungsvertreterinnen so diszipliniert und zielstrebig aus den Tiefen der Vergangenheit zogen.

## Fortsetzung

Nach dem Ende der Anhörung mit der Beamtin schaute die hinter ihrem Rücken stehende große Frau, ähnlich wie einst eine KGB-Vertreterin, abwechselnd Mutti und mich an, als stünde auf unseren Gesichtern eine tief verborgene Wahrheit geschrieben, und sie setzte zu einer Frage an uns beide an – der letzten verheerenden Frage.

Sie trat einen Schritt nach vorn, die Frau hinter dem Tisch blieb sitzen, und ihre Frage stand in der Luft des Zimmers, die durch unsere schwitzenden Körper immer dicker wurde:

„Warum ist auf der Geburtsurkunde Ihrer Tochter (also auf meiner) überhaupt keine Nationalität angegeben – weder die der Eltern, noch die des Kindes?"

Alles lief aus dem Ruder. Ich vermochte keine Antwort hervorzubringen.

Die morgendliche Frage-Antwort-Runde voller Muttis „ich weiß nicht... Ich weiß nicht..." erschien mir zum Teil als normales Phänomen, denn die alten Zeiten lassen sich nicht so einfach zurückholen. Bezüglich meiner Vergangenheit war ich mir völlig sicher, aber als ich diese Frage hörte, war ich verwirrt, saß da mit erhobenen Augenbrauen, zuckte mit den Schultern wie Mutti und, und unter Einbeziehung des von der Beamtin angeeigneten nachdenklichen „chm", wiederholte ich die Frage albern:

„Warum, warum? Warum?"

Mir wurde schwindlig von den sich wiederholenden Wörtern, vom Rascheln der Papiere, vom Unterton im Gespräch mit den Vertreterinnen des Systems, von den Geräuschen, die vom Flur hereindringen und sich mit den in meinem Kopf heranreifenden Argumenten verbinden, die die reine Wahrheit untermauern.

Ich fühlte mich, als hätte ich Rauschmittel genommen. Und als die große Frau, die der Beamtin irgendetwas zuflüsterte, das Zimmer verließ, erklang das Geräusch ihrer Absatzschuhe für mich wie psychedelische Musik, die mich kurzzeitig aus der um mich herum stattfindenden absurden Komödie erlöste, in der sich unsere persönlichen Erfahrungen mit der Geschichte und der Politik kreuzten. Ich blickte auf die schütteren dünnen Haare auf dem Kopf der Beamtin, die vor dem rücklings einfallenden Licht wie ein zerfranster Hühnerkamm anmuteten. Die ungemein lange Bedenkzeit brach sie ab, indem sie sich in voller Größe erhob, und da sie wohl nicht mehr damit rechnete, eine Antwort zu erhalten, lächelte sie selig mit dem breiten Lächeln einer Siegerin, als wollte sie sagen:

„Noch eine Lüge."

Zum ersten Mal bereute ich es, dass ich mich nicht zu sehr für Politik interessiert hatte. Hinter einer derart übertriebenen

Datenanalyse konnte sich nur Politik verbergen, aber ich war einfach apolitisch. Mein Unvermögen, die Frage sofort genau zu beantworten, zeigte deutlich meine absolute politische Unbildung. Aber der Gedanke, dass auch hier die marxistisch-materialistischen Ideen verbreitet sind, die das geistige Leben in den Hintergrund stellen, bohrte aufdringlich an meinem Gehirn. Hektisch suchte ich nach der genauen Antwort auf die gestellte Frage, aber ich war verwirrt, meine Erklärung verstrickte sich in den Regeln verschiedener Systeme.

Frau Zornow (man bedenke die Bedeutung des Wortstamms ihres Nachnamens – Zorn) war des Sitzens müde geworden und stolzierte zwischen den Tischen hin und her, als suche sie in dem Berg von Papieren offensichtliche Beweise, die meine Argumente von vornherein widerlegen. Als sie stehen blieb, schaute sie mich an. Auch ich beobachtete sie – die Frau mit unverhältnismäßig langen Beinen, ähnlich meinen eigenen, die von den sich nach unten verjüngenden Hosen und die kurze Bluse verlängert wurden. Die Hände bewegten sich ständig in einer Richtung – von der Zigarette bis zum großen Kaffeebecher, der auf dem Tisch von fast jedem Beamten zu finden war. Anfangs erstaunte mich dieses ständige Kaffeetrinken aus großen Tassen.

Keinerlei Ästhetik, dachte ich. Wenn die Russen Kaffee aus dicken hitzebeständigen Gläsern mit einem kleinen Löffeln darin trinken, dann schlürfen die Deutschen aus großen Bechern. Mama hatte mich daran gewöhnt, Kaffee nur aus kleinen Porzellantassen zu trinken.

Chi, chi, chi... – lachte der Skeptiker, – da haben wir also das reiche Mädchen der Nachkriegszeit.

Wer ich auch sein möge – in unserem Hause gab es seit sehr langer Zeit zwei Tassen unterschiedlicher Farbe und Form, die wir auch hierher mitgebracht haben.

Meine gedankliche Abschweifung war nur von kurzer Dauer, denn Frau Zornow, die die Datenanalyse ausgesetzt und mein „ich weiß nicht" überhört hatte, stellte mir eine weitere Frage:
– Woher können Sie so gut Deutsch?
Ich begann langsam etwas auszuführen, wobei ich erklärte, dass wir zu Hause hinter verschlossenen Türen miteinander leise Deutsch gesprochen haben, und damit kein unnötiger Verdacht aufkäme, hätte ich in der Schule als Fremdsprache bewusst Deutsch gewählt, das sollte alle deutschen Worte mit litauischen Wortendungen und alle möglichen litauisch-deutsch-russischen Wortgebilde aus meinem Kopf löschen.

Die Beamtin lauschte meinen Ausführungen und nickte dabei zustimmend. Was ihr „ja, ja..." bedeutete, verstand ich, als ich die Schlussfolgerung hörte, meine Sprache sei „erlernt und nicht angeboren".

Das war ein weiteres Minus meiner deutschen Identität: Geburtsort, Abweichungen in den sowjetischen Dokumenten, Sprache.

Durch das Gruppieren von all dem kam ich etwas von der Handlung der absurden Komödie ab und hörte die Mutti neu gestellten Fragen und ihre Antworten nicht. Ich hörte nur Frau Zornows aufdringlich wiederholtes Fragen:
– Was noch, was noch?
Vor Aufregung glänzte Muttis Gesichtshaut wie eine Speckschwarte, und das Stottern zeigte, dass sie etwas vergessen hatte. Im Flüsterton versuchte ich zu fragen, weil ich ihrem Gedächtnis auf die Sprünge helfen wollte, aber wie eine Schülerin wurde ich vor die Tür gebeten, damit ich nicht störe.

Mein inneres „Cha, cha" half mir, das unangenehme Gefühl zu vertreiben. Als ich wieder ins Zimmer gebeten wurde, sah ich nur den hoffnungslosen Blick meiner Mutti, und die Seufzer aus dem Innern bedeuteten, dass irgendein Missverständnis geschehen war, doch die ausgedrückte Zigarette der Beamtin, der letzte Schluck Kaffee mit nach hinten geneigtem Kopf und das freundliche Lächeln wiesen eindeutig auf das Ende der heutigen Vernehmung hin.

Als wir gingen, schwieg Mutti und presste dabei die Lippen aufeinander. Als sie zu sprechen begann, verstand ich aus den vereinzelten Anspielungen, dass sich das letzte Gespräch um die Familientraditionen drehte. Mit Erleichterung atmete ich auf, denn ich stellte mir vor, wie sie fröhlich von den Festen erzählte, deren Traditionen sie von ihrer Mutter, meiner Oma, übernommen hatte, aber ihre Anspannung löste sich aus irgendeinem Grund nicht. Unterwegs drückte sie ständig ihre Hand an die Schläfe, als wollte sie ein Erinnerungsventil öffnen, das sich vor Aufregung geschlossen hatte. Der Balzac Coffee-Shop auf unserem Weg, war die einzige Rettung. Der Kaffeeduft, der jugendliche Tumult waren die beste Nahrung für ihre immer noch junge Seele. Sie streckte sich sofort auf volle Größe, glättete durch das Heben ihres Kopfes die Falten am Hals, und weil sie es etwas übertrieb, stieß sie an jemanden, der mit einer Kaffeetasse auf dem Boden saß.

Die äußerliche Parodie von Mama ärgerte mich manchmal, und manchmal faszinierten mich ihre plötzlichen Verwandlungen; es war mir völlig unklar, woher sie die Kraft nahm, um ihre Launen zu bändigen. Beim Kaffeetrinken sprach sie ununterbrochen, aber ich spürte, dass sie nur sprach, um nicht zu schweigen. Als sie kurz schwieg, flog sie irgendwohin fort, nur die Falten auf der Stirn, die winzigen Kopfbewegungen und zuckenden Augenlider zeigten offensichtlich, dass immer noch etwas in ihr vorging. Wahrscheinlich nahm sie ihr Leben Schicht für Schicht auseinander. Oft sprach sie mit sich selbst, aber auf die Frage, was sie denkt, entzog sie sich mit einem leichten Kopfschütteln und einer Schulterbewegung einer Antwort, und so befreite sie sich von den Gedanken, die sie mit mir nicht teilen wollte, obwohl ich fühlte, dass sie in ihrem Kopf irgendetwas aushecke, denn mit jedem Schluck Kaffee hob sie den Kopf immer höher.

Allmählich glich sich ihre Stimmung aus und sie schien ihr Gleichgewicht wieder zurückerhalten zu haben. Als ich bei der Rückkehr nach Hause ihr schmerzerfülltes Stöhnen vernahm, verstand ich, dass sich das Ventil geöffnet hatte, aber ich zügelte meine Neugier und stellte keine Fragen.

## Strafsache

Als die Morgenpost nach einiger Zeit die Möglichkeit gewährte, die Schlussfolgerungen des letzten Gespräches mit der verantwortlichen Beamtin zu lesen, verstand ich den Hauptgrund für Muttis Stöhnen.

Mein Lachen verstummte, als ich ihr blasses Gesicht sah. Ich begann die von Paragrafen übersäten Seiten detailliert zu analysieren. Ein Satz über die Unkenntnis von Traditionen hing klar mit ihrem Seufzer zusammen, als sie im Kühlschrank die Eier erblickte.

Damals hatte die von Frau Zornow wiederholte Frage „was noch, was noch?" Muttis Gedächtnis vollständig blockiert. Sie vergaß eines der grundlegenden Symbole des Osterfestes – die Eier und deren Färben – zu erwähnen, auch wenn dies uns, Kindern und Erwachsenen, am Abend vor Ostern die größte Freude bereitete. Cha, ich hätte die Eier nicht vergessen, an die sie sich erst wieder zu Hause erinnerte.

Als ich in der Nacht Geräusche hörte, die dem nächtlichen Schnurren einer Katze ähneln, verstand ich, dass Mutti von Schlaflosigkeit geplagt war. Auch ich konnte nicht einschlafen, weil ich ohne Unterlass von allen Seiten die logischen Schlussfolgerungen des Schreibens nachvollzog, wobei in einer der Hauptgrund, sie nicht als Deutsche anzuerkennen, lag – in den Eiern. Cha, cha... So etwas Absurdes war schwer zu glauben.

Die ständig wiederholten Fragen der durch den Zigarettenrauch lächelnden Beamtin brachten Muttis Verstand völlig durcheinander: Zu Weihnachten kreuzigte sie Jesus, und an Ostern kam er für sie zur Welt. All das wurde zu einer Schlussfolgerung zusammengefasst – Unkenntnis der deutschen Traditionen.

Am Morgen versuchten wir, alle Paragrafen der Gesetze und Verordnungen, die auf uns Anwendung fanden, zu analysieren. Alles war so verworren, dass es anscheinend keinen Hauptgrund gab. Der Gedanke, dass diese ganze Absurdität auch unser Bestreben – den Wunsch nach der Rückkehr zu unseren Wurzeln – ad absurdum führte, ließ uns keine Ruhe.

Als ich eine weitere Schlussfolgerung gelesen hatte, wo es um „erlernte Sprache" ging, erinnerte ich mich an noch eine Frage, die Frau Zornow mir stellte:

– Hatten Sie zu Hause deutsche Bücher?

– Ja, – antwortete ich ohne zu lügen und voller Stolz, nur Mutti fügte hinzu, dass sie die Bücher versteckt hielt. Obwohl Mutti und ich nicht klug waren, haben wir die Fragen aber anscheinend recht genau beantwortet.

Aus dem erhaltenen Schreiben erfuhren wir, dass laut Frau Zornow Bücher die großen Feinde der Sprache sind, und die

Schule hat beim Korrigieren der Hybrid-Derivate der Alten den Dialekt vernichtet, und das größte Minus wird im Schreiben als „Entfernung vom Ursprung" bezeichnet.

Es stellte sich heraus, wir hätten antworten sollten, dass wir keine deutschen Bücher besäßen und dass ich keinen Deutschunterricht besucht habe. Und als ich – ha... – mich meiner Bildung rühmen wollte und auch den Nachnamen des deutschen Schriftstellers Sudermann erwähnte und für ein besonderes Lob selbst den Namen F. Nietzsche hervorholte, traf ich natürlich die damals vorherrschende Stimmung erneut nicht.

Noch während des Gesprächs wurde Sudermann als Nationalsozialist beschimpft, und vom Namen F. Nietzsche wurde Frau Zornow sogar zu Stein. Sie bezeichnete ihn als Liebling Hitlers, und ohne weitere Fragen zu stellen, machte sie sich nervös ein paar Notizen, unterschrieb und machte einen Punkt. Die Schlussfolgerung „Ansammlung ungeeigneter deutscher Bücher im Regal" traf uns geradezu wie ein Schlag.

Mutti erhob sich und ging in die Küche. Ich hörte, wie Geschirr klapperte und ein Streichholz angezündet wurde. Ich nahm den Geruch von Zigarettenrauch wahr. Sie hatte lange nicht mehr geraucht.

Irgendetwas war in ihr zerbrochen, deshalb beschloss ich, das ganze Schreiben allein zu analysieren, nachdem mir der Gedanke kam, dass ich die Analyse auf ähnliche Weise beginnen müsste, wie ich einst meine sexuelle Orientierung klärte.

„Orientis" ist der Osten, aber gegenwärtig befinden wir uns im Westen, dort wo die Sonne untergeht – nicht dort, wo sie aufgeht, spottete ich über mich selbst, denn ich wusste bereits, wie man uns aus den Tiefen des Ostens, die der Westen bereits angeblich genauestens studiert hatte, aufnimmt.

Mich überraschten die Beschränktheit und die Unkenntnis der menschlichen Psychologie. Allein schon durch die morgendlichen Sonnenstrahlen des Ostens ist unser Denken völlig anders.

## Zweite Kategorie

Den Menschen, der in mir die Ambitionen weckte, habe ich „Inkognito" genannt – ein typischer kluger und intellektueller Deutscher. Der erste Eindruck konnte falsch sein, aber meine Mutti erkannte immer die Intelligenten aus der smetonischen Zeit, als würde sie über ihren Köpfen einen Heiligenschein sehen.

„Sie sind im Innern echt, – sagte sie, – und jene, die zu Sowjetzeiten aufgetaucht sind, die sind künstlich."

Der deutsche Intelligente, den wir zufällig kennengelernt haben, war Arzt, der, als er mich beim Blättern im Brockhaus-Fremdwörterbuch erblickte, mit Erstaunen oder gar mit Spott auf den Lippen fragte:

– Sie kennen diesen Namen?

Da ich mich als Gast in seinem Haus aufhielt, habe ich, aus Respekt vor seinem Alter, höflich geantwortet, dass ich das Glück hatte, dieses Buch in Litauen bei einem Künstler, der in der litauischen Zwischenkriegszeit unter Präsident Smetona aufgewachsen ist, in den Händen zu halten; dieser Künstler hätte sich später in einen sowjetischen Künstler umgetauft, der aber seine innere Erziehung nicht verlor und jeder jungen zum Licht drängenden Seele einen Teil seines Wissens offenbarte.

Meine Antwort rief bei ihm natürlich noch größere Verwunderung hervor, nur verstand ich nicht so ganz, ob es meine Bildung war, die ihn erstaunte, oder die ihm schwer begreifliche östliche Metamorphose.

Wie auch die Mehrheit der Deutschen hängte er allen aus dem Osten die Sünden des *Homo-Sovieticus*-Systems an und vergaß dabei die Eigenschaft des Individuums, wie die einer unter einem Stein hervorwachsenden Pflanze – das Verlangen nach Licht. Da sie alles mit einem Maß bearbeiteten, waren sie schockiert, dass ein Mensch von dort – aus diesem Land der Absurdität – ein Gehirn im Schädel tragen kann. Ein Vermächtnis der Sowjetzeit – eines der Bewertungskriterien – bestand darin, den denkenden Menschen in die zweite Kategorie einzuordnen.

Ich brach die Erinnerungen, die mein Ego reizten, bewusst ab, weil ich so schnell wie möglich das „Bildungsmaterial" dieser deutschen Beamtin zu Ende lesen wollte.

Von Wut erfüllt blätterte ich durch die Seiten und konnte das Bild vom letzten Gespräch nur schwer an der Rückkehr vor mein geistiges Auge hindern – Frau Zornow auf einem Podest, die versuchte, uns mit ihrem Wissen zu bereichern und zu erstaunen, die aber leider nicht verstanden hatte, dass im von den Russen besetzten Litauen alle Litauisch sprachen und dass die litauische Sprache der russischen überhaupt nicht ähnlich ist. Ungläubig notierte sie sich ihre Wahrheit, dass wir in Litauen Russisch sprachen. Das 9 x 7 cm große Faltblatt – meine Geburtsurkunde – legte sie zu dem Haufen anderer Papiere und verfasste uns beiden die Schlussfolgerung:

„Bewusste Ablehnung der deutschen Nationalität."

Sie überhörte einfach meine Erklärung, dass dies ein Hindernis bei einem späteren Studium an einer Hochschule hätte sein können, und auf meine Andeutung über meinen Zukunftswunsch, Schauspielerin oder Künstlerin zu werden, sprach sie ganz direkt, dass ich, um der großen Nation anzugehören, selbstständig ohne Studium mein Ziel hätte verfolgen können, wobei sie einen schwer abzustreitenden Gedanken hinzufügte – nicht ihren eigenen, sondern den von jemand anderem: „Die Wissenschaft führt den angeborenen Geist des Volkes in die Irre und kodiert moralische Ambivalenz."

Ein sehr kluger Gedanke... Cha, cha, cha...

Von dieser Bestreitung der Wissenschaft setzte mir kurz der Atem aus, die Spasmen in meiner Kehle ließen selbst solche für andere unbedeutende Laute wie „ha" und „cha, cha" hindurch. Als allmählich das normale Denken einsetzte, hustete ich nach jedem „cha" und „ha, ha, ha" kurz, dass selbst Frau Zornow Mitleid mit mir hatte und mir ein Glas Wasser anbot.

Von diesen eisernen Vorschriften, die auf einen im Ausland lebenden Deutschen Anwendung fanden, konnte ich mich lange nicht erholen. Dass die Sowjetzeit von selbst die Entscheidungen korrigierte und dabei ein Drama des Bewusstseins verursachte, war allen egal.

In mir reifte ein seltsames Gefühl der Feindschaft, gemischt mit kaum zu bändigender Wut und der herausdrängenden Frage:

„Muss ich mich mit dieser deutschen disziplinierten Beschränktheit abgeben?"

Noch im Amtszimmer hätte ich die Stumpfsinnigkeit der Beamtin gern mit einer Beleidigung beantwortet. Es war schwer, sich damit abzufinden, dass ein Mensch, der über das Schicksal der Litauendeutschen entscheidet, überhaupt keine Kenntnis von der Geschichte und der Psychologie des Menschen hat.

Diese Schicki-micki-Beamtin in Hosen hat es gewagt, als Umgangssprache Russisch zu notieren. Konnte es eine größere Beleidigung geben – nicht nur für uns, sondern auch für Litauen, das

sich wegen der Bewahrung und Reinheit der Sprache sowohl der Germanisierung als auch der Russifizierung widersetzte?
Also wirklich... schicki-micki!
Die Lippen bewegten sich ohne Unterlass und wiederholten die Worte: „Schicki-micki, schicki-micki, schicki-micki", die in unserer Familie häufig verwendet wurden, übrigens nur im litauischen und nicht im deutschen Sinn. In der deutschen Umgangssprache galt „der Schickimicki" für eine Person, die sehr teure, elegante Kleidung trägt, um die Aufmerksamkeit anderer auf sich zu ziehen, doch die Beamtin in Hosen hatte eher Ähnlichkeit mit einer schlampigen Flohmarkt-Tante.
Angestrengt suchte ich nach mehr Wörtern aus unserem Familienwortschatz, mit denen ich durch gezielte Anwendung der geehrten Frau für unsere Erniedrigung eins auswischen könnte. Ich hätte nie gedacht, dass ich so rachsüchtig bin. Meine Bisse kamen aus dem Hinterhalt, denn ich wollte unbedingt Rache, nur Omis Worte „Gegen den Wind hilft alles Pusten nichts", besonders wenn sich der Wind im Wirbel um ein und dasselbe dreht, waren mir eine Warnung und zwangen mich zum Schweigen.

## Paragrafenrätsel

Wir hätten niemals gedacht, dass wir auf der Flucht vor der kommunistischen Absurdität auf faschistische Organe treffen werden, die im Zuge ihrer historischen Entwicklung noch immer nicht ausgestorben waren, ähnlich wie der Wurmfortsatz des Blinddarms, der infolge von Entzündungsprozessen anschwillt, platzen und dabei das Gehirn infizieren kann.

Damit es nicht dazu kommt, begann ich eilig das Geheimmaterial zu durchblättern. Um das in den Paragrafen des Systems für uns kodierte Schicksal herauszufiltern, musste ich die Codes entschlüsseln, mit denen die Seiten beschriftet waren, damit wir den Hauptgrund für den anhaltenden Prozess erfahren konnten.
Anfang.
Nr. VI A4 / SU – 21321/2

Die Seiten waren übersät mit diversen Buchstaben: Bve rwG DVBl C OVG Bf III ff. WF BVFG usw.

Mit Paragrafen:

§ 4 § 6 § 7 § 8 § 15 usw.

Mit Zahlen:

8.96 897 4,97 10.96 412.3 88 34/ 94 12/3212 12/3597 412.3 64 3 198 60/99 56 51.89 9 2 123 34 usw.

Doch die Augen schweiften ständig zu der am Anfang des Schreibens angegebenen Nummer VI A4 / SU – 21321/2, als wäre mir durch die lange Gegenüberstellung ein geheimer Code offenbart worden.

Aus den diversen Zusätzen um die Nummer herum versuchte ich auf ihre versteckte Bedeutung zu schließen. Vielleicht sollten wir sie veröffentlichen und auf der Brust oder auf dem Rücken befestigen, schließlich besaß ich ein gestreiftes Nachthemd und Mama einen gestreiften Schlafanzug – Kleidung, die wir aus Litauen mitgebracht hatten. Cha, cha... Andere gab es auch nicht.

Kein Lachen, sondern ein leises Grunzen begleitete meine Gedankengänge, aber ich lächelte trotzdem, denn das „Cha, cha", das zwischen den Paragrafen auftauchte, entspannte und löste mich von den mit Symbolen gespickten Seiten. Als sich das Lachen beruhigte, wischte ich die Tränen ab, und wie ein Damokles-Schwert hing über meinem Kopf die Frage:

„Nach welchen Kriterien wurden diese Hieroglyphen, die schwarz auf weiß zwischen den Zeilen verstreut waren, auf uns angewendet?"

Während sie immer noch vor meinen Augen herumtanzten, als würden sie über meine Stumpfsinnigkeit spotten, kam plötzlich die Auflösung zum Vorschein; wie ein Ertrinkender, der sich vom Grund abstößt, atmete ich frische Luft ein und beschloss, dass ich im nächsten Gespräch mit Frau Zornow meinen gesamten „Intellectus" einsetzen und wissenschaftlich begründen muss, was sich nicht begründen lässt, allein unter Berufung auf die größten deutschen Autoritäten.

## FoxP2-Gen

Meine Entscheidung wurde durch einen Artikel mit dem Titel „FoxP2Gen" beflügelt. Die darin niedergeschriebenen Schlussfolgerungen wirkten auf mich wie eine Installation auf einer realen Avant-Scène. Auch wenn Mutti dem nicht ganz zustimmte, habe ich ihre Lippen, in Vorbereitung auf die nächste Anhörung mit der Beamtin, knallrot angemalt, und mir selbst habe ich die Lippenlinien so breit wie möglich nachgezeichnet.

Expressiv artikulierend begann ich Frau Zornow eine Erklärung über das von deutschen Wissenschaftlern entdeckte FoxP2-Gen zu geben. Um deutlich zu schmeicheln, erwähnte ich auch ihre schönen Lippen, ebenso richtete ich ihre Aufmerksamkeit auf die angeborenen Lippenlinien von meiner Mutti – einer reinblütigen Deutschen – und von mir selbst – einer Hybridin.

Ich forderte Mama dazu auf, den Mund weit zu öffnen, damit ihre Zunge zum Vorschein kommt, und fuhr mit der Erklärung der angeborenen Eigenschaften fort. Als ich sah, dass sich die Falten auf dem Gesicht der Beamtin ständig veränderten, war mir klar, dass ihr das alles Spanisch vorkam, aber ich fuhr fort.

Als ich von den genetischen Faktoren sprach, zeigte ich ihr Muttis Zunge, indem ich darum bat, sie herauszustrecken und bis zur Nasenspitze zu heben, die sie niemals erreichte, denn das Frenulum war recht kurz, was ich Frau Zornow gegenüber besonders betonte, denn seine natürliche Kürze war der Grund dafür, dass Mutti und ich leicht lispelten, ähnlich wie meine verstorbene Oma aus Schwaben.

„Wie sie sehen, ist die Zungenspitze von meiner Mutti und mir durch die leicht geöffneten Lippen sichtbar, was bei Männern zur Auslösung des Sex-Gens führt."

Die aufgerissenen Augen und die emotionale Entladung „Wau, wau", hervorgerufen durch die Erwähnung des Sex-Gens, zeigten, dass Frau Zornow gar nicht so weit vom Urmenschen entfernt war.

In Deutschland ist „wau, wau" fast in aller Munde, selbst ich und Mutti haben, um zu beweisen, dass unsere Sprache derselben Quelle wie ihre entspringt und um uns besser neben den reinblütigen Deutschen einzufügen, unsere Sprache damit ausgeschmückt. Doch das „wau, wau" der Beamtin warf mich nicht aus der Bahn; ich habe ihr weiterhin vom komplizierten natürlichen Gewebe des Mundes erzählt, und indem ich Mutti etwas quälte, zeigte ich ihre Stimmbänder, die tief im Rachen vor Spannung schwangen.

Als ich von der künstlerischen Eigenschaft der schöpferischen Natur sprach, betonte ich, dass die Entdeckung des FoxP2-Gen bestätigt, dass die Sprache nicht von der Biologie zu trennen ist, und dass es völlig unwichtig ist, dass sich die Biosphäre von mir und Mama verändert hat; der Rückbezug zum ersten Höhlenmenschen – zur Urheimat – lässt sich nicht abstreiten und ist ein offensichtlicher Beweis, dass es, so sehr man es auch möchte, unmöglich ist, sich von seinen Wurzeln zu entfernen.

„Unmöglich, unmöglich...", wiederholte ich immer wieder, und ich verhaspelte mich dabei sogar, da ich die Aufregung, die mich während des gesamten Gesprächs bedrückte, nur schwer kontrollieren konnte; aber das fast schon zur Gewohnheit gewordene „cha" beruhigte mich etwas. Mir schien sogar, dass ich Eindruck auf Frau Zornow gemacht hatte, die für die Anwendung trockener Gesetze auf lebendige Wesen aus dem Osten verantwortlich war, denn als sie mir zuhörte, bewegten sich die Falten auf ihrem Gesicht ausdrucksvoll, doch den Mund öffnete sie nicht; und das stumme, fast schon piepsende „chi" schien nichts Gutes zu wünschen, also begann ich, als ich Mutti immer noch mit offenem Mund wie gelähmt sitzen sah, noch bevor die Beamtin zu Wort kam, zu beweisen, dass Mutti, als sie beschuldigt wurde, den Dialekt ihrer Urururoma verloren zu haben, in ähnlichen Institutionen unter Redeangst leidet.

– Sie versteht noch nicht, dass das Bücherlesen ihrem Dialekt schaden konnte.

Nach meinen Diskursen betrachtete uns die Beamtin irgendwie freundschaftlicher, und als sie meine immer noch mit offenem Mund sitzende Mutti sah und ich meine Erklärung über den gemeinsamen Sprachzweig – den Dialekt – fortsetzte, unterbrach sie mich, obwohl sie noch gar nichts über die Lapserdaks und viele andere Wörter gehört hatte, die mit der Kindheit verwachsen sind.

Mit geneigtem Kopf begann sie wieder in den Papieren zu blättern. Tief versunken las sie darin. Plötzlich erhob sie mit heller Mine den Kopf und begann, indem sie jedes einzelne Wort recht deutlich aussprach, von einer Psychologin zu erzählen, die an der Universität unterrichtet und Material über die Deutsche mit einer ähnlichen Vergangenheit wie die von Mutti sammelt.

– Das Projekt heißt „Auf der Suche nach der deutschen Vergangenheit" – das könnte Ihnen helfen. Erstens würde die tief in ihrem Unterbewusstsein versenkte schmerzhafte Vergangenheit, die in Ihrem Bewusstsein Narben hinterlassen hat, ans Licht kommen, und zweitens würden Sie Zeit gewinnen.

Wir fragten nicht, welche Zeit uns fehlt: die der Vergangenheit oder der Gegenwart? Durch die unverhoffte Überraschung schloss Mutti den Mund, ohne dass irgendein Empfindungswort den Weg nach draußen finden konnte. Keine positiven Emotionen, keine Innovationen. Einmal fragte dieselbe Beamtin recht ernst, warum wir, wenn wir wirklich Deutsche waren, in Litauen gelebt haben und nicht in Sibirien oder Kasachstan? Und ein anderes Mal, als ihr von Muttis Beweisführung zur deutschen Identität langweilig wurde, winkte sie mit der Hand ab und sagte fast zum Spaß, dass sie unsere deutschen Seelen gen Himmel schicken wird...

Bei der letzten Anhörung wurde Frau Zornow plötzlich freundlicher und schlug einen Ausweg vor, den das mit Paragrafen verstopfte Bewusstsein immer noch nicht begreifen konnte. Ihr derartiges Wohlwollen und ein Ratschlag ähnlich dem, den der Nachbar von oben erhielt, erweckte unser Misstrauen.

Mit langen Gesichtern, als hätten wir nichts erreicht, verließen wir das Zimmer, obwohl uns irgendetwas unheimlich reizte. Wir schauten einander an und versuchten abzulesen, was jeder von uns über das dialektische Denken von Frau Zornow dachte.

Ich, erzogen auf Grundlage des historischen Materialismus von K. Marx und F. Engels, später verbessert von Lenin, wonach die materielle Welt und die Existenz Vorrang hatten und alles Spirituelle im Hintergrund stand, begriff plötzlich, dass ich mich umorientieren muss.

Ich atmete tief auf. Ein Laut, ähnlich dem „wau" einer echten Deutschen, hielt die innere Aufregung gerade so im Zaum, wie bei einer erwachten Seele, deren Flattern ich im sowjetischen Litauen schon zügeln musste. Hier wurde es immer komplizierter zu begreifen und daran zu glauben, dass eben in der kapitalistischen Welt dem Spirituellen Vorrang gewährt wird und dass die in den Paragrafenrahmen der Gesetze gedrängte Frau die Idee haben konnte, auf diese Weise die Narben auf Mamas Seele zu erweichen.

Ich wusste nicht, von welchem Ende ich die Analyse einer solchen Umkehrerscheinung beginnen sollte, deshalb ging ich schweigend neben Mutti. Ihr Gesichtsausdruck wandelte sich. War es wegen der Enttäuschung, dass sie zum wiederholten Male im Leben etwas nicht verstand, oder im Gegenteil – vielleicht sah sie das Licht am Ende des Tunnels?

Ich stellte keine Fragen, obwohl ich die Nuancen ihrer Laune mitbekommen wollte, denn es wäre ein großer Fehler, ihr Gespräch mit sich selbst oder mit irgendeiner für mich unsichtbaren Person zu unterbrechen. Ich kannte meine Mutti. Oft erwähnte sie die sprechende Seele des Menschen, die in den Labyrinthen unterschiedlichen Denkens umherirrt.

– Weißt du, dass die menschliche Evolution – vom Affen bis zum Menschen – 6 Millionen Jahre dauerte? – sagte sie und verstummte, wobei ich nicht wirklich verstand, welchen Bezug das zu unserer Situation hatte.

Nachdem sie das mehrmals wiederholt hatte, war sie plötzlich fröhlich gestimmt, als hätte sie für sich eine Antwort gefunden, aber nach einiger Zeit beendete sie ihre Ausführungen: „Ich verstehe nichts."

Kurz darauf versuchte sie wieder zusammenhanglos – etwa sich selbst, mir oder irgendjemandem – zu beweisen, wobei sie wohl dasselbe wiederholte, was ich schon hundertmal gehört hatte und was mir schon zum Hals heraus hing. Ich habe trotzdem geschwiegen, suchte nach einem Weg, wie ich sie von den Gedanken, die ihre deutsche Seele töteten, abbringen konnte.

Unterwegs erlöste der Balzac Coffee-Shop die unruhige Seele meiner Mutti erneut, ihr Idealismus konnte sie vom rechten Weg abbringen. Ohne einen Schluck Kaffee getrunken zu haben, schüttelte sie den Kopf, wandte sich mir zu und sagte überhaupt nicht das, was sie bewegte, aber mit ihrem wehklagenden Ton und ihren Worten überraschte sie mich:

„Sie streiten die göttliche Natur der Sprache völlig ab."

Unter dem Zusammenstoß mit der deutschen Absurdität litt sie sehr. Ihre Qualen wurden nicht nur dadurch verstärkt, dass die Erzählungen von Oma überhaupt nicht der Wirklichkeit entsprachen, sondern, dass sie auch mich in diesen Morast der Unsinnigkeiten hineingezogen hatte. Sie wollte immer noch nicht verstehen, dass dies alles für mich interessant war und dass ich mir viel eher um sie Sorgen machte.

Plötzlich, als wäre sie aus einem tiefen Schlaf erwacht, drehte sie sich zu mir und lächelte:

„Und weißt du, es wird sicher ganz interessant, die Universität zu besuchen."

Ihre so enthusiastisch gesprochenen Worte klangen unnatürlich und erschreckten mich, ich dachte sogar, dass sie nicht mehr alle Tassen im Schrank oder einen Vogel hatte. Wenn im meinem Kopf – dem der Schöpferin der zweiten Lebensstufe – eine Idee für eine solche Installation gekommen wäre, dann wäre das vielleicht auch normal, aber ihre Entscheidung, quasi der Wunsch nach dem Beweis der Schlussfolgerung des großen Philosophen F. Nietzsche: „Das Leben ist ein Experiment dessen, der nach Erkenntnis strebt", kam unverhofft. Sie hatte das Angebot der Beamtin ernsthaft durchdacht und war entschlossen, ihr noch in der Vergangenheit schlagendes Gehirn für die wissenschaftliche Forschung zur Verfügung zu stellen.

In Erinnerung an die Zeiten von Zen, versuchte ich mit einem magischen „Chi" um Hilfe zu rufen, damit ich meine Mutti von der Idee befreien konnte, von der sie so besessen war. Keine Wirkung.

Da ich keinen anderen Ausweg sah, versuchte ich ihre schöpferische Energie, die lange Zeit nicht nach außen dringen konnte, in eine andere Richtung zu lenken. Ich erinnerte sie an einen leichteren und interessanteren Ausweg, den der von den Ergebnissen des Instituts für Sozialforschung enttäuschte Nachbar über uns gewählt hat: Innerhalb einer Woche heiratete er eine reinblütige Deutsche.

Mutti wollte davon nichts wissen und sämtliche Überredungskünste schlugen fehl, denn gegenwärtig wäre der einzige Kandidat ein Bewohner einer ehemaligen „Kommunalka".

Der langwierige Papierkrieg ärgerte sie schon lange. In der Hoffnung auf ein schnelleres Endresultat beschloss sie, sich der Analyse ihrer Vergangenheit hinzugeben, die ihr die Beamtin selbst unverhofft vorgeschlagen hatte, als sich das Bewusstseinsfeld erweiterte. Mutti, die in ihrer Wahl irgendeinen Sinn sah und nicht über die Folgen nachdachte, gab sich selbst die Hauptrolle. Diese Rolle des Versuchskaninchens, dem das Gehirn zerfurcht werden soll, machte mir Angst, deshalb übernahm ich lieber die Nebenrolle.

Mit den Worten, dass der Morgen klüger als der Abend ist, stützte ich sie am Ellenbogen und brachte sie mit entschlossenen Schritten in Richtung der strahlenden Zukunft, und dabei dachte ich, dass es uns, den Vertretern des *Homo sovieticus*, nicht leichtfällt, sich aus dem kommunistischen Glauben an die strahlende Zukunft zu befreien.

Ha, ha.

## Gegenmarsch

Am Morgen war Mutti bereits verschwunden. Anfangs hoffte ich noch, dass sie im naheliegenden „Real" Lebensmittel für das Wochenende einkauft; sie füllte den Einkaufswagen dabei wie alle Deutschen immer mit einem Berg. Doch als ich sie nach vier Stunden in der Tür stehen sah, war ich verblüfft. Mit der Hand vor dem Mund gebot ich all meinen Empfindungswörtern „ha" und „cha" Einhalt.

Mamas zerzauste Haare brachten ihr altersbedingtes Grau noch besser zum Ausdruck, und das Gesicht ohne Make-up sah kränklich aus. Es war offensichtlich, dass dieser Gegenmarsch ihr keine Freude bereitete, denn ohne ein Wort zu sagen ging sie gleich schlafen.

Ihr Aussehen und ihre Laune ließen verstehen, dass der morgendliche Feldzug eher Ähnlichkeit mit einem Experiment als mit einem Spiel hatte. An die Oberfläche musste die reine durchlebte Realität kommen, von der niemals gesprochen wurde. Damit dieses lebendige Experiment keine schmerzhaften Züge annehmen und vor allem nicht ihre Seele unterjochen würde, beschloss ich, so oft wie möglich bei ihr zu sein.

Die Fantasie erweiterte die aufgekommene Idee zu plötzlich, und das Aussehen war nicht nur trügerisch, sondern entsprach auch nicht der Realität. Wir hatten nicht daran gedacht, dass die Rückführung in die Vergangenheit, oder gar deren Fortführung, wie eine gedehnte, niemals durchtrennte Nabelschnur ist: Wenn man sie loslässt, kann sie einen schmerzhaft treffen.

Ohne weitere Ausführungen zu machen, begann Mutti den mitgebrachten Stoß Papiere durchzublättern. Ich beobachtete sie, wie sie, über die Schriftstücke gebeugt, zwischen den Fingern einen Füller hielt. Sie sah aus wie ein Soldat, der genau wusste, welche Position er einnehmen musste. Ich befürchtete nur, dass nach dem Verebben der Katharsis der gesamte Plan scheitern konnte. Ich wollte ihr helfen, indem ich ihr die Bewegungsrichtung angab, aber mit einer Handbewegung wischte sie meine Bemühungen wie Staub hinfort und, als hätte jemand mit einem Zauberstab herumgefuchtelt, begann sie unverhofft zu Lachen, bis ihr die Tränen kamen. Während sie lachte, sagte sie die Worte, die zur Einführung in ein neues Spiel wurden:

„Cha, cha, cha... Im Leben lässt sich nicht alles vorhersehen, ha ha... Weißt du, nicht immer kann man auch die geeigneten Mittel zum Spiel auswählen. Man muss sich auf seine Intuition verlassen, in ihr liegt die reine Wahrheit."

Ich schaute sie an, als würde ich sie zum ersten Mal sehen, und ich verstand nicht, ob sie spielt oder versucht, ihre innere Unruhe zu verbergen. Dieser zielstrebige Weg ihrer Bewusstseinsfindung stimmte mich eigenartig; anderen konnte dies als völlig unsinniges, vielleicht sogar unanständiges Gebilde eines angeschlagenen Bewusstseins erscheinen.

Ich hatte keine Möglichkeit, mich dem zu entziehen. Wenn sie die Spielregeln änderte, musste auch ich die Bewegungsrichtung ändern. Noch wusste ich nicht wohin. Ich verstand nur eines: Wieder ein Anfang, bei dem meine Mutti eine Hauptrolle erhielt, auch wenn das Schauspiel weder Anfang noch Ende hat, aber die blühende Fantasie die Dekorationen energisch hin und her schob. Am wichtigsten war es, den Ablaufplan des Hauptthemas einzuhalten – das Spiel mit dem Leben. Mich ängstigte der Gedanke, dass die Bühne bei ihrer Kreisdrehung sie durch die Zentrifugalkraft wegfegen oder das durch verschiedene Reize ausgedünnte Nervengewebe Risse bekommen könnte. Meine Mission war es, zu beobachten, dass Mutti nicht gegen die Spielregeln verstößt, die ihr Gedächtnis vollständig lähmen könnten. Ich darf die Selbstbeherrschung nicht verlieren. In einer Woche wird sich, wie sie sagte, vielleicht alles von selbst erledigen. Obwohl es manchmal schwierig war, die Folgen der Handlung vorherzusehen, besonders wenn man nicht weiß, wie viele Darsteller teilnehmen, wie viele neue ans Licht kommen werden, wer zur Änderung der Dekorationen und der Bewegungsrichtungen zwingt.

Die Unkenntnis der Spielregeln bedeutet die Niederlage.

## Die Winkel der Vergangenheit

Spielstätte ist Deutschland. Nicht die ersten Nachkriegsjahre, sondern die späteren, nachdem neue Häuser entstanden, nicht nur einige Flüsse, sondern auch Tränen versiegt waren, nur war noch nicht Gras über alle Erinnerungen gewachsen; sie sind im Gewebe der Polstermöbel versickert, haben sich auf fauligen, rissigen Holzmöbeln abgesetzt. Von den nervösen Händen und Tränen wurden sie wieder hervorgeholt. Vermischt mit der Wirklichkeit der Gegenwart und verbreitet in der verschmutzten Atmosphäre, verdichteten sie diese noch mehr, was zu einer langfristigen Entzündung der Tränendrüsen führte.

Die Wohlhabenden lackierten die Möbeloberflächen, bezogen die Polstersessel mit neuem Stoff und grenzten sich somit unwiederbringlich von der schmerzhaften Vergangenheit ab. Indem sie sich in den Trubel des fröhlichen Lebens stürzten, ließen sie die alten Teilnehmer des Lebens mit ihren Erinnerungen allein, wobei sie öfter über sie spotteten als zuzuhören, ohne darüber nachzudenken, dass die Wahrheit der Vergangenheit für viele von ihnen zu einer das Bewusstsein reizenden Realität wurde: Angst vor Fahrstühlen, Angst vor kleinen, geschlossenen, fensterlosen Räumen, Angst vor Menschen, Dunkelheit, Verstecken hinter Vorhängen, grenzenlose Demut, und das Klingeln, das sie irgendwann einmal in den Palast der Macht rief, klang noch immer in ihren Köpfen, weil der Prozess noch nicht zu Ende war: Sie wurden immer noch von den Sonderämtern überprüft.

Sie wurden von der Angst begleitet...

Sie schwiegen, hatten sich mit allem abgefunden, als wäre es das Salz ihres Lebens, ohne welches das Leben schwer wäre, und der Wunsch, ihre Erfahrungen zu teilen, als würde alles mit einem Netz an die Oberfläche gezogen, die Augen zu öffnen, damit sich die furchtbaren Fehler nicht wiederholen, unterdrückten sie.

Als ich mit der Vergangenheit meiner Mutti konfrontiert wurde, habe ich sie lange Zeit als etwas Irreales wahrgenommen, – ich habe mich nicht dafür interessiert und wollte auch nicht, dass sie sich allmählich Schicht für Schicht offenlegt. Aber meine eigene Teilnahme in diesem realen Schauspiel, in dem sie die Hauptrolle spielte, überzeugte mich, dass alle ihre Anspielungen auf die Vergangenheit wahr waren.

PETITIO

Dass das gesamte Sowjetsystem zur Erkennung, Anerkennung, Selektion und zum Zergliedern eines Menschen ausgelegt war, davon konnte ich mich bereits überzeugen, doch die Methoden in Deutschland kamen nur nach und nach zum Vorschein: Nachdem man dort die sowjetische pathologische Anatomie aufmerksam studiert hatte, antwortete man auf das „SOS" des Einsamen. Nach dem Zuwerfen des Rettungsrings zogen sie einen an das ersehnte Ufer und begannen aus allen Organen das angesammelte sowjetische Wasser herauszupumpen, später wurden die Veränderungen ihres Aufbaus untersucht. Dieses gesamte Untersuchungssystem war unterteilt in ein allgemeines, das gemeinsame pathologische Prozesse, die den Organismus entkräfteten, untersuchte, und dann gab es da noch das spezielle, das durch individuelle Krankheiten verursachte Veränderungen untersuchte und nach der Einordnung die genaue Diagnose stellte.

Leider waren die deutschen Psychologen, die keine allgemeine Kenntnis der Geschichte hatten, nicht in der Lage, das verschmutzte Bewusstsein mündlich zu filtern. Da sie nicht wussten, wo Litauen liegt, welche Geschichte das Land hat, wussten sie auch nicht, wie diese pulsierenden Erinnerungen zu systematisieren sind.

Uns war es wichtig, dass die Bescheinigung über die von Russen besetzen Zellen des Verstandes, die später in sowjetische umgetauft worden waren, die Vertreter des Systems zufriedenstellt. Nach der Wahrscheinlichkeitstheorie sollte dieser Krieg des Verstandes mit der Vergangenheit die letzte Stufe des Spiels mit dem Leben sein.

Mutti war von ihrem Sieg überzeugt.

ZWEITER TEIL

# Ein totalitäres Experiment

Das Klingeln, das zur Konzentration auf einen neuen Anfang einlud, klang wie verrückt.

Das totalitäre Experiment begann.

Ich wurde auch zum Versuchskaninchen. Wir blieben zwischen Tür und Angel stehen, sprachlos von dem Anblick, der sich uns bot. Die Atmosphäre im Hörsaal war dick vom tiefen Ein- und Ausatmen, von der Aufregung, die alle befiel, und vom Schweißgeruch. Die meisten hoben ihre zitternden Hände zu den Wangen, wischten Tränen ab. All meine Empfindungswörter, die beim Schmelzen von Emotionen helfen, waren verschwunden. Ich erwartete eine kleine Gruppe zu sehen, und meine Fantasie deckte sich offensichtlich nicht mit dem, was ich sah.

Als wir an den Registrierschalter herangetreten waren und unsere Namen nannten, übertrug sich Muttis Zittern auch auf mich. Zum ersten Mal klangen unsere Namen natürlich, niemand bat uns darum, einen Pass oder ein anderes Dokument zu zeigen, wo Nach- und Vornamen anders aufgeschrieben waren, und niemandem mussten wir Nachweise bezüglich der Situation erbringen, die uns zwang, Nach- und Vornamen zu ändern.

Zum ersten Mal aufatmen, und danach tief einatmen – das glich den Herzschlag aus, wir blickten uns um, und wie die meisten, setzten wir uns auf die Stühle an der Seite; wir trauten uns nicht, die Plätze in der Mitte der Reihe einzunehmen, und beim Aufruf, dass wir uns doch näher setzen könnten, lächelten wir nur, bewegten uns aber nicht vom Fleck.

Als die Frau, die alle Ankömmlinge registriert hatte, die Tür schloss, übergab sie unsere mit Nachnamen und Daten ausgefüllten Blätter der Hauptorganisatorin dieses Seminars. Am Tisch saßen noch einige Menschen, die auf den erhaltenen Blättern irgendetwas notierten.

Man hörte das Geräusch des Blätterns.

Die im Saal sitzenden verstummten, nur vereinzelt war ein Husten und das Knarren von Stühlen zu hören.

Das Warten auf das endgültige Urteil hielt an.

Als die Frau den Kopf hob, alle mit einem Lächeln begrüßte und für das Kommen dankte, minderten die tiefen Seufzer ein wenig die Anspannung und Angst, die sich bereits im Bewusstsein jedes Einzelnen abgesetzt hatten.

Aus ihrer Ansprache ging hervor, dass alle angemeldeten die Hauptakteure dieses Treffens sind – einander ähnliche Fälle spezieller Pathologie, deren Krankheitsgeschichte im Feuer des Krieges verbrannte oder bewusst verbrannt, versteckt oder vergraben wurde, und es wäre doch sehr wünschenswert, fügte sie hinzu, wenn jeder von uns in sich die Kraft finden würde, um darüber zu sprechen.

Diese unverhoffte Gemeinsamkeit der Schicksale schuf unter uns allen familiäre Bande, mit Vertrauen blickten wir einander an, als würden wir einer Predigt lauschen, streckten die Hände aus, wobei wir einander geistige Ruhe wünschten.

Leider war der Händedruck kraftlos – das Misstrauen und die Angst spiegelten sich darin wider.

Nach einem langen Leben in fast absoluter innerer Isolation waren die Menschen nicht in der Lage, sich plötzlich neu zu orientieren und hatten Angst, mit ihrer Lebensgeschichte plötzlich zu lebendigen Richtern zu werden.

Sie hatten Angst, denn bisher hatte ihnen niemand geglaubt.

Ich habe schließlich auch nicht daran geglaubt und es als Mamas krankhafte Halluzinationen abgetan.

Dieser erste Versuch – die Interpretation mit lebendigen Menschen im wirklichen Leben, bei dem den Darstellern völlige Freiheit eingeräumt wird, wurde zu einer Herausforderung an ihre Vergangenheit, und aus diesem Grund hat sich lange niemand getraut, auf das Podium zu steigen, denn bisher wurde allen ein dickes Buch mit rotem Umschlag unter die Nase gehalten, das mit Paragrafen, die die Freiheit des Menschen beschränken, gespickt war. Dieses nicht inszenierte Schauspiel ohne Drehbuch, ohne vorherige Verteilung der Rollen, konnte einzigartig werden. Ich hoffte, dass die Menschen am Tisch ein Drehbuch vorgesehen hatten, und dass dieses Umherlaufen auf den Ruinen der tragisch schmerzhaften deutschen Vergangenheit keine Verschlechterung der chronischen Erkrankung hervorruft.

Ich saß da und blickte auf die Hinterköpfe der vor mir sitzenden Teilnehmer, als würde ich hineinschauen und ihre Gedanken erraten wollen. Beim Blick zur Seite, beobachtete ich Profile und versuchte herauszulesen, was in diesem Augenblick auf den Gesichtern geschrieben stand.

Es näherte sich der ausschlaggebende Moment, der die Vergangenheit zurückholen wird und die erlittene Geschichte aufzeigt – nur nicht die, die in der Schule aufgetischt wurde, sondern die unverfälschte und reine.

Die großen Philosophen behaupten, dass es keine Vergangenheit gibt, sondern nur die Gegenwart, also ließ mir der Gedanke, ob die Versammelten es fertigbringen, die furchtbaren Tatsachen im Präsens zu beschreiben und ob jemand, der in einem demokratischen Land lebte, diese bewerten konnte, keine Ruhe.

Als ich mich unverhofft an den Berühmten und seine Ausführungen über die Zeit an einem Abend erinnerte, wobei der Hl. Augustinus erwähnt wurde, der die Zeit in drei Formen einteilte – die Gegenwart des Vergangenen, die Gegenwart des Gegenwärtigen und die Gegenwart des Zukünftigen, schmiegte ich mich an Mutti an, die in dieser Gegenwart alle drei Zeiten überstehen musste. Ohne zu blinzeln, schaute sie, was auf dem Podium stattfindet und lächelte sogar kurz, als ich ihren Ellenbogen drückte.

War sie in die Erinnerungen vertieft, oder in das Warten, und vermochte sie, alle Zeiten ohne Schmerz zu verbinden – es war schwer zu erraten. Ihr aufmerksamer Blick nach vorn holte mich jedoch aus meinen Gedankengängen zurück. Ich lauschte der Rede einer der Leiterinnen, die dazu aufrief, offen und ohne Angst über die Vergangenheit zu reden.

Aus ihrer Ansprache verstand ich, dass die hier versammelten Deutschen aus der Tschechoslowakei, aus Polen, Lettland, Litauen und anderen Ländern kamen, sie erwähnte, dass unter uns auch Deutsche aus Kasachstan sind, deren Erinnerungen sich etwas unterscheiden.

Als sie sich setzte, herrschte wieder Stille, die alle zum Zusammenkauern bewegte. Mutti saß mit gesenktem Kopf; wahrscheinlich überlegte sie, warum sie aus allen Scherben des Schicksals eine Collage ihres Lebens zusammensetzen bzw. -kleben sollte, in Erwartung einer gerechten Bewertung.

Warum, warum muss man die Wahrheit beweisen?

Die seltenen Offenbarungen meiner Mutti deckten sich plötzlich mit ähnlichen Erlebnissen, die vom Podium erklangen. Ich hörte zitternde, immer wieder aussetzende Stimmen, mit wechselnder Stimmfarbe, Stimmhöhe und wechselndem Ton. Ich fühlte mich wie verrückt – die aufdringlichen unbekannten Stimmen verfolgten mich, flüsterten mir direkt ins Ohr und versuchten mich in diesen Sumpf der erlebten Zeit hineinzuziehen. All dies war so unverhofft, dass ich mir in einem Augenblick die Ohren zustopfen wollte, aber Muttis Aufmerksamkeit und ihre glänzenden Augen haben mich davon abgehalten.

Die Einwirkung der stillen und schwachen Stimme war so stark, dass ich immer tiefer versank, bis ich mit den Beinen den weißen Grund erreicht hatte, ähnlich wie Lehm oder Schlamm, und ich schaffte es nicht wirklich, das was ich hörte zu verinnerlichen. Mein Körper begann zu zittern.

Es schien mir, als würde ich selbst den Schrecken durchleben, ich sehe, wie meine Eltern erschossen werden, ich sehe mich, wie ich auf dem Hof von den mich verfolgenden Soldaten davonlaufe, ich spüre ihre brutale Gewalt, das schreiende Innere und das Blut, das über meine Schenkel läuft.

Die Stimme ändert sich – ein anderer Handlungsort, andere Bilder, aber der Trancezustand ist derselbe: Ich spüre große Hitze und wie ich mich aus einem brennenden Haus befreie, die Hände an den Handgelenken, die mich über die Schwelle ziehen; die Rückenschmerzen gehen plötzlich auf die Knie über, ich fühle, wie sie schmerzen, denn als hätte sich die Bühne gedreht, sehe ich mich auf Knien, wie ich meinen am Galgen hängenden Vater und meinen Nachbarn anblicke, bis ein stechender Schmerz in meinen Körper fährt. Ein Schuss in den Rücken und der fallende Körper liegt schwer auf meinen Beinen; ich kann mich nicht bewegen, ich sehe nur meine Mutti und meine Omi und die Soldaten mit den nackten Hintern.

Mit stockender Stimme sammelten sich die Erinnerungen in Bildern im Bewusstsein, bis ich unverhofft die mit erhobenem Ton gesprochenen Worte hörte:
– Bringt sie um... bringt sie um... bringt sie um! Alle sind schuldig: die Lebenden und... die noch ungeborenen... Vergewaltigt...

die deutschen Frauen und... erniedrigt so... ihren rassistischen... arroganten Stolz.

Die beleibte Frau mit gerötetem Gesicht entschuldigte sich beim Herabsteigen der Treppen von der Bühne, sie hätte vergessen zu erwähnen, dass diese Worte von einem russischen Schriftsteller stammen.

Plötzlich verbanden sich die seltenen Andeutungen meiner Mutti mit den schweren Erinnerungen anderer zu einer historischen Wahrheit, zu der von ihr erlebten Zeit. Ich schämte mich für meine Leichtfertigkeit. Ich konnte mir nur schwer vorstellen, wie Frauen, die etwas so Furchtbares erlebt haben, so lange in Stille ausgehalten haben und in sich selbst die Kraft gefunden haben zu leben, zu lieben und Kinder zu gebären. Ich bemühte mich, ihr nicht zu zeigen, wie mich all diese Erinnerungen der Versammelten berührten; ich wollte nicht noch mehr Wellen in ihrem Innern erzeugen, die später wie ein Schauer über die Körperoberfläche fahren und zu Tränen werden, wenn jemand nicht an die reine Wahrheit glaubt, wenn die reine Wahrheit den Kampf gegen absurde Behauptungen verliert.

Das Treffen öffnete die Augen.

Muttis tägliche Konzentration, mit Blick aus dem Fenster auf die rote Ziegelwand in der Stille hatte einen Grund. Und die mitunter aufkommende Fröhlichkeit, als hätte sie den Ratschlag Nietzsches, das Leben wie ein Experiment zu betrachten, verinnerlicht, war gekünstelt. Vielleicht war das Vergnügen in der Nachkriegszeit nur natürlich, wenn man sich freute, dass man überlebt hatte.

Ich schämte und fürchtete mich, die Woche hatte gerade erst begonnen. Die anderen Treffen sollten in kleineren Gruppen stattfinden. Was sie sonst noch zu Tage fördern werden ließ sich nur schwer vorhersehen. Diese Erkenntnis, die einer Konvertierung gleich kam, lastete auf meiner neuen Existenz wie ein Stein der Schuld. Ich schaffe es nicht, ihn beiseite zu schaffen. Selbst meine ironischen Empfindungswörter, die selbst zur Herausforderung für die von Mutti durchlebte, fragmentierte Zeit geworden wären, halfen nicht.

Im Vergleich mit meinem Leben oder dem Leben anderer war die Zeit, die sie zum Heranwachsen hatte, nur ganz kurz. Deshalb ging ihr die Situation um ihre unerfüllten und begrabenen Träume so unglaublich nahe. Ich begann bereits während meiner Geschlechtsreife den Weg in Sprüngen zu messen, womit ich mir die Grundlagen der Schauspielkunst aneignete, deren Grundstein unbestritten der marxistische Kommunismus legte.

„Es war damals nicht alles ganz so negativ, es gab auch viel Positives."

„Cha, cha", bricht es aus mir heraus, wenn ich mich an den spontanen kreativen Durchbruch der Mutantin erinnere, auch wenn einige Handlungen in Wahrheit auch andere Anregungen hervorhoben.

Ich, ein Zögling der Sowjetzeit, reifte heran, indem ich mich an das Leben der Erwachsenen anpasste, wobei ich versuchte, mir die Verkehrsschilder richtig einzuprägen. Auf der Welt gibt es so viele Mutagene, die den Menschen direkt beeinflussen, dass die Veränderung unvermeidbar war und nach den Gesetzen der Mächtigen geschah.

Es wurde alles verändert, was man verändern konnte.

Cha, unser künstlicher Wandel zweier Mutanten der Sowjetzeit, nun unter Einfluss westlicher Mutagene, setzte sich fort.

Es schien, dass Muttis künstlerische Seele die diktierten Bedingungen akzeptierte, und die Dekorationen, an die sie sich anpassen musste, veränderten ihre Bewegungsrichtungen nicht. Nach dem Aufstehen machte sie sich wie gewöhnlich fertig und ging zum Gruppentreffen. Ich bekam einen anderen Tag zugewiesen.

Als ich sie an der Tür verabschiedete, wünschte ich ihr viel Erfolg, obwohl ich nicht darüber nachgedacht hatte, welchen Erfolg sie haben sollte. Bis zu Muttis Rückkehr wollte ich Alltagsaufgaben erledigen und das Mittagessen zubereiten. Leider kam ich nicht einmal zum Staubwischen, als ich hörte, wie die Tür aufgeschlossen wurde. Das blasse glänzende Gesicht und die glatten Falten verdeckten die Erlebnisse. Sie sah aus, als wäre sie gerade aus der Badewanne gestiegen, müde aber ruhig. Auf die Frage, ob sie einen Kaffee möchte, nickte sie wortlos.

Sie schlürfte still, den Blick in die schwarze Flüssigkeit versenkt, als hätte sie Angst, wieder eine umherschwimmende Schabe zu finden. Ich wartete darauf, dass sie zu reden anfängt. Sie zögerte lange, sprach mit kaum wahrnehmbarer Stimme, beinahe flüsternd. Sie erwähnte die Frau, deren Beichte wir gestern gehört hatten, es tat ihr leid, dass sie ihren Nachnamen nicht weiß und sich auch kaum an ihr Gesicht erinnern kann.

– Sie hat sich gestern erhängt, – sagte sie und fügte ohne Pause hinzu, dass eine weitere Frau beim Verlassen des Hörsaals in Ohnmacht fiel und ins Krankenhaus kam.

– Sie waren beide nicht da... Sie waren nicht da... Alle sind schweigend wieder gegangen.

Ich habe Mutti umarmt und keine Fragen mehr gestellt.

ZWEITER TEIL

# Die richtige Strategie

Am Morgen kam die gestrige furchtbare Realität wieder auf. Es schien, als träumten wir einen bedrückenden Traum.

Manchmal fühlten wir uns, als würden wir aus der Ferne zwei unbekannte hübsche Vertreterinnen des weiblichen Geschlechts beobachten, die aus Abenteuerlust in einen dichten Wald geraten waren, aus dem sie entkommen wollten und dabei immer wieder gegen die mächtigen Stämme der Bäume stießen.

Das große Abenteuer des Lebens drängte uns – zwei Frauen, die sich bemühten, den Rahmen nicht zu überschreiten und die keine Zuflucht bei einem Mann hatten – allmählich in die Ecke.

Unter dem Zwang, über die Mauer zu klettern, die zwei Welten voneinander trennt – aus Stein, manchmal auch mit Stacheldraht versehen – und im geschlossenen bürokratischen Kreis zu laufen, gehorchten wir ohne Widerrede, auch wenn das ins Wanken geratene Vertrauen über den Wert des Schicksals uns dazu zwang, weiter nach der richtigen Strategie zu suchen. Welche sollte es sein: eine soziale, politische oder – cha, cha cha... eine sexuelle? – ich spottete über mich selbst und die Situation.

„Das Leben ist Kunst, aber du musst sie filtern; der Schöpfer leidet, wenn er das Leben und die Kunst mit Politik mischt", hörte ich in meiner Erinnerung die Worte des Berühmten.

Mutti schloss sich in einem der Zimmer ein. In der Nacht konnte ich nicht schlafen und hörte, wie sie sich, ohne das Licht einzuschalten, von der Wand bis zum Fenster bewegte, ich fühlte, wie sie durch Spalte zwischen den Vorhängen auf die Straße blickte, in Erwartung der Morgendämmerung, oder sie saß mit angehaltenem Atem, erstarrt vom Warten im Sessel und beobachtet genau die dunklen Schatten, wobei sie jedes Mal zusammenzuckt, wenn das Licht eines vorbeifahrenden Autos aufleuchtet.

Sie wartete ungeduldig auf den Morgen voller Vogelstimmen, sagte, dass das Vogelzwitschern ihre Gedanken von dieser schizophrenen Welt erlöst. Die letzten Worte sprach sie leiser, als würde sie noch glauben, dass es irgendwo auf der Welt einen Ort gibt, wo die Erinnerung des Menschen nicht verzerrt und nicht mit Füßen getreten wird.

Muttis Nerven befanden sich bereits an ihrer Belastungsgrenze. Immer öfter verlor sie die Beherrschung, und nicht jeder konnte verstehen, was sie mit zitternder Stimme sagte. Im Stress beherrschte sie quasi irgendein anderes, unbekanntes oder sogar fremdes „Ich".

Ich musste die Verantwortung übernehmen. Die gesamte Familiengeschichte hatte ich schon gut verstanden, doch ich zweifelte, ob ich in der Lage sein werde, sie korrekt wiederzugeben, da ich selbst nichts ähnlich Furchtbares erlebt hatte.

Entweder lag es daran, dass ich jung war, oder dass mir nicht so viel Schlechtes widerfahren war, aber ein Selbstschutzinstinkt setzte schneller als bei meiner tragischen Mutti ein. Ich war nicht so emotional, resistenter gegen äußere Reize und reagierte viel einfacher.

Es ärgerte mich, wenn sie sich in ihrem Zimmer einschloss; ich wusste, dass sie über das Schicksal nachdachte, das sie verfolgte, wobei sie die Organisationen und ihre Beamten verfluchte, die den Menschen, in ihrer absoluten Gleichgültigkeit gegenüber dem Individuum, dazu zwangen, die von den Umständen diktierten Bedingungen zu akzeptieren.

Cha, ich sah noch einen Ausweg: Die Heirat, Heirat... Ich wusste nur nicht, wie ich sie auf eine solche Transaktion vorbereiten und sie in das andere „ha, ha"-Experiment einbeziehen sollte.

Wenn sie nicht hinschaute, las ich Anzeigen, von denen es nicht nur in den Regionalzeitungen wimmelte; einsame Männer und Frauen riefen förmlich nach Hilfe, wollten eine ähnliche Stimme hören und sich mit der Resonanz zweier Schicksale vor der Einsamkeit retten.

Es war nicht leicht, etwas Passendes für meine Mutti zu finden. Deutsche Männer suchen meistens nach einer Frau, die dabei helfen soll, die alltägliche Langeweile des Lebens zu zerstreuen: Als Begleitung für das Theater, für Reisen oder zum Sitzen vor dem Fernseher, zum Essenmachen und für die Gartenarbeit.

Keine Rede von Heirat oder getrennten Wohnungen.

Der Pragmatismus deutscher Männer, zur Absicherung vor unnötigen Scheidungskosten, aber auch vor der Teilung des Eigentums, war durch Lebenserfahrung entstanden.

Mutti passte das überhaupt nicht. Sie brauchte nicht nur einen reinblütigen Deutschen, sie faselte noch von einem Menschen mit künstlerischer Seele. Da ich wusste, dass es nicht leicht sein würde, sie zu verheiraten, beschloss ich, die Ereignisse nicht zu beschleunigen und wartete geduldig auf einen glücklichen Zufall.

## Noch eine Erfahrung

Das alltägliche Leben hatte hier seinen eigenen Ablauf. Dieser wurde von einem Stapel Papier korrigiert und bot keine Erholung. Jeden Tag fanden wir im Briefkasten Scheine, die uns in eine bestimmte Richtung führten. Eine davon war die politische: Damit die Organisatoren uns auf einer Liste abhaken konnten (fast schon ein Bild aus dem sozialistisch-realistischen Leben), wurden wir manchmal zu Vorträgen mit politischen Themen eingeladen.

Den armen Deutschen aus dem Osten wurde ihr sowjetisches Bewusstsein gewaschen, indem man ihren Körper mit Salzgebäck und einem Glas Wein sättigte. Ich mied diese Vorlesungen, aber Mutti, die mehr über den Kampf gegen die bürokratischen Schöpfer des bösen Realismus wissen wollte, besuchte sie manchmal.

Einmal, als wir die Einladung zur Vorlesung „Kulturpolitik" erhielte, beschlossen wir beide daran teilzunehmen, denn in einem zuvor gelesenen Artikel über die „Leitkultur" schrieben die Deutschen vom Einfluss anderer Kulturen und von der Gefahr für die deutsche Kultur. Es war interessant zu erfahren, wo die Wurzeln dieser absurden Behauptung lagen.

Eine genaue Antwort erhielten wir nicht, alles verlief in Richtung Staatspolitik, die gegen alle kulturellen Minderheiten kämpfte, indem ihr Bewegungsraum eingeengt wurde.

Nach der Vorlesung und den interessanten sowie widersprüchlichen Äußerungen drängten alle in einen anderen Raum, wo kleine Tische mit Stühlen und Hochtische zum Stehen standen. Sofort bildete sich eine Reihe der berühmten Kulturträger, um das bei den Deutschen beliebte Salzgebäck und Wein zu ergattern.

Zurückhaltung ist nicht immer von Nutzen. Nur mit Mühe fanden wir einen freien Hochtisch, der uns als guter Aussichtspunkt diente. Wir haben diese Position bewusst gewählt, als hätten wir den sich ankündigenden Höhepunkt der Handlung erahnt, ganz gleich, ob es sich dabei um die höchste oder niedrigste Phase der strahlenden Zukunft handelte.

Ha, ha, ha… Jede Erfahrung ist nützlich: Enttäuschungen und Missverständnisse entstehen nur aus Ignoranz.

An unserem Tisch, der sich in der Nähe der Tür befand und den wir im letzten Moment ergattern konnten, versammelte sich sogleich eine Traube rauchender Frauen. Der unverhofft aufgetauchte Mann sprengte den feministischen Rahmen und die Unterhaltung.

Meine Mutti, ach meine Mutti... Geistesabwesend hätte ich fast Mama gesagt, doch ich besann mich rechtzeitig und redete sie recht laut mit Jeny an. Sie veränderte sich völlig und nahm sogar die ihr angebotene Zigarette an. Sie strahlte einfach, denn der Politiker erwähnte ganz beiläufig, dass er in seiner Freizeit Bilder malt.

Cha... Kann man das einen Zufall nennen – meiner plappernden Mutti lief eine bräunliche Katze über den Weg, ähnlich wie Stepukas, nur etwas größer. Die zur Seite geblasenen Wolken des Rauchs, den sie niemals nach innen zog, der Rotwein, der Lärm um uns herum und ihr Kichern ärgerte mich ziemlich. Sie war so aufgeweckt, dass sie nicht einmal bemerkte, dass dieser Politiker und Künstler eher mich als sie anschaute, aber sie mischte sich in das Gespräch und beantwortete die Fragen, die er mir stellte.

Anscheinend kam ihr gar kein Zweifel daran, dass er sich für sie Interessiert, denn er war schließlich ihr Altersgenosse.

Ich erkannte meine Mutti Jeny nicht wieder. Sie war so beschäftigt, dass sie nicht ein einziges Mal die von ihm angebotene Zigarette ablehnte, obwohl sie eigentlich nicht rauchte, sondern nur spielte. Er lud alle rauchenden Frauen am Tisch ein, ihn zu besuchen, sagte, er habe eine große Bibliothek mit historischen Büchern und könne einen Einblick in die deutsche Geschichte und in seine Werke geben.

Da ich als einzige noch Knospen hatte, für die sich die Männer interessierten, ha, ha, wandte er sich mehrmals gesondert an mich und an Mutti – Jeny.

Muttis Naivität erstaunte mich abermals. Sie schenkte jedem seiner Worte glauben. Ich, ihre Tochter, war da realistischer. Da ich wusste, dass die Deutschen eher für geschlossene Türen sind, glaubte ich nicht wirklich an einen solchen Nachmittag der offenen Tür; vielleicht handelt es sich nur um ein politisches Divertimento – Stimmenfang vor den Wahlen.

## Der Politiker und Künstler

Das Haus des Politikers unterschied sich durch seine natürliche, durch den Wechsel der Jahreszeiten geschichtete Materie – im Hof lagen die Stämme und Äste von Bäumen, die von Stürmen umgestürzt wurden. Durch Laub und Äste sah man schon die ersten Blümchen nach dem Winter hervorwachsen. Neben dem Teich lagen Baumstümpfe und grünliche Steine, zwischen den Ästen und dem Laub leuchteten mehrere weiße Lilienbüsche.

Alle waren entzückt: „Originell, originell…"

Es war tatsächlich originell, das musste ich auch anerkennen. Eine natürliche Landschaft, keine künstliche.

Für gewöhnlich sind die deutlichsten Wohlstandssymbole des durchschnittlichen Deutschen ein Haus mit idealer ordentlicher Umgebung, Miniregale mit Muscheln, Steinchen usw., fast keine Bücherregale. Auf seine Wohnung traf das völlige Gegenteil zu – Bücher, meist über Politologie, die, wie auch seine Freundin, die er uns vorstellte, Farbe in die einsamen Abende des Politikers und Künstlers brachten. Der Nachmittag in seinem Haus, in dem von ihm gemalte Bilder an den Wänden vom ersten bis in den dritten Stock hingen und auf dem Boden des Dachgeschosses lagen, gab viele Rätsel auf.

Aus Spaß gab ich ihm den Spitznahmen wandelnder Rebus.

Es ist das Paradoxon des Paradoxen und für den gesunden Verstand nicht nachvollziehbar, warum genau er in unser Fadenkreuz gelangt war: Ein Mensch, der aus der Sicht von Mutti – Jeny – fast ihr Traummann war, wenn er nicht…

Zu diesem „wenn er nicht..." gehörte so viel, dass ich nicht weiß, wo ich anfangen soll. Besonders schockierten uns nicht nur die unterschiedlichen Ansichten, sondern auch die unterschiedlichen Bezugspunkte.

„Cha, cha, cha, cha, cha, cha, cha, cha, cha... Ha, ha, ha, ha, ha, ha, ha, ha... Chi, chi, chi, chi, chi, chi...", so lachte der deutsche Politiker über unsere Probleme. Wir lächelten dann leise und verstanden den Grund für sein Lachen nicht genau, denn manchmal schien es, dass er sich einfach nur über meine Mutti lustig machte.

„Jeny, – wandte er sich an sie, wobei er ihren Namen klar und deutlich aussprach, – entweder bist du deutsch oder nicht. Wer sonst kann dein Inneres besser erkennen als du selbst... Es ist doch absurd, auf die Anerkennung von irgendjemandem zu warten", – wiederholte er immer wieder, wenn das Thema sich darum drehte.

Muttis nostalgisches Verlangen, das für sie fast schon lebenswichtig geworden war – „das zu sein, was du bist, legal auf dem Papier" – war ihm unverständlich, und als dieses Thema einmal wieder angeschnitten wurde, steigerte er sich hinein und sagte gereizt:

– Es ist keine große Ehe, deutsch zu sein, dieses Volk ist verdammt. Der Geist Hitlers hat solches Unkraut gesät, zu dessen Vernichtung noch kein Gift erfunden wurde.

Nach einer kleinen Pause fügte er hinzu, er sei glücklich darüber, kein reiner Deutscher, sondern nur halb deutsch zu sein.

– Ich bin ein Mischling. Ich bin deutscher Staatsbürger, sehe mich aber als Juden. Für einen stumpfsinnigen Deutschen ist es nicht leicht, sich das vorzustellen; alle, die die deutsche Staatsbürgerschaft haben, werden Deutsche genannt. Ist das logisch?

In Deutschland geborene Kinder werden automatisch Deutsche. Wie kann ein Türke oder Afrikaner ein Deutscher sein? Sie bleiben doch trotzdem Vertreter ihres Volkes, und das ist doch auch offensichtlich. Lächerlich… Ich bin ein Jude, aber unsichtbar, ha, ha, ha… Alles befindet sich dort, im Innern.

Die mit Worten nicht ausgedrückten Emotionen mit dem stimmlosen „Cha, cha, cha, cha" verursachte bei uns einen Schock.

– Ein Jude?!

Sprachlos lauschten wir seinen Schimpfworten auf Hitler und die gesamte deutsche Politik, die aus den Personendokumenten die Spalte Volkszugehörigkeit gelöscht und ihm den Weg versperrt hat, ein Jude zu sein. Er spuckte auf die Deutschen was die Spucke hergab, spottete über ihre Reinblütigkeit und sagte:

– Zeigt mir den Reinblütigen, zeigt ihn mir… Die ganze Welt ist vermischt. Krieg, Vertreibung, Emigration… Wo soll man sie suchen, wo… Vereinzelt gibt es sie, aber ist das schlecht? Hauptsache der Mensch bleibt ein Mensch.

– Es wurde festgestellt, dass Mischlinge, die die Eigenschaften mehrerer Nationen in sich vereinen, interessanter und vielleicht sogar klüger sind.

– Ha, ha, ha… – lachte er und schwieg lange.

Mitunter führten seine Emotionen zu einem anderen Extrem, und so begann er, wenn er in Fahrt kam, uns vom Hakenkreuz der Nazis zu berichten, das für einen tierischen Führerkult steht, eines Führers, der zivilisierte Menschen manipuliert und sich bemüht hat, möglichst viele Menschen zu überzeugen, dass die Vernichtung anderer Rassen und Völker das grundlegende Ziel des NS-Staates ist.

Die Emotionen schwappten über, und die erhobene Stimme wirkte bei den Worten „der Nazismus als Ideologie hat keine gemeinsamen menschlichen Ideen verbreitet" etwas einschüchternd; nach einer kurzen Pause sprach er, etwas rot im Gesicht, über den von den Deutschen öffentlich bekundeten Hass auf andere Völker, und besonders auf die Juden, wobei er hinzufügte, dass seine Familie auch ausgelöscht werden sollte. Als er das Wort „ausgelöscht" sagte, blickte er zu uns. Sein Gesicht wurde immer bleicher, die Wangenknochen traten hervor, das Kinn wurde spitzer und die Augen tiefer.

Wir schwiegen und blinzelten wie zwei Bekloppte, die nicht wussten, was sie sagen sollten.

– Ja, ja... dann hättet ihr nicht das Glück gehabt, mich kennenzulernen, – mit diesen Worten beendete er die Stille und sprach weiter vom Symbol des sowjetischen Imperiums – Hammer und Sichel, das laut ihm ein Symbol für Arbeit und Gleichheit ist, obwohl sich dahinter auch Aggression verbirgt.

Einmal, nach einer ähnlichen Tirade, begann er laut lachend zu wiederholen:

– Ich bin Deutscher, ich bin Jude, ich bin ein Deutscher und ein Jude! Wissen sie, meine Damen, dass wir in einem Boot sitzen, und dir, Jeny, würde ich raten, nicht mehr nach den Knochen deiner Vorfahren zu graben, sondern als Litauerin aus Deutschland zu fliehen, und du, schönes Mädchen, sei einfach eine Frau von Welt und... mein, – beendete er seine Rede grinsend.

Die krönende Schamlosigkeit zeigte seine Sexualität, die er auch nicht verbarg. Irgendwo hatte ich gelesen, dass jüdische Männer sehr sexy sind. Seine Frau hatte ihn auf seinen Irrwegen zwischen der Politik und der Kunst verlassen. Diese Enttäuschung war für ihn der Auslöser zum ewigen Wandel.

Keinerlei Verpflichtungen!

Cha, ähnlich wie meine Mutti...

Das Rätsel wurde gelöst, obwohl ich den deutlichen Unterschied der beiden Emotionsfelder nicht begreifen konnte. Wenn es für meine Mutti, die ihr ganzes Leben unter fremden Nachnamen, unter fremder Flagge gelebt hatte, fast schon eine lebenswichtige Sache war, das zu sein, was man tatsächlich ist, dann war ihr Bestreben für ihn, der in Deutschland geboren wurde, absolute Scheiße.

– Scheiße, Scheiße, Scheiße, Scheiße, Sch... Sch... Sch... Scheiße...

Außer sich wiederholte er die Worte, warf dabei seinen Kopf hin und her, als er uns einmal in unserer temporären Behausung besuchte, und wir schauten ihn an, weil wir nicht verstanden, warum so viel Scheiße.

Cha, kam mir der Gedanke – gut, dass wir genügend Toilettenpapier gekauft hatten, weich und mehrlagig.

Eine Angewohnheit aus der Sowjetzeit ist schlimmer als die Natur.

Ha, ha, ha, ha, ha, ha, ha, ha – diese sarkastische Bemerkung brachte mich selbst zum Lachen, denn wir hatten uns damals auf das Treffen mit ihm sehr vorbereitet: Die häusliche Gemütlichkeit erzeugten wir mit knisternden Kerzen und einem Nocturne von Chopin.

Mutti Jeny deckte den Tisch besonders aufmerksam: Die Delikatessen, die sich der durchschnittliche Deutsche nicht leisten kann, erstaunten ihn besonders. Das Seltsamste für uns Ankömmlinge aus dem Osten war, dass er nur reine Produkte kostete, – die eigens für den Gast zubereitete Delikatesse „Vorschmack" hat er, als echter Jude, nicht einmal probiert.

Mutti Jeny geleitete ihn hinaus. Der Winter blendete mit glänzendem Weiß. Sie sagte, die Wirkung des weißen Lichtes war so stark, dass sie beide, eingehakt und geblendet vom Anblick oder der gegenseitigen Nähe, beide ausrutschten. Er fiel auf sie, und als er aufstand, hielt er sie, als könnte er sich nicht lösen, schaute ihr direkt in die Augen und sprach:

– Deine Brüste... Deine Brüste sind wie die eines jungen Mädchens...

Ach, die Mutti!

Als sie zurückkam, erzählte sie davon, und später fügte sie mit einem schelmischen Lächeln hinzu, dass da vielleicht doch etwas läuft. Es gelang ihr wirklich recht schnell, neue Bekanntschaften zu schließen, diese waren aber nicht von langer Dauer. Ich konnte es immer noch nicht begreifen: War sie in der Lage, im rechten Moment „ja" zu sagen, selbst wenn sie hätte „nein" sagen müssen, oder gab es andere Gründe. Ich verurteilte sie oft, mir schien es, als hätte sie noch nie zu einem Mann „nein" gesagt. Sie geriet schnell ins Schwärmen und ging auf den Leim.

Hatte ich vielleicht Unrecht?

Dieser Fall war einzigartig, also murrte ich nicht, ganz im Gegenteil – ich riet ihr dazu, sich auf ihr Gefühl zu verlassen, obwohl ich sah, dass das erste Pathos langsam zurückging und das Image des interessanten Menschen verblasste – wie auch die Zukunftsperspektive.

Ihre traditionellen Treffen bei Kaffee und Kuchen begannen sie zu ärgern. Für einen Deutschen war dieses Nachmittagsritual normal, genau wie die Größe des Kuchens. Wenn sie um ein kleineres Stück bat, war ihm vor der Verkäuferin unbehaglich zumute, als würde er in höchstem Maße gegen die Etikette verstoßen, und so aß er immer den Rest Kuchen auf, den sie übrig ließ.

Cha, wann immer sich Mutti an ihn erinnerte, wie er mit dem Löffel Crèmetorte in sich hineinschaufelte, bedeckte sie ihren

Mund mit der Hand. Aber das waren Kleinigkeiten, irgendetwas war noch geschehen, wahrscheinlich verstand sie selbst nicht, was sie gestört hatte.

Jedes Mal nach ihrer Rückkehr erzählte sie etwas von ihm: Es stellte sich heraus, dass er gern von sich selbst sprach, wobei sie den ganzen Abend fast kein einziges Wort gesprochen hatte. Ich spürte, dass sich hinter dem, was sie verschwieg, etwas verbarg. Ich wartete, wann es aus ihr herausbrechen würde, oder vielleicht auch nicht. Ich hatte Zweifel.

Bald kannten wir seine gesamte Lebensgeschichte, und nicht nur seine. Er erzählte uns von seinen Freunden und Freundinnen, die wir nicht kannten – bis hin zu intimen Details. Ich würde nicht sagen, dass Mutti, was das Bett betrifft, konservativ war, aber sie sprach nicht gern offen darüber, schließlich entdeckte im sowjetischen Litauen jeder seine Sexualität selbst: Wer wollte schon von seinen Irrungen und Wirrungen erzählen, wenn das Fundament der Verbindung zweier Menschen – das höchste der höchsten Gefühle – die Liebe ist; allein das Sprechen über irgendeine Liebestechnik war bereits eine Perversion, deshalb war auch ihre Verklemmtheit und Verschlossenheit leicht zu erklären. Und er quälte sie schon eine Weile, wunderte sich mit einem Schulterzucken, warum es zwischen ihnen keinen Sex gibt.

– Sind alle Frauen von dort, aus dem Osten, so frigide? Ihr beide seid noch junge, hübsche Frauen, – fragte er und erzählte, dass er erst kürzlich beim Arzt war und dass seine Prostata normal funktioniert, dass er zu den Männern gehöre, denen eine Frau nicht genügt, dass Sex für ihn eine lebenswichtige Angelegenheit ist, wie essen und trinken, und wir beide taten ihm beide leid, dass wir keine Möglichkeit zur Hormonersatztherapie haben. Ha, ha, ha...

Für Mutti war seine Offenheit, gepaart mit den Komplimenten an sie als Frau, fast schon ein Hohn. Und er wiederholte sein altes Lied, dass er, wenn seine Freundin ihre Regel hat, allein aus gesundheitlichen Gründen, wegen der Prostatafunktion, Verkehr mit einer anderen, jüngeren hat.

Meine arme Mutti, die ein völlig anderes Gejammer und Flehen von Männern gewöhnt war, traf ein solch direkter Deal völlig unvorbereitet. Seine Offenheit hatte in ihr unverhofft etwas geschlossen, nur ihre wechselnde Mimik verriet, dass sie immer wieder in Gedanken zum Thema der Frigidität zurückkehrt.

Diese Sorgen von Mutti beeinflussten mich am wenigsten, doch ihre Andeutung über seine häufigen Faseleien von Gruppensex warf mich quasi aus dem Sattel. Anfangs habe ich es nicht geglaubt, von derartigen seiner Fantasien war ich sogar sprachlos und schrieb alles Muttis auf diesem Gebiet recht schwachen Deutschkenntnissen zu; ich dachte sogar daran, ihr vielleicht ein Buch zu kaufen, damit sie sich wenigstens mit der Terminologie befasst und ihren Wortschatz erweitert, und für mich, cha, wäre das auch gutes Lernmaterial.

Für einige Zeit lehnte ich dieses Spiel und die Selbsterziehung ab, weil sein Geständnis, dass er eine deutsch-jüdische Mischung ist, mir immer mehr Nägel ins Hirn trieb. Einen solchen Hybriden hatte ich noch nicht getroffen.

Ich rang beim Lachen nach Luft, konnte mich nur schwer von dem mich befallenen unbenennbaren Gefühl befreien; sogar die alles lösenden einfachen „Cha, cha, cha... Ha, ha, ha..." und die magischen „Chi, chi, chi..." halfen hier nicht.

Mit meiner Erzeugerin konnte ich über all dies nicht wirklich reden. Der Fluch Hitlers, der sie nach Deutschland geführt hatte und ihr Schicksal mit Paragrafen übersät hatte, zwang sie, wie auch im sowjetischen Litauen, ohne ihr wirkliches „Ich" zu leben.

Ich wusste selbst noch nicht, was seine Beichte für mich bedeutete. Wenn ich meine russische Natur peitschte und die deutsche hervorhob, so tat er es andersherum – er war stolz auf seine strahlende jüdische Natur und ignorierte die deutsche. Wir konnten auch nicht die Frage beantworten, was ihm die Freundschaft mit uns bedeutete.

Schließlich bemerkten wir, dass er sein triumphierendes Positiv nur im Beisammensein mit uns erreichen konnte, mit zwei unreifen Frauen – politisch und sexuell. Ha, ha, ha...

Seine offensichtliche Zweideutigkeit erstaunte. Anfangs dachte ich, dass Mutti beim Zeichnen seines autobiografischen Porträts übertrieb, doch nach einem Treffen mit ihm hörte ich selbst mehr, als sie mir erzählt hatte. Er schaute mir direkt in die Augen, sprach offen und ohne Zügel über das schöne Leben zu dritt und vergaß nicht zu erwähnen, dass in seinem Alter die Hormone täglich in Gang gehalten werden müssen.

Ich fand diese altersbedingte Eigenschaft, offen über das Sexualleben zu sprechen, natürlich lächerlich, obwohl die offene Aufklärungsarbeit in Deutschland ein normales Phänomen ist, aber ich wagte es nicht, mich mit ihm in solche Diskussionen zu verwickeln und war der Meinung, dass ich noch alles vor mir hätte und alles ohne seine Hilfe klären werde. Mutti dachte vielleicht über den Vorschlag bei ihm einzuziehen nach, obwohl er bereits eine Lebenspartnerin hatte...

ZWEITER TEIL

# Desintegrator

Noch eine Prüfung... Ein ungeplanter Prozess...
Der Flur war leer, kein einziges Lebewesen. Auf dem Weg durch den langen Korridor lasen wir jedes Stück Papier, das an Wänden und Türen hing. Kurz darauf erschien ein großer Mann. Er grüßte und verschwand hinter einer Tür, auf der unsere Nachnamen unterstrichen waren. Als wir, die Verbrecherinnen, durch die weit offen stehende Tür hereintraten, schien alles so ohne Ernst und erweckte kein Vertrauen.

Bitte erheben Sie sich für das ehrwürdige Gericht... – diese Worte, die irgendjemand sagen musste, weil wir uns einen ernsthaften Prozess nicht anders vorstellen konnten, hörten wir nicht. Auf dem Podium saß der Prokurator von Judäa Pontius Pilatus, der anscheinend sogleich fragen wollte:

„Was ist die Wahrheit?"

Unsere Wahrheit würde nicht seiner Wahrheit entsprechen, deshalb hatte dieser Isolator der anderen Wahrheit besonders negative Auswirkungen. Niemand fragte nach Vor- und Nachnamen, niemand forderte dazu auf, die Hand auf die Bibel zu legen und nur die Wahrheit und nichts als die Wahrheit zu sagen. Ich bemühte mich nicht nachzudenken, welche Fragen gestellt werden würden, und so entfernte ich meine Gedanken über das Urteil der Todesstrafe, das nicht über mich, sondern über meine Mutti gefällt werden wird, denn sie hat durch ihren Liebesakt mit einem Andersstämmigen einen Hybriden zur Welt gebracht, somit ihre deutsche Identität und die Anerkennung des deutschen Volkes verloren. Ha... Ha...

Ich beobachtete den Richter, der seinen Kopf über einen Stoß Papier gesenkt hielt. Mutti rieb sich immer wieder die Augen, als wäre vom heftigen Blättern unserer Papiere Staub aufgewirbelt worden.

Je wohlhabender der Staat, umso mehr bürokratischer Papierkram, der die Augen jucken lässt.

Der auf dem Podest sitzende Mann unterschied sich in nichts von den anderen: Er hatte einen Kopf, Beine und Arme, nur mit der Schönheit der Natur war er nicht beschenkt worden. Ich schämte mich für meine Kritik. Ich versuchte mich zu beruhigen, um keine weiteren Ausführungen zu machen, damit nicht zufällig ein Wortschwall nach außen dringen würde. Aus irgendeinem Grund wurde ich zynisch, und Zynismus ist nicht immer die Waffe der Mächtigen.

Mit Blick auf den Sitzenden auf dem Podest und mit den Aussagen des berühmten deutschen Philosophen im Kopf erkannte ich ohne Kommentare an und sagte mir ganz fest:

„Ja, ohne Zweifel, ich bin ein Experiment des Lebens und der Geschichte!"

Vielleicht wird jemand auch an meiner schon beinahe feststehenden Überzeugung zweifeln, aber das wäre verständlich: Die einen akzeptieren die Wirklichkeit, die oft das Leben bestimmt, so wie sie ist, ohne darüber nachzudenken, dass nach ein paar Schritten in die andere Richtung eine andere Realität entstehen und andere Emotionen hervortreten können; andere, denen gewichtige Argumente oder eine Fortsetzung der Geschichte fehlt, kommen ganz einfach zur Ruhe, und eine weitere Gruppe erdenkt sich in ihrer Fantasie ein Ende und füllt es mit eigenen Details.

Auch ich war mit einer offensichtlichen Wirklichkeit konfrontiert und konnte mich nicht so plötzlich in fremder Umgebung orientieren, passte sie verzerrt an, denn das entwickelte, nicht der Realität entsprechende Modell war schwer auf die eine oder andere Situation anzuwenden. Und jede Bemühung zum Selbstverständnis, die nicht den ideologischen Normen entspricht, jeder Wunsch, wurde verurteilt – mit Gesetzen und Erklärungen.

„Natürlich, ich bin ein Experiment des Lebens und der Geschichte!"

„Wann wird es enden und wird es enden? Wann wird das normale Leben beginnen? Wann?"

Dieser Gedanke erweckte mich, ich begriff, dass ich mich in letzter Zeit sogar ohne nachzudenken anzupassen versuchte. Ich lebte neben unbekannten Menschen, vielleicht versteckte ich mich auch hinter ihnen und rechtfertigte mich damit, dass all dies temporär ist, und manchmal geißelte ich mich dafür, dass es keinen Kampf und keine Intrige gibt!

Zeit zur Änderung der Lebensweise.

Schluss mit dem Leben in der Vergangenheit.

Vielleicht würde mich eine nähere Bekanntschaft mit dem modernen Lebens- und Schaffensstil dieser Welt retten?

Vielleicht würde ich mich, darin vertieft, aus dem Netz der Geschichte befreien?

Cha, wer weiß, ob das möglich ist, denn das Denken einer ideologisch erzogenen Öffentlichkeit hinterließ seine Spuren – Taubheit und den Grauen Star, und das in den Schädel eingepflanzte Auge trübte sich leider.

Ähnliche Überlegungen stießen mich sofort an eine Mauer, die ein Feld teilte und auf deren beiden Seiten Schädel liegen: Die einen mit Glasaugen, die anderen mit leeren Augenhöhlen.

Deshalb verringerte sich mein „Cha" und „Ha, ha..." Manchmal stiegen sie an die Oberfläche, aber das Innere schlug keine Wellen, der Körper zitterte nicht... Nicht alle Situationen schienen ihnen geeignet.

Als die Tür ins Schloss fiel und der verspätet eingetroffene Anwalt eintrat, verstand ich den Grund des stillen Wartens. Wir wussten schließlich, dass in Deutschland ein guter Anwalt und ein guter Arzt eine Notwendigkeit sind… Cha, das sah nicht gut aus… Das sah überhaupt nicht gut aus…

Zu unserem Erstaunen zog er, ohne ein Wort zu sagen, aus einer Zellophantüte eine Robe, warf sie sich schief über und begann die Ordner zu wälzen, die er unter dem Arm herbeigetragen hatte.

Der Richter auf dem Podest bewegte sich nicht einmal und hob auch nicht den Kopf, der Anwalt zuckte mit den Schultern und blickte uns an. Die Pause wurde immer länger. Der Anwalt hüstelte bewusst, traute sich aber nicht, an den Richter heranzutreten.

Nachdem er sich von seiner Hast beruhigt hatte, verstand er endlich, dass er zu spät gekommen war, sehr zu spät, denn der Richter schloss den Ordner, richtete sich in voller Größe auf und bestätigte somit die Ahnung, dass die Verhandlung ausgesetzt wird.

Cha, einen Augenblick lang war ich verwirrt. Ich sah den Anwalt, wie er zum Richter ging und mit ausgestrecktem Arm Muttis und meine Geburtsurkunden nahm.

Bedeutete das Geräusch des zugeschlagenen Ordners, das wie eine Ohrfeige klang, das Ende? Ich erhob mich und bewegte meine Erzeugerin, die ich an der Hand hielt, zum Aufstehen; sie blickte mich mit gerunzelter Stirn an:

– Was haben wir hier gemacht?

Ich brachte kein Wort heraus. Wir haben an ähnlichen Prozessen teilgenommen – bei unserem Nachbarn von oben, bei den Bewohnern unserer Gemeinschaftswohnung, aber wir haben nicht geglaubt, dass diese furchtbare bürokratische Maschine uns auch so zerkleinern wird, und die konfliktierenden Gene werden uns nicht nur mit der Welt verfeinden, sondern durch das Aufzeichnen von historisch besiegelten Frontlinien, mit einer Mauer, auch uns und die Erde entzwei teilen. Manchmal schien es sogar, dass es auf der Erde, die mit Erkennungszeichen gespickt ist, für uns überhaupt keinen Platz gibt. Schließlich war ich die einzige Nachfahrin, also auch die einzige Auserwählte. So begriff ich mich.

Um auch die anderen davon zu überzeugen, musste ich noch einen langen Weg zurücklegen: Die schwarz auf weiß über meine Existenz angeführten unterschiedlichen Paragrafen der Gesetze mit zusätzlichen gesetzlichen Verordnungen warfen die Frage auf – ist das eine Erweisung großer Ehre für meine Person oder die große Verurteilung?

Darauf hatte ich keine Antwort. Beim Blättern in diesen „unheiligen" Schriften irrte mein armer Verstand umher und stolperte über jede Hieroglyphe.

Der Anwalt, der unsere Lebensgeschichte studiert hatte, sorgte unverhofft dafür, dass sich alles klärte – wahrscheinlich, weil er sich für die Verspätung entschuldigen wollte.

Zu Anfang erwähnte er die Unvollkommenheit der Gesetze und begann unerwartet zu bedauern, dass auf meinen Papieren der Nachname meines Vaters eingetragen ist. Er erklärte, dass meine Cousine, die durch einen Ausrutscher meiner Tante auf dem Hügel der Sünde zur Welt kam, automatisch zur Deutschen wurde, und dabei sei es völlig unwichtig, wessen Samen der eigentliche Grund für ihre Entstehung war – der eines Juden, Russen oder Türken.

Sie ist ein uneheliches Kind, aber die Nachfahrin einer Deutschen, keinerlei Inzest...

Irgendwie absurd!

Ein Paradoxon des Gesetzes oder absolute Desintegration?

Mir und Mutti begannen die Felle davon zu schwimmen. Ich entwickelte denselben Gedanken, der mich bei meiner Ankunft in Deutschland befiel, dass Mutti sich hier nicht lange halten kann und bald nach Litauen zurückkehren wird, und ich habe meine ganze Zukunft noch vor mir – die Erkenntnis eines weiteren Phänomens wird die sekundäre Mutation auslösen.

# Krise

Ich vermied lautstarke Ausführungen, aber meine Körpersprache war wahrscheinlich so deutlich, dass Mutti, als hätte sie meine versteckten Gedanken gehört, immer öfter das Haus verließ.

Ich habe nichts gefragt, ich wollte nicht noch mehr dazu beitragen, dass der Buckel ihres Leides weiter wächst. Ich wusste, dass sie zu den Konferenzen im Institut für Psychologie eingeladen wurde; sie nahm an Seminaren am runden Tisch beim Institut für Sozialforschung teil, wo mit einem scharfen Messer das klischeehafte Denken des „fernen Ostens" eingeritzt wurde – das Material für ein Buch über die Vergangenheit der Deutschen.

Wie in der frühen Jugend, als hätte ich die Erlaubnis von Mama erhalten, begann ich häufiger von Zuhause zu verschwinden. Ich schlenderte durch die Stadt, die von Kanälen durchzogen war, und begleitete mit Neid die Schiffe, die aus dem Hafen ausliefen.

Warum ich neidisch war, das weiß ich selbst nicht...

Wegen der Freiheit, der Unabhängigkeit?

Mir schien doch, dass ich nach meiner Ausreise nach Deutschland frei sein werde. Was hielt mich denn fest?

Meine Mutti? Cha, cha, cha... Natürlich, Mutti auch. Als ich nach Hause zurückgekehrt war, rang ich manchmal nach Luft, denn die Mauern waren unbeweglich, und der Raum ließ sich nur schwer erweitern. Ich musste eine Möglichkeit zur Befreiung finden!

Leider fällt es dem Menschen schwer frei zu sein: Die Natur bzw. Gott zwingt uns, bei Sonnenaufgang aufzustehen, und der Körper, der den Naturgesetzen gehorcht, säubert und ernährt sich und fließt mit seinen eigenen Gesetzen in die Masse ein.

Nein, nein... Der Mensch ist nicht frei.

Diese Schlussfolgerung verblüffte mich selbst. Die aufsteigende Unzufriedenheit gegenüber meiner Umgebung und den Menschen ließ sich nur schwer beherrschen. Wir beide benötigten eine lebenswichtige natürliche Pause, und deshalb bemühten wir uns, für eine Weile keine schmerzhaften Themen anzusprechen, eine Analyse unserer Situation zu vermeiden und aus den gegenwärtigen Umständen keine Auswege mehr zu suchen.

Die Pause zog sich in die Länge. Irgendwas ging in uns vor.

Muttis Andeutungen über die Frauen, mit denen sie sich traf, überhörte ich stets.

Uninteressant.

Sie wollte mir von derselben Deutschen aus der alten Tschechoslowakei erzählen, die von russischen Soldaten vergewaltigt worden war und der das ganze Leben über keine Medikamente gegen ihre Depressionen geholfen haben. Sie erwähnte, dass ihr der Ton ein wenig geholfen hat. Aus ihm formte sie verschiedene Figuren und schuf so die biblische Geschichte des Lebens Jesu Christi. Sie lud mich zur Eröffnung der Ausstellung in eine der Kirchen ein, aber ich bin nicht hingegangen. Einige Zeit später, als wir vorbeigingen, sagte Mutti leise, dass die Keramikerin in der psychiatrischen Klinik liegt und fügte hinzu, dass der Ton die Gewalt nicht besiegt hat.

Ich schwieg. Ich war mit meiner Selbstanalyse beschäftigt.

Ich sah ihre Enttäuschung über mein Schweigen, aber ich habe keine tröstenden Worte gefunden. Wir suchten jeder für sich allein nach einem Ausweg aus dieser Sackgasse, und ich habe Muttis Wandel überhaupt nicht bemerkt.

# Lebendige Installation

Der Politiker und Künstler fing an, mich zu den Ausstellungen seiner bekannten Künstler einzuladen, er machte mich mit einem Galeristen bekannt, dem ich später behilflich war, die Gemälde für die Ausstellung aufzuhängen. Er führte mich in eine alte Fabrik, wo sich freie Künstler aus aller Welt treffen.

Diese Entdeckung erfreute mich besonders. Ich hielt mich von nun an öfter dort auf und war bemüht, keine der Ausstellungen auszulassen. Aufmerksam betrachtete ich die Räumlichkeiten und schmiedete in Gedanken meine eigenen Ideen. Ich ertappte mich sogar bei dem Traum von der Möglichkeit, selbst eine Installation zu organisieren, obwohl ich weder eine konkrete Idee, noch die Mittel dazu hatte.

Stepukas war nicht hier, und auch die Ratschläge des Berühmten fehlten mir jetzt. Ich war so in meine eigenen Ideen vertieft, dass ich mitunter den Anschein erweckte, als sei bei mir eine Schraube locker. Ich redete fast gar nicht mit Mutti, und nach langer Zeit meldete sich Klara aus Berlin und lud mich ein; ich bin gefahren.

Bei meiner Rückkehr war Mutti nicht da. Die Unordnung in den Zimmern und die stickige Luft erstaunten mich etwas – als hätte sich hier lange niemand aufgehalten und nicht gelüftet.

Der Nachbar von oben konnte mir nichts sagen. Nachdem ich aufgeräumt und den Kaffeetisch gedeckt hatte, wartete ich. Als sie die ganze Nacht nicht zurückgekehrt war, rief ich den Politiker an, weil ich vermutete, dass Mutti sein Angebot angenommen hätte und bei ihm eingezogen war. Er wusste auch nichts.

Ich suchte nach einem Zettel, fand aber nichts.

Vielleicht besucht sie ihre Freundin, die Keramikerin? Die Klinik liegt außerhalb der Stadt, vielleicht übernachtet sie dort irgendwo. Ich versuchte in der Klinik und bei ihrer Freundin anzurufen, aber da ich nur den Vornamen kannte, erhielt ich keine Informationen.

Die Anspannung stieg. Ich konnte kaum ruhig sitzen, ging hin und her durch die Zimmer, wusste nicht, ob ich im Krankenhaus oder bei der Polizei anrufen sollte, – in Litauen hätte ich mich wesentlich schneller orientiert und alles würde nicht so tragisch anmuten.

Ich wartete und schaute dabei aus dem Fenster auf die rote Ziegelsteinwand der Kirche. Das wirkte beruhigend, doch vom Glockenschlag, als würde er Gefahr verkünden, zuckte ich zusammen. Erneut begann ich die auf dem Tisch verteilten Papiere zu wälzen und ärgerte mich dabei über mich selbst, dass ich bei Muttis Erzählungen nicht zugehört hatte.

Plötzlich kam mir der Gedanke, dass sie von einer neuen Bekanntschaft mit einer Frau gesprochen hatte, die wie mein Opa aus Ostpreußen stammte und ein ähnliches Schicksal erlitten hatte.

Noch angespannter durchwühlte ich die Papiere auf der Suche nach irgendeinem Zeichen. Ich fand nichts.

Vom angestrengten Suchen begann der Kopf zu schmerzen, fast die ganze Nacht war ich auf den Beinen. Ich erinnerte mich nur daran, dass sie sich auf der zentralen Straße der Stadt kennengelernt hatten, vor irgendeinem Geschäft, wo sie Gemälde malte, wobei sie neben sich ein Schild aufstellte, auf dem sie darum bat, für Papier und Farbe zu spenden, und daneben stand ein Körbchen für das Geld.

Am Morgen spitzte ich die Ohren und jagte nach Geräuschen, enttäuscht blickte ich zur Tür. Ich ging nach draußen, ohne genau zu wissen, wohin. Irgendetwas führte mich.

Eine Vorahnung? Vielleicht...

Ich fuhr mit dem Bus, ging eine Seite der zentralen Straße entlang, kam auf der anderen zurück; und wieder... Hin und zurück, und wieder, und wieder... Ich weiß nicht, wie viel Mal ich an denselben Orten vorbeigegangen bin und die Nase in die Geschäfte und Cafés gesteckt habe. Ich hielt auch vor einem Obdachlosen, der auf dem Straßenpflaster lag. Das Stück Karton, auf dem in schiefen Buchstaben geschrieben stand, dass er und sein Hund essen möchten, war mir ein Dorn im Auge.

Auch wenn das ihre gewählte Lebensweise war – welche Schuld trifft denn den Hund, dass er keine Hütte hat? Ich streckte die Hand nach dem Kopf des Hundes aus, der auf den ausgestreckten Beinen seines Herrn lag, wie bei den meisten Deutschen; bei dem Versuch, ihn zu streicheln, hockte ich mich hin und setzte mich sogar kurz auf den Boden. Der Obdachlose lächelte, ohne den Kopf zu drehen. Mit der Zunge drückte er seinen zusammengerollten Schornstein in den Mundwinkel und paffte weiter sein erstes Frühstück. Durch den Rauch kniff er die Augen zusammen und stieß hinter den Zähnen hervor:

– Bleib bei uns, Püppchen, auf dieser Erde ist für alle Platz genug...

Da er sich nicht einmal bewegte, sprang von etwas weiter weg ein anderer Obdachloser herbei und bemühte sich mit einer

Hand, weil er in den anderen ein Bier hielt, mich auf die Beine zu stellen.

Es gelang ihm nicht. Cha, cha, lachte ich insgeheim, für ein so gesundes Mädchen wie mich brauchte es mehr Kraft und Erfindungsreichtum. Auch er lachte.

Aus seinem Mund drang ein säuerlicher Geruch, sein Körper und seine Hand, die das Frühstücksbier hielt, zitterten. Er hatte nicht bemerkt, dass er aus Versehen auch etwas von der Flüssigkeit auf mich geschüttet hatte. Mir blieb nichts anderes übrig, als mich auf die Seite zu drehen und von allen Vieren aufzustehen, mit dem Hintern nach oben.

Ich stellte mir vor, dass alle um mich herum kicherten, obwohl ich nichts hörte. Überall roch es nach Bier, als hätte ich selbst getrunken.

Ich hatte mich schon fast an den Gestank von Bier, das im Bus, im Zug oder auf der Straße getrunken wurde, und auch an den Geruch von Bratwurst an jeder Straßenecke gewöhnt. Wären da nicht die Gerüche, unter die sich noch das Kaffeearoma der Balzac Coffee-Shops mischte, würde alles um mich herum, wie eine unwirkliche Installation des Lebens erscheinen – wie ein Spiel.

Müde von der erfolglosen Suche gelangte ich in eine sehr bewegte Nebenstraße. Die Tische standen einfach auf der Straße, unter den Fenstern der Cafés. Mit gesenktem Kopf trank ich Kaffee. An mir zogen Menschen vorbei, im Vorbeigehen geriet manchmal jemand an mein Bein und ab und zu berührte der Saum eines Regenmantels den Tisch.

Als ich unverhofft hörte, wie mich jemand um eine Zigarette bat, hielt ich automatisch die Packung hin. Ich hob die Augen zum Bittsteller und sah einen hübschen Mann mit leicht ergrauten Haaren um die Ohren, einem langen Ledermantel und leicht ermüdetem Gesicht. Ohne zu fragen, nahm er das auf dem Tisch liegende Feuerzeug, zündete die Zigarette an und zog den Rauch gierig tief in die Brust. Den Mund voller Rauch nickte er wortlos und ging. Als ich ihm mit den Augen folgte, dachte ich über seine müde, leicht welke Gesichtshaut nach. Alkohol oder Drogen?

Ich weiß selbst nicht, warum ich mich dafür interessierte. Ich erhob mich automatisch, als wollte ich ihm nachlaufen und fragen, warum ein so hübscher Mann um Almosen bittet.

Ich sah ihn am Beginn der Zentralstraße, neben einer kleinen Gruppe von Menschen, die auf der Straße lebten. Mit breiten Gesten erzählte er irgendetwas. Und wieder erfasste mich dieser aufdringliche Gedanke, der mich durch die Straßen irren ließ.

„Unsinn, Unsinn…" – flüsterte ich, wobei ich aus der Ferne die Versammlung von Menschen unterschiedlichen Alters beobachtete. Ich schaute mir die liegenden und sitzenden Obdachlosen genau an, mit ihren Hunden und ohne sie, und dabei begriff ich selbst nicht, warum ich sie beobachte.

Konnte meine Mutti sich unter ihnen befinden?

Ich verjagte diese absurden Gedanken. Als sich mir ein junger Mann mit einer Blechbüchse für Geld näherte, gab ich ihm etwas, ohne darüber nachzudenken, was ich zuvor niemals getan hatte. Meistens spendete ich nur für Menschen höheren Alters, Invaliden oder Straßenmusikanten.

Diesmal schaute ich mit Trauer auf die Versammelten: junge und nicht junge, mit Bündeln und ohne Bündel – sie schockierten durch ihr Aussehen und waren schlecht gekleidet. Ich sah, wie sie von einem Mülleimer zum nächsten gingen und aus diesen Plastikflaschen herauszogen. Zuvor hatte ich sie nie bemerkt, hatte mir nie Gedanken über sie gemacht.

Zum ersten Mal habe ich die lebendigen Kulissen der Stadt ganz anders gesehen. Schmutzig, mit herumliegenden Metalldosen, Papierfetzen und Resten von Lebensmitteln. Die schmächtigen Silhouetten schwankten von jedem Windstoß zu den Seiten. In ihren dunklen Gesichtern glänzten die Augen – agil und umherirrend, suchend. Alles um sie herum verschwand, und es blieben nur sie mit ihren schmutzigen Gesichtern in ihren dreckigen Schlafsäcken, mit Hunden und ohne sie. Daneben auf dem Straßenpflaster – eine Kiste für Geld und ein Stück Karton.

Es schien, dass auch mein Gesicht sich langsam verdunkelte. Eine Pandemie... Eine Allgemeine, die niemanden verschont. Ich spürte, wie meine Augen feucht wurden, die Hoffnung Mama anzutreffen, schwand. Ich war müde, versuchte mich zu überzeugen, dass ich nach Hause gehen muss, nur irgendetwas hinderte mich noch daran.

Die Realität, die ich vor meinen Augen sah?

Die Dämmerung saugte allmählich Dinge und Menschen auf, sie wehrten sich lautstark dagegen. Ich trank bereits die dritte Tasse Kaffee, mir wurde übel und ich fühlte mich wie in Trance; es schien, dass mir kurzzeitig schwarz vor Augen wurde.

An den Tischen bettelten immer mehr Menschen um Almosen. Meine Zigarettenschachtel war bereits leer. Manch einer hob sie spontan auf und ließ es voller Enttäuschung wieder fallen.

Ich erhob mich mit dem Gedanken, dass Mutti wartet und sich Sorgen macht. Als ich an einer Gruppe Menschen vorbeiging, die aus freien Stücken das Leben auf der Straße gewählt hatten, bemerkte ich neue Gesichter. Der Lärmpegel stieg, mehr Bewegung kam auf.

Der Abend und die aufziehende Nacht diktierten ihre eigenen Regeln. Ich konnte mir meine Mutti unter ihnen nur schwer vorstellen. Als ich Licht im Fenster sah, begann ich zu laufen. Mutti war zurückgekommen.

# Im Dickicht der Realität

Ich schloss die Tür nicht auf, sondern klopfte so stark ich konnte, in der Hoffnung auf eine offene Umarmung. Muttis emotionsloses Gesicht enttäuschte mich. Ich umarmte sie selbst und drückte mich an ihre Brust. Beinahe mit Abstoßung schaute sie erstaunt, als würde sie sagen – was soll das denn jetzt...

– Ich habe dich gesucht...

– Wo und warum hast du mich gesucht? Du hast schließlich nicht gesagt, wann genau du zurückkommst...

Sie hatte Recht, aber meine blühende Fantasie, die mich im Dickicht der Realität auf Irrwege führte, ließ mich nicht mehr los. Verwirrt stand ich da, fürchtete mich zu bewegen, als könnte die kleinste Bewegung die absurden Gedanken verraten, die mich bis vor kurzem verfolgt haben.

Muttis Verhalten hatte sich geändert, es schien, als hätte sie irgendeine Entscheidung unterdrückt, fürchtete sich aber, sie preiszugeben – genau wie ich. Vielleicht irrte ich mich auch.

Als ich die Eindrücke meiner Reise mit ihr teilte, fragte sie etwas, aber der Blick glitt über meinen Kopf hinweg, die Lippen bewegten sich, als würde sie mit jemandem sprechen. Sie war hier und gleichzeitig auch nicht. Die Verriegelung ihrer inneren Tür vermochte ich nicht zu überwinden.

Enttäuscht, aber in der Hoffnung, dass sie sich selbst nach einiger Zeit öffnen wird, erzählte ich weiter. Als ich verstummte, bemerkte sie das nicht einmal, deshalb beobachtete ich sie einige Zeit schweigend. Da sie weiter schwieg, sagte ich:

– Na, dann erzähl mal, wie hast du die Zeit ohne mich verbracht.

Sie blickte mich auch weiterhin mit suchendem Blick an, als würde sie nicht verstehen, was diese Unbekannte von ihr möchte.

## ZWEITER TEIL

Ohne jegliche Einleitung begann sie zu sprechen, ohne zu erwähnen, an welchen Seminaren oder Treffen sie teilgenommen hatte.

– Mir kam es immer so vor, dass sich das Schicksal nur über mich lustig gemacht hat und das auch weiterhin tut, indem ich gezwungenermaßen die Vergangenheit wieder durchleben und immer noch gegen sie ankämpfen muss. Die ersten Treffen, an denen auch du teilgenommen hast, waren noch unschuldig und verschlossen. Die meisten, wie auch ich, hatten Angst vor der Erinnerung, als bestünde die Gefahr, das Grauen wieder zu erleben: die Gewalt der Russen, in der Angst, mit Schmutz vermischtes Blut zu sehen, die Stimmen schreiender Mädchen zu hören, die nur von Explosionen und Schüssen übertönt wurden. Du weißt nicht einmal, dass ich und deine Tante von den Russen vergewaltigt worden sind und dass deine Cousine aus dieser Vergewaltigung hervorging. Nachdem ich die Leiden der anderen gehört hatte, verstand ich, dass mir das Leben noch sehr wohlgesonnen war und ist. Das Seltsame ist, dass darüber lange nicht gesprochen wurde; alles war tief vergraben und wurde vielleicht sogar bewusst aus der Erinnerung gelöscht... Künstlich vergessen...

Sie verstummte kurz und schrie plötzlich so, als würde sie mich beschuldigen:

– Weißt du, dass die Frauen und Kinder – die großen Opfer des Krieges – von Schlafstörungen und Depressionen geplagt werden, die sich mit Medikamenten nur unterdrücken aber nicht behandeln lassen? Du kannst dir nicht vorstellen, welcher Schwall von Erinnerungen den Raum, in dem wir uns versammelt haben, überflutet hat... Ich habe es kaum ausgehalten, ich... Ich...

Mutti stotterte, ich versuchte ihre Erzählung zu unterbrechen, aber als hätte sie es nicht bemerkt, hob sie den Kopf und begann von ihrer Bekanntschaft mit der Frau aus Ostpreußen und von deren Schicksal zu berichten. Sie konnte sich kaum beruhigen, verurteilte die Ärzte, die ihr Schizophrenie diagnostizierten, ohne sich mit ihrer Leidensgeschichte zu befassen.

– Sie ist schließlich durch die Hölle gegangen!

Sie erhob sich vom Stuhl, ging im Zimmer auf und ab und stieß beim Umdrehen mit den Seiten manchmal an die Möbel, aber sie schien keinen Schmerz zu spüren, denn sie erlebte die Tragödie dieser Frau, als wäre es ihre eigene.

Plötzlich hielt sie inne, entschuldigte sich aus irgendeinem Grund und setzte ihre Erzählung über die Frau mit gleichmäßigerer Stimme fort; ich kannte die Frau nicht, aber ihr Schicksal schien auf Mutti großen Eindruck gemacht zu haben.

– Kann die Welt auf dem Kopf stehen?

Fragte sie und antwortete selbst:

– Ja, sie kann es... Der Krieg hat Himmel und Erde durcheinandergebracht, hat sie von ihren Eltern getrennt. Ausgehungert und schwach fand man sie zwischen Ruinen, unter denen ihre Eltern lagen, und sie wurde untergebracht mit Kindern, die das gleiche Schicksal teilten. Einmal, als die Bombardierung begann, hatte sie keine Kraft um aufzustehen und ging nicht mit allen anderen in den Keller. Nach der Bombardierung kam nicht ein einziges Kind zurück... Nicht ein Kind...

Sie hatte als einzige überlebt.

Kann jemand anders fühlen, was sie durchgemacht hat?

Mutti konnte die Tränen kaum zurückhalten, mit schwindender Stimme erzählte sie, dass die Frau seit dieser Zeit von Kinderstimmen verfolgt wird: Sie rufen, weinen und schreien.

Um ihnen zu entkommen, gelangte sie als Jugendliche ohne Dokumente nach Deutschland. Da sie lange Zeit keine rechtmäßige Anerkennung erhielt, blieb sie auf der Straße, trieb sich in der Stadt herum, vergnügte sich, trank, spielte mit Drogen. Zum Glück nicht lange. Manchmal lag sie kurzzeitig im Krankenhaus. Dort begann sie zu malen. Kunsttherapie.

Später geriet sie auf der Straße in die Hände irgendeines Obdachlosen und wurde schwanger. Sie sträubte sich gegen ihre Ärztin, die ihr zu einem Schwangerschaftsabbruch riet, mit Unterstützung durch eine bekannte Krankenschwester – sie brachte eine Tochter zur Welt, deren Stimme sie, wie ein Lebenselixier, heilte. Sie wurde nun nicht mehr von Kinderstimmen verfolgt. Sie hörte nur die Stimme ihres Mädchens. Manchmal zeigte sie sich mit der kleinen auf dem Arm wieder auf der Straße. Sie malte.

Mutti schwieg. Uns verband eine seltsame Stille. Ich unterbrach sie nicht. Ich wartete.

Über unseren beiden Köpfen schwebte noch irgendetwas Unausgesprochenes.

## Metamorphose

Alle Misserfolge und Erfolge schrieb Mutti dem Schicksal zu und wollte meinen Ausführungen nicht zustimmen, dass uns das Schicksal gestattet, eigenständig Entscheidungen zu treffen, nur dass sie leider nicht immer richtig sind. Sie hatte sich schon mit allem abgefunden, und es schien, dass sie immer weiter an die Grenze der Unpersönlichkeit herankam.

Meine Vorahnung konnte mich auch in die Irre führen.

Mich befielen zweideutige Gefühle, als würde irgendetwas in mir kämpfen. Ich wollte zu gern wenigstens mit meinen künstlichen Empfindungswörtern „Cha, cha" in das Gespräch einfallen und eine Reaktion von Mutti provozieren, ihre Gedanken in eine andere Richtung leiten, aber ich hatte Angst, sie zu verletzen und der Gefühlslosigkeit beschuldigt zu werden.

Vielleicht fürchtete sie meine Reaktion?

Oder vielleicht zweifelte sie an ihrer Entscheidung?

Ich verstand noch nicht wirklich, was Mutti mit dieser Frau von der Straße verband, ich wusste nicht einmal, wie ich sie danach fragen sollte. Sie spürte das, erhob sich, sah mich direkt an und sagte, dass sie ihr helfen wolle. Von welcher Hilfe sprach sie?

Ich verscheuchte die schlimme Vorahnung, die mir kam, als sie von der Straßenfrau berichtete.

„Ich verstehe gar nichts, nein, das kann nicht sein, Unsinn, unglaublich, das ist absurd. Ha, ha..."

So blieb ich auch die ganze Nacht bei meinem aus der Tiefe hervordringenden „Ha, ha haaaaaaaaaaaaaaaaaaaaaaaaaa..."

Das Bewusstsein schlug Wellen, ließ mich nicht einschlafen.

Vielleicht wollte sie, wie auch jene auf den Straßen, eine Autonomie der unabhängigen Persönlichkeit schaffen?

Verleiht ein Leben, das in den Schlafsack auf dem kargen Boden passt und der die Flanken des daneben liegenden Hundes wärmt, Freiheit von allen Verpflichtungen?

Ist das Selbstbetrug?

Die Fragen werden unbeantwortet bleiben, denn all dies müsste man erleben, indem man einem anderen experimentellen Präzedenzfall beiwohnt.

„Ha, ha, ha...", lachte ich, als ich darüber nachdachte, dass eine Installation mit Ankömmlingen aus dem Osten für manch einen vielleicht interessant sein würde.

Die großen Psychologen behaupten, dass unser Streben und Verlangen nicht verschwinden, sie schweben über unseren Köpfen, ohne Rücksicht auf unsere Qualen.

Vor meinem geistigen Auge tauchte wieder der Berühmte auf, wie er in der Werkstatt umhergeht, sinniert und mit dem Pinsel gestikuliert. Diese gewisse Pose mit dem Pinsel in der Hand gefolgt von Gedankengängen, durch die er die Schatulle meines Bewusstseins mit seiner Erfahrung füllte, erschien im Rückblick als Verteidigung des eigenen „Ich".

„Wie interessant", sprach ich und hängte noch mein litauisches „Cha cha" hinten an, das schon meine kindliche Bindung an Mutter Erde zeigte, auf der Suche nach Geborgenheit; vielleicht war es auch der Wunsch zurückzukehren.

Als sich die Schatten der Nacht langsam verzogen, wartete ich ängstlich auf das Erscheinen meiner lächelnden Mutti. Mit ihrer gestrigen Reaktion auf mein „Muttinnng" hatte sie mich in die Schranken gewiesen. Ich verstand ihre Einwände, denn auch ich hatte mich nie an meinen litauischen Namen „Vale" gewöhnt.

Cha, immer diese unterbewussten Schatten, gemäß dem Berühmten, dachte ich und lächelte, wobei ich zur sich öffnenden Tür und auf meine Mutti Jeny blickte.

Auf ihr „Guten Morgen, Waltraut" antwortete ich ebenso „Guten Morgen, Mutti" und fügte noch „Jeny" hinzu.

Sie strahlte förmlich, die gestrige Verschlossenheit war nicht zu spüren. Die geröteten Wangen, alle Bewegungen und ein gesunder Appetit zeugten von äußerlichem Wandel und innerer Harmonie.

Bei dem Gedanken, dass wohl die Geschlechtsdrüse Hormone freigesetzt hat, konnte ich mein im Innern frohlockendes „Cha, cha, chaaaaaaaaaa" kaum zügeln, aber mit einem breiten Lächeln und zusammengebissenen Zähnen versperrte ich ihnen den Weg.

„Ach, mein Muttinnng", dachte ich, sagte dann aber nur:
– Was hast du heute vor?

Sie trank ihren Kaffee und lächelte.
– Was ist los mit dir, ich erkenne dich nicht wieder...

Sie lächelte weiter, und ich konnte den Gedanken an die Wirkung der Hormone nicht abschütteln – anders als in Kafkas „Metamorphose", wo die Hauptperson zum Käfer wird; in Muttinnngs Fall entstieg dem Käferchen, das sich unter Blättern versteckte, eine selbstbewusste Frau.

Anscheinend hatten sich alle Drüsen geöffnet. Es kam zu einer vollständigen Metamorphose...

Meine Ausführungen wurden von einem unhörbaren „Chi, chi, chiiiiiiiiiiiiiiiiiiii" begleitet, und schließlich hielt ich es nicht aus und fragte noch einmal:

– Was treibst du für ein Spiel, erzähle doch, wie lange willst du dich noch hinter dem zweideutigen Lächeln verstecken.

Als sie wieder von der Straßenfrau sprach, verstand ich, dass bei ihr ein weiteres Altershormon ausgeschüttet worden war. Ich erinnere mich nicht an den Namen des Hormons, ich weiß nur, dass es bei der Beseitigung von Unruhe und Zukunftsangst hilft, indem man versucht, anderen Menschen zu helfen.

Die Ähnlichkeit ihres Schicksals mit dem der Frau aus Ostpreußen schien sie besonders zu beeinflussen, und die Worte „ich möchte ihr helfen..." rückten alles auf den rechten Platz.

Ich wollte ihre Offenheit provozieren, aber sie erhob sich lächelnd und sprach:

– Komm ins Stadtzentrum zum Kanal. Ich werde bis Mittag dort sein.

## Straßenpolitik

Als ich das Stadtzentrum erreicht hatte, sah ich unverhofft von Weitem Mutti neben einer Frau, die den Einkaufswagen irgendeines Supermarkts vor sich herschob, gefüllt mit den verschiedensten Dingen; auf dem Wagen saß ein kleines Mädchen.

Mit keinem meiner Empfindungswörter war ich in der Lage, die aufsteigenden Gefühle zu unterdrücken. Ich stand wie gelähmt, wollte den offensichtlichen Installationen des realen Lebens und der Fantasie keinen Glauben schenken.

Und das ist kein Scherz, sondern die nackte Realität. Ich wollte umdrehen und weglaufen.

Der Schock, den ich beim Zusammentreffen des realen Alltags und der aus dem Unterbewusstsein aufgestiegenen Schattendekoration erlitt, zerstörte alle bis dahin erdachten Installationen meines Verstandes, und nach der Freisetzung der schöpferischen Energie kamen meine künstlerischen Ambitionen an die Oberfläche.

Diese zweideutige Realität des Lebens erweckte in mir den großen Wunsch, mein tief verborgenes Verlangen erneut wie einen Geist aus der Flasche zu lassen.

„Chi, chi, chi", das Lachen über mich selbst tat überhaupt nicht mehr weh, ganz im Gegenteil – es schuf eine Lautinstallation.

Cha, cha, chaaaaaaaaaaaa... Cha... Ha, haaaaaaaaaaaaaaaaaa, ha... Cha, cha, chaaaaaaaaaaa... Cha... Ha, haaaaaaaaaaaaaa, ha...

Xa, xa, xaaaaaaaaaaaaaa... Xaaaa....

Chi, chi, chiiiiiiiiiiiiiiiiiiiiiiiiiiiiiiiiiiiiiiiiiiiiiiii...

Die Bereitschaft, mit Muttis neuer Freundin Bekanntschaft zu schließen und selbst an der Alltagsinstallation teilzunehmen, erhitzte Körper und Geist. Entschlossen ging ich einen Schritt auf sie zu, aber plötzlich verschwanden sie in der Menschenmenge. Ich schaute mich nach allen Seiten um, stieß dabei mit Passanten zusammen, ging in der Nähe eines Einkaufszentrums an einem silberfarbenen Pantomimen vorbei, der Charlie Chaplin verkörperte, und stieß auf einen anderen, der auf Stelzen ging. Ich ging weiter, hielt kurz bei den bereits bekannten Straßenmusikanten, die ihren angestammten Platz auf dem bloßen Straßenpflaster hatten.

Auch zuvor hatte ich angehalten, um dem jungen Akkordeonisten – einem Virtuosen aus Leningrad – zu lauschen. Er zog immer die meisten Zuhörer an. Mit seiner emotionalen Darbietung klassischer Musik kam er dem Klang eines Orchesters sehr nahe. Wenn man es nicht weiß, würde man nie darauf kommen, dass es ein Akkordeon ist.

Von weitem hörte ich sein „Präludium" von Bach, das ich irre fand.

Als mich jemand im Vorbeigehen anrempelte, trat ich näher, drehte mich um und plötzlich... erblickte ich meine Mutti.

Das einzige entwichene Empfindungswort „Cha" war wie ein Bolzen aus Metall, der all meinen anderen Emotionen die Tür versperrte.

Mit meinen Augen suchte ich den Einkaufswagen, drehte mich und sah mich um, aber ich sah ihn nirgendwo.

Ich sah nur das Obere von Muttis Kopf.

Ihr ganzes Gesicht war von einer Staffelei verdeckt.

Sie sah mich nicht, denn sie hob ihre Augen nur zu dem vor ihr sitzenden Jungen mit lockigem Haar, schaute wieder auf die Staffelei, und wieder, und wieder...

Ich war sprachlos.

Schon früher hatte ich diese Straßenkünstler gesehen, manchmal blieb ich stehen, verfolgte den in der Hand gehaltenen Pinsel mit den Augen, beobachtete, wie sich der Charakter des Posierenden Strich um Strich enthüllte.

Ich drehte eine Runde, näherte mich ihr unbemerkt von hinten, mischte mich dabei unter die Zuschauer, und, wie alle anderen auch, verglich ich das Porträt mit dem Original, wobei ich besorgter war als die Mama des Jungen, die sich eine genaue Abbildung ihres Kindes für die Ewigkeit erhoffte.

Und ich hatte Angst, dass es nicht zu einer ähnlichen Tragödie wie bei Muttis Sologesang kommen und dass die Enttäuschung Zugang zu ihrem Traum erhalten würde.

An ihren zaghaften Handbewegungen spürte ich, dass es ihre ersten Versuche nach einer langen Pause waren.

Muttis Gesicht war etwas blass, aber auf dem Gesicht der Mutter machte sich ein Lächeln breit, als schon die erste Skizze fast schon eine fotografische Ähnlichkeit aufwies.

Der Blick des Jungen war auf sie gerichtet. Mutti sprach ihn immer wieder an, um die Spannung abzubauen – nicht nur die des Jungen, sondern auch ihre eigene. Ihr Rücken wurde merklich runder, und die freiere Pose des Jungen änderte seinen Gesichtsausdruck.

Dieses Mal benutzte sie einen Bleistift, aber in Litauen versuchte sie auch mit Pastellfarben und Kreide zu malen; einmal hatte ich sogar ein von ihr gemaltes Stillleben und ein Landschaftsbild in Aquarell entdeckt – Werke, die sie niemandem zeigte.

Ihr Stolz waren doch die Kopien der Porträts von vier Köpfen. Die Köpfe von Marx und Engels gelangen ihr am besten, dann noch der von Lenin, doch der von Stalin hatte aus irgendeinem Grund die geringste Ähnlichkeit mit dem Original.

Vielleicht weil er damals noch am Leben war, so dass die vor Angst zitternde Hand viele dunkle Schatten zeichnete.

Ich verstand nicht ganz, warum ich mich an Stalin erinnerte – er war tot und Sibirien drohte nicht mehr –, wir befanden uns in einer anderen Zone, voller anderer Schatten.

Cha, cha, cha...

Als ich wieder die Klänge des Akkordeons hörte, entfernte ich mich von meinem Beobachtungsplatz, denn ich wollte nicht bei der Fertigstellung des Porträts stören.

Als ich an den Akkordeonisten herantrat, lächelte ich; ich hatte ihm schon mehrmals zugehört, doch dieses Mal wagte ich es, ihn anzusprechen und sagte, dass dort drüben meine Mutti malt.

„Da, Jeny, ja usche znakom s nei..."[19] – cha, seine so einfache Aussage erstaunte mich, ebenso die Erklärung, dass dieser Platz unter der Sonne heiß umkämpft ist, denn hier ist das Stadtzentrum und es gibt viele Fußgänger, also wäre ein Verlust ein unverzeihlicher Fehler.

Straßenpolitik!

Es stellte sich heraus, man habe sich mit ihm und den anderen abgestimmt, dass meine Mutti, während Johanna ihre kleine aufzieht, sie manchmal ablösen wird, und er fügte hinzu, dass meine Mama innerhalb von zwei Tagen schon berühmt geworden ist.

Von weitem blickte ich zu meiner Mutti, die entspannt dasaß, alle Passanten mit einem Lächeln beschenkte und unglaublich glücklich schien.

In Deutschland erfüllte sich der große Traum meiner Mutti...

War das fatales Schicksal oder die Fortsetzung des Experiments? Cha, cha, cha...

Ha, ha, ha...

Xa, xa, xa...

Chi, chi, chi, chi, chi, chi...

---

[19] *dt.* Ja, Jeny, die kenne ich schon...

## Autor

Die Autorin Jutta Noak, Deutsche aus Litauen, wohnt jetzt in Hamburg. Ihre Jugendzeit verbrachte sie in der litauischen Stadt Kaunas, studierte Medizin, arbeitete als Ärztin und… schrieb. Lange lagen die niedergeschriebenen Texte in einer geheimen Schublade und warteten auf die richtige Zeit. Die Unabhängigkeit Litauens öffnete nicht nur das Tor zur Welt, sondern ließ auch ihre schöpferische Seele frei. Jutta Noak ist Mitglied der Hamburger Autorenvereinigung und des Litauischen Schriftstellerverbandes. Sie schreibt in litauischer und deutscher Sprache.

Auf Litauisch hat sie drei Novellen und drei Gedichtbände („Duell der Gedanken" – Gedichte in litauischer und deutscher Sprache) sowie drei Romane und Essays herausgegeben; auf Deutsch veröffentlichte sie ein Essay über den deutschen Schriftsteller H. Sudermann in den Annabergen Annalen, Gedichte in den Anthologien des deutschsprachigen Gedichtes und Novellen in den Anthologien des Bockel-Verlags.

## Buch

Mit dem in einem sehr eigenen, ironischen Stil verfassten Roman „Petitio" öffnet die Autorin ein Fenster zum Leben der Litauendeutschen in der sowjetischen Zeit. Ganz spielerisch interpretiert die Hauptperson die Behauptung des deutschen Philosophen F. Nietzsche, dass „...das Leben ein Experiment des Erkennenden sein dürfe – und nicht eine Pflicht, nicht ein Verhängnis, nicht eine Betrügerei!"

Skeptisch analysiert sie die Umstände ihres Lebens und kommt zu dem Ergebnis, dass sie das Geschöpf eines historischen Experiments ist. Sie hat die Formel „Deutsche + Russin = Litauerin" aufgestellt und benennt sich selbst als einen von Hitler verfluchten Mischling. Sie lässt die Frage „Was bin ich" ohne Antwort und versucht durch ein inneres Kichern alles zu unterdrücken.

Im zweiten Teil des Romans zieht der weibliche Hauptcharakter des Romans, ein junges Mädchen, mit seiner deutschen Mutter nach Deutschland. Ihre Jugend gibt ihr die Kraft für den Kampf gegen die Vergangenheit und die Bürokratie, da sie noch an die Zukunft glaubt.

Im Gegensatz zur Hauptperson hat ihre Mutter den Kampf schon aufgegeben und das Leben auf der Straße gewählt, wo es keine Gesetze gibt.